천일야화

천일야화 *1*
Les mille et une nuits

앙투안 갈랑 엮음 임호경 옮김

LES MILLE ET UNE NUITS
by ANTOINE GALLAND (1704~1717)

일러두기

1. 이 책은 앙투안 갈랑의 『천일야화 Les mille et une nuits』를 대본으로 하여 번역하였습니다. 이는 갈랑이 14세기의 아랍어로 쓰인 사본을 토대로 작업한 여덟 권(1704~1709)과 알레포 출신의 마론파 교도인 한나가 들려준 이야기에 기초해 추가된 네 권(1712, 1717)이 합쳐진, 총 열두 권으로 구성되어 있습니다.
2. 『천일야화』는 아랍의 설화로 구성되어 있으나 앙투안 갈랑의 번안을 존중하여 인명, 지명 등의 고유명사는 프랑스어 발음을 따랐고, 관행적으로 굳어진 일부 용어(예: 알라딘←알라뎅Aladdin)의 경우에만 한글 맞춤법에 준하여 표기하였습니다.
3. 프랑스어판에서 갈랑과 편집자의 각주가 구분되지 않았으므로, 이 책에서도 구분 없이 모두 〈원주〉로 표기하였습니다. 그 외의 각주는 모두 옮긴이가 단 것입니다.
4. 본문 일러스트는 조판공 달지엘Dalziel 형제가 1864년 발행한 *Dalziel's Illustrated Arabian nights' entertainments*에 수록되어 있던 것으로, 이는 J. Millais(1829~1896), A. Houghton(1836~1875), T. Dalziel(1823~1906), J. Watson(1832~1892), J. Tenniel(1820~1914), G. Pinwell(1842~1875) 등 여섯 삽화가의 공동 작업입니다.

이 책은 실로 꿰매어 제본하는 정통적인 사철 방식으로 만들어졌습니다.
사철 방식으로 제본된 책은 오랫동안 보관해도 손상되지 않습니다.

알려 드리는 말[1]

이 책에 담겨 있는 이야기들의 가치와 아름다움에 대해서는 독자 여러분들께 새삼 강조할 필요가 없을 것입니다. 이야기들 자체가 모든 것을 말해 줄 테니까요. 이 이야기들을 한 번만 읽어 보면 이 장르에서 이토록 아름다운 작품들은 지금까지 그 어떤 언어로도 본 적이 없었다는 사실에 모두가 동의할 것입니다.

사실 이 놀랍도록 다양한 수많은 이야기들을 하나의 통일된 작품으로 묶어 낸 솜씨야말로 참으로 기막힌 것이 아닐 수 없습니다. 이야기들은 너무도 교묘하게 연결되어 있어서, 각 이야기가 마치 이 방대한 모음집을 구성하기 위해 일부러 만든 듯한 느낌을 줄 정도입니다. 여기서 〈방대한 모음집〉이라는 표현을 쓴 까닭은 〈천일야화(千一夜話)〉[2]라는 제목이 붙은 아랍어 원작이 모두 서른여섯 부(部)로 되어 있으며, 이 책은 그중

---

[1] 이 글은 편역자 앙투안 갈랑Antoine Galland이 쓴 것으로, 본문에서 밝히고 있듯 제1부 번역의 서문으로 제시되고 있다.

[2] 원문을 직역하면 〈천하루 밤*Les mille et une nuits*〉이다. 〈천일1001〉이라는 숫자는 당시의 아랍 문화권에서는 〈끝없는〉, 〈무한한〉의 의미를 갖는다.

일부의 번역에 불과하기 때문입니다. 이 거대한 작품의 작자가 누구인지는 밝혀져 있지 않으나, 분명히 한 사람은 아니었을 것입니다. 왜냐하면 이 무수한 허구들을 산출한 것이 단 한 사람의 상상력이었다고는 믿기 어렵기 때문입니다.

이런 종류의 이야기들이 유쾌하고 재미있는 이유가 이들을 관류하고 있는 신기하고도 초자연적인 성격 때문이라고 한다면, 이 아랍의 이야기들이야말로 지금까지 나온 다른 모든 이야기들을 능가한다고 할 수 있습니다. 왜냐면 이 이야기들은, 아랍인들이 이런 종류의 작품을 구성하는 데 있어 다른 민족들보다 얼마나 뛰어난지를 잘 보여 줄 정도로 놀랍고도 매력적인 사건들로 가득 차 있기 때문입니다.

이 이야기들이 제공하는 또 다른 즐거움은 동방인들의 관습과 풍속, 그리고 이교 및 이슬람교의 다양한 의식(儀式)들을 엿볼 수 있다는 점입니다. 이러한 양상들은 서양 작가들이나 여행자들이 쓴 글에서보다 훨씬 훌륭하게 묘사되고 있습니다. 여기 등장하는 페르시아인, 타타르인, 인도인 등 모든 동방인들의 모습은, 위로는 군주로부터 아래로는 가장 비천한 서민에 이르기까지, 있는 모습 그대로 선명히 그려지고 있습니다. 그러므로 독자 여러분은 이들을 보기 위해 굳이 아랍으로 나갈 필요가 없을 것입니다. 이 책을 통하여 그들이 행동하고 말하는 것을 생생하게 보고 들을 수 있으니까요. 저는 번역을 하며 그들의 성격을 보존하는 한편, 가급적 그들 특유의 표현과 감정에서 멀어지지 않으려고 애썼습니다. 그 내용이 우리의 건전한 양식에서 어긋나는 경우에만 원문에서 벗어났을 따름입니다. 아랍어를 알고 있어 이 책을 원문과 대조해 볼 수 있는 독자들은, 이 책이 우리 언어와 우리 시대의 섬세함에 맞지 않는 부분들은 드러내지 않으려고 조심하면서도 아랍인들의 모습을 생생하게 전달하고 있음을 인정해 주시리라 저는 자부합니다. 이 이야기들에서 발견할 수 있는 미덕과 악덕의 예들을 기꺼이 자신의 교훈으로 삼을 준비가 되어 있는 분들이라면, 풍속을 교화(敎化)하기보다는 오히려 타락시키고 있는 다른 이야기들에서는 좀처럼 찾기 힘든 유익을 얻을 수 있을 것입니다.

알려 드리는 말
5

천일야화: 아랍의 이야기들
11

상인과 정령
49
첫 번째 노인과 암사슴 이야기
62
두 번째 노인과 두 검둥개 이야기
71

어부 이야기
81
그리스인 왕과 의원 두반 이야기
95

젊은 왕과 검은 섬 이야기
132

왕의 아들 세 탁발승과 바그다드의 다섯 아가씨 이야기
155

첫 번째 탁발승의 이야기
192

두 번째 탁발승의 이야기
206

세 번째 탁발승의 이야기
253

조베이드의 이야기
298

아민느의 이야기
316

천일야화: 아랍의 이야기들

Les mille et une nuits, contes arabes

옛날 페르시아에 사산이라는 이름의 왕조가 있었다. 제국의 영토를 인도와 그에 딸린 크고 작은 섬들, 그리고 갠지스 강 너머 중국에까지 이르게 한 왕들의 왕조였다. 이 왕조의 실록이 전하는 바에 의하면, 옛날 옛적 이 강력한 왕가에 왕이 한 분 계셨는데, 그분은 당대의 가장 훌륭한 군주였다고 한다. 이 왕은 현명하고도 신중하여 백성들에게는 경애의 대상이었으며, 용맹할 뿐 아니라 씩씩하고도 잘 훈련된 군대를 거느리고 있어서 이웃 나라 왕들에게는 두려움의 대상이었다. 그에게는 아들이 둘 있었다. 맏이 샤리아는 왕위를 이어받을 태자의 위치에 걸맞은 미덕들을 모두 갖추고 있었고, 샤즈난이라는 이름의 둘째 왕자 역시 형 못지않은 장점들을 지니고 있었다.

부왕은 길고도 영광스러운 치세 후에 세상을 떴고, 이어 샤리아가 왕위에 올랐다. 하지만 제국의 법도에 따라 샤즈난에게는 아무런 몫이 없어서 그는 일개 평민으로 살아야만 했다. 하지만 샤즈난 왕자는 성급한 욕심을 품고 배 아파하기는커녕, 정성을 다해 형을 즐겁게 해주려 애썼다. 그리고 그에게 그것은 조금도 어려운 일이 아니었다. 동생에게 자연스러운 혈육의 정을 느끼고 있었던 터에 이렇듯 상냥한 태도를 본 샤리아 왕의 마음이 기쁘지 않을 수 없었다. 그는 우애의 정이 솟구쳐 동생과 나라를 나누기로 하고, 결국 그에게 대(大)타타르 왕국을 하사했다. 이에 샤즈난은 곧 떠나서 이 나라를 취했으며, 그곳 수도인 사마르칸트에 거처를 정했다.

이렇게 두 형제가 헤어진 지도 벌써 십 년이 지난 때였다. 동생을 다시 보고 싶은 마음이 간절했던 샤리아 왕은 사신을 보내 그를 초대하기로 했다. 왕은 대재상을 사신으로 택했고, 이에 재상은 그의 위엄에 걸맞은 수행원들을 거느리고 최대한 빨리 목적지로 향했다. 재상이 사마르칸트 가까이에 이르자, 그가 온다는 소식을 들은 샤즈난은 술탄[3]의 재상에 경의를 표하기 위하여 화려하게 의관을 정제한 조신들을 거느리고 마중 나왔다. 타타르 국왕은 밝은 얼굴로 재상을 맞은 후, 먼저 형님 술탄의 근황부터 물어보았다. 재상은 샤리아 왕의 소식을 전하고, 자신이 파견된 이유를 설명해 주었다. 이에 몹시 감동한 샤즈난은 이렇게 말했다. 「지혜로운 재상이여! 나의 형님 술탄께서 이 몸에 너무도 과분한 영예를 베푸시는구려! 내게 이보다 더 기분 좋은 제안은 없을 것이오. 그분께서 이 몸을 보고 싶다 하셨지만, 나 역시 똑같은 심정이외다. 세월이 흘렀지만 그분의 우애가 줄어들지 않았듯이, 나의 우애 또한 조금도 약해지지 않았다오. 나의 왕국은 평화로우니 열흘 후에는 그대와 함께 길을 떠날 수 있을 것이오. 이 짧은 기간을 보내기 위해 굳이 성내까지 들어오실 필요는 없을 듯하오. 그러니 그냥 이곳에다 막사를 세우시는 게 어떻겠소? 내가 명을 내려 그대와 수행원들을 위해서 시원한 것들을 풍족히 가져다

---

[3] 이슬람교의 최고 지도자인 칼리프가 부여하는 것으로, 특정한 지역을 다스리는 정치적 지배자의 칭호.

주도록 하리다.」 왕의 약속은 당장에 시행되었다. 왕이 다시 사마르칸트 도성에 들어가기가 무섭게, 산해진미와 값을 헤아릴 수 없는 선물들과 갖가지 물품들이 재상에게 도착했던 것이다.

한편 떠나기로 마음먹은 샤즈난은 우선 시급한 국사들부터 처리한 다음, 자신이 없는 동안 왕국을 다스릴 대신(大臣) 평의회를 구성하고 그 수반에는 지혜롭고 전적으로 신뢰할 수 있는 신하를 앉혔다. 이렇게 열흘이 흘러 여행을 위한 모든 것이 준비되었다. 샤즈난은 아내인 왕비에게 작별을 고한 후, 서늘한 저녁이 되자 사마르칸트를 빠져나왔다. 그리고 여행을 함께할 신하들을 거느리고, 미리 명을 내려 재상 일행의 막사 옆에 지어 놓도록 한 자신의 막사로 향했다. 거기서 그는 재상과 함께 자정 넘까지 담소를 나누었다. 그런데 느닷없이 샤즈난은 몹시도 사랑하는 왕비를 한 번 더 안아 주고 싶은 생각이 들었고, 이에 혼자서 궁으로 돌아와 곧장 왕비의 거처로 갔다. 그런데 왕이 다시 돌아오리라고는 꿈에도 예상하지 못했던 왕비는 궁에 남은 한 신하를 자기 침대에 들여 놓고 있었다. 그들이 함께 잠자리에 든 지도 꽤 많은 시간이 흘렀던지라, 왕이 도착했을 때는 둘 다 곤히 잠들어 있었다.

왕은 살금살금 왕비의 방으로 들어갔다. 〈나만을 끔찍이 사랑하고 있는 아내를 깜짝 놀래 주면 얼마나 좋아할까〉라고 생각하면서……. 하지만 다음 순간 그는 얼마나 경악했던가! 밤마다 활활 타오르며 왕공들과 왕녀들의 거처를 밝혀 주는 붉은 횃불 아래 보이는 광경…… 그것은 왕비의 품에 안겨 있는 어떤 사내놈의 모습이었다! 잠시 동안 샤즈난은 꼼짝 못하고 서 있었다. 지금 내가 보고 있는 것이 정녕 사실이란 말인가? 하지만 더 이상 의심할 수 없게 된 그는 속으로 생각했다.

〈뭐야, 이거! 내가 궁전을 빠져나가기가 무섭게……. 아니, 아직 사마르칸트 성벽을 채 벗어나지도 않았는데, 이런 식으로 나를 능멸하다니! 에잇, 더러운 년! 이런 죄를 저지르고도 무사할 줄 알았더냐? 나는 왕으로서 내 나라 안에서 범해지는 죄악들을 징벌해야 할 의무가 있단 말이다! 또한 모욕당한 남편으로서 나의 이 정당한 원한을 갚기 위해 너희 두 연놈을 당장에 도살해야겠다!〉 결국 이 불행한 군주는 끓어오르는 분노를 참지 못해 검을 뽑아 들고 침대로 다가가 단칼에 두 죄인을 잠에서 죽음으로 옮겨 놓았다. 그리고 난 후에 시체들을 차례로 창문 쪽으로 끌고 가, 궁전을 둘러싸고 있는 못에 내던져 버렸다.

이런 식으로 복수를 마친 샤즈난은 조금 전에 들어왔던 것처럼 도성을 빠져나가 막사로 돌아왔다. 그는 막사에 도착하자마자 자신이 한 일을 아무에게도 말하지 않은 채 막사를 철수하고 당장 출발할 것을 명했다. 곧 모든 것이 준비되었고, 아직 동도 트지 않은 이른 시각에 탬버린과 갖가지 악기들로 연주하는 음악 속에서 무리는 길을 떠났다. 악기들이 울리는 풍악 소리에 모두들 흥겨운 기분이었지만, 아직도 부정한 왕비에 대한 생각으로 머리가 꽉 차 있는 왕만은 그렇지 못했다. 이렇게 그를 사로잡은 끔찍한 우울증은 여행 내내 그를 떠나지 않았다.

샤즈난이 인도의 수도 근처에 이르자, 술탄 샤리아는 조신들을 모두 거느리고 그를 마중 나왔다. 다시 만나게 된 두 왕자의 기쁨을 어찌 말로 표현할 수 있으랴! 둘은 말에서 내려 서로를 부둥켜안았다. 그들은 갖가지 사랑의 표현들을 주고받은 후, 다시 말에 올라 무수한 군중이 환호하는 가운데 도성에 들어왔다. 술탄은 미리 준비해 놓은 궁으로 동생 타타르 국왕을 인도했다. 같은 정원을 통해 술탄 자신의 궁과 연결되

어 있는 이 궁은 궁정의 잔치나 여흥 등이 벌어지는 장소라 워낙 장려하기 그지없었는데, 여기에 귀한 손님을 맞기 위해 만든 새로운 시설들로 궁은 한층 호화롭게 꾸며져 있었다.

샤리아는 우선 타타르 왕을 혼자 남겨 두고 나왔다. 그에게 목욕을 하고 옷을 갈아입을 시간을 주고자 함이었다. 하지만 동생이 욕실에서 나왔다는 말을 전해 듣기 무섭게 다시 그를 보러 갔다. 그들은 함께 안락의자에 앉았다. 그들이 사담을 나눌 수 있도록 신하들이 멀찌감치 떨어져 있는 가운데, 이 두 군주는 이야기를 나누기 시작했다. 혈육의 정보다도 더욱 강한 우정으로 이어진 두 형제가 긴 이별 후에 그간 하고 싶었던 얘기들을 다 쏟아 내는 대화였다. 저녁 시간이 되었으므로 그들은 함께 식사를 했다. 식사를 마친 후 그들은 다시 이야기를 시작했고, 대화는 밤이 깊었음을 느낀 샤리아가 동생이 쉴 수 있게끔 자리를 뜨기 전까지 계속되었다.

샤즈난은 잠자리에 들었다. 아까는 형님 술탄이 옆에 있어서 잠시나마 슬픔을 잊을 수 있었지만, 이제 다시 혼자가 되니 슬픔이 맹렬하게 솟구쳐 올랐다. 그리하여 달콤한 휴식은커녕, 기억 속에 떠오르는 잔인한 상념만을 되씹고 있었다. 그의 상상 속에서는 왕비가 범했을 온갖 더러운 행위들이 너무도 생생하게 떠올라 머리가 돌아 버릴 지경이었다. 그는 결국 잠을 이루지 못하고 침상에서 벌떡 몸을 일으키고 말았다. 이렇게 너무도 고통스러운 생각 속에 온 정신이 빠져 있었으므로 그의 얼굴에는 슬픈 기색이 나타났고, 이는 결국 술탄의 눈에 띄게 되었다. 〈타타르 왕에게 무슨 일이 있는 것일까? 그의 얼굴에 내비치는 이 어두운 기색은 대체 무엇 때문이지? 혹시 그를 영접하는 데 있어서 뭔가 잘못이 있었던 건 아닐까? 아니야……. 난 그를 사랑하는 동생으로 맞아 주었고, 거기에 책망받을 점이라곤 아무것도 없었어. 어쩌면 자기 나라, 혹은 왕비와 멀리 떨어져 있어서 마음이 아픈 것인지도 몰라. 만일 그 때문에 괴로워하는 것이라면, 내가 준비해 놓았던 선물들을 즉시 주는 게 좋겠어. 그래야 떠나고 싶을 때 언제든지 출발하여 사마르칸트로 돌아갈 수 있을 테니 말이야.〉 그리하여 바로 다음 날 술탄은 동생에게 그가 준비한 것, 즉 인도의 산물 중 가장 희귀하고 값지며 기이한 것들로 구성된 선물의 일부를 보내 주었고, 다른 한편으로는 매일매일 새로운 쾌락들을 준비하여 동생의 마음을 풀어 주려 애썼다. 하지만 가장 흥겨운 잔치들도 샤즈난의 마음을 즐겁게 하기는커녕, 오히려 슬픔을 더욱 깊게 할 뿐이었다.

그러던 어느 날 샤리아는 큰 사냥 대회를 개최했다. 수도에서 이틀 걸리는 거리에 위치한, 특별히 사슴이 많은 고장에서의 즐거운 사냥 놀이였다. 그러나 샤즈난은 궁에 남아 있게 해달라고 부탁했다. 건강 상태가 이 놀이에 참가할 만한 형편이 못 된다는 이유에서였다. 술탄은 억지로 강요하고 싶지 않았으므로 그를 자유롭게 내버려 두고, 다른 신하들과 함께 사냥을 즐기러 떠났다. 그가 떠난 후, 대타타르의 국왕은 혼자 남아서 자신의 궁실에 처박혀 있었다. 그는 밖으로 정원이 내려다보이는 창가에 자리를 잡고 앉았다. 거기 보이는 아름다운 풍경과 거기 깃들어 있는 무수한 새들이 지저귀는 노랫소리는, 지금 그것을 느낄 만한 여력만 있었더라면 무한한 즐거움을 안겨 주었으리라. 하지만 왕비의 추잡한 행위에 대한 우울한 기억으로 여전히 괴로워하고 있는 샤즈난은 그 아름다운 정원을 감상하고 있을 경황이 없었다. 그냥 멍하니 하늘을 올려다보며 자신의 불행한 운명을 한탄할 뿐이었다.

그런데 이처럼 고뇌에 빠져 있는 샤즈난의 주의를 끄는 일이 일어났다. 술탄의 궁에 은밀하게 나 있는 문 하나가 갑자기 열리더니, 거기서 스무 명의 여인들이 걸어 나왔다. 그리고 그중에는 다른 여인들과 확연히 구별되는 술탄의 부인, 즉 왕비가 있었다. 왕비는 타타르 국왕도 술탄과 함께 사냥을 떠났다고 생각하고는 다른 여인들과 함께 그가 앉아 있는 창문 아래까지 걸어왔다. 호기심에 사로잡힌 샤즈난은 자신의 모습은 드러내지 않은 채 모든 걸 지켜볼 수 있는 위치에 자리를 잡았다. 왕비를 수행하는 여인들은 그때까지 자신들을 가두고 있던 모든 굴레를 벗어 버리려는 듯 우선 너울 아래 가려져 있던 얼굴을 드러낸 다음, 거추장스러운 긴 드레스를 훌훌 벗어 던져 아슬아슬한 속옷만을 걸친 알몸이 되었다. 이어 더욱 충격적인 장면이 펼쳐졌다. 모두가 여인인 줄 알았던 스무 명 중에서 열 명은 여장한 흑인 남자들이었는데, 그들이 각기 여인 한 명씩을 품에 안고 희롱하기 시작했던 것이다. 왕비도 홀로 남아 있지 않았다. 그녀가 손뼉을 치면서 〈마수드! 마수드!〉라고 외치자, 다른 검둥이 하나가 즉시 나무 위에서 내려오더니 신이 나서 그녀의 품으로 달려가는 것이었다.

이 여인들과 검둥이들 사이에서 벌어진 일들을 모두 이야기한다는 것은 점잖은 우리 사이에서는 할 짓이 못 되며, 또 이런 것들은 반드시 묘사할 필요가 없는 세부에 불과하다. 여기서는 이 모든 것을 목격한 샤즈난이 그의 형이 자신 못지않게 불쌍한 사람이라는 사실을 깨닫게 되었다고 말하는 것으로 충분할 것이다. 이 무리의 행락은 자정 무렵까지 계속되었다. 그들 모두는 이 정원의 가장 아름다운 장식물 중 하나인 커다란 수반(水盤)에 들어가 함께 목욕을 즐겼다. 그러고 나서는 옷을 주워 입은 후, 비밀 문을 통해 다시 술탄의 궁에 들어갔다. 담벼락을 넘어 정원 안으로 들어왔던 마수드 역시 그가 들어온 길을 통해 다시 밖으로 나갔다.

타타르 국왕의 눈앞에서 벌어진 이 모든 일들은 그로 하여금 실로 많은 생각을 하게 하였다. 〈내가 겪은 불행이 지극히 특별한 것이라고 믿었건만…… 그 얼마나 당치 않은 생각이었던가! 이것은 이 세상 모든 남편들의 피할 수 없는 운명인 모양이야. 그 많은 국가들을 다스리는 지도자이자 이 세상에서 가장 위대한 군주이신 내 형님 술탄조차도 이를 피할 수 없었으니까. 그러하다면, 내가 이렇게 슬픔에 빠져 허우적거리고 있는 것은 얼마나 약해 빠진 짓이란 말인가! 그래, 이젠 끝났어. 이처럼 흔해 빠진 불행의 기억이 내 삶의 평화를 흔드는 일이란 더 이상 없을 거야!〉 그 순간부터 샤즈난은 더 이상 괴로워하지 않았다. 조금 전까지만 해도 입맛이 없어

식사를 걸렀던 그는 종들에게 음식을 가져오라고 하여 사마르칸트를 떠나온 이후로 가장 왕성한 식욕으로 그것들을 먹어 치웠다. 식사에 곁들여진 노래와 악기들이 어우러진 음악도 이제는 약간의 즐거움마저 느끼며 들을 수 있었다.

그는 이후의 날들을 매우 유쾌한 기분으로 지낼 수 있었다. 마침내 술탄이 돌아온다는 소식을 듣자, 그는 마중을 나가 명랑한 얼굴로 축하를 해주었다. 처음에 샤리아는 동생에게 일어난 이런 변화를 눈치채지 못했다. 그래서 만나자마자 왜 사냥에 같이 안 갔느냐고 대뜸 책망부터 했다. 그리고 대답할 시간도 주지 않은 채, 사슴을 비롯한 들짐승들을 얼마나 많이 잡았으며 얼마나 즐거운 시간을 보냈는지 모른다고 말했다. 샤즈난은 형님의 말을 끝까지 경청하고 나서 입을 열었다. 얼마 전까지 그의 재치를 억누르고 있던 슬픔에서 이제는 벗어나 있었으므로, 여러 가지 유쾌한 말들로 형님을 기분 좋게 해주었다.

동생의 상태가 이전과 다름없으리라고 예상하고 있었던 술탄은, 이처럼 명랑해진 모습에 기쁘기 그지없어 이렇게 말했다. 「동생! 내가 없는 동안에 자네 안에 이처럼 다행스러운 변화를 가져다주신 하늘에 감사를 드린다네. 내 마음이 너무도 기쁘군! 하지만 자네에게 부탁할 게 하나 있는데, 꼭 들어줬으면 좋겠네.」 「제가 형님께 무엇을 거절할 수 있겠습니까?」 타타르 왕의 대답이었다. 「형님께서는 이 샤즈난에게 무슨 명령이라도 내릴 수 있습니다. 말씀하세요! 형님께서 제게 원하시는 게 무엇인지 빨리 알고 싶군요.」 샤리아는 다시 입을 열었다. 「왠지는 모르지만 내가 보기에 자네는 나의 궁에 온 이후로 심한 우울증에 빠져 있었어. 그래서 나는 갖가지 여흥으로 자네의 기분을 풀어 보려 했으나 허사였지. 나는 자네의 슬픔이 자네 나라에서 멀리 떨어져 있어서 온 것이라고 생각했네. 심지어는 사랑이 중요한 원인일 것이라고도 생각했지. 즉 그 완벽한 아름다움으로 인해 자네에게 간택되었을 사마르칸트의 왕비 때문이리라 믿었던 거야. 나의 이런 추측이 틀린 것이었는지는 모르겠네만, 하여간 이런 이유 때문에 나는 자네에게 이유를 꼬치꼬치 캐물으며 귀찮게 굴고 싶지 않았다네. 잘못하면 자네 기분을 상하게 할지도 몰랐으니까. 한데 이게 웬일인가? 사냥에서 돌아와 보니, 난 아무것도 한 게 없거늘, 자네는 이 세상에서 가장 기분 좋은 사람이 되어 있지 않은가? 자네의 정신은 그 어두운 구름으로부터 완전히 벗어나 있지 않은가? 제발 내게 설명해 주게나! 왜 전에는 그렇게 상심해 있었으며, 왜 지금은 더 이상 그렇지 않은지를.」

이 말은 들은 샤즈난은 잠시 입을 다물고 있었다. 마치 어떻게 대답해야 좋을지 몰라 난감한 듯한 표정이었다. 마침내 그는 입을 열었다. 「형님은 저의 술탄이시며 주군이시기도 합니다. 하지만 제발 부탁드리건대, 이번만큼은 형님의 청을 들어드릴 수 없으니 부디 양해해 주세요.」 술탄이 대답했다. 「아니다, 동생아! 너야말로 이 형의 부탁을 꼭 좀 들어줘야겠다. 내가 지금 그걸 원하고 있으니, 거절하지 말거라.」 샤즈난은 샤리아의 거듭되는 요청을 더 이상 거역할 수 없었다. 「좋습니다, 형님! 형님께서 그렇게 원하시니 들어드릴 수밖에 없군요.」 그는 술탄에게 자신의 아내인 사마르칸트 왕비가 범한 부정에 대해 이야기해 주었다. 그리고 이야기를 마친 후 이렇게 말했다. 「자, 형님, 이상이 바로 제 슬픔의 원인이었습니다. 제가 과연 슬픔에 빠질 만했는지는 형님께서 판단해 주세요.」 「아이고, 내 동생아!」 술탄이 외쳤다. 그가 얼마나 동생의 불행에 공감하고 있는지 충분히 느낄 수 있는 음성이었다. 「세상에! 이 무슨 끔찍한 이야기란 말이냐! 지금 자네가 해준 이야기…… 아! 정말로 소름 끼치는 이야기구나! 이야기의 결말을 빨리 알고 싶어서 내 마음이 다 급했어! 그래, 잘했네! 자네를 그토록 능멸한 그 배신자 연놈을 단칼에 처단해 버린 것 말이야. 자네가 한 행동은 천 번 만 번 옳고도 정당한 것이었어. 내 고백하거니와, 만일 나였더라면 그 정도로 참고 넘어가지는 않았을 거야. 즉 한 여자의 목숨을 빼앗는 것으로 만족하지는 않았을 걸세. 불같이 타오르는 나의 분노를 가라앉히기 위해서는 천 명의 여자를 죽이는 것으로도 부족했을 거야. 이제는 자네의 상심을 충분히 이해하네. 그렇게 끔찍하고도 치욕스러운 일을 당했으니 너무나도 당연하지. 원, 세상에! 참으로 별난 일이었어! 이 세상에 자네 말고 그런 일을 당한 사람이 또 있을 거라고는 상상도 못할 정도야……. 하지만 자네에게 다시 평안을 가져다주신 하느님께 감사를 드려야겠군. 그리고 거기에는 반드시 어떤 이유가 있었겠지? 그러니 동생아, 그 이유도 알려 주게나! 자네 속에 숨어 있는 그 이야기를 전부 해달란 말일세.」

샤즈난으로서는 첫 번째 이야기보다 이 이야기를 하는 것이 훨씬 곤란했다. 형님의 문제가 걸려 있는 탓이었다. 하지만 술탄의 거듭되는 요청에 더 이상 버티기 힘들었으므로 마침내 입을 떼었다. 「형님께서 기어코 알기 원하시니 복종하겠습니다. 하지만 이러한 저의 복종으로 인해, 형님께서 저 이상으로 상심하시게 되지 않을까 심히 염려됩니다. 하지만 그렇게 된다 한들, 형님이 탓할 사람은 형님 자신뿐입니다. 저를 이처럼 다그쳐서 저로서는 영원한 망각 속에 묻어 두고 싶은 일을 밝히게 하신 분은 바로 형님이시니까요.」「그런 식으로 말하니까 더욱 궁금해지는구나.」 샤리아가 대답했다. 「그러니 어서 그 비밀을 밝히도록 해라. 어떤 종류의 일이라도 상관없으니!」

더 이상 거절할 수 없게 된 타타르 왕은 그가 목격한 모든 것을 세세하게 밝히는 수밖에 없었다. 여장한 검둥이들, 욕정에 날뛰는 왕비와 시녀들, 그리고 검둥이 마수드의 이야기까지……. 그는 말을 이었다. 「이 모든 수치스러운 일들을 목격한 후에, 저는 이 세상 여자들은 모두 천성적으로 그 짓에 끌리고 있으며, 이러한 유혹에 저항하지 못하는 존재들이라고 생각하게 되었습니다. 이런 견해를 갖고 나니, 우리 남자들이 마음의 평화의 근거를 여자들의 정절에 두는 것처럼 어리석고도 약해 빠진 짓은 없다는 생각이 들었습니다. 이러한 생각은 저로 하여금 다른 많은 생각들을 하게 했고, 결국 제가 할 수 있는 최선의 행동은 혼자 자족하며 사는 것이라는 결론에 이르게 되었습니다. 물론 많은 노력이 필요하긴 했지만, 결국 지금의 상태에 이를 수 있게 되었습니다. 그리고 형님께서도 제 생각이 옳다고 여기신다면 저의 모범을 따르시길 바랍니다.」

　이 충고는 지극히 적절한 것이었지만, 술탄은 그 가치를 충분히 음미해 볼 정신이 아니었다. 오히려 그는 불같은 분노에 사로잡혔다. 「뭐라고! 대인도의 왕비가 그렇게 창녀처럼 몸을 굴렸다고? 아니야, 동생아! 내 눈으로 직접 보기 전에는 자네가 한 말을 믿지 못하겠어. 자네가 뭔가 착각한 게 분명하네. 그리고 이런 중대한 일은 나 자신이 직접 확인해야 할 것일세!」 「형님!」 샤즈난이 말을 받았다. 「형님께서 직접 보고 싶으시다면, 그다지 어려운 일은 아닙니다. 이렇게 해보십시오! 형님께서 다시 사냥 대회를 개최하셔서 형님의 신하들과 저의 신하들을 모두 데리고 도성을 나가는 겁니다. 그리고 성 밖 막사에 머물러 있다가, 밤이 되면 우리 둘만 몰래 성에 들어와 저의 궁실에 숨어드는 겁니다. 그러면 확신하건대, 다음 날에는 제가 본 것을 형님께서도 보시게 될 것입니다.」 술탄은 이 계책을 받아들이고, 곧장 새로운 사냥 대회의 개최를 선언했다. 그리하여 그 즉시 두 왕의 막사가 지정된 장소에 세워졌다.

다음 날 두 군주는 모든 신하들을 거느리고 출발했다. 곧 숙영지에 도착한 일행은 거기서 밤까지 머물렀다. 샤리아는 대재상을 불러 그가 없는 동안 모두가 이곳에 머물러 있을 것이며, 어떤 일이 있더라도 숙영지를 이탈하지 말라고 분부했다. 이렇게 명한 후 그는 타타르 왕과 함께 신분을 감춘 옷차림으로 말에 올라 숙영지를 가로질러 통과했고, 마침내 성에 들어와 샤즈난이 사용하던 궁에 돌아와 잠자리에 들었다. 그리고 다음 날 아침, 그들은 일찌감치 창가에 자리를 잡았다. 타타르 왕이 검둥이들의 광경을 목격했던 바로 그 창가였다. 아직 해도 뜨지 않은 이른 시각이었으므로 얼마 동안 서늘한 공기를 즐길 수 있었다. 이렇게 형제는 대화를 나누면서 이따금 그 은밀한 문 쪽으로 눈길을 던졌다. 그리고 마침내 문이 열렸다. 그 뒤에 일어난 일들을 매우 간략하게 이야기하자면, 왕비가 시녀 열 명과 여장한 검둥이 열 명과 함께 나타났고 전과 같은 일들이 벌어졌으며 결국 왕비는 마수드를 불렀다. 이제 모든 사실을 자기 눈으로 보게 된 술탄은 자신의 치욕과 불행을 인정하지 않을 수 없었다. 「오, 하느님!」 그는 외쳤다. 「이 무슨 당치 않은 짓이란 말인가! 이 무슨 끔찍한 짓이란 말인가! 나 같은 군주의 처로서, 어찌 이런 수치스러운 짓을 할 수 있단 말인가? 자, 이제 세상 그 어떤 왕이 스스로를 완전히 행복한 자라고 자부할 수 있겠는가! 아, 동생이여!」 그는 타타르 국왕을 껴안으며 말했다. 「우리 둘 다 이 세상을 포기해 버리세! 이 세상에 더 이상 신의란 존재치 않네. 이 세상은 한쪽으로는 아첨을 하면서 다른 쪽으로는 배신을 하고 있단 말일세! 자, 그러니 우리의 나라들과 우리를 둘러싼 이 모든 영광들을 모두 내던져 버리자! 낯선 이국으로 가는 거야! 거기서 숨어 살면서 우리의 치욕스러운 과거를 감추어 버리는 거야!」

샤즈난은 형의 이런 결심에 찬성할 수 없었다. 하지만 이처럼 흥분하여 날뛰고 있는 샤리아에게 감히 맞설 수도 없는 노릇이었다. 그래서 그는 이렇게 말했다. 「형님, 저는 형님 뜻이라면 무조건 따르겠습니다. 형님이 가시는 곳이라면 어디든 따라갈 준비가 되어 있어요. 하지만 한 가지 약속만은 해주세요. 만일 우리보다 더 불행한 사람을 만나게 된다면 다시 돌아오겠다고요.」「약속하지! 하지만 과연 그런 사람을 만날 수 있을까?」「그 점에 대해서는 전 형님과 의견이 다릅니다.」 타타르 왕이 말했다. 「어쩌면 여행을 시작하자마자 만나게 될지도 모를 일입니다.」 이렇게 대화를 나누며 두 사람은 은밀하게 궁을 빠져나왔다. 그리고 전날 그들이 왔던 길이 아닌 다른 길을 택하여 날이 저물 때까지 계속 걸었다. 첫 번째 밤은 나무 아래서 보내고, 동이 트자 다시 여행을 계속하여 마침내 바닷가에 면한 어떤 들판에 이르렀다. 잎사귀가 무성한 커다란 나무들이 군데군데 서 있는 아름다운 들판이었다. 두 사람은 그중 한 나무를 택하여 서늘한 그늘 아래 앉아 쉬었다. 거기서 그들이 나눈 대화의 주제가 아내들의 부정에 대한 것이었음은 말할 것도 없다.

그렇게 앉아 있은 지 얼마 되지 않았을 때, 그들과 가까운 바다 쪽에서 무시무시한 소리가 울리더니, 이어 전신을 얼어붙게 하는 섬뜩한 괴성이 들려왔다. 그러고 나서 바닷물이 쫙 갈라지더니 거기서 거대한 검은 기둥 같은 것이 나타나 하늘에 떠 있는 구름에까지 닿을 듯한 기세로 불쑥 솟구쳐 올랐다. 이를 본 두 사람의 공포는 더욱 커졌다. 그들은 황급히 일어나 나무 꼭대기로 기어 올라갔는데, 그나마 거기가 몸을 숨기기에 가장 적합해 보였기 때문이다. 꼭대기에 오르자마자 그들은 괴성이 들리고 바다가 갈라진 쪽으로 다시 눈을 돌렸다. 그 검은 기둥은 주름이 펼쳐지듯 어떤 형상으로 변하면서, 바닷물을 헤치며 해변 쪽으로 나아오고 있었다. 처음에는 잘 분간할 수 없었지만 두 사람은 곧 그 정체를 알아보았다.

그것은 늘 나쁜 짓을 일삼으며, 인간의 가장 위험한 적이라 할 수 있는 사악한 정령 중의 하나였다. 그놈은 새카맣고 흉측한 몰골에 엄청난 키의 거인 같은 형상을 하고 있었는데, 네 개의 강철 자물쇠로 잠긴 커다란 유리 궤짝 하나를 머리에 이고 있었다. 들판에 올라선 놈은 궤짝을 두 왕이 숨어 있는 나무 바로 아래 털썩 내려놓았다. 두 사람은 이제는 꼼짝없이 죽었구나 싶은 생각뿐이었다.

하지만 정령은 그들을 보지 못하고 궤짝 옆에 앉았다. 그리고 허리춤에서 꺼낸 열쇠 네 개로 궤짝을 열자, 그 속에서 화려한 옷을 입은 귀부인 하나가 빠져나왔다. 늘씬한 몸매에 완벽한 미모를 갖춘 여인이었다. 괴물은 그녀를 자기 곁에 앉힌 다음, 사랑스럽다는 눈길로 그녀를 쳐다보며 입을 열었다. 「부인! 아름다움으로 찬미되는 이 세상 모든 여인 중에서도 가장 완벽한 그대여! 혼인하는 날에 납치해 온 이후, 내가 한결같이 사랑해 온 매력적인 사람이여! 잠깐 그대 곁에서 잠 좀 자려 하니 허락해 주시오. 잠이 쏟아져서 잠깐 눈 좀 붙이려 이곳에 온 것이라오.」 말을 마친 놈은 거대한 머리를 여인의 무릎 위로 힘없이 떨어뜨렸고, 그 긴 두 다리를 바다에까지 쭉 뻗은 후 잠이 들었다. 이윽고 코 고는 소리가 해안 전체에 진동했다.

여인은 우연히 눈을 들어 나무 위에 숨어 있는 두 왕자를 발견하고는, 둘 다 조용히 아래로 내려오라고 손짓했다. 발각

되었다는 사실에 두 왕의 두려움은 극에 달했다. 그들은 귀부인에게 손짓 발짓으로 제발 좀 봐달라고 사정했다. 하지만 여인은 정령의 머리를 자기 무릎에서 들어 살며시 땅에 내려놓더니 일어서서 나지막하지만 흥분한 어조로 말했다. 「내려와요! 이리 내려오라니까요!」 그들은 다시 손짓 발짓으로 정령이 무섭다고 설명했다. 「그렇다면 더더욱 내려오라고요!」 그녀는 아까와 같은 목소리로 말했다. 「빨리 내 말대로 하지 않으면 정령을 깨워 당신들을 죽여 달라고 부탁하겠어요.」

이 말에 완전히 기가 죽은 두 왕은 정령이 깨지 않도록 최대한 조심하면서 살금살금 나무를 기어 내려오기 시작했다. 그들의 발이 땅에 닿자, 귀부인은 둘의 손을 잡고서 정령으로부터 약간 떨어진 나무 아래로 데리고 갔다. 그러고는 그들에게 아주 노골적인 제안을 해오는 것이었다. 처음에는 거절했지만, 그녀가 다시금 협박해 오자 그들은 제안을 받아들이지 않을 수 없었다. 잠시 후, 자신의 욕구를 채우고 난 여인은 두 남자가 끼고 있는 반지를 달라고 요구했다. 그들이 반지를 빼주자 그녀는 화장품 따위가 들어 있는 꾸러미에서 조그만 상자 하나를 꺼냈다. 그리고 그 상자 속에서 각종 반지들이 길게 꿰어져 있는 줄을 꺼내더니, 그걸 두 남자에게 보여 주며 물었다. 「이 반지들이 무엇을 의미하는지 알아요?」 「모릅니다. 하지만 원하시면 알려 주세요.」 「이것들은 내 사랑을 나눠 가진 남자들의 반지예요. 모두 합해서 아흔여덟 개죠. 그들을 가진 기념으로 간직하고 있어요. 그래서 당신들에게도 달라고 한 거죠. 이로써 백 개를 채운 거예요. 자, 보세요!」 여인은 말을 이었다. 「이 못난 정령 놈이 지금까지 찰거머리처럼 내게 붙어 다니면서 주의하고 경계하며 단속했지만, 난 지금까지 백 명의 애인을 가진 거예요. 나를 이처럼 유리 궤짝 속에 가둬 놓고, 또 바닷속 깊은 곳에 꼭꼭 숨겨 놓아도 아무 소용없었지요. 별별 수단을 다 써도 나는 이놈을 속일 수 있었어요. 자, 이제 아시겠죠? 여자가 일단 어떤 계획을 세우고 나면 이 세상 그 어떤 남편, 그 어떤 연인이라 해도 막을 수 없다는 사실을요. 남자들은 여자들을 억누르려 하지 않는 편이 좋을 거예요. 그게 오히려 여자들을 현숙하게 만드는 방법이니까요.」귀부인은 이렇게 말하고 나서, 그들의 반지를 다른 것들과 함께 꿰어 놓았다. 그런 다음 다시 아까의 자리에 앉아 아직 전혀 깨어날 기미가 없는 정령의 머리를 살짝 들어 무릎에 올려놓은 후, 두 왕에게 물러가라고 손짓했다.

그들은 왔던 길로 다시 길을 떠났다. 그리고 귀부인과 정령이 보이지 않게 되자, 샤리아는 샤즈난에게 말했다. 「자, 동생아! 지금 우리에게 일어난 이 일을 어떻게 생각하는가? 그 정령의 애인이란 여자, 참으로 대단하지 않은가? 이 세상 그 무엇도 여자들의 간특함에 비하면 아무것도 아니군. 자네도 그렇게 생각하나?」「물론입니다, 형님.」타타르 국왕이 대답했다. 「또한 이 정령이야말로 형님보다도 한층 가련하고 불행한 존재라는 사실, 형님도 그렇게 생각하시겠죠? 자, 우리가 찾던 것을 이렇게 찾았으니 이제는 각자의 나라로 돌아갑시다. 그렇다고 해서 우리가 다시 결혼하지 말라는 법은 없어요. 이제 저는 알 것 같아요. 어떤 방법을 사용해야만 여인이 나에 대한 정절을 온전히 지키게 할 수 있을는지요. 지금 당장으로서는 자세히 설명해 드리고 싶지 않아요. 하지만 언젠가는 형님께서도 이에 대한 소식을 듣게 될 겁니다. 그리고 그때 형님께서도 제 생각을 따르시게 되리라고 확신합니다.」술탄은 동생의 의견에 동의했다. 그들은 다시 걷기 시작하여, 숙영지를 떠난 사흘째 밤이 끝날 무렵에 다시 돌아왔다.

술탄이 돌아왔다는 소식은 곧 퍼져 나갔고, 아침이 밝자마자 신하들이 그의 막사 앞에 모여들었다. 이에 술탄은 그들 모두를 들어오게 하여 평소보다도 활짝 웃는 낯으로 그들을 영접하고는 갖가지 선물을 하사했다. 그러고 나서 이제 더 멀리 가고 싶지 않다며 모두들 말에 오르라고 명했다. 그리고 모든 신하들을 이끌고 즉시 궁으로 돌아왔다.

도착하자마자 그는 왕비의 궁실로 달려갔다. 그리고 즉시 왕비를 포박하여 대재상에게 넘겨주고는 교수형에 처하라고 명했다. 대재상은 왕비가 무슨 죄를 저질렀는지조차 알지 못한 채 왕명을 집행해야만 했다. 분노한 군주는 그것으로 끝내지 않고, 직접 칼을 뽑아 왕비의 시녀들 목을 하나하나 베었다. 이렇게 엄한 벌을 내리고 난 후 그는 이 세상에 현숙한 여인은 한 사람도 없다는 확신에, 또 앞으로 취하게 될 여인들이 부정한 짓을 저지르지 못하게끔, 앞으로는 매일 밤 한 명의 여인과 결혼하여 같이 자되 하룻밤을 지내고 난 다음에는 교수형에 처하리라 결심했다. 이 잔혹한 법을 고안해 낸 그는 타타르 왕이 떠나는 즉시 이 법을 시행하리라고 맹세했다. 타타르 왕은 형에게 작별 인사를 한 후, 그에게서 받은 산더미 같은 선물을 낙타에 싣고 귀국 길에 올랐다.

샤즈난이 떠나자, 샤리아는 대재상에게 어떤 장군의 딸을 데려오라고 명했다. 재상이 처녀를 데려오자 술탄은 함께 잠자리에 들었다. 그리고 다음 날 그는 그녀를 재상의 손에 넘겨 죽이게 한 후, 또다시 다음 밤을 함께 보낼 다른 처녀를 찾아 오라고 명했다. 이런 잔인한 명령을 수행해야 하는 대재상의 마음은 역겨움으로 가득했지만, 술탄의 명이었으므로 시키는 대로 하는 수밖에 없었다. 그래서 이번에는 어떤 하급 관리의 딸을 데려왔고, 그녀 역시 다음 날 죽음을 맞았다. 그다음은 수도의 어떤 양갓집 규수의 차례였다. 이렇게 매일 한 명의 아가씨가 처녀로 결혼하여 첫날밤을 치르고 죽어 나가는 일이 반복되었다.

유례를 찾기 힘든 이 비인간적 행위는 도성 전체를 경악하게 했다. 여기저기에서 들려오는 것은 찢어지는 듯한 울음소리와 애절한 한탄뿐이었다. 이 집에서는 딸을 잃어 절망한 아비의 흐느낌이 솟아올랐고, 저 집에서는 같은 운명이 딸에게 닥쳐올 것을 예감한 어미가 토하는 신음 소리가 허공에 메아리쳤다. 그리하여 지금까지 술탄에게 쏟아지던 칭송과 축복의 소리는 간데없이 사라졌고, 대신 도성 안에는 술탄에게 퍼붓는 백성의 욕설만이 가득했다.

자신의 뜻과는 상관없이 이 끔직한 불의의 집행자가 된 대재상에게도 두 딸이 있었는데, 맏이의 이름은 셰에라자드이고 둘째의 이름은 디나르자드였다. 둘째 역시 장점이 없지 않은 아가씨였지만 첫째는 여성으로서 보기 드문 용기와 무한한 재치와 경탄스러운 통찰력을 지니고 있었다. 그녀는 무수한 책을 읽었을 뿐 아니라 기억력 또한 비상하여 한 번 읽은 것은 결코 잊는 법이 없었다. 그녀는 철학, 의학, 역사, 각종 예술에 능통했으며 당대의 가장 뛰어난 시인들을 능가하는 훌륭한 시를 짓곤 했다. 여기에 뛰어난 미모를 가졌으며, 이 모든 미덕들을 완성하는 왕관과도 같은 견고한 덕성을 지니고 있었다.

이처럼 사랑받을 자격이 충분한 딸을 재상은 끔찍이도 아꼈다. 어느 날, 부녀가 대화를 나누고 있는데 셰에라자드가 말했다. 「아버님! 아버님께 한 가지 간청이 있사오니, 꼭 좀 들어주세요.」 「거절하지 않으마. 그 부탁이 올바르고 사리에 맞는 것이라면 말이다.」 「사실 더 이상 옳을 수 없는 일이지요.」 셰에라자드는 말을 이었다. 「제 뜻을 깊이 헤아려 주신다면 아버님께서도 저의 부탁이 옳다고 인정해 주실 거예요. 제게는 지금 술탄님께서 이 도성의 각 가정에 범하고 계신 그 야만스러운 행위를 중단시키려는 뜻이 있습니다. 저는 딸을 잃게 될까 봐 떨고 있는 이 도성 어머니들의 두려움을 없애 주고 싶답니다.」「내 딸아, 너의 뜻이 참으로 가상하구나.」 재상은 대답했다. 「하지만 네가 치료하고자 하는 병은 내가 보기엔 고쳐질 가망이 없는 거란다. 근데 대체 어떻게 하겠다는 거냐?」「아버님!」 셰에라자드가 다시 입을 열었다. 「술탄께서 매일 새 결혼식을 거행할 수 있는 것은 바로 아버님의 중개를 통해서잖아요? 그러니 저에 대한 아버님의 따뜻한 사랑에 힘입어 간절히 부탁을 드리건대, 술탄의 잠자리에 들 수 있는 영예를 제게도 허락해 주세요.」 정말이지 재상으로서는 끔찍한 말이 아닐 수 없었다. 그는 펄쩍 뛰며 딸의 말을 막았다. 「하느님 맙소사! 얘야! 너 정신이 나갔니? 어떻게 그런 위험하기 짝이 없는 부탁을 하는 거냐! 지금 너는 술탄께서 한 여인과는 단 하룻밤만 잘 것이며, 다음 날에는 그녀의 생명을 빼앗겠노라고 맹세하셨다는 사실을 모른단 말이냐? 아니, 알면서도 그분과 결혼하겠다고 말하고 있는 거냐? 너의 이런 경솔한 생각이 어떤 위험을 가져올지 대체 알고나 있는 거냐?」「아버님, 잘 알고 있습니다.」 이 현숙한 처녀는 대답했다. 「저에게 어떤 위험이 기다리고 있는지 잘 알고 있어요. 하지만 저는 전혀 두렵지 않아요. 만일 제가 죽는다면 그건 영광스러운 죽음일 거예요. 반대로 제 계획이 성공한다면 저는 이 나라에 중대한 기여를 하게 되는 거고요.」「안 돼! 절대로 안 될 말이야!」 재상이 외쳤다. 「네가 이 무서운 위험에 뛰어들기 위해 무슨 말을 하든지 간에, 내가 동의해 주리라고는 꿈에도 생각지 말아라. 술탄께서 네 가슴에 비수를 꽂으라고 명하신다면, 아아! 그때는 그 명에 따르지 않을 수 없단 말이다! 그게 어찌 아비로서 할 수 있는 짓이겠느냐! 죽음을 두려워하지 않는다고? 하지만 내 손을 네 피로 물들여

야 하는, 그 죽음보다도 무서운 고통을 이 애비에게 안겨 줄 일은 생각해 보지 않았더냐?」 세에라자드는 고집을 꺾지 않았다. 「다시 한 번 말씀드리지만, 제 부탁을 제발 들어주세요.」 「네가 그렇게 끈덕지게 우겨 대니 이제는 화마저 나는구나!」 재상이 소리쳤다. 「도대체 왜 제 발로 불구덩이에 뛰어들려 하는 거냐? 위험한 일의 결말을 예측하지 못하는 자는 무사히 빠져나올 수 없는 법이다. 나는 어떤 당나귀의 운명이 네게도 똑같이 닥치지 않을까 걱정이다. 행복한 처지에 있었건만, 제자리를 지키지 못했던 어리석은 당나귀 말이다.」 「그 당나귀한테 어떤 불행이 일어났던 거죠?」 세에라자드가 물었다. 「그럼 이야기해 줄 테니 잘 들어 보려무나.」 재상이 이야기를 시작했다.

우화 — 당나귀, 황소, 그리고 농부

 시골에 집을 여러 채 가진 부유한 상인이 있었단다. 농장에는 갖가지 종류의 가축들도 잔뜩 키우고 있었지. 상인은 자기 농토를 직접 경작하기 위해 아내와 자식들을 데리고 낙향했어. 그런데 그에게는 짐승들이 하는 말을 알아듣는 신통한 재주가 있었단다. 다만 한 가지 조건이 있었는데, 그건 알아들은 내용을 아무에게도 누설하지 못한다는 거였지. 말하면 목숨을 잃게 되는 까닭이었어. 때문에 그는 이 신통한 재주로 알아들은 내용을 다른 사람들에게 알려 줄 수 없었지.
 그에게는 여물통을 같이 쓰는 황소 한 마리와 당나귀 한 마리가 있었어. 어느 날 상인이 그들 곁에 앉아 마당에서 아이들이 노는 모습을 즐거운 마음으로 지켜보고 있는데 황소가 당나귀에게 말하는 소리가 들려오는 거야. 「똑똑한 친구여! 나는 자네를 볼 때마다 참으로 행복한 짐승이라는 생각이 드네. 자넨 항상 휴식을 즐기고, 해야 할 일도 별로 없는 것 같아. 또 사람들은 자네를 정성껏 글겅이질해 주고, 씻어 주고, 체로 곱게 친 귀리와 신선하고 깨끗한 물로 먹여 주지. 자네에게 가장 힘든 일이 있다면, 주인이 간단한 여행을 해야 할 일이 생겼을 때 그 양반을 태워 주는 것 정도야. 이것만 빼놓으면 자네의 삶은 한가하게 흘러가지. 하지만 사람들이 나를 다루는 방식은 천양지차야. 자네의 삶이 유쾌한 것만큼이나 내 삶은 불행하다네. 자정이 갓 지났다 싶은 이른 새벽부터 나를 쟁기에다 매어 놓고, 온종일 그걸 끌고 다니며 땅을 파게 만들지. 너무도 고되어 기력이 한 방울도 남아 있지 않을 때가 한두 번이 아니라네. 하지만 농부는 항상 내 뒤를 따라다니며 쉬지 않고 때려 대지. 이렇게 쟁기를 끌다 보면 내 목의 가죽은 심하게 벗겨지기 일쑤라네. 또 이렇게 아침부터 밤까지 일하고 집에 돌아오면, 사람들이 먹으라고 던져 주는 것은 흙도 제대로 털어 내지 않은 형편없이 말라비틀어진 잠두콩이나, 이보다 낫다고 할 수 없는 것들뿐이야. 무엇보다도 비참한 것은, 이렇게 맛대가리 없는 것들을 먹고 나서 내가 싼 똥 더미 속에 누워 밤을 보내야 한다는 사실일세. 자, 왜 내가 자네 신세를 부러워하는지 이해하겠는가?」

당나귀는 황소가 하는 말을 끊지 않고 하고 싶은 말을 다 하게 놔두었어. 그리고 황소가 말을 끝맺자 입을 열었지.「사람들이 왜 자네를 멍청이라고 하는지 그 이유를 이제야 알겠군. 자네는 너무 단순해. 자네는 사람들이 이끄는 대로 끌려가기만 할 뿐, 단호하게 결심을 하지는 못하네. 하지만 지금 자네가 겪고 있는 이 모든 모욕들, 이것들을 통해 자네가 얻는 것이 뭔가? 자네는 자네에게 털끝만치도 고마워하지 않는 자들의 휴식과 쾌락과 이득을 위해 스스로를 죽도록 혹사하고 있는 것 아닌가? 만일 자네가 힘만큼이나 용기가 있다면 사람들은 자네를 그런 식으로 다루지 않을 걸세. 사람들이 자네를 여물통에 매어 놓으려고 할 때 말이야, 왜 맞버티지 않나? 왜 뿔로 몇 방 박아 버리지 않나? 왜 뒷발로 땅을 차면서 자네의 분노를 드러내지 않나? 왜 무시무시한 울음소리로 그들을 두렵게 하지 않느냐는 말이야! 대자연은 자네에게 사람들의 존중을 받을 만한 힘을 주었건만, 자네는 그걸 사용하지 않고 있네. 그들이 자네에게 형편없는 잠두콩이며 지푸라기 따위를 갖다 주고 있나? 그럼 먹지 말게. 그냥 냄새만 한 번 맡고서 그대로 놔두게. 만일 내 충고를 따른다면 자네에게도 변화가 찾아올 것이며, 자네는 내게 감사하게 될 걸세.」

황소는 정말 좋은 의견이라고 생각하며, 어떻게 감사해야 할지 모르겠다고 말했어. 그러고 나서 이렇게 덧붙였지.「똑똑한 친구여! 자네가 말한 대로 실행하겠네. 내가 어떤 식으로 하는지 두고 보게나!」 이 말 후에 두 짐승은 입을 닫았어. 하지만 상인은 한마디도 빼놓지 않고 다 듣고 난 후였지.

다음 날 아침이 되었단다. 상인의 농토를 경작하는 농부가 황소를 데리러 갔어. 그는 녀석을 쟁기에 매어서 늘 가는 일터로 데려갔지. 그런데 당나귀의 충고를 잊지 않은 황소는 그날 몹시도 심술을 부려 댔지. 저녁에 농부가 황소를 여물통에 끌고 와 평소처럼 거기에 매어 놓으려 하자 이 영악해진 짐승은 뿔을 내어놓으려 하지 않고 버텼을 뿐 아니라, 울어 대면서 뒷걸음쳤어. 심지어는 농부를 찌르려는 기세로 뿔을 아래로 내리기까지 하는 거야. 이렇게 황소는 당나귀가 가르쳐 준 꾀를 모두 실행했던 거지. 다음 날, 농부는 다시 황소를 경작지로 데려가려고 왔어. 하지만 여물통 속에는 어제 넣어 준 잠두콩이며 지푸라기가 그대로 있었고, 벌렁 누운 황소는 네 다리를 쭉 뻗치고서 이상한 소리를 내며 헐떡대고 있는 게 아니겠어? 이에 농부는 황소가 병이 들었나 보다 생각하고 불쌍한 마음이 들었어. 그래서 녀석을 일터로 데려가 봐야 소용없겠다 생각하고, 곧장 상인에게 와서 이 사실을 보고했지.

상인은 황소가 그 〈똑똑한 친구〉의 충고를 따른 것임을 눈치챘어. 그래서 당나귀 녀석에게 응분의 벌을 내리기로 마음먹고 농부에게 이렇게 말했어. 「황소 대신 당나귀를 데려가게나. 그리고 녀석에게 운동을 충분히 시키는 것을 잊지 말게나.」 농부는 그의 말을 따랐어. 그래서 당나귀는 그날 온종일 쟁기를 끌어야만 했지. 이런 종류의 일에는 익숙지 않았으므로 그 고단함이란 말할 수가 없었지. 게다가 수도 없이 몽둥이 세례를 받아 집에 돌아올 때는 몸도 제대로 가눌 수 없었어.

한편 황소는 더없이 흐뭇한 기분이었어. 그는 여물통에 있는 것을 모두 먹어 치운 후, 하루 종일 편히 쉴 수 있었거든.

그는 똑똑한 친구의 충고를 따르길 정말이지 잘했다고 생각하며 기뻐했어. 자기에게 행복을 가져다준 이 친구에게 속으로 무수히 축복을 기원했고, 그가 돌아오는 모습을 보고서 다시 한 번 칭송의 말을 던졌지. 하지만 당나귀는 아무런 대꾸도 하지 않았어. 이처럼 험한 취급을 받은 것에 대해 원통한 심정뿐이었던 거야. 그는 속으로 생각했어. 〈그래! 나의 경솔함이 이 불행을 자초한 거야. 나는 행복하게 살고 있었고, 모든 것이 장밋빛이었고, 원하는 모든 것을 갖고 있었어. 그런데 한순간의 실수로 이 한심한 지경에 빠져 버린 거야. 이 곤경에서 빠져나올 수 있는 꾀를 생각해 내지 못하는 한, 난 이제 망해 버린 거라고.〉 이렇게 생각하면서, 기진맥진한 당나귀는 여물통 밑에 반쯤 죽은 상태로 쓰러져 버렸어.

대재상은 여기까지 이야기를 마치고 셰에라자드에게 말했다. 「얘야! 지금 네가 하고 있는 짓이 이 당나귀하고 똑같다. 너의 경솔함이 파멸을 자초하고 있는 거야. 자, 부디 내 말을 듣거라. 그냥 가만히 있어! 제발 너의 죽음을 앞당기는 짓일랑 하지 말란 말이다.」 「아버님!」 셰에라자드가 대답했다. 「아버님께서 지금 해주신 이야기가 저의 결심을 돌려놓을 수는 없어요. 그리고 술탄님의 아내가 될 수 있게끔 저를 그분께 소개해 주겠다고 허락하시기 전까지는 계속 아버님을 귀찮게 굴 거예요.」 그녀가 조금도 물러설 기미를 보이지 않자 재상은 이렇게 대꾸했다. 「좋다! 네가 이처럼 고집을 꺾으려 하지 않으니, 나도 어쩔 수 없이 방금 전에 이야기했던 상인이 그의 마누라를 다룬 방식으로 너를 다룰 수밖에 없겠구나. 자, 이야기를 계속 들어 보거라.」

당나귀가 가련한 상태에 빠져 있다는 소식을 전해 들은 상인은 놈과 황소 사이에 무슨 일이 일어나게 될지 궁금해졌어. 그래서 야참을 먹은 후 아내와 달빛을 즐기러 나와서 녀석들 옆에 앉았지. 그런데 그곳에 도착했을 때 당나귀가 황소에게 이런 말을 하는 게 들리는 거야. 「친구여! 한 가지 꼭 물어보고 싶은 게 있네. 내일 농부가 먹을 것을 가져다주면 어떻게 할 참인가?」 황소는 대답했어. 「어떻게 할 거냐고? 계속 자네가 가르쳐 준 대로 하겠네. 먼저 몸을 빼고, 어제처럼 농부 쪽으로 뿔을 들이댈 거야. 그리고 병든 척할 거야. 절망적인 상태에 빠진 양 연기하겠네!」 이때 당나귀가 말을 끊었어. 「조심하게! 그건 망하는 지름길이야! 어제저녁에 집에 도착하면서 우리 주인인 상인이 하는 말을 들었는데 정말 몸이 오싹하더라고.」 「아니, 대체 무슨 말을 들었기에?」 황소는 깜짝 놀라 물었어. 「숨기지 말고 얘기 좀 해주게나. 똑똑한 친구여, 제발 부탁이네!」 이에 당나귀는 다시 입을 열었어. 「우리 주인이 농부에게 이런 슬픈 이야기를 하고 있었어. 〈황소 녀석이 먹지 못하고 몸도 제대로 가누지 못하니 내일 당장 놈을 잡아야겠어. 고기는 하느님의 사랑을 실천하기 위해 가난한 사람들에게 나누어 주고, 가죽은 우리에게 필요할 것이니 끈장이에게 전해 주게나. 그러니 내일 꼭 백정을 불러 오게나!〉 자, 이상이 내가 자네에게 알려 줘야 할 사실이었네.」 그리고 당나귀는 이렇게 덧붙였어. 「나는 다만 자네가 목숨을 보전하기를 바라는 마음에서, 그리고 자네에 대한 깊은 우정 때문에 이 사실을 알려 주는 것이라네. 그리고 마찬가지 이유로 또 한 가지 충고를 해주고 싶네. 내일 자네가 먹을 잠두콩과 지푸라기를 가져오면 벌떡 일어나서 달려들어 게걸스럽게 먹어 치우게. 그걸 보면 주인은 병이 나았다고 생각하고 자네를 잡자던 얘기를 취소할 테니까. 만약 다른 식으로 행동하면, 그때는 자네는 끝장나는 걸세.」

이 말은 당나귀가 기대한 효과를 낳았어. 황소는 심히 동요되어 두려움에 가득 찬 목소리로 울어 댄 거지. 한편 두 짐승의 대화를 주의 깊게 듣고 난 상인은 너무나도 우스워 큰 소리로 웃어 댔고, 옆에 있던 아내는 깜짝 놀랐어. 그러고는 남편에게 물어 왔지.「아니, 왜 그렇게 크게 웃는 거예요? 얘기 좀 해봐요, 나도 같이 좀 웃게.」「하하, 여보……. 그냥 내가 웃는 걸 보는 것으로만 만족해요.」상인의 대답이었어. 하지만 아내는 다그쳐 댔지.「싫어요! 대체 무슨 영문인지 알고 싶어요.」「그럴 수는 없소. 그냥 우리 당나귀 놈이 황소 놈에게 한 말 때문에 웃는다고만 알아 두구려. 그 나머지는 비밀이어서, 그걸 당신에게 밝힐 수는 없어.」「대체 무엇 때문에 그 비밀을 내게 말해 주면 안 된단 말이죠?」「그걸 말하면 내 목숨이 날아간단 말이야!」「지금 나를 가지고 장난치는 거예요?」아내는 소리 질렀지.「왜 조금 전에 당신이 웃었는지, 당나귀와 황소가 무슨 말을 했는지 당장에 알려 주지 않는다면, 하늘에 계신 위대하신 하느님께 걸고 맹세하건대, 우리 사이는 이제 끝장이에요!」

말을 마친 그녀는 집으로 들어가 방 한구석에 몸을 처박고는 밤새도록 꺼이꺼이 울어 댔어. 남편은 혼자 잠자리에 들었지. 그리고 다음 날 그녀가 계속 질질 짜고 있는 모습을 보고 이렇게 말했어.「그렇게 스스로를 괴롭히고 있다니 당신도 참 현명치 못하오. 그럴 만한 일도 아닌데 말이야. 이건 나로서는 반드시 비밀을 지켜야 할 사실이지만, 당신은 알아 봤자 아무런 중요성도 없는 일이란 말이오. 그러니 제발 부탁하는데, 더 이상 생각하지 마시오.」「하지만 아직도 자꾸 생각난단 말이에요! 당신이 내 호기심을 풀어 주지 않는 한 이렇게 계속 울 수밖에 없다고요.」「하지만 내가 당신의 경솔하기 짝이 없는 요청에 굴복할 경우, 내 목숨이 날아간다고 당신에게 심각하게 말하고 있잖소!」「그 어떤 일이 일어난대도 상관없어요. 난 꼭 알고야 말 거예요.」 철없는 아내의 대답이었어. 「당신 지금 도저히 말귀가 통하지 않는 상태라는 걸 알겠군. 좋아! 그렇게 고집을 부려 스스로 명을 재촉하고 있는 것 같은데, 그렇다면 당신 자식들을 모두 불러 모아야겠어. 최소한 죽기 전에 당신 얼굴이라도 한 번 볼 수 있도록 말이야.」 이렇게 말한 상인은 자식들을 불렀고, 또 아내의 부모와 친척들도 불러오게 했지. 그리고 모두가 모인 자리에서 그는 상황을 설명했어. 이에 사람들은 이렇게 고집을 꺾지 않고 버티는 것이 잘못된 것임을 여자에게 이해시키려고 갖은 애를 다 썼어. 하지만 그녀는 누구의 말도 듣지 않았으며, 남편의 뜻에 굴복하느니 차라리 죽어 버리겠다고 버텼지. 여자의 부모가 그녀를 따로 불러 지금 그녀가 알고 싶어 하는 것은 그녀에게 조금도 중요한 것이 아니라고 설득해 보았지만 아무런 소용이 없었어. 부모로서의 권위와 논리도 그녀의 정신에는 아무런 영향도 주지 못했던 거지. 이처럼 그녀의 고집을 꺾어 보고자 사람들이 내놓은 좋은 의견들을 모두 거부하는 어미의 모습을 보고, 자식들은 통곡하기 시작했어. 상인 자신도 어찌해야 할지를 모르고 망연자실해 있었지. 이제 집 대문간에 쪼그리고 앉은 그의 머릿속에는, 자신이 몹시도 사랑하는 이 마누라의 생명을 구하기 위해 자기 목숨을 희생해야 하는 건 아닌가 하는 생각마저 들고 있었어.

그런데 애야, 이 상인에게는 암탉 쉰 마리와 수탉 한 마리, 그리고 집을 잘 지키는 개 한 마리가 있었단다. 아까 말한 대로 상인이 대문간에 앉아서 이제 어떻게 해야 할지 고민하고 있을 때였지. 수탉이 암탉 한 마리를 올라타고 있는데, 개가 부리나케 달려오며 이렇게 말하는 거야.

「야, 이 수탉 녀석아! 하느님께서 제발 좀 너의 수명을 줄여 주셨으면 좋겠다! 오늘 같은 날 네놈이 하고 있는 짓거리가 부끄럽지도 않냐?」 이에 수탉은 위협적인 자세로 개를 향해 몸을 돌리며 거만하게 말했어. 「그래, 왜 다른 날은 되는데 하필 오늘은 안 된다는 거냐?」 「모르면 좀 알아 둬라, 이놈아! 우리 주인댁에는 오늘 큰 우환이 있단 말이다. 만일 누설될 경우 주인 양반의 목숨이 날아갈 수 있는 비밀이 있는데, 지금 안주인이 그걸 밝혀 달라고 버티고 있어. 게다가 물러 터진 주인 양반께서는 마누라의 고집에 굴복할지도 모른단 말이야. 그 양반은 어쨌든 아내를 사랑하고 있는 데다, 그녀가 쉬지 않고 짜내는 눈물 앞에 마음이 약해지고 있거든. 자칫하면 그 양반 목숨이 날아가게 될지도 모를 판이야. 이렇게 온 집안이 비상사태이거늘, 너는 우리 모두의 슬픔을 비웃듯 뻔뻔스러운 낯짝으로 네 암탉들하고 재미만 보고 있을 수 있는 거냐?」

이러한 개의 질책에 대해 수탉은 다음과 같이 대답했어. 「참, 우리 주인 양반도 답답하시구먼! 마누라가 하나밖에 없는데 그것조차 제대로 처리 못하다니! 난 말이야, 마누라가 쉰 마리나 있지만 모두들 군소리 없이 내 말을 잘 듣고 있잖아! 그 양반이 정신만 제대로 차린다면 지금의 곤경에서 쉽게 빠져나올 수 있을 텐데 말이야.」 「뭐라고? 어찌해야 되는데?」 궁금해진 개가 물었어. 「마누라가 처박혀 있는 방으로 가는 거야. 방문을 안에서 잠근 다음, 튼실한 몽둥이 하나를 가져다가 한 1천 대만 갈겨 주는 거지. 내 단언하는데, 그녀는 아주 얌전해져서 밝혀서는 안 될 것을 말하라고 졸라 대는 일은 두 번 다시 없을 걸세.」 상인은 수탉의 말을 듣자마자 벌떡 일어나 큼직한 몽둥이 하나를 찾아 들고 아내가 아직도 울고 있는 방으로 들어갔지. 그는 문을 잠근 후 다짜고짜 아내를 무자비하게 패댔고 아내의 입에서는 비명이 터져

나왔지.「그만해요! 여보! 이제 그만해요! 알았어요! 다시는 아무것도 묻지 않을게요!」엉뚱한 호기심을 품었던 것을 후회하는 아내의 모습을 본 상인은 그제야 매질을 멈추었어. 그가 문을 열자, 일가친척들이 모두 들어왔어. 모두들 여인이 고집을 꺾은 것을 기뻐했으며, 마누라가 정신을 찾게 하기 위해 그토록 훌륭한 묘책을 찾아낸 남편에게 칭찬을 아끼지 않았지.

「애야!」대재상은 덧붙여 말했다.「너도 이 상인의 마누라와 같은 방식으로 다뤄지면 좋겠니?」「아버님!」셰에라자드가 대답했다.「제발 부탁드리건대, 제가 이렇게 제 생각을 고집한다고 나쁘게 보지 말아 주세요. 그 여자의 이야기도 저의 굳은 결심을 흔들 수 없답니다. 사실 저도 제 계획에 반대하지 않으시게끔 아버님을 설득할 수 있는 이야기들을 얼마든지 할 수 있어요. 그리고 감히 말씀드리거니와, 아버님이 반대하셔도 소용없는 일이에요. 만일 아버님께서 저를 사랑하신다는 이유로 제 청을 들어주실 수 없다면 제가 직접 술탄님을 찾아갈 테니까요.」

딸의 단호함에 밀려 결국 아비는 자신의 불행한 운명을 받아들일 수밖에 없었다. 그는 너무나도 무서운 딸아이의 결심을 돌릴 수 없음에 심히 마음이 아팠지만, 그 즉시 샤리아를 찾아가 다음 밤에는 셰에라자드를 데려오겠노라고 말했다.

술탄은 대재상이 자신에게 바치는 이 희생에 크게 놀라 이렇게 말했다.「아니, 경은 어떻게 자신의 영애를 내게 데려올 결심을 했단 말이오?」「폐하!」대재상은 대답했다.「딸아이가 자청했사옵니다. 자신을 기다리고 있는 슬픈 운명이 조금도 두렵지 않은 모양입니다. 하룻밤 폐하의 신부가 되는 영예를 자기 생명보다도 더 귀히 여기고 있으니까요.」「하지만 재상, 오산하지는 마시오!」 술탄이 말했다. 「내일 세에라자드를 경의 손에 넘기면서 그녀의 목숨을 빼앗으라고 명할 것이오! 만일 명을 이행하지 않을 경우, 그때는 경의 목숨을 내놓아야 할 것이오!」 「폐하!」 재상이 떨리는 목소리로 대답했다. 「폐하의 명을 이행하는 제 마음은 고통으로 신음할 것입니다. 하지만 저의 부정(父情)이 한탄해 봤자 아무 소용없을 것입니다. 저는 한 아비이기에 앞서 폐하의 충성스러운 신하이니까요.」 샤리아는 재상의 제의를 받아들였다. 그리고 언제라도 좋으니 딸을 데려오라고 말했다.

재상은 집에 돌아와 이 소식을 세에라자드에게 전했다. 이에 그녀는 세상에서 가장 유쾌한 소식을 듣기라도 한 양 뛸 듯이 기뻐하면서, 아버지에게 매우 중요한 일을 해주셔서 감사하다고 말했다. 그녀는 부친이 고통에 잠겨 있는 모습을 보고는 그를 위로했다. 자신을 술탄과 결혼시킨 것을 결코 후회하지 않을 것이며, 오히려 아버님은 분명히 남은 생애 동안 이로 인해 기뻐하시게 되리라고 말했다.

이제 그녀는 술탄 앞에 나아가기 위해 몸단장을 하느라 여념이 없었다. 그리고 출발하기 전에 동생 디나르자드를 따로 불러 이렇게 말했다. 「사랑스러운 동생아! 나는 지금 매우 중요한 일을 할 터인데, 너의 도움이 필요하구나. 거절하지 말고 꼭 들어주길 바란다. 아버님은 지금 나를 술탄의 아내로 삼기 위해 궁전에 데려가실 거란다. 저런, 무척 놀라는구나! 무서워 말고 차분하게 내 말을 들어 보렴. 술탄님을 뵙게 되면, 나는 이 기쁜 밤을 너와 함께 보낼 수 있도록 너도 신방(新房)에 들게 해달라고 그분께 부탁할 거야. 만일 내 희망대로 그분이 내 청을 들어주신다면, 너는 잊지 말고 반드시 해야 할 일이 하나 있어. 즉 동트기 한 시간 전에 내게 이런 식으로 말해 줘야 하는 거야. 〈언니! 만일 자고 있지 않으면, 한 가지 부탁이 있어요. 조금 있으면 동이 틀 터인데, 그때까지 언니가 알고 있는 그 많은 재미난 이야기 중 하나를 들려주세요!〉 그러면 나는 즉시 네게 이야기 하나를 들려줄 거야. 그리고 이런 방법을 사용하여 나는 도탄에 빠져 있는 우리 백성들을 구해 내게 될 거란다.」 디나르자드는 언니가 부탁하는 것을 기꺼이 하겠노라고 대답했다.

 잠자리에 들 시간이 되자 대재상은 셰에라자드를 궁전으로 데리고 갔다. 그리고 그녀를 술탄의 처소까지 인도해 준 후 물러갔다. 둘만 남게 되자 술탄은 그녀에게 얼굴을 가린 너울을 벗으라고 명했다. 드러난 그녀의 용모는 너무도 아름다워서 술탄은 대번에 매혹되었다. 하지만 그녀의 얼굴이 온통 눈물에 젖어 있는 것을 발견하고는 그 이유를 물었다. 「폐하! 제게는 제가 너무나도 사랑하며, 또 저를 너무나도 사랑하는 여동생이 하나 있사옵니다. 바라옵건대, 그 애에게 작별 인사를 할 수 있도록 이 방에서 함께 밤을 보낼 수 있게 해 주세요. 동기간의 정을 마지막으로 표할 수 있는 기회를 갖게 된다면 저로서는 큰 위안이 될 것이옵니다.」 이에 샤리아는 응낙하고 즉시 사람을 시켜 디나르자드를 데려오게 하였다. 술탄은 셰에라자드와 잠자리에 들었다. 그들의 침상은 동방의 군주들의 방식대로 높직한 단 위에 놓여 있었으며, 디나르자드의 침상은 그 단 밑에 마련되어 있었다.

 동트기 한 시간 전, 잠에서 깨어난 디나르자드는 잊지 않고 언니가 시킨 대로 큰 소리로 말했다. 「언니! 만일 자고 있지 않으면 한 가지 부탁이 있어요. 조금 있으면 동이 틀 터인데, 그때까지 언니가 알고 있는 그 많은 재미난 이야기 중 하나를 들려주세요! 아아! 이런 즐거운 시간을 가지는 것도 이번이 마지막일 테니까요!」

 셰에라자드는 동생에게 대답하는 대신 술탄에게 말했다.

「폐하! 제 동생의 청을 들어주는 것을 허락해 주시겠나이까?」「기꺼이 들어주겠소.」 술탄의 대답이었다. 그러자 셰에라자드는 동생에게 그럼 이야기를 들려줄 테니 잘 들으라고 말했다. 그러고는 샤리아 쪽으로 몸을 돌려 다음과 같이 이야기를 시작했다.

상인과 정령

Le marchand et le génie

첫 번째 밤

폐하! 옛날에 큰 재산을 가진 상인이 하나 있었습니다. 그는 땅 부자에다 상품을 산더미같이 갖고 있었으며, 현금도 넘쳐 났습니다. 또한 수많은 점원들이며 짐꾼들, 그리고 종들을 거느리고 있었습니다. 상담(商談)을 위해 때때로 여행을 해야 했던 이 상인은 어느 날 중요한 용무가 생겨 사는 곳에서 멀리 떨어진 곳에 가게 되었습니다. 그는 말을 타고 길을 떠났습니다. 말 궁둥이에는 큰 보따리 하나가 실려 있었는데, 그 안에는 대추야자와 비스킷 같은 식량이 들어 있었습니다. 먹을 것을 구할 수 없는 황량한 고장을 지나야 했으므로 넣어 놓은 것들이었습니다. 상인은 무사히 목적지에 도착했고, 용무를 마치고 나서는 집에 돌아가려고 다시 말에 올랐습니다.

길을 떠난 지 나흘째 되던 날, 그는 뜨거운 햇볕과 지열을 견디지 못하고 길을 벗어나 들판 가운데 보이는 나무들 아래로 몸을 식히러 갔습니다. 그리고 거기에서 커다란 호두나무 아래 아주 맑은 물이 흐르는 샘을 하나 발견했습니다. 말에서 내린 상인은 말을 나뭇가지에 매어 놓고는 샘물 곁에 앉았습니다. 그리고 보따리에서 대추야자와 비스킷 몇 개를 꺼내고 대추야자를 먹으면서 씨를 여기저기에 던졌습니다. 이처럼 간소하게 식사를 마친 후, 독실한 이슬람 신도였던 그는 손과 얼굴과 발을 물로 씻은 후 기도를 드렸습니다.

그가 아직 땅바닥에 무릎을 꿇고 있는데, 늙어서 털이 허옇게 센 데다가 몸집이 엄청나게 큰 정령 하나가 나타났습니다. 손에 칼을 든 정령은 그의 앞으로 걸어오더니 무시무시한 목소리로 이렇게 말했습니다. 「일어나! 네놈이 내 아들을 죽인 것처럼 나도 이 칼로 네놈을 죽여야겠다!」 이렇게 말한 정령은 섬뜩한 소리로 울부짖었습니다.

흉측한 몰골의 정령이 이처럼 말하는 것을 듣고 두려움에 얼어붙은 상인은 벌벌 떨면서 대답했습니다. 「아이고, 나리! 제가 대체 무슨 죄를 지었기에 제 목숨을 빼앗겠다는 겁니까?」 그러자 정령은 아까의 말을 반복했습니다. 「나는 네놈이 내 아들을 죽인 것처럼 네놈을 죽이겠단 말이다!」 「세상에나! 제가 어떻게 당신 아들을 죽일 수 있단 말입니까? 저는 당신 아들을 알지도 못하고 본 적도 없단 말입니다.」 그러자 정령이 다시 말했습니다. 「네놈이 여기 도착하여 거기 앉지 않았더냐? 그리고 네 가죽 주머니에서 대추야자를 꺼내 그 씨를 여기저기에 던지지 않았더냐?」 「당신이 말한 대로입니다. 아니라고 부인하지 않겠습니다.」 「그런데 말이다. 네놈이 내 아들을 죽였단 말이다. 자, 내가 설명해 주겠다. 네놈이 대추야자 씨를 던지고 있을 때, 내 아들이 그 옆을 지나다가 씨 하나를 눈에 맞아 죽어 버렸단 말이다. 자, 그러니까 난 네놈을 죽여야겠어!」 「아이고, 나리! 용서해 주세요!」 상인은 비명을 질렀습니다. 「절대 용서할 수 없어! 네놈을 불쌍히 여길 필요는 조금도 없다고! 살인자는 죽음으로 처벌하는 것이 옳지 않은가?」「당연히 그렇습니다. 하지만 저는 절대 당신 아들을 죽이지 않았어요. 또 설사 그런 일이 있었다 하더라도, 저로서는 전혀 모르고 한 일이었습니다. 이렇게 비오니, 제발 용서하시고 저를 살려 주세요.」「안 돼, 안 돼!」 정령은 결심을 굽히지 않았습니다. 「네놈이 내 아들을 죽인 것처럼 나도 네놈을 죽여야겠어!」 이렇게 말한 후 정령은 상인의 팔을 꺾어 얼굴을 땅에 처박았습니다. 그리고 상인의 목을 자르려고 칼을 높이 치켜들었습니다.

상인은 눈물을 철철 흘리며 자신의 결백을 호소했습니다. 그리고 이제는 아내와 자식들도 못 보게 된다며 한탄하는 등 정령의 마음을 움직여 보려고 갖은 애를 썼습니다. 정령은 칼을 높이 치켜든 채로 상인의 말을 묵묵히 들었습니다. 하지만 무정한 마음은 조금도 움직이지 않았습니다. 대신 이렇게 소리쳤습니다. 「그렇게 울고 짜고 해봤자 소용없다! 네가 피눈물을 흘린다 할지라도, 난 기어코 네놈을 죽이고야 말겠다!」「뭐라고요? 정말로 아무것도 당신의 마음을 움직일 수는 없단 말입니까? 당신은 기어코 죄 없고 불쌍한 이 사람의 목숨을 빼앗아야만 하겠습니까?」「그래!」 정령이 대답했습니다. 「나는 그렇게 결심했어.」 정령은 이렇게 말하면서…….

이야기가 여기까지 이르렀을 때, 셰에라자드는 날이 밝은 것을 보았다. 그리고 아직 이른 아침이지만 술탄이 기도와 어전 회의를 위해 자리에서 일어나는 것을 보고 이야기를 멈췄다. 그러자 디나르자드가 말했다. 「세상에! 언니가 해준 이야기는 너무나 재미있어요!」「그 뒤의 이야기는 훨씬 더 재미있단다.」 셰에라자드가 대답했다. 「들어 보면 내 말이 옳다는 걸 알게 될 거야. 만일 술탄께서 오늘 하루만 더 살게 해주서서, 내일 밤 나머지 이야기를 할 수 있도록 허락해 주신다면 말이야.」 셰에라자드의 이야기를 재미있게 들은 샤리아는 속으로 생각했다. 〈내일까지만 참아야겠군. 하지만 이야기를 끝까지 듣고 난 후에는 그녀를 죽이도록 하겠어.〉 이렇게 그는 그날 셰에라자드의 목숨을 빼앗지 않기로 마음먹은 후, 아침 기도와 어전 회의를 위해 몸을 일으켰다.

이때 대재상은 끔찍한 불안감에 빠져 있었다. 달콤한 잠을 맛보기는커녕, 제 손으로 죽여야 할 딸의 운명에 대한 한탄과 한숨으로 밤을 꼬박 지새운 그는 절망스러운 심정으로 술탄이 나타나기만을 기다리고 있었다. 그런데 어전 회의에 들어선 술탄이 예상외로 아무 말도 하지 않는 것이 아닌가? 이 뜻밖의 상황에 대재상은 놀라기도 했거니와, 다른 한편으로는 기쁘기 그지없었다.

술탄은 평소대로 제국의 국사를 처리하며 하루를 보낸 후, 밤이 되자 다시 셰에라자드와 잠자리에 들었다. 그리고 다음 날 새벽, 아직 동이 트지 않았을 때 디나르자드는 잊지 않고 언니에게 이렇게 말했다. 「언니! 만일 자고 있지 않으면 어제 이야기를 계속해 주세요! 정말 부탁이에요.」 이에 술탄은 셰에라자드가 허락을 구하기도 전에 먼저 입을 열었다. 「정령과 상인의 이야기를 끝내 주시오. 나도 이 이야기가 어떻게 끝나게 될지 궁금하오.」 그러자 셰에라자드는 다시 다음과 같이 이야기를 계속했다.

두 번째 밤

폐하! 상인은 정령이 자기 목을 자르려 하는 것을 보고 큰 소리로 비명을 지르며 이렇게 말했습니다. 「잠깐만요! 제발 한마디만 하게 해주세요! 제발 부탁이니, 처벌을 좀 유예해 주세요. 제게 시간을 조금만 주세요. 가서 마누라와 자식새끼들도 좀 보고, 또 아직 유언장도 작성 못했는데 재산도 분배해 주어야죠. 그래야 제가 간 후에도 분쟁이 없을 것 아닙니까? 그 일을 끝내는 즉시 여기로 돌아올 테니, 그때는 제게 하고 싶은 것을 마음대로 하십시오.」「하지만 네 말대로 해주었다가 네놈이 안 돌아온다면 어떻게 하냐!」「만일 제가 맹세해야만 제 말을 믿으시겠다면, 맹세하겠습니다. 이 자리에 반드시 돌아오겠노라고 하늘과 땅을 지으신 하느님께 맹세하겠습니다.」「좋다! 그럼 유예 기간을 얼마나 주면 되겠느냐?」「딱 일 년만 주십시오. 사업을 정리하고 삶의 즐거움을 포기하고 마음을 정리하기 위해서는 적어도 이 정도 기간이 필요합니다. 내일부터 정확히 일 년 후에, 이 나무들 아래로 돌아와 당신의 처분에 몸을 맡길 것을 굳게 약속합니다.」「그러면 너는 하느님을 증인 삼아 이 모든 걸 약속할 수 있단 말이지?」「그렇습니다. 하느님을 증인 삼음을 다시 한 번 확인합니다. 이제 안심이 되십니까?」 이 말을 들은 정령은 그를 물가에 내려놓고 사라져 버렸습니다.

　이제 두려움에서 벗어난 상인은 말에 올라 다시 길을 떠났습니다. 한편으로는 큰 위험에서 벗어나 기쁨이 넘쳤지만, 다른 한편으로 자신이 한 치명적인 맹세를 생각하니 마음이 더없이 무거웠습니다. 집에 돌아오니, 아내와 자식들이 너무나도 반갑게 그를 맞아 주었습니다. 하지만 상인은 예전처럼 그들을 기쁘게 안아 주는 대신에 비통하게 흐느끼기 시작했습니다. 물론 가족은 그에게 뭔가 큰일이 일어났다 보다 생각하게 되었지요. 그래서 그의 아내는 이 눈물과 격심한 고통의 이유가 무엇인지 물었습니다.「우리는 당신이 돌아와서 너무도 기뻐하고 있어요. 한데 당신은 이런 모습으로 우리들을 놀라게 하는군요. 대체 왜 그리 슬퍼하는지 제발 설명 좀 해주세요.」「아아!」 남편이 입을 열었습니다. 「지금의 내 처지를 생각하니 그렇다오! 나는 앞으로 일 년밖에 살 수 없단 말이오.」 그는 자신과 정령 사이에서 일어난 일, 그리고 일 년 후에는 그곳으로 돌아가 그의 손에 죽기로 약속했다는 사실을 말해 주었습니다.

이 슬픈 이야기를 들은 가족들은 모두가 괴로워하기 시작했습니다. 아내는 애절하게 울어 대며 자기 얼굴을 때리고 머리카락을 쥐어뜯었으며, 눈물에 젖은 자식들이 발하는 신음 소리는 온 집 안을 가득 채웠습니다. 한마디로 세상에서 가장 측은한 광경이었죠.

이튿날부터 상인은 주변을 정리하기 시작했습니다. 빚진 것이 있으면 모두 갚았고, 친구들에게는 선물을 주었습니다. 가난한 사람들에게는 아낌없이 적선했으며, 노예들에게는 남녀를 불문하고 자유를 주었습니다. 또 자식들에게는 재산을 나누어 주고, 아직 성년이 안 된 어린 자식에게는 후견인을 임명해 주었습니다. 마지막으로 아내에게는 결혼 계약에 따라 그녀의 권리에 속한 모든 것을 돌려주었을 뿐 아니라, 법의 한도 내에서 그녀에게 줄 수 있는 모든 것을 주었습니다.

마침내 일 년의 세월이 흘렀고, 이제 그는 떠나야 했습니다. 그는 짐을 꾸리며 그 안에는 자신의 수의로 쓸 천도 넣었습니다. 그가 가족들에게 작별 인사를 하려 했을 때, 그들의 고통은 정말이지 형언할 수 없는 것이었습니다. 가족들은 차마 그를 떠나보낼 수 없었고, 모두가 그를 따라가서 함께 죽고만 싶은 심정이었습니다. 하지만 이제는 마음을 모질게 먹고, 이 너무도 소중한 것들을 떠나야 할 때가 왔음을 느낀 상인은 가족에게 말했습니다. 「얘들아! 내가 너희들을 떠남은 하느님의 명에 순종하기 위해서란다. 너희들도 내 본을 따라서 어쩔 수 없는 이 운명을 용감하게 받아들여라. 그리고 죽는 게 인간의 운명이라고 생각하려무나.」이렇게 말한 후에 상인은 가족들의 울음소리를 뒤로 하고 길을 떠났습니다. 그는 약속했던 바로 그날에 정령을 만났던 장소에 돌아왔습니다. 그는 도착하자마자 말에서 내려 물가에 앉았고, 더없이 우울한 심정으로 정령을 기다렸습니다.

이처럼 잔혹한 기다림 속에서 심신이 타들어 가고 있을 때였습니다. 선하게 생긴 노인네 하나가 목에 끈을 맨 암사슴 한 마리를 끌고 나타나 그의 곁으로 다가왔습니다. 그들은 서로 인사를 나누었고, 노인이 말했습니다.「선생! 이곳은 사악한 귀신들만이 출몰하는 위험하고 황량한 지역입니다. 이 아름다운 나무들만 보면 사람이 살 것 같기도 하지만, 사실은 적막하기 그지없어서 오래 머무를 데가 못 되는 위험한 곳입니다. 왜 이런 곳에 와 있는 겁니까?」

상인은 노인의 호기심을 풀어 주기 위해 자신이 이곳에 오지 않을 수 없었던 사정을 들려주었습니다. 놀란 표정으로 이야기를 듣고 난 노인은 소리쳤습니다.「세상에 이런 일이 다 있나요! 그리하여 선생은 결코 어길 수 없는 맹세를 하게 된 거로군요.」노인은 혀를 끌끌 차더니 다음과 같이 덧붙였습니다.「나도 선생과 정령과의 만남이 어떻게 진행될지 한번 보고 싶군요.」이렇게 말한 후에 그는 상인 옆에 앉았습니다. 그리고 두 사람이 이야기를 나누고 있었는데…….

「하지만 벌써 날이 밝아 오는군요.」세에라자드가 흠칫하며 말했다.「이 이야기에서 가장 재미있는 부분이 남아 있는데…….」술탄은 나머지 부분을 들으리라 작정하고, 그날 하루 더 세에라자드의 목숨을 살려 주었다.

세 번째 밤

 다음 날 밤, 디나르자드는 이전의 밤들에 그랬던 것처럼 다시금 언니를 졸랐다. 「언니! 만일 자고 있지 않으면, 언니가 알고 있는 재미난 이야기들 중 하나를 들려주세요. 제발 부탁이에요.」 하지만 술탄은 상인과 정령의 이야기를 계속 듣고 싶다고 말했고, 셰에라자드는 다시 이야기를 계속했다.

 폐하! 상인과 암사슴을 데리고 온 노인이 이야기를 나누고 있었는데 노인이 또 한 명 나타났고, 그 뒤에는 검정개 두 마리가 졸졸 따라오고 있었습니다. 노인은 그들 곁으로 와서 인사를 한 후, 이런 곳에서 무엇을 하고 있느냐고 물었습니다. 이에 암사슴을 데리고 온 노인은 상인과 정령 사이에서 일어난 일이며, 상인이 하게 된 맹세에 대해 알려 주었습니다. 그리고 오늘이 바로 약속한 날이어서 자신은 일이 어떻게 될는지 보고 싶어 남아 있노라고 덧붙였습니다.
 두 번째 노인 역시 이 일에 흥미를 느껴 첫 번째 노인처럼 남아 있기로 작정하고, 두 사람 곁에 자리를 잡았습니다. 그런데 세 사람이 대화를 시작하자마자, 세 번째 노인이 나타나 앞의 두 노인에게 왜 상인이 저리도 슬픈 기색을 하고 있느냐고 물었습니다. 노인들은 사정을 설명해 주었고, 그 역시 이 이야기가 너무도 기상천외한 데 놀라 정령과 상인 사이에 무슨 일이 벌어질지 직접 보고 싶어 했습니다. 그리하여 그 역시 다른 사람들 틈에 자리를 잡았습니다.
 그로부터 얼마 되지 않아 들판 저쪽에서 무럭무럭 솟아나는 짙은 연기 같기도 하고, 바람이 일으킨 먼지 소용돌이 같기도 한 것이 나타났습니다. 이 짙은 연기는 그들 쪽으로 다가오더니 홀연 휙 하고 흩어져 버렸습니다. 그리고 연기가 걷힌 장소

에는 정령의 모습이 나타났습니다. 칼을 든 정령은 인사 한마디 없이 다짜고짜 상인에게 다가가 그의 팔을 붙잡고 말했습니다. 「일어나! 네놈이 내 아들을 죽였듯이 나도 네놈을 죽여야겠다.」 순간 그곳은 두려움에 사로잡힌 상인의 울음소리와 세 노인이 발하는 비명으로 가득 찼습니다…….

 이 대목에서 셰에라자드는 날이 밝아 오는 것을 보고 이야기를 멈추었다. 이번에도 강한 호기심에 사로잡힌 술탄은 무슨 일이 있어도 이야기의 결말이 알고 싶어졌다. 그리하여 이제 왕비가 된 셰에라자드의 처형을 또다시 다음 날로 미루었다.
 이번에도 술탄이 셰에라자드를 죽이라는 명을 내리지 않자, 대재상의 기쁜 마음은 형언할 수 없을 정도였다. 그리고 이 사실은 재상뿐 아니라, 그의 가족과 궁중 전체와 모든 사람들을 놀라게 했다.

네 번째 밤

 다음 날 밤이 끝나 갈 무렵, 디나르자드는 다시 잊지 않고 왕비를 깨웠다. 「언니! 만일 자고 있지 않으면 언니가 알고 있는 재미난 이야기 하나를 들려주세요.」 이에 셰에라자드는 술탄의 허락을 받아 다음과 같이 이야기를 이어 갔다.

 폐하! 암사슴을 데리고 있는 노인은 정령이 상인을 붙잡아 무자비하게 죽이려 하는 모습을 보고는 이 괴물의 발밑에 몸을 던지더니 그의 발에 입을 맞추며 이렇게 말했습니다. 「정령들의 왕이시여! 이 늙은 몸이 이렇게 무릎을 꿇고 당신께 비오니, 제발 노여움을 잠시 거두시고 제 말 좀 들어 보십시오. 나와 여기 있는 이 암사슴에 얽힌 이야기를 해드리겠습니다. 만약 내 이야기가 당신이 목숨을 빼앗으려 하는 이 상인의 사연보다도 더 신기하고도 놀랍다고 느껴지신다면, 이 상인이 지은 죄의 삼 분의 일만 경감해 주지 않으시렵니까?」
정령은 노인의 제안에 대해 잠시 생각하더니 대답했다.「그래, 좋다! 그렇게 하겠다.」

첫 번째 노인과 암사슴 이야기

 그러면 이제부터 내 이야기를 시작하도록 하겠으니 부디 주의 깊게 들어주시길 바랍니다. 여기 있는 이 암사슴은 나의 사촌 누이이자 아내이기도 합니다. 그녀는 불과 열두 살의 어린 나이로 내게 시집왔습니다. 그래서 나를 친척이나 남편이라기보다는 오히려 아버지처럼 생각했을지도 모릅니다.

 우리는 서른 해를 같이 살았지만 자식이 없었습니다. 그러나 이러한 그녀의 불임증에도 불구하고 나는 그녀에 대한 깊은 애정과 우정을 버리지 않았습니다. 나는 오직 자식을 갖고 싶은 마음에 여종 한 명을 샀고, 그녀에게서 아주 영특한 아이를 하나 얻을 수 있었습니다. 이에 아내는 질투에 사로잡혔고, 아이와 그 어미인 여종 둘 다를 증오하게 되었습니다. 하지만 그녀는 이러한 감정을 감쪽같이 속였던지라, 내가 알게 되었을 때는 너무 늦어 버렸죠.

 어쨌든 내 아들은 무럭무럭 잘 자랐습니다. 그런데 아들이 열 살 되던 해, 나는 여행을 할 일이 생겼습니다. 출발하기 전에 나는 추호도 의심하지 않던 아내를 불러 여종과 아들을 맡기고, 내가 집을 비울 일 년 동안 잘 돌봐 줄 것을 당부했습니다. 그런데 그녀는 이 기간을 이용하여 자신의 증오심을 분출했던 것입니다. 그녀는 사악한 마술에 빠져들었고, 이 악마적인 기술을 충분히 익히게 되자 그때껏 품고 있던 무서운 계획을 실행에 옮겼습니다. 이 몹쓸 년은 내 아들을 외진 곳으로 데려가 마술을 부려 송아지로 변하게 한 것입니다. 그리고 아들을 내 소작인에게 주면서, 자기가 산 송아지이니 여물을 먹여 기르라고 명했습니다. 그녀는 이 가증스러운 짓을 범하고도 성에 차지 않았던지 이번에는 여종을 암소로 변하게 했고, 그녀 역시 소작인에게 맡겼습니다.

집에 돌아온 저는 아내에게 아이와 그 어미의 소식을 물었습니다. 「당신 여종은 죽었어요. 그리고 당신 아들은 행방을 감춘 지 벌써 두 달째예요. 그 애가 어떻게 되었는지 나로서는 잘 모르겠어요.」 이것이 그녀가 대답이라고 하는 말이었습니다. 나는 여종의 죽음에 가슴이 아팠습니다. 하지만 아들은 단지 실종되었다고만 하니 곧 찾게 되리라고 스스로를 위로했습니다. 하지만 그로부터 여덟 달이 흘렀건만 아이는 돌아오지 않았고 아무런 소식도 들을 수 없었습니다. 바이람제(祭)[4]가 되었고, 저는 소작인에게 축제 제물로 쓸 만한 살찐 암소 한 마리를 끌어오라고 명했습니다. 그런데 내 분부에 따라 소작인이 끌고 온 암소는 다름 아닌 내 아들의 불쌍한 어미인 여종이었습니다. 나는 그녀를 묶었습니다. 하지만 내가 그녀를 희생시키려고 준비하고 있을 때, 그녀는 듣는 이의 마음을 측은하게 만드는 소리로 울어 댔습니다. 그리고 그 두 눈에서 눈물이 시냇물처럼 줄줄 흘러내리는 것이었습니다. 참으로 기이하기 짝이 없는 광경이었습니다. 동정심에

---

4 이슬람에서 단식과 재계를 하는 달인 라마단(이슬람력 제9월)이 끝난 직후 행하는 큰 축제. 단식의 성취를 풍부한 음식으로 축하한다.

사로잡힌 나는 차마 그녀를 내리칠 수 없었습니다. 그래서 소작인에게 다른 암소를 끌어오라고 명했습니다.

그때 옆에 있던 아내는 내가 동정심을 보이자 몸을 파르르 떨더니, 자신의 간악한 계획이 수포로 돌아가게 될까 봐 소리를 질렀습니다. 「아니 여보, 대체 뭐하는 거예요? 이 암소를 잡으세요! 당신 소작인이 기르고 있는 암소들 중, 이것만큼 튼실하며 또 당신이 사용하고자 하는 용도에 알맞은 건 없단 말이에요.」 나는 아내의 뜻에 따르기 위해 암소에게 다가갔습니다. 그리고 제사를 지연시키고 있는 동정심을 억누르면서 치명적인 일격을 가하려고 했습니다. 그런데 가련한 암소는 눈물을 뚝뚝 흘리면서 더욱 큰 소리로 울어 대어 나로서는 다시금 멈추지 않을 수 없었습니다. 나는 할 수 없이 망치를 소작인에게 건네주면서 말했습니다. 「자, 받게! 자네가 죽이게나. 이 짐승이 이리 서럽게 울고 눈물을 흘려 대니 내 마음이 찢어지는 것 같구먼.」

나보다는 동정심이 덜했던 소작인은 암소를 죽였습니다. 하지만 짐승의 가죽을 벗기고 보니 겉으로는 통통해 보였지만 속에는 뼈밖에 없었습니다. 나는 너무나도 속이 상해서 소작인에게 말했습니다. 「이걸 자네에게 줄 테니 가져가게나. 자네 주변에 가난한 사람들이 있거든 실컷 먹이게. 그리고 자네 목장에 살찐 송아지가 있거든 내게 한 마리 끌고 오게.」 나는 소작인이 죽은 암소를 어떻게 했는지 알아보려 하지 않았습니다. 그는 암소를 가져간 지 얼마 안 되어 아주 통통한 송아지 한 마리를 끌고 다시 나타났습니다. 그 짐승이 내 아들이라는 사실은 꿈에도 몰랐지만, 왠지 모르게 녀석을 보는 순간 저의 몸 깊은 곳에서 동요가 느껴졌습니다. 한편 내 아들은 나를 보자마자 용을 써서 줄을 끊어 버리더니 내 쪽으로 달려왔습니다. 그리고 내 발밑에 무릎을 꿇고 머리를 땅에다 조아리는 것이었습니다. 마치 내 동정심을 자극하며 자기 목숨을 빼앗지 말아 달라고 애원하는 듯한 모습이었습니다. 그 녀석은 자신이 나의 아들이라는 사실을 알리기 위해 갖은 애를 쓰고 있었던 것입니다.

송아지의 이런 행동을 본 나는 암소가 눈물을 흘리는 모습을 보았을 때보다 훨씬 더 놀랐습니다. 나는 측은한 마음이 들어 송아지에게 관심을 갖게 되었습니다. 다른 말로 표현하자면 보이지 않는 혈육의 정이 내 안에서 그 의무를 다한 셈이지요. 나는 소작인에게 말했습니다.「자, 이 송아지도 자네 집에 데려가서 잘 보살펴 주게! 대신 즉시 다른 놈을 끌고 오게나.」

아내는 이 말을 듣자마자 또다시 소리를 질렀습니다.「여보, 대체 무슨 말이우? 이놈 말고 다른 놈은 절대 잡지 말아요!」「여보……」나는 대답했습니다.「나는 이놈을 죽일 수가 없소. 이놈 목숨을 보전해 주려고 하니 제발 내 뜻에 맞서려 하지 마시오.」내가 이처럼 간청했건만 이 고약한 여자는 조금도 고집을 꺾으려 들지 않았습니다. 내 뜻을 따르기에는 내 아들을 너무도 미워했던 겁니다. 그녀가 너무나 강경하게 송아지를 죽일 것을 주장했기에, 나는 어쩔 수 없이 그 뜻을 따를 수밖에 없었습니다. 하여 그 죽음의 칼을 집어 들고서…….

이 대목에 이르러 셰에라자드는 이야기를 멈추었다. 날이 밝아 오는 것을 보았기 때문이다.「언니!」디나르자드가 외쳤다.「저는 이 이야기에 완전히 빠져 버렸어요. 정말이지 한순간도 귀를 뗄 수가 없었다구요!」「만일 술탄께서 오늘 하루를 더 살게 해주신다면 말이야, 내일 듣게 될 이야기는 이보다도 훨씬 재미있다는 것을 알게 될 텐데…….」샤리아 역시 암사슴을 끌고 다니는 노인의 아들이 어떻게 되었는지 몹시 궁금했던지라, 자신도 기꺼이 다음 밤에 이야기의 결말 부분을 듣고 싶다고 왕비에게 말했다.

다섯 번째 밤

다섯 번째 밤이 끝나 갈 즈음, 디나르자드는 왕비를 부르고 이렇게 말했다. 「언니! 만일 자고 있지 않으면, 동이 틀 때까지 어제 언니가 했던 그 멋진 이야기의 뒷부분을 들려주세요.」 셰에라자드는 샤리아의 허락을 얻어 낸 후, 전날의 이야기를 계속해 나갔다.

「폐하! 암사슴을 데리고 있는 첫 번째 노인은 정령과 상인, 그리고 다른 두 노인에게 그의 이야기를 계속 들려주었습니다.」

그리하여 나는 칼을 집어 들고 내 아들의 목덜미에 박으려 했습니다. 그런데 짐승이 눈물에 젖은 눈을 돌려 힘없이 나를 올려다보는 게 아니겠습니까? 그 눈빛에 마음이 너무나 측은해진 나는 차마 녀석을 죽일 수 없었습니다. 나는 칼을 떨어뜨리고 아내에게 이놈은 절대로 죽일 수 없으니 다른 놈을 잡겠노라고 선언했습니다. 그녀는 내 결심을 돌리기 위해 별짓을 다했지만 내 결심은 확고했습니다. 그리고 그녀를 진정시키기 위해 내년 바이람 축제 때는 녀석을 잡겠다고 약속해 주었습니다.

다음 날 아침, 소작인이 찾아와서 나를 따로 보고 싶다고 요청했습니다. 그리고 둘만 있게 되자 그는 이렇게 말했습니다. 「주인님! 주인님께서 아주 기뻐하실 소식을 하나 가져왔습니다. 제게는 마법을 약간 알고 있는 딸년이 하나 있습니다. 어제 제가 주인님께서 잡지 않으신 송아지를 데리고 집으로 돌아갔는데, 그걸 본 딸애가 처음에는 웃더니 곧바로 울기 시작하는 것이었습니다. 제가 왜 이처럼 반대되는 행동을 동시에 하느냐고 묻자 딸애는 대답했습니다. 〈아버님! 아버님이 끌고온 이 송아지는 주인님의 아드님이세요. 제가 웃은 이유는 이분이 살아 계신 것이 기뻐서이고, 또 운 것은 암소로 변한 이분의 어머님이 희생된 것이 생각났기 때문이에요. 마법을 써서 이 두 사람을 이처럼 변신시켜 놓은 장본인은 이들을 끔찍이도 미워하는 주인님의 처랍니다.〉 이것이 딸애가 제게 말해 준 내용이며, 저는 이 사실을 주인님께 알려 드리고 싶었습니다.」 오, 정령이여! 이 말을 듣고 내가 얼마나 놀랐을지 상상해 보십시오! 나는 소작인의 딸과 직접 얘기하려고 당장에 집을 나섰습니다. 농가에 도착하자마자 나는 아들이 갇혀 있는 외양간으로 갔습니다. 물론 내가 껴안아도 아들은 인간의 말로 대답하지는 못했습니다. 하지만 녀석이 내게 반응하는 모습은 그가 분명 내 아들임을 확신시켜 주었습니다.

소작인의 딸이 도착했습니다. 나는 물어보았습니다. 「얘야! 내 아들에게 원래의 모습을 되찾아 줄 수 있겠니?」 「물론 할 수 있습니다.」 그녀는 대답했습니다. 「아아, 만일 그렇게만 해준다면, 내 온 재산을 네게 주겠어!」 그러자 그녀는 미소를 지으며 말했습니다. 「당신은 우리들의 주인이십니다. 그리고 주인님께서 여태껏 베풀어 주신 은혜만으로도 충분히 감사하고 있습니다. 하지만 아드님을 원래 상태로 돌려드리는 데에는 두 가지 조건이 있습니다. 첫째는 아드님을 저의 남편으로 삼아 주세요. 둘째는 아드님을 송아지로 변하게 한 사람을 제가 벌할 수 있도록 허락해 주세요.」 저는 대답했습니다. 「첫 번째 조건은 정말이지 기꺼이 받아들이겠다. 그것만이 아니다. 내 아들에게 줄 재산과는 별도로 너에게 따로 많은 재산을 줄 것을 약속하마. 네게서 받을 큰 은혜를 갚기 위해서라면 내 무엇인들 못하겠느냐? 그리고 내 처에 관련된 조건 역시 받아들이겠다. 그렇게 흉악한 행동을 할 수 있는 인간은 벌을 받아 마땅하다. 너에게 넘겨줄 테니 하고 싶은 대로 하려무나. 대신 목숨만은 빼앗지 말아 다오.」 그러자 그녀가 다시 말했습니다. 「그 여자가 주인님 아들에게 했던 것과 똑같은 방식으로 다루어 줄 겁니다.」 「그렇게 하려무나. 하지만 먼저 내 아들을 원래의 모습으로 되돌려 다오.」

그러자 소녀는 물을 가득 채운 항아리 하나를 들고 그 속에 뭐라고 중얼거리더니, 다시 송아지를 향해 주문을 외웠습니다. 「오, 송아지야! 만일 전능하시고 지극히 높으신 이 세상의 주인께서 너를 현재의 상태로 창조하신 것이라면, 이 모습 그대로 있거라! 하지만 만일 네가 인간이며 마법에 의해 송아지로 변해 있는 것이라면, 주권자 창조주의 허락에 힘입어 자연스러운 형상을 되찾아라!」 말을 마치면서 그녀는 송아지 위에다 물을 뿌렸습니다. 그러자 그 즉시 아들은 원래의 형상을 되찾았습니다.

「내 아들아! 내 소중한 아들아!」 나는 더 이상 격정을 참지 못하고 소리를 지르며 아들을 껴안았습니다. 「너를 가두고 있던 이 끔찍한 마법을 파괴하고, 너와 너의 어머니에게 행해진 악에 복수하기 위해 하느님께서 이 소녀를 보내 주셨구나! 이 소녀를 네 아내로 맞겠다는 나의 약속을 너 역시 받아들이리라 믿는다.」 물론 아들은 기꺼이 동의했습니다. 하지만 결혼하기 전에 소녀는 내 처를 암사슴으로 변화시켰고, 그것이 바로 여기 있는 이 짐승입니다. 하필 암사슴의 형태를 선택한 것은 나의 소원을 따른 것이었습니다. 그래도 다른 짐승들보다는 보기 좋은 암사슴으로 있으면 집에 같이 있어도 그다지 역겹

게 느껴지지 않으리라 생각했기 때문이었습니다. 이후에 내 아들은 상처하여 홀아비가 되었고 여행을 떠났습니다. 한데 여러 해가 되어도 소식을 들을 수 없어 그 애를 찾아 이렇게 몸소 집을 나섰습니다. 하지만 내가 아들을 찾으러 돌아다닐 동안 내 처를 다른 사람한테 맡기기가 싫어서, 이렇게 데리고 다니는 편이 낫겠다고 생각했던 것입니다.

「자, 이것이 나와 이 암사슴에 얽힌 이야기입니다. 이 이야기는 정말 놀랍고도 신기하지 않습니까?」
「그래, 네 말에 동의한다.」 정령이 대답했습니다. 「이 이야기 때문에 상인에게 내릴 형벌을 삼 분의 일만큼만 감면해 주겠다.」
첫 번째 노인이 이야기를 끝내자 검둥개 두 마리를 데리고 다니는 두 번째 노인이 정령에게 말했습니다. 「이번에는 나와 여기 보이는 이 두 마리의 개에게 일어난 일을 이야기해 드리겠습니다. 내 확신하건대, 당신은 방금 들은 이야기보다 내 이야기가 훨씬 더 놀라운 것이라고 느끼게 될 것입니다. 하지만 내가 이야기를 해드리면, 이 상인에게 내릴 형벌의 삼 분의 일을 감면해 주시겠습니까?」「좋다!」 정령이 대답했습니다. 「하지만 네 이야기가 암사슴 이야기보다 훨씬 뛰어난 경우에 한해서이다.」 이렇게 합의가 이루어지자, 두 번째 노인은 다음과 같이 이야기를 시작했습니다…….

하지만 이렇게 말하면서 셰에라자드는 날이 밝아 오는 것을 보고 이야기를 멈추었다. 그러자 디나르자드가 말했다. 「세상에나! 정말 이 이야기들은 너무나 기이해요!」「동생아!」 왕비가 대답했다. 「그래도 이 이야기는 내일 밤에 들려줄 이야기에 비하면 아무것도 아니란다. 만일 나의 주군이시며 하늘 같은 남편이신 술탄께서 은혜를 베푸시어 나를 내일까지 살게 해주신다면 말이야.」 샤리아는 이에 대해 아무런 대답도 하지 않고, 그냥 몸을 일으켜 아침 기도와 어전 회의를 위해 방을 나갔다. 하지만 어전 회의에 간 샤리아는 아름다운 셰에라자드의 목숨을 위협할 수 있는 말은 일절 내비치지 않았다.

여섯 번째 밤

여섯 번째 밤이 왔고 술탄과 그의 부인은 잠자리에 들었다. 그리고 밤이 끝날 즈음, 평소와 같은 시간에 잠이 깬 디나르자드는 왕비를 불렀다. 「언니! 만일 자고 있지 않으면 동이 틀 때까지 언니가 알고 있는 재미난 이야기 하나를 들려주세요!」 그러자 샤리아도 입을 열었다. 「나는 두 번째 노인과 두 검둥개의 이야기를 들으면 좋겠소.」 「기꺼이 폐하의 궁금증을 풀어 드리겠습니다.」 셰에라자드는 대답하고 다시금 이야기를 시작했다. 「두 번째 노인은 정령에게 그의 이야기를 들려주기 시작했습니다……」

두 번째 노인과 두 검둥개 이야기

정령들의 위대한 왕이시여! 사실 우리 셋은 형제입니다. 즉 당신이 보시는 이 두 개는 나의 형님들이고, 나는 셋째입니다. 아버님께서는 돌아가시면서 우리 형제들에게 각기 천 세켕[5]씩을 남겨 주셨습니다. 이 돈을 가지고 우리 세 형제는 같은 직업을 택하게 되었습니다. 즉 모두 상인이 된 거죠. 우리가 상점을 연 지 얼마 안 되어, 이 두 개 중 하나인 큰형님은 외국에 나가서 장사하기로 결심했습니다. 이를 위해 그는 가지고 있는 모든 것을 팔아 그가 원하는 거래를 하기에 적합한 상품들을 구입했습니다.

그는 떠났고, 일 년 동안 돌아오지 않았습니다. 그런데 일 년 후, 꼭 뭔가를 구걸하려는 것처럼 보이는 사람 하나가 내 가게에 나타났습니다. 「그대에게 하느님의 가호가 있기를!」 나는 그에게 말했습니다. 「그대에게도 하느님의 가호가 있기

---

[5] *sequin*. 13세기 말에 베네치아에서 처음 주조된 이후 이탈리아와 근동 지방 등에서 통용되던 큼직한 금화. 이탈리아어로는 〈제키노 *zecchino*〉, 아랍어로는 〈시카 *sikkah*〉라고 한다.

를!」 그 사람이 대답했습니다. 「그런데, 정말 나를 알아보지 못하는 건가?」 걸인의 말에 자세히 살펴보고서야 나는 비로소 그가 누구인지 알 수 있었습니다. 나는 깜짝 놀라 외쳤습니다. 「아니, 이게 누구입니까? 형님 아닙니까? 이런 꼴을 하고 계시니 제가 어찌 알아볼 수 있겠어요?」 나는 급히 형님을 가게에 들어오게 했습니다. 그리고 건강은 괜찮은지, 사업은 성공했는지를 물어보았습니다. 「제발 그런 질문은 하지 말게.」 그는 괴로운 표정을 지으며 대답했습니다. 「지금 자네가 보고 있는 게 나의 전부라네. 일 년 전부터 몰려와 나를 이 지경으로 만들어 놓은 그 모든 불행들을 다 말해 봤자 잊으려 애쓰는 고통을 되살릴 뿐이네.」

나는 즉시 상점 문을 닫았습니다. 그리고 모든 일을 팽개치고 형님을 목욕탕에 모시고 가서 깨끗이 씻긴 후, 내 옷장에서 가장 좋은 옷을 꺼내 입혀 드렸습니다. 나는 사업 장부를 검토한 결과, 그동안 내 재산이 두 배, 즉 이천 세켕으로 불어났음을 확인할 수 있었습니다. 나는 그중 절반을 떼어 형님께 드리며 이렇게 말했습니다. 「이 액수라면 형님이 입으신 손실을 잊으실 수 있을 거예요.」 그는 기뻐하며 천 세켕을 받았고, 다시 사업을 시작했습니다. 그리고 우리는 이전처럼 함께 살게 되었습니다.

그로부터 얼마 후, 이번에는 여기 보이는 두 개 중 하나인 둘째 형님이 부동산을 팔려고 했습니다. 큰형님과 나는 그의 마음을 돌려 보려고 갖은 애를 써봤지만 소용이 없었습니다. 그는 가지고 있는 모든 것을 팔고, 그가 하고 싶어 하는 해외 교역에 적합한 상품을 구입했습니다. 그리고 어떤 대상(隊商)에 합류하여 길을 떠났습니다. 하지만 일 년 후, 그는 큰형님과 똑같은 꼴이 되어 돌아왔습니다. 이번에도 나는 그에게 새 옷을 입히고, 내 자본에 또 천 세켕이 늘었으므로 그것을 드렸습니다. 그는 다시 가게를 열었고 이전처럼 사업을 계속할 수 있었습니다.

그런데 어느 날, 두 형님이 나를 찾아와 그들과 함께 외국에 나가서 장사를 하자고 제의했습니다. 처음에 저는 거절했습니다. 「형님들은 벌써 외국에 돌아다녀 보셨잖아요? 하지만 거기서 얻은 게 뭐죠? 그리고 제가 형님들보다 운이 좋으리라는 보장이 있나요?」 두 사람은 온갖 감언이설로 나를 현혹하고, 나로 하여금 일확천금을 꿈꾸게 하려고 애썼지만 허사였습니다. 나는 그들의 계획에 동참하는 것을 거절했던 겁니다. 하지만 그들은 그 후에도 수없이 나를 찾아와 졸라 댔고, 다섯 해를 버틴 후에 결국 나는 굴복하게 되었습니다. 하지만 여행 준비를 하고 필요한 상품을 구입해야 할 때가 되었을 때, 나는 두 양반이 재산을 다 먹어 치워 내가 주었던 천 세켕은 이미 한 푼도 남지 않았다는 사실을 알게 되었습니다. 하지만 나는 그들을 조금도 책망하지 않았습니다. 오히려 내 재산이 육천 세켕으로 불어나 있었으므로, 그 절반을 떼어 형님들과 나누면서 이렇게 말했습니다. 「형님들! 이 삼천 세켕을 가지고 한번 모험을 해봅시다. 하지만 나머지는 안전한 장소에다 숨겨 둡시다. 이렇게 해놓으면 설사 이번 여행이 형님들이 하신 여행들보다 운이 좋지 않다 하더라도, 이 돈을 밑천 삼아 전에 하던 일을 다시 할 수 있지 않겠어요?」 나는 천 세켕을 갖고 형님들 각각에게도 천 세켕씩 드린 후, 나머지 삼천 세켕은 집 안 어딘가에 묻어 놓았습니다. 우리는 상품을 구매하여 셋이 함께 임대한 배에 선적한 후, 불어오는 순풍에 돛을 펼치고 출항했습니다. 그렇게 한 달 동안 항해를 계속한 끝에……

「하지만 날이 밝아 오네요!」 셰에라자드가 말했다. 「여기서 멈춰야겠어요.」「언니!」 디나르자드가 말했다. 「정말 흥미진진한 이야기예요! 뒷부분은 정말이지 굉장할 것 같아요!」 「잘 봤어!」 왕비가 대답했다. 「만일 술탄께서 이 이야기를 계속할 수 있도록 허락해 주신다면, 내 확신하건대 너를 정말 재미나게 해줄 수 있을 거야.」 샤리아는 전날처럼 이에 대해 아무런 말도 하지 않고 그냥 일어나 나가 버렸다. 하지만 대재상에게는 그의 딸을 죽이라고 명하지 않았다.

일곱 번째 밤

일곱 번째 밤이 끝나 갈 즈음, 디나르자드는 어김없이 왕비를 깨웠다. 「언니! 만일 자고 있지 않으면, 동이 터올 때까지 어제 끝맺지 못했던 그 멋진 이야기의 뒷부분을 들려주세요!」 「기꺼이 해줄게!」 셰에라자드가 대답했다. 그리고 샤리아를 향해 이야기를 계속했다. 「어제 끊겼던 이야기의 실을 다시 이어 말씀드리자면 이렇습니다. 두 검둥개를 데리고 다니는 노인은 정령과 상인, 그리고 다른 두 노인에게 이야기를 계속했습니다······.」

이렇게 우리는 한 달의 항해 후에 무사히 어떤 항구에 도착했습니다. 우리는 그곳에 닻을 내리고 물건을 아주 많이 팔았습니다. 특히 나의 상품은 아주 좋은 가격으로 팔려 나가 거의 열 배의 이윤을 남길 수 있었습니다. 우리는 번 돈으로 그 나라의 상품을 샀습니다. 우리 나라로 가져와 다시 장사할 계획이었죠.

귀국하기 위해 승선할 준비를 하고 있을 때였습니다. 나는 바닷가에서 얼굴은 곱지만 옷차림은 몹시 남루한 어떤 아가씨를 만나게 되었습니다. 그녀는 내게 다가와 내 손등에 입

을 맞추더니, 자기를 내 아내로 삼아 배에 태워 데려가 달라고 간청하는 것이었습니다. 사실 나는 별로 내키지 않았습니다. 하지만 그녀는 자신의 초라한 겉모습을 보지 말라며, 나중에 자신의 행실로 인해 아주 만족하게 될 것이라는 등 여러 가지 말들로 설득했고, 결국 나는 허락하고 말았습니다. 나는 그녀에게 깨끗한 옷을 입히고 정식 절차에 따라 혼례를 치렀습니다. 그리고 함께 배에 올라 닻을 올렸습니다.

항해를 하면서 나는 매일매일 신부에게서 너무나도 훌륭한 장점들을 발견하게 되었고, 그녀에 대한 사랑은 점점 더 깊어만 갔습니다. 하지만 나만큼 성공적으로 장사를 하지 못한 두 형님은 내가 가진 것들을 질투하게 되었습니다. 그들의 질투는 맹렬한 욕심으로 변하였고, 결국은 내 목숨마저 노리게 되었습니다. 그리하여 어느 밤, 나와 아내가 자고 있을 때 그들은 우리를 바닷물에 던져 버렸습니다.

그런데 내 아내는 요정, 즉 정령이었습니다. 따라서 그녀는 물에 빠지지 않았습니다. 그녀의 구조가 아니었더라면 나는 그대로 익사해 버렸을 것입니다. 내가 바다에 떨어지자마자 그녀는 나를 들어 올려 훨훨 날아가 어떤 섬에 데려다 놓았습니다. 날이 밝자 요정은 나에게 말했습니다. 「여보, 이제 보셨죠? 당신이 제게 그렇게 잘해 주셨기 때문에, 제가 이처럼 당신 목숨을 구해서 보답을 하잖아요. 사실 저는 요정인데 우연히 바닷가를 거닐다가 배를 타고 떠나려 하는 당신을 보고 몹시 마음이 끌렸답니다. 그런데 당신이 얼마나 착한 사람인가 시험해 보고 싶어서 그런 보잘것없는 모습으로 나타났던 거예요. 하지만 당신은 저를 너무도 너그럽게 대해 주었지요. 이렇게 제 감사의 뜻을 표할 수 있게 되어 매우 기쁘답니다. 하지만 당신의 형제들을 생각하면 분통이 터져요. 그자들의 목숨을 빼앗지 않으면 화가 풀리지 않을 거예요.」

나는 감탄을 거듭하며 요정이 말하는 것을 들었습니다. 나는 그녀의 은혜에 대해 진심으로 감사하고 나서 이렇게 말했습니다. 「하지만, 부인! 내 형님들에 대해선 말이오, 그들을 용서해 줄 수 없겠소? 물론 나도 그들의 행동이 지극히 섭섭하지만 그들이 죽기를 원할 만큼 내 마음이 모질지는 못하다오.」 그러고 나서 두 형님과 있었던 일들을 모두 얘기해 주었습니다. 하지만 내 이야기는 그녀의 분노를 한층 돋울 따름이었습니다. 그녀는 소리를 질렀습니다. 「내 당장에 이 배은망덕한 놈들에게 날아가 복수해야겠어요! 나는 그놈들이 탄 배를 엎어서 바다 밑바닥에다 빠뜨려 버리겠어요!」 「부인, 안 되오! 하느님의 이름으로 간청하오니, 제발 그러지 말아 주시오! 조금만 화를 푸시오! 어쨌거나 내 형님들 아니겠소? 그리고 악은 선으로 갚아야 하는 법이라오.」

  나는 이러한 말로 요정을 진정시키려 애썼습니다. 내가 말을 마치자, 그녀는 나를 공중으로 들어 올려 훨훨 날아가, 섬에서부터 우리 집 옥상 위로 데려다 놓은 다음 어디론가 사라져 버렸습니다. 옥상에서 내려온 나는 집의 문들을 활짝 연 후, 감춰 놓은 삼천 세켕을 다시 꺼냈습니다. 그러고 나서 내 가게로 가서 가게 문을 열어 놓자, 이웃 상인들이 몰려와 내가 돌아온 것을 축하해 주었습니다. 이렇게 하루 일과를 끝내고 집에 돌아와 보았더니, 웬 낯선 검둥개 두 마리가 나를 보고는 온순한 기색으로 다가오는 것이었습니다. 나는 그들의 행동이 무엇을 의미하는지 몰랐던지라 크게 놀랄 수밖에 없었습니다. 하지만 곧 나타난 요정이 모든 사정을 설명해 주었습니다. 「여보, 이 개들이 집에 있는 걸 보고 놀라셨나요? 이놈들은 당신의 두 형이랍니다.」 이 말을 들은 나의 몸은 부르르 떨렸습니다. 나는 요정에게 대체 어떤 조화로 형들이 이런 꼴이 되었느냐고 물었습니다. 「그들을 이렇게 만든 건 바로 저예요.」그녀가 대답했습니다.「사실은 제 언니들 중 하나에게 시켰죠. 그녀가 배도 침몰시켰고요. 물론 배에 실린 당신 상품들도 다 가라앉아 버렸어요. 하지만 그에 대한 보상은 해드리겠어요. 당신의 형들에 대해 말하자면, 저는 그들을 십 년간 이런 상태로 지내게 만들어 놓았어요. 그들의 사악한 행동에 딱 적당한 형벌이죠.」이렇게 말한 요정은 자기를 찾고 싶으면 어느 장소로 오라고 알려 주고는 어디론가 사라져 버렸습니다.

그렇게 십 년이 흘렀고, 나는 그녀를 찾아서 길을 나섰습니다. 그런데 이곳을 지나다가 이 상인과 암사슴을 데리고 있는 이 노인장을 만나게 되어 같이 있게 된 것입니다. 자, 이상이 내 이야기였습니다. 정령들의 왕이시여! 어떻습니까? 아주 기묘한 이야기 아닙니까?

「그래, 동의한다.」정령이 대답했습니다.「그리고 네 이야기를 봐서, 이 상인이 내게 범한 죄의 삼 분의 일을 감면해 주겠다.」

두 번째 노인이 이야기를 끝내자마자, 세 번째 노인이 말을 받아 정령에게 앞의 두 노인과 똑같은 제의를 했습니다. 즉 그의 이야기가 앞의 두 이야기보다도 훨씬 더 기이한 사건들을 담고 있다면 상인의 죄의 삼 분의 일을 사면해 달라는 것이었습니다. 정령은 이번에도 똑같은 약속을 해주었습니다. 〈자, 그럼 내 이야기를 한번 들어 보시오!〉하고 노인이 정령에게 말했습니다…….

「그런데 벌써 날이 밝아 버렸네!」셰에라자드가 흠칫 놀라며 말했다.「이 대목에서 이야기를 중단해야겠사옵니다.」그러자 디나르자드가 말했다.「언니! 정말이지 감탄을 금할 수 없는 이야기였어요!」「나는 이것보다 훨씬 더 멋진 이야기들을 수 없이 알고 있단다.」 왕비가 대답했다. 샤리아는 세 번째 노인의 이야기가 두 번째 노인의 이야기만큼이나 재미있을까 알고 싶었으므로, 셰에라자드의 처형을 다음 날로 미뤘다.

여덟 번째 밤

디나르자드는 언니를 불러야 할 시간이 되기가 무섭게 그녀에게 말했다. 「언니! 만일 자고 있지 않으면 동이 터올 때까지 언니가 알고 있는 재미난 이야기 하나를 들려주세요!」 「무엇보다 세 번째 노인의 이야기를 들려주오.」 이번에는 술탄이 말했다. 「나는 그의 이야기가 노인과 두 검정개의 이야기보다 더 재미있으리라고는 믿어지지 않소.」 「폐하!」 왕비가 대답했다. 「세 번째 노인은 정령에게 자신의 이야기를 해주었습니다. 하지만 그 내용은 저도 잘 모르는 까닭에 유감스럽게도 폐하께 들려드릴 수는 없습니다. 제가 알고 있는 바는, 이 이야기는 놀랍고도 다채로운 사건들로 가득 차 있어서 앞의 두 이야기보다 훨씬 뛰어났다는 사실입니다. 정령도 이야기를 듣고 크게 감탄하고는 세 번째 노인에게 이렇게 말했습니다. 〈좋다! 약속대로 상인의 죄를 삼 분의 일만큼 사면해 주겠다. 상인은 그대들에게 감사해야 할 것이다. 그대들의 이야기로써 곤경에서 꺼내 주었으니까. 그대들이 아니었더라면 더 이상 이 세상 사람이 아니었을 거야!〉 말을 마치고 정령은 즉시 사라져 버렸습니다. 네 사람이 크게 기뻐한 것은 말할 나위가 없습니다. 상인은 자신을 구해 준 세 노인에게 감사를 드렸고, 세 노인은 그가 위험에서 벗어난 것을 자기 일처럼 기뻐해 주었습니다. 그런 후에 그들은 작별 인사를 나누고, 제각기 길을 떠났습니다. 상인은 아내와 자식들 곁으로 돌아와 평화롭게 여생을 보냈다고 합니다.」

「하지만 폐하!」 세에라자드가 덧붙여 말했다. 「지금까지 폐하께 들려드린 이야기들이 아무리 멋지다 할지라도, 결코 어부의 이야기에는 미치지 못하옵니다.」 왕비가 이렇게 말하고 나서 잠시 입을 다물고 있자 디나르자드가 끼어들며 말했다. 「언니! 아직 시간이 좀 남아 있으니, 그 어부의 이야기를 들려주세요! 술탄께서도 듣고 싶으실 거예요.」 술탄은 그렇다고 시인했고, 이에 세에라자드는 다시 말을 이어 다음과 같이 계속했다.

어부 이야기
Histoire du pêcheur

폐하! 옛날에 아주 늙은 어부가 살고 있었습니다. 이 어부는 찢어지게 가난해서 아내와 자식들을 먹일 것조차 제대로 마련하지 못했습니다. 그는 매일 이른 아침에 물고기를 잡으러 갔습니다. 이 어부에게는 스스로 세운 원칙이 하나 있었는데, 그것은 하루에 단 네 번씩만 그물을 던진다는 것이었습니다.

어느 날, 그는 아직 달빛이 밝은 새벽녘에 집을 나서 바닷가로 갔습니다. 그는 옷을 벗고 그물을 던졌습니다. 그러고는 그물을 뭍 쪽으로 당겨 보니 꽤 묵직한 것이 느껴졌습니다. 그는 물고기가 많이 잡혔나 보다 생각하고 몹시 기뻐했습니다. 하지만 잠시 후, 그는 그물 속에 물고기들이 아니라 부패되어 뼈다귀만 남은 당나귀가 들어 있는 것을 보고 몹시 상심했습니다…….

이 대목에 이르러 셰에라자드는 이야기를 멈추었다. 날이 밝아 오는 것을 보았기 때문이다. 「언니!」 디나르자드가 말했다. 「이 이야기의 처음 부분이 너무나 마음에 들어요. 그

뒷얘기도 분명히 아주 재미있을 것 같아요.」「사실 이 어부의 이야기만큼 놀라운 이야기는 또 없단다.」 왕비가 대답했다. 「만일 술탄께서 나를 살게 해주신다면, 내일 밤엔 너도 인정하게 될 거야.」 샤리아 역시 어부의 고기잡이의 결과가 어떠했는지 몹시 궁금하였으므로, 그날 셰에라자드를 죽이고 싶지 않았다. 그래서 그는 자리에서 일어나 방을 나갔지만, 아직 그 잔혹한 명령은 내리지 않았다.

아홉 번째 밤

다음 날, 정해진 시간이 되자 디나르자드가 외쳤다.「언니! 만일 자고 있지 않으면, 곧 동이 틀 터인데 그때까지 어부의 이야기를 계속 들려주세요! 듣고 싶어 죽겠단 말이에요.」 「그래, 네 소원을 들어주마!」 이렇게 대답한 왕비는 술탄에게 허락해 달라고 부탁했다. 술탄이 허락하자 그녀는 다음과 같이 어부의 이야기를 계속했다.

폐하! 어부는 너무도 형편없는 수확에 몹시 상심했지만 그래도 당나귀 뼈다귀 때문에 여기저기 망가진 그물을 수선한 후, 두 번째로 물속에 던졌습니다. 그리고 끌어당겼는데, 이번에도 아주 묵직하게 느껴져서 물고기가 많이 잡혔나 보다 생각했습니다. 하지만 웬걸, 그물 속에는 자갈과 진흙만이 그득한 바구니가 있을 따름이었습니다. 이에 어부는 극도로 상심하지 않을 수 없었습니다.「야, 운명의 신아!」 어부는 떨리는 목소리로 외쳤습니다.「만일 내게 화가 나 있다면 이제는 제발 좀 풀어 다오! 이렇게 빌 테니까 제발 그만 좀 나를 괴롭히라고! 나는 어떻게 해서든지 좀 살아 보겠다고 아침부터 집을 나서서 이곳에 왔다. 하지만 너는 나보고 죽으라고 하는구나! 내게 목구멍에 풀칠할 방도라고는 이 일밖에 없어. 게다가 아무리 애를 써서 일을 해보아도, 식구들의 가장 기본적인 필요조차 채워 주지 못하는 형편이야. 하긴, 내가 네놈에게 이처럼 하소연한들 무슨 소용 있겠냐? 너는 정직한 사람들을 괴롭히고, 위대한 인물들을 어둠 속에 두며, 반대로 사악한 자들을 도와주고 아무런 가치도 없는 인간들을 띄워 주는 데서 재미를 느끼는 놈이 아니더냐?」

이렇게 한바탕 푸념을 늘어놓은 어부는 바구니를 세차게 내동댕이쳤습니다. 그리고 진흙으로 온통 더럽혀진 그물을 물로 씻어 낸 후, 세 번째로 물속에 던졌습니다. 하지만 이번에도 끌려 온 것이라곤 돌과 조개껍질과 오물뿐이었습니다. 그는 형언할 수 없는 절망감을 느꼈습니다. 거의 머리가 돌아 버릴 지경이었죠. 하지만 날이 밝아 오고 있었으므로, 독실한 이슬람 신자였던 그는 하느님께 기도를 드린 후 이렇게 덧붙였습니다. 「주님! 당신께서는 제가 하루에 그물을 단 네 번만 던진다는 사실을 잘 알고 계십니다. 지금까지 저는 세 번 던졌지만 아무것도 얻지 못하고 있습니다. 이제 단 한 번 남았습니다. 제발 비옵나니, 당신이 바다로 하여금 모세를 돕게 해주셨듯이 저도 도와주게 해주세요!」

이렇게 기도를 마친 어부는 네 번째로 그물을 던졌습니다. 그리고 이제는 물고기들이 좀 갇혔으리라 생각하고는 그물을 당겼습니다. 이번에도 몹시 힘이 들었지만 그물 속에는 피라미 새끼 한 마리도 보이지 않았고, 대신 황동으로 만든 항아리 하나가 들어 있었습니다. 꽤 묵직하여 속에 무언가를 가득 담고 있는 듯 보이는 그 항아리 입구는 뚜껑으로 굳게 닫혀 있었고, 그 위는 납으로 봉인이 되어 있었습니다. 이것을 발견한 어부는 몹시 기뻐했습니다. 「야! 이걸 가져다 주물(鑄物)장이에게 팔아야겠다. 그 돈이면 밀 한 되는 족히 살 수 있을 거야.」

그는 항아리의 요모조모를 살펴보았습니다. 무슨 소리가 나지 않을까 싶어 들고 흔들어 보기도 했습니다. 하지만 아무 소리도 들리지 않았고, 이에 어부는 주둥이에 도장까지 찍혀 봉인되어 있는 것으로 보아 항아리가 무언가 귀중한 것으로 가득 차 있는 것은 아닌가 생각하게 되었습니다. 그는 무엇이 들어 있는가 보기 위해 칼을 들고 애쓴 끝에 간신히 뚜껑을 열 수 있었습니다. 그는 주둥이를 땅 쪽으로 눕혀 보았지만 아무것도 나오지 않았습니다. 몹시 놀란 어부는 항아리를 앞에다 내려놓고 주의 깊게 살펴보았습니다. 그때였습니다. 항아리에서 짙은 연기가 솟구쳐 나와 당황한 어부는 두세 걸음 뒷걸음쳤습니다. 그렇게 솟구친 연기는 구름에까지 닿았고, 바다와 해변을 온통 뒤덮어 마치 커다란 안개 덩어리 같은 것을 이루었습니다. 이 광경을 본 어부가 얼마나 놀랐을지 충분히 상상할 수 있으시겠죠? 그런데 항아리에서 다 빠져나온 연기가 이번에는 다시 모여 하나의 단단한 몸을 이루는 것이었습니다. 그것은 세상에서 제일 큰 거인보다도 키가 두 배나 큰 거대한 정령이었습니다. 이렇게 엄청난 크기의 괴물이 나타난 것을 본 어부는 어서 도망가고 싶은 마음뿐이었습니다. 하지만 극도의 경악과 공포로 온몸이 얼어붙어 한 발자국도 뗄 수 없었습니다. 그런데 항아리에서 빠져나온 정령은 어부에게 빌면서 이렇게 말하는 것이었습니다.

「오, 솔로몬[6]이여! 하느님의 위대한 예언자 솔로몬이여! 용서해 주오! 제발 용서해 주오! 내 절대 당신의 뜻을 거역하지 않겠소! 내 당신의 모든 명령에 복종하겠소!」

---

6 아랍인들은 다윗의 아들 솔로몬이 하느님으로부터 정령과 바람과 동물을 다스리는 힘을 부여받았다고 믿었다.

셰에라자드는 날이 밝아 오는 것을 보고 이야기를 멈추었다. 그러자 디나르자드가 말했다. 「언니! 이 세상에 언니처럼 약속을 잘 지키는 사람은 없을 거예요. 정말이지 이 이야기는 다른 이야기들보다 훨씬 더 놀라웠어요.」 「애야!」 왕비가 대답했다. 「만일 나의 주인이신 술탄께서 허락해 주신다면, 내일 너는 오늘 들은 것보다도 훨씬 더 놀라운 이야기들을 듣게 될 거야.」 그 누구보다도 어부의 이야기의 남은 부분을 마저 듣고 싶었던 샤리아가 마다할 리 없었다. 그래서 그는 왕비의 처형을 또 다음 날로 미루었다.

열 번째 밤

다음 날 밤, 디나르자드는 시간이 되자 그녀의 언니를 불렀다.

「언니! 만일 자고 있지 않으면, 동이 틀 때까지 어부의 이야기를 계속 들려주세요.」 술탄 또한 정령이 솔로몬 왕과 무슨 문제가 있었는지 몹시 알고 싶어 했다. 그래서 셰에라자드는 다음과 같이 어부의 이야기를 계속했다.

폐하! 어부는 정령이 하는 말을 듣고 약간 안심이 되어 이렇게 말했습니다. 「오만한 영(靈)이여! 대체 무슨 말을 하는 거요? 하느님의 예언자인 솔로몬은 벌써 천팔백 년 전에 죽었소. 그리고 우리는 지금 종말의 시대에 살고 있단 말이오. 당신의 이야기를 좀 들려주고, 대체 왜 이 항아리에 갇혀 있었는지 얘기해 주구려.」

이렇게 말하자 정령은 거만한 눈빛으로 어부를 내려다보더니 이렇게 말했습니다. 「오, 그래? 그런데 내게 좀 더 공손히 말할 수 없어? 나를 오만한 영이라고 부르다니 아주 간덩이가 부었군그래!」「그럼 당신을 행운의 부엉이라고 불러야 내 말이 좀 더 공손하게 들리겠소?」「다시 경고하는데, 좀 더 공손히 말해! 안 그래도 네놈을 죽일 참이지만 말이야!」「아니, 왜 나를 죽이겠다는 거요? 내가 방금 전에 당신을 해방시켜 주지 않았소? 그 사실을 벌써 잊은 거요?」「천만에, 잘 기억하고 있어.」 정령이 말했습니다. 「하지만 난 널 죽여야겠어. 대신 한 가지 은혜는 베풀어 주마.」「무슨 은혜요?」「어떤 식으로 죽을지 너 스스로 선택할 수 있게 해주겠다.」「하지만 대관절 내가 당신에게 무슨 짓을 했단 말이오?」 어부가 소리쳤습니다. 「내가 당신에게 베푼 은혜를 이런 식으로 보답할 수 있단 말이오?」「그건 나로서도 어쩔 수 없는 일이야. 만일 그 이유를 알고 싶다면, 내 이야기를 한번 들어 보라고.」 정령이 말했습니다.

「나는 하느님의 뜻에 맞서 반란을 일으킨 거역의 영들 중 하나야. 다른 정령들은 모두 솔로몬을 하느님의 위대한 예언자로 인정하고, 그에게 복종했지. 하지만 사카르와 나, 우리 둘만은 그렇게 비굴하게 살고 싶지 않았어. 그러자 위대한 군주 솔로몬은 복수하기로 마음먹고, 바라키아의 아들이자 그의 수상이었던 아사프에게 나를 잡아 오라고 명했지. 그 명은 즉시 시행되었고, 아사프는 나를 잡아서 그의 주군 솔로몬 왕의 옥좌 앞에 끌어다 놓았어. 다윗의 아들 솔로몬은 내게 명했지. 내 삶의 방식을 버리고 그의 권위를 인정하며, 그의 명에 복종하라고 말이야. 하지만 나는 의연한 자세로 그 명령을 거부했어. 그에게 충성과 복종을 서약하느니 차라리 그의 불벼락을 맞는 편이 낫다고 생각한 거지. 그래서 그는 나를 벌하려고 이 구리 항아리 속에 가둬 놓은 거야. 그리고 내가 이 감옥에서 빠져나가지 못하게끔, 하느님의 위대한 이름이 새겨진 도장으로 손수 납 뚜껑을 봉인해 버린 거야.

그러고 나서 그는 그에게 복종하는 정령 중의 하나를 시켜 항아리를 바닷속에 던져 버리게 했어. 분하게도 이 명령 역시 즉시 시행되었지. 이 감옥 속에 갇혀 있는 첫 한 세기 동안 나는 맹세했어. 만일 백 년이 지나기 전에 누군가 나를 구해 준다면, 그와 그의 자손을 억만장자로 만들어 주겠다고 말이야. 그렇게 한 세기가 지나갔지만 나를 풀어 주는 사람은 나타나지 않았어. 두 번째 한 세기 동안 나는 또 맹세했어. 누가 나를 해방시켜 주기만 하면 이 세상의 땅속에 묻혀 있는 모든 보물 창고를 그에게 열어 주겠노라고. 하지만 이번에도 나에겐 행운이 찾아오지 않았지. 세 번째 세기에 나는 내 구원자를 이 세상의 강력한 왕으로 만들어 주고, 그의 곁에 항상 보이지 않은 영으로 머물면서 어떤 소원이든 그가 원하는 것을 하루에 세 개씩 들어주겠노라고 맹세했어. 하지만 그 세월도 다른 때와 마찬가지로 속절없이 흘러갔고 나는 여전히 갇혀 있었지. 그러자 이토록 오래 수인으로 갇혀 있는 나 자신의 꼬락서니가 슬퍼져서, 아니 분통이 터져서 나는 또다시 맹세했지. 나중에 누가 나를 해방시켜 주면, 나는 그자를 무자비하게 죽여 버릴 것이며, 단지 어떻게 죽을 것인지 선택할 수 있는 은혜만은 베풀어 주겠노라고. 이상이 오늘 이곳에 와서 나를 구해 준 자네가 죽을 방법을 스스로 선택해야 하는 이유야.」

이 말을 들은 어부의 마음은 참담하기 짝이 없었습니다. 「어이구, 내 팔자야!」 그는 절규했습니다. 「내가 어쩌다 이런 곳에 와서 이런 배은망덕한 자를 도와주게 되었나! 여보시오, 제발 좀 생각해 보시오! 당신의 행동이 얼마나 부당한 것인가를 말이오. 그리고 제발 그 말도 안 되는 맹세를 취소해 주시오! 나를 용서해 주시오! 그러면 하느님께서도 당신을 용서해 줄 것이오. 만일 당신이 너그럽게 내 목숨을 살려 준다면, 하느님께서도 당신의 수명을 위협할 수 있는 모든 기도(企圖)로부터 당신을 보호해 줄 것이오.」「안 돼, 너는 반드시 죽어야만 해!」정령이 말했습니다.「단지 내가 널 어떻게 죽여 주면 좋겠는지, 그것만 선택하라고!」정령의 결심이 이처럼 확고하다는 것을 알게 된 어부의 마음은 극도로 고통스러웠습니다. 그것은 자신 때문이라기보다는 자신의 죽음으로 인해 비참한 신세로 빠져들 자식들 때문이었습니다. 그래서 그는 다시 한 번 정령을 달래 보려 했습니다.「아아! 내가 당신에게 해준 걸 생각해서라도 제발 나를 불쌍히 여겨 주시오!」「벌써 말했잖아!」정령이 말했습니다.「네가 내게 해준 바로 그 이유 때문에 너를 죽일 수밖에 없다고 말이다.」「기어코 선을 악으로 갚으려 하다니, 세상일이란 참으로 기묘하구나!」어부가 한탄했다.「속담에 〈그럴 만한 가치도 없는 사람에게 선을 행하면 오히려 변을 당하게 된다〉라는 말이 있소. 이제껏 나는 이 말이 틀렸다고 생각했소. 왜냐하면 이성과 사회의 법도에 비추어 이보다 터무니없는 말은 없기 때문이었소. 하지만 지금 나는 이것이 너무나도 맞는 말이라는 사실을 깨닫고 있소.」「자, 시간을 허비하지 말자!」정령이 말을 끊었습니다.「그렇게 머리가 터져라 따져 봤자 네 운명을 바꿀 수는 없는 노릇이다. 그러니 어떻게 죽을지나 어서 말해!」

그러나 필요는 기지(機智)를 가져오는 법, 어부의 머릿속에는 한 가지 묘책이 떠올랐습니다.「결국 죽음을 피할 수 없다면 하느님의 뜻에 따르기로 하겠소. 하지만 죽음의 종류를 선택하기 전에 다윗의 아들, 예언자 솔로몬이 새겨 놓은 하느님의 위대한 이름으로 당신에게 간청하거니와, 내가 한 가지 질문을 할 터이니 꼭 진실로써 대답해 주시오.」

이 말에 정령은 속이 떨려 왔다. 이처럼 신의 이름으로 부탁해 오면 긍정적으로 대답할 수밖에 없었던 까닭이다. 「그래, 원하는 게 있으면 물어봐! 어서!」

날이 밝아 오자 셰에라자드는 이 대목에서 입을 다물었다. 「언니!」 디나르자드가 말했다. 「정말이지 언니의 이야기는 날이 갈수록 더 재미있어져요. 우리의 주인이신 술탄께서 이 멋진 어부 이야기의 남은 부분을 듣기 전까지는 언니를 죽게 하지 않으셨으면 좋겠어요.」 「술탄님은 우리의 주인이셔.」 셰에라자드가 말했다. 「우리는 다만 술탄님이 좋아하시는 것만을 원해야 한단다.」 술탄도 디나르자드 못지않게 이야기의 끝 부분을 듣고 싶었던지라, 왕비의 처형을 또다시 연기해 주었다.

열한 번째 밤

샤리아와 그의 아내 왕비는 이전과 마찬가지로 또 하룻밤을 보냈다. 그리고 동이 트기 전, 디나르자드는 그들을 깨우며 이렇게 말했다. 「언니! 만일 자고 있지 않으면 어부의 이야기를 계속해 주세요.」 「기꺼이 너의 소원을 들어주마!」 셰에라자드가 대답했다. 「술탄께서 허락해 주신다면 말이다.」

정령이 진실을 말해 주겠다고 약속하자 어부는 이렇게 물었습니다. 「내가 알고 싶은 것은 당신이 정말로 이 항아리 속에서 나왔느냐는 것이오. 하느님의 위대한 이름을 걸고 맹세할 수 있소?」 「그렇다!」 정령이 대답했습니다. 「그 위대한 이름으로 맹세하는데, 나는 분명히 이 속에서 나왔다. 이것은 정말로 진실이다.」 「난 당신 말을 도저히 믿을 수 없소. 이 항아리는 당신 발 하나가 들어갈 정도도 안 되오. 그런데 어떻게 당신의 그 거대한 몸 전체가 이 속에 다 들어갈 수 있단 말이오?」「하지만 나는 분명히 이 속에 있었다니까! 아까 네놈도 보지 않았어? 이렇게 중대한 맹세를 하고 말하는데도 못 믿겠다는 거냐?」「솔직히 잘 믿기지 않소.」어부가 말했습니다.「당신이 내 눈앞에서 실제로 보여 주지 않는 이상, 나는 당신 말을 결코 믿을 수 없을 거요.」

그러자 정령의 몸이 풀어지기 시작하더니 연기처럼 변하여 아까처럼 바다와 해안 전체에 퍼졌습니다. 그러고는 다시금 모여들더니 항아리 속으로 들어가기 시작했습니다. 그렇게 연기는 항아리 속으로 천천히, 일정한 속도로 계속 빨려 들어갔고 결국에는 항아리밖에 남지 않게 되었습니다. 이때 항아리 속에서 정령의 말소리가 들려왔습니다.「자, 이 의심 많은 어부야! 나 이렇게 항아리 속에 들어 있다. 이제는 좀 믿겠느냐?」

어부는 대답 대신에 납 뚜껑을 집어 들어 재빨리 항아리 입구를 막아 버렸습니다. 그러고는 소리쳤습니다.「이놈, 정령아! 이제는 네놈이 빌어야 할 차례가 되었다. 자, 내가 네놈을 어떤 식으로 죽여 줄지 선택해! 아니야, 아니야! 차라리 바닷속 원래 있던 장소에다 다시 던져 버리는 게 낫겠어. 그러고서 나는 이 해변에다 집을 한 채 지어 거기 살면서, 그물을 던지러 오는 어부들이 있으면 경고해 줄 거야. 여기 고약한 정령 한 놈이 있는데, 그물로 끌어내지 않도록 조심하라고 말이야. 자기를 해방시켜 주는 사람을 죽이겠다는, 그런 말도 안 되는 맹세를 한 네놈 말이다!」

이 말을 듣고 약이 오른 정령은 항아리에서 빠져나가려고 갖은 애를 썼습니다. 하지만 다윗의 아들 예언자 솔로몬의 봉인 때문에 그것은 불가능했습니다. 결국 칼자루를 쥔 쪽은 어부라는 사실을 깨달은 정령은 이제 자신의 분노를 숨기려

했습니다. 그는 애써 어조를 누그러뜨리며 이렇게 말했습니다. 「어이, 어부! 정말로 그렇게 할 생각은 아니겠지? 지금까지 내가 말한 것은 다 농담이라네, 농담. 자네 농담을 너무 심각하게 받아들이는 것 아닌가?」 「야, 이놈, 정령아!」 어부가 대답했습니다. 「조금 전의 너는 정령들 중에서도 가장 큰 자였지만, 지금은 가장 조그만 자에 불과해. 이제 와서 그따위 교활한 말을 늘어놔 봐야 소용없어! 너는 바다로 돌아가게 될 거야. 네놈은 그 오랜 세월 동안 그 속에 있었다고 했지? 이제 최후의 심판이 올 때까지 거기 있어야 할 거야. 난 네놈에게 하느님의 이름으로 내 목숨을 빼앗지 말아 달라고 애원했었건만, 너는 콧방귀만 뀌어 댔지. 이제 네놈에게 똑같은 것을 돌려줄 시간이야!」

정령은 어부의 마음을 움직여 보려고 온갖 방법을 다 써보았습니다. 「항아리 좀 열어 주소! 나 좀 풀어 줘! 제발 부탁이네! 나가면 정말로 잘해 주겠다고 약속하네!」 「네놈은 한갓 배신자일 뿐이야!」 어부가 쏘아붙였습니다. 「내 만일 경솔하게도 네놈을 신뢰하는 일이 있다면, 그때는 목숨을 잃어도 쌀 것이야. 네놈은 분명히 그리스인 왕이 의원(醫員) 두반에게 했던 것과 똑같은 식으로 나를 대접할 테니까! 자, 네놈에게 해주고 싶은 이야기가 하나 있으니, 한번 들어 보거라!」

그리스인 왕과 의원 두반 이야기

 페르시아의 주만 지방에 그리스 출신의 왕이 있었어. 이 왕은 심한 나병에 걸려 있었는데, 시의(侍醫)들이 그를 고치기 위해 그들이 아는 치료법을 모두 써보았으나 아무런 효험이 없었지. 그들로서는 더 이상 무슨 처방을 내려야 할지 몰라 손을 놓고 있을 때, 의학에 능통한 두반이라는 의원이 왕이 사는 도시에 도착했어.

 두반은 그리스어, 페르시아어, 터키어, 아랍어, 라틴어, 시리아어, 헤브라이어 등으로 쓰인 각종 의서에 통달한 사람이었어. 또한 철학에 조예가 깊을 뿐 아니라, 갖가지 약초와 약품의 좋고 나쁜 효과들을 줄줄이 꿰고 있었어. 왕이 병에 걸려 있으며 의원들이 모두 두 손 들었다는 사실을 알게 되자, 그는 가장 단정한 옷으로 갈아입고 입궐하여 왕을 만나게 해달라고 요청했어. 그리하여 왕을 만난 그는 이렇게 말했어. 「폐하! 모든 의원들이 폐하의 나병을 치료하는 데 실패했다고 들었습니다. 하지만 만일 폐하께 봉사하는 영광을 제게 허락해 주신다면, 약속드리거니와 탕약이나 외용약을 사용하지 않고도 폐하를 치료해 드릴 수 있습니다.」 왕은 그의 제의를 듣고 이렇게 대답했지.「그대가 과연 의학에 능통한 자여서 그 말대로 할 수만 있다면, 내 약속하거니와 그대와 그대의 자손들을 부자로 만들어 주겠다. 또한 그대에게 갖가지 선물을 줄 것은 물론, 그대를 가장 아끼는 총신으로 삼겠다. 그래, 그대는 정말로 탕약이나 연고를 쓰지 않고도, 내 나병을 없앨 수 있단 말인가?」「그렇습니다, 폐하. 감히 말씀드리거니와 하느님의 도움을 받아 분명히 성공할 수 있습니다. 내일 당장 증명해 드리겠습니다.」

어전에서 물러나 거처에 돌아온 두반은 폴로 경기를 할 때 쓰는 긴 클럽을 하나 만들고, 자루 부분에 구멍을 파서 그 속에 어떤 약품을 집어넣었어. 그런 후에 나름대로 공도 하나 만들었지. 다음 날, 다시 입궐한 그는 왕의 발밑에 무릎을 꿇고 바닥에 입을 맞추면서…….

이 대목에 이르러 셰에라자드는 날이 밝아 오는 것을 보고, 이 사실을 샤리아에게 알린 후 입을 다물었다. 그러자 디나르자드가 말했다.「정말이지, 언니는 이 많은 이야기들을 어디서 다 가져오는 거죠?」「내일도 또 다른 이야기들을 많이 들을 수 있을 거다. 만일 나의 주인이신 술탄께서 은혜를 베푸시어 다시 한 번 내 생명을 연장해 주신다면 말이야.」디나르자드 못지않게 의원 두반의 이야기를 계속 듣고 싶은 마음이 굴뚝같았던 샤리아는 그날도 왕비를 죽일 생각은 추호도 없었다.

열두 번째 밤

열두 번째 밤도 벌써 많이 지나갔을 때, 디나르자드는 잠에서 깨어나 외쳤다.「언니! 만일 자고 있지 않으면 그리스인 왕와 의원 두반의 그 재미난 이야기를 좀 들려주세요!」「물론 해주지!」 셰에라자드는 대답한 후, 즉시 이야기를 이어 나갔다.

「폐하! 어부는 여전히 정령을 항아리 속에 가둬 놓은 채, 다음과 같이 이야기를 계속했습니다.」

의원 두반은 몸을 일으키고 깊이 몸을 숙여 예를 표한 후, 왕에게 말에 올라 폴로 경기 하는 곳으로 가실 것을 부탁했어. 왕은 그의 말대로 했지. 그들이 폴로 경기 하는 장소에 이르자, 의원은 준비해 놓은 나무 클럽을 왕에게 주며 말했어. 「자, 폐하! 이 클럽을 잡으십시오. 그리고 공을 땅에다 놓고 이렇게 치면서 운동을 하십시오. 폐하의 손과 온몸이 땀으로 흠뻑 젖을 때까지 계속하십시오. 제가 클럽 자루 속에다 넣어 둔 약이 손의 열기로 데워져 폐하의 온몸에 스며들 것입니다. 땀이 나면 운동을 중단하십시오. 땀이 났다는 것은 약이 효력을 발했다는 뜻이니까요. 그리고 궁에 들어가시는 즉시 목욕을 하십시오. 온몸을 깨끗이 씻고 문지르십시오. 그러고 나서 주무십시오. 내일 아침 일어나실 때는 병이 깨끗이 나아 있을 겁니다.」

왕은 클럽을 들고 공을 따라다니며 말을 달렸어. 그가 공을 치면 함께 경기를 하는 장교들이 쳐서 되돌려 보내 주었지. 그러면 왕이 다시 공을 쳤고, 이런 식으로 경기가 오랫동안 계속되어 왕의 손과 몸은 땀으로 흠뻑 젖었어. 의원이 말한 대로 클럽 자루에 든 치료제가 효력을 발했던 거야. 이에 왕은 경기를 멈추고 궁으로 돌아갔어. 그리고 욕실에 들어가 의원의 처방대로 정확히 행했어. 몸이 한결 개운해지는 것을 느꼈지. 다음 날 아침, 왕은 자리에서 일어나며 놀라움과 기쁨을 동시에 맛보았어. 나병이 거짓말처럼 치료되어 있던 거야! 그의 몸 전체는 한 번도 이 병에 걸린 적이 없었던 것처럼 깨끗했어. 왕은 옷을 입고 어전에 들어 옥좌에 앉았어. 그리고 신하들에게 자신의 깨끗해진 몸을 보여 주었지. 신하들은 새 치료법이 성공했다는 소식을 듣고 아침부터 거기에 몰려들어 있었거든. 왕께서 완전히 치료된 것을 본 신하들은 모두들 크게 기뻐했어.

의원 두반도 어전에 들어 옥좌 앞에 무릎을 꿇고 머리를 땅에 조아렸어. 그가 온 것을 본 왕은 그를 불러 자기 옆에 앉게 했어. 그리고 거기 모인 모든 사람들에게 소개하고 공식적으로 크게 치하했지. 이것뿐이 아니었어. 그날로 큰 잔치를 열고 의원을 자기 옆에 앉게 하여 함께 음식을 들었지…….

이 말을 마친 셰에라자드는 날이 밝은 것을 보고 이야기를 멈추었다. 「언니!」 디나르자드가 말했다. 「이야기가 어떻게 끝나게 될지는 모르겠지만, 시작은 너무나 기막힌 것 같아요.」「남은 부분은 훨씬 더 좋단다.」 왕비가 웃으면서 대답했다. 「듣고 나면 내 말이 옳다는 걸 알게 될 거야. 만일 술탄께서 다음 밤에 이야기를 마칠 수 있도록 허락해 주신다면 말이야.」 술탄은 동의했다. 그리고 재미있는 이야기를 들어 매우 흡족해진 기분으로 자리에서 일어났다.

열세 번째 밤

다음 밤이 끝나 갈 즈음, 디나르자드는 다시 왕비에게 말했다. 「언니! 만일 자고 있지 않으면 그리스인 왕과 의원 두반의 이야기를 계속 들려주세요!」「디나르자드! 나의 주인이신 술탄이 허락하시면 너의 궁금증을 풀어 주겠다.」 셰에라자드가 대답했다. 그리고 술탄이 허락하자 이야기를 계속했다.

「폐하! 어부는 정령에게 계속 이야기했습니다.」

그리스인 왕은 의원 두반을 자기 옆에 앉히고 함께 식사를 하는 것으로 끝내지 않았어. 날이 저물어 신하들이 물러갈 때가 되자, 그는 두반에게 중신들이 왕을 알현할 때 입는 것과 같은 호사스러운 장포를 입혔을 뿐 아니라, 이천 세켈을 하사했어. 다음 날과 그 이후의 날들에도 왕은 계속 두반을 불러 성대히 대접했지. 이렇게 왕은 이 명의에게 도저히 갚을 수 없는 큰 빚을 졌다고 생각하고 매일같이 새로운 선물들과 혜택들을 듬뿍 안겨 주었어.

그런데 이 왕에게는 대재상이 하나 있었어. 그는 욕심과 시기로 가득했을 뿐 아니라, 온갖 종류의 죄악을 범할 수 있는 성정을 지닌 자였지. 그는 의원이 그 많은 선물과 혜택 속에 파묻히는 것을 보고 배가 아파 견딜 수가 없었어. 게다가 의원의 빛에 가려 자신의 존재가 묻히게 되자 원통함은 이루 말할 수가 없었던 거야. 결국 의원을 파멸시키기로 마음먹은 그는 왕을 찾아가 지극히 중대한 간언을 올리기 위해 왔노라고 말했어. 왕이 대체 무슨 일이냐고 묻자 그는 이렇게 대답했어.

「폐하! 일국의 군주께서 아직 그 충성심이 전혀 검증되지 않은 자를 그토록 신임하시는 것은 지극히 위험한 일입니다. 지금 폐하께서는 의원 두반에게 온갖 선물과 혜택을 내려 주시고, 또 날마다 극진히 대접하고 계십니다. 하오나 폐하께서는 이자가 폐하를 암살하려는 목적으로 궁에 잠입한 배신자라는 사실을 까맣게 모르고 계십니다.」 그러자 왕이 펄쩍 뛰며 말했다. 「아니, 감히 그따위 소리를 하다니, 대체 누구에게 들은 말이오? 경은 지금 말하는 상대가 나이며, 나로서는 쉽사리 받아들일 수 없는 그런 말을 하고 있다는 사실을 알고 있소?」「폐하!」 대재상은 계속했어. 「저는 지금 제가 얻은 충분한 정보에 근거하여 이 사실을 알려 드리고 있습니다. 그러니 더 이상 그를 신임하지 마십시오. 그건 더없이 위험한 일입니다. 폐하, 잠에서 깨어나십시오! 다시 한 번 반복하거니와, 의원 두반이 그의 고국 그리스 구석을 떠나 폐하의 궁정에 들어온 목적은 오직 하나, 제가 말한 그 끔찍한 음모를 실행하기 위함입니다.」「아니오! 아니오!」왕이 대재상의 말을 끊었어. 「내 확신하거니와, 지금 경이 배신자, 역적으로 취급하고 있는 이 사람은 지극히 어질고도 뛰어난 인물이오. 그래서 내가 이 세상 그 누구보다도 총애하는 사람이기도 하오. 경은 그가 어떤 치료법을 사용하여, 아니 어떤 기적을 발휘하여 내 병을 치료했는지 알고나 있는 것이오? 만일 그가 내 목숨을 노렸다면, 왜 나를 구해 주었겠소? 병에 걸린 채로 그냥 놔두었다면 나는 저절로 죽었을 것 아니오? 나는 이미 거의 죽은 상태 아니었소? 그러니 내 속에 부당한 의심을 불어넣을 생각일랑 마시오! 아니, 당신 말을 듣기는커녕 오늘부터 당장 이 위대한 인물에게 매달 오천 세켕씩 평생 연금을 지급하도록 하겠소. 그 사람이 내게 해준 것에 보답하기 위해서는 내 모든 재산, 심지어는 내 나라의 반을 떼어 준다 하더라도 충분치 않을 것이오. 나는 경이 왜 이러는지 알고 있소. 그의 미덕이 당신의 질투심을 자극하는 거요. 하지만 내가 부당한 모함에 넘어가리라고는 생각지 마오. 이런 상황에 처하니 어떤 이야기가 생각나는구먼. 신드바드 왕이 그의 아들을 죽이려 하자, 이를 만류하기 위해 그의 재상이 왕에게 들려준 이야기 말이오……」

「하지만 폐하,」세에라자드가 말했다. 「날이 밝아서 더 이상 이야기를 계속할 수 없사옵니다.」「대재상의 모함을 단호하게 물리치신 그리스인 왕이 너무나 고마워요!」디나르자드가 말했다. 「오늘 너는 이 왕의 단호함을 칭송하지만, 내일은 그의 약함을 단죄하게 될 거야. 만일 술탄께서 이 이야기를 마칠 수 있도록 허락해 주신다면 말이다.」 술탄은 그리스인 왕이 어떻게 약해졌는지 몹시 궁금했으므로, 또다시 왕비의 처형을 연기해 주었다.

열네 번째 밤

「언니!」 열네 번째 밤도 끝나 갈 즈음, 디나르자드가 외쳤다. 「만일 자고 있지 않으면, 동이 틀 때까지 어부의 이야기를 계속 들려주세요. 어제 언니는 그리스인 왕이 재상의 모함에 조금도 흔들리지 않고 의원 두반의 결백함을 굳게 지지했다는 데까지 이야기했어요.」 「그래, 나도 기억하고 있단다.」 셰에라자드가 대답했다. 「그러면 다음에 어떻게 되었는지 이야기해 줄게.」

남편과 앵무새 이야기

좀 단순한 사내가 하나 있었소. 그의 아내는 얼굴이 꽤 반반했던지라 사내는 그녀에게 푹 빠져서 한시도 눈을 떼려 하지 않았소. 어느 날 사내는 긴급한 용무가 생겨 그녀 곁을 떠나 먼 곳에 가게 되었소. 이에 그는 갖가지 새를 파는 곳에 가서 앵무새를 한 마리 사왔소. 그 새는 말을 잘할 뿐 아니라, 눈앞에서 벌어진 일들을 모두 보고해 주는 신통한 재주를 가진 녀석이었지. 그는 앵무새가 든 조롱을 가지고 와서 아내의 방에 두고는, 자기가 여행을 떠나 있을 동안 녀석을 잘 보살펴 달라고 부탁했소. 그리고 사내는 떠난 거요.

집에 돌아온 사내는 물론 앵무새에게 자기가 없는 동안 집에서 무슨 일이 일어났는지 물어보았지. 그러자 앵무새는 아내의 방에서 녀석이 본 것을 빠짐없이 이야기해 주었소. 그런데 그것은 한 남자로서 마누라를 호되게 꾸짖지 않으면 안 될 그런 일들이었소. 남편에게 크게 혼난 아내는 여종 중의 하나가 자기를 배신한 것이라고 생각했소. 하지만 여종들은 모두 부인하면서, 이런 재수 없는 보고를 한 장본인은 앵무새가 틀림없다고 입을 모아 주장하는 거였소.

이에 아내는 어떻게 하면 남편의 의심을 잠재우고, 또 이 참에 앵무새에게 복수할 수 있을까 궁리하게 되었소. 그리고 마침내 그 방법을 찾아냈던 거요! 어느 날 남편이 하루 동안 집을 비울 일이 생겼소. 그러자 여자는 여종 하나에게 밤새도록 앵무새 조롱 밑에서 맷돌을 돌리게 했소. 그리고 다른 여종에게는 조롱 위에 비처럼 물을 뿌리게 하였으며, 또 다른 여종에게는 거울을 들고 앵무새 앞에서 좌우로 돌려 대촛불 빛을 번쩍번쩍 반사시키도록 했소. 여종들은 여주인의 분부를 밤새도록 열심히 이행했소. 그리고 썩 잘 해냈지.

다음 날 집에 돌아온 남편이 다시 앵무새에게 집에서 무슨 일이 있었느냐고 묻자 앵무새가 대답했소.

「주인님! 밤새도록 얼마나 번개와 천둥이 쳐대고 비가 억수같이 쏟아붓는지, 제가 얼마나 힘들었는지 모른다니까요!」

간밤에 비도 천둥도 없었다는 사실을 알고 있던 사내는 이처럼 앵무새가 진실을 말하지 않는 것으로 보아, 아내에 대해서 말했을 때에도 역시 마찬가지였으리라고 확신했소. 머리끝까지 화가 치민 그는 조롱에서 새를 꺼내 땅바닥에 거칠게 패대기쳤고, 새는 그만 죽고 말았지. 하지만 나중에 그는 이웃들의 입을 통하여 아내의 행실에 대해 앵무새가 말한 것이 거짓이 아니었음을 알게 되었소. 죄 없는 녀석을 죽인 것

을 뼈저리게 후회했음은 말할 것도 없지…….

여기서 셰에라자드는 이야기를 멈췄다. 벌써 날이 밝은 것을 보았기 때문이다. 「언니!」 디나르자드가 말했다. 「언니가 해주는 이야기들은 너무도 다채로워서 정말이지 세상에 이보다 더 재미있는 것이 있을까 싶어요.」 「나는 계속 이렇게 너를 즐겁게 해주고 싶구나.」 셰에라자드가 대답했다. 「하지만 나의 주인이신 술탄께서 내게 그럴 시간을 주실지 모르겠구나.」 샤리아는 왕비의 이야기를 들으면서 디나르자드 못지않은 큰 즐거움을 느끼고 있었다. 그래서 묵묵히 몸을 일으켜 나갔지만, 재상에게 그녀를 죽이라는 명을 내리지 않은 채 또 하루를 보냈다.

열다섯 번째 밤

이날 밤도 디나르자드는 여느 때와 다름없이 정해진 시각에 셰에라자드를 깨웠다.「언니! 만일 자고 있지 않으면 동이 틀 때까지 언니가 알고 있는 재미난 이야기 하나를 들려주세요!」「기꺼이 네 소원을 들어주마.」셰에라자드가 이렇게 대답하고 있을 때, 갑자기 술탄이 끼어들었다.「잠깐! 먼저 그리스인 왕과 그의 재상이 의원 두반의 문제에 대해 나눈 대화를 끝내 주시오. 그러고는 어부와 정령의 이야기도 계속해야 할 것이오.」「소녀, 폐하의 분부대로 하겠사옵니다.」이렇게 말한 후, 셰에라자드는 즉시 이야기를 계속했다.

「폐하! 어부는 정령에게 말했습니다.」

그리스인 왕은 앵무새의 이야기를 마친 후에 재상에게 이렇게 말했지.「당신은 당신에게 아무런 해도 끼치지 않은 의원 두반에게 시기심을 품고, 나에게 그를 죽이라고 하고 있소. 하지만 나는 그렇게는 아니할 것이오. 앵무새를 죽여 놓고 후회하는 그 어리석은 사내 꼴이 되고 싶지는 않으니까.」하지만 사악한 재상은 의원 두반이 망하는 꼴을 너무도 보고 싶었던지라, 거기서 단념할 수는 없었지. 그는 왕에게 이렇게 말했어.「폐하! 앵무새 한 마리 죽었다고 해서, 그게 뭐 대수겠습니까? 그 주인이 계속 후회만 하고 있었을까요? 그까짓 새 한 마리 죽은 정도는 금방 잊어버렸을 것입니다. 그리고 폐하께서는 왜 그렇게 움츠려 드십니까? 행여 결백한 사람을 박해하게 될까 걱정이 되셔서 그러십니까? 하지만 그자가 폐하의 목숨을 노리고 있다고 고발하는 사람이 있다는 사실, 이것만으로도 그자의 목숨을 빼앗기에 충분한 이유가 되지 않습니까? 일국의 왕의 안위가 걸려 있는 경우, 한 점 의

혹은 확신과 동일한 가치가 있는 게 아닙니까? 또 만에 하나 죄인을 살려 둘 가능성을 남겨 두느니 차라리 무고한 자를 희생시키는 편이 낫지 않습니까? 게다가 폐하, 이것은 전혀 불확실한 경우가 아닙니다. 의원 두반은 분명 폐하의 목숨을 노리고 있습니다. 소신이 이렇게 말씀드리는 것은 결코 시기심 때문이 아닙니다. 오직 폐하의 옥체를 염려하는 충정으로 이렇게 중대한 간언을 드리고 있는 것입니다! 만일 제 말이 틀린다면, 저에게는 옛날 어떤 재상이 받았던 것과 같은 벌이 마땅할 것입니다.」「그 재상이 어떤 짓을 했기에 벌을 받게 되었소?」 그리스인 왕이 물었어. 「폐하께서 원하신다면 소신이 이야기해 드리겠습니다.」 재상이 대답했어.

벌받은 재상 이야기

옛날에 어떤 왕이 있었습니다. 그런데 그에게는 사냥을 몹시 좋아하는 아들이 있었습니다. 왕은 아들에게 그가 좋아하는 이 취미를 자주 할 수 있게끔 허락해 주었습니다. 하지만 그때마다 왕은 대재상에게 아들과 항상 동행하며 무슨 일이 일어나지 않도록 그에게서 눈을 떼지 말라고 분부했습니다. 어느 날 사냥을 갔을 때였습니다. 몰이꾼들이 수사슴 한 마리를 몰아왔고, 왕자는 재상이 뒤따라오리라 생각하고 짐승을 추격했습니다. 그렇게 흥분에 휩싸여 오랜 시간 말을 달린 끝에 왕자는 먼 곳에까지 오게 되었고, 결국은 혼자가 되었습니다. 그는 말을 세웠고, 자신이 길을 잃었다는 사실을 깨달았습니다. 오던 길을 되돌아가 재상을 찾으려 해보았지만 주의를 소홀히 하여 왕자의 뒤를 바짝 따라오지 않은 재상은 보이지 않았습니다. 왕자는 완전히 길을 잃게 된 것입니다. 안전한 길을 찾으려고 사방으로 뛰어다니던 왕자는 오솔길 한쪽에서 서럽게 울고 있는 날씬한 몸매의 아가씨를 만났습니다. 고삐를 당겨 말을 세운 왕자는 아가씨에게 그녀가 누구인지, 이런 외진 장소에서 무엇을 하고 있는지, 지금 도움이 필요한지를 물었습니다. 그러자 그녀는 대답했습니다. 「저는 인도의 어떤 왕의 딸이에요. 말을 타고 들판을 산책하다가 그만 깜박 잠이 들어 말에서 떨어져 버렸지 뭐예요. 말은 도망갔는데, 어디로 가버렸는지 모르겠어요.」 젊은 왕자가 아가씨를 불쌍히 여겨 말 궁둥이에 타라고 제의하자 그녀는 그렇게 했습니다.

그렇게 둘이서 말을 타고 가고 있는데, 눈앞에 오두막집이 하나 나타났습니다. 아가씨가 용변을 보기 위해 말에서 내려야겠다고 하자 왕자는 말을 세우고 그녀를 내리게 했습니다. 그녀가 오두막집 안으로 들어간 후, 왕자 역시 말에서 내려 말고삐를 잡고 오두막집 가까이 다가갔습니다. 그런데 안에서 아가씨가 다음과 같이 말하는 것을 들은 왕자가 얼마나 놀랐을지 한번 상상해 보십시오. 「얘들아, 기뻐해라! 너희들에게 아주 건장하고 통통한 사내 녀석 하나를 데려왔단다.」 그러자 곧바로 다른 목소리들이 들려왔습니다. 「엄마! 그 녀석 어디 있죠? 우리 빨리 먹어요! 지금 아주 배고프거든요.」

왕자로서는 더 이상 듣지 않아도 지금 자신이 어떤 위험에 처해 있는지 깨달을 수 있었습니다. 자칭 인도 왕의 딸이라고 하는 아가씨가 사실은 식인귀라는 사실을 금방 알 수 있었으니까요. 다시 말해서 그녀는 황량한 장소에 숨어 살면서 온갖 간교한 술책을 사용하여 지나가는 사람들을 덮쳐 잡아먹는 야만스러운 식인귀였습니다. 공포에 사로잡힌 왕자는 최대한 빨리 말에 올라탔습니다. 바로 이때 공주 행세를 하던 식인귀가 나타나서, 자신의 계획이 실패한 것을 깨닫고 이렇게 외쳤

습니다. 「무서워할 것 없어요! 그런데 당신은 누구시죠? 뭘 찾고 계신 거죠?」 「나는 길을 잃었소. 그래서 길을 찾고 있는 중이라오.」 「길을 잃으셨다면, 모든 걸 하느님께 맡겨 보시죠. 하느님께서 당신을 이 곤경에서 꺼내 주실 테니까.」 이 말을 들은 왕자는 눈을 들어 하늘을 우러러보며……

「그런데, 폐하!」 이 대목에 이르러 셰에라자드가 말했다. 「여기서 이야기를 중단할 수밖에 없습니다. 아침의 빛이 제게 침묵을 강요하고 있는 듯하군요.」 「언니!」 디나르자드가 말했다. 「그 젊은 왕자가 어떻게 되었는지 알고 싶어 죽겠어요! 그가 너무 걱정이 되어 몸이 떨릴 지경이에요.」

「내일 그 불안감에서 벗어나게 해줄게.」 왕비가 대답했다. 「만일 술탄께서 이 몸을 내일까지 살게 해주신다면 말이야.」 이야기의 결말이 몹시 궁금했던 샤리아는 다시금 셰에라자드의 생명을 연장해 주었다.

열여섯 번째 밤

디나르자드는 젊은 왕자의 이야기의 결말을 너무도 듣고 싶었던지라, 이날 밤에는 평소보다도 일찍 깨어났다. 「언니! 만일 자고 있지 않으면 어제 시작했던 이야기를 마저 해주세요. 나는 젊은 왕자의 운명이 몹시 궁금하고, 그가 식인귀와 그 자식들에게 잡아먹힐까 봐 무서워 죽겠어요.」 샤리아도 역시 같은 감정이라고 고백했다. 「그렇다면 폐하, 빨리 그 심려에서 벗어나게 해드리겠사옵니다.」 왕비는 이야기를 계속했다.

가짜 공주가 모든 걸 하느님께 맡기라고 말하자, 젊은 왕자는 그녀의 말은 진심이 아니요, 단지 자기 손아귀에 잡혀 있는 먹잇감을 조롱하는 말이라고 생각했습니다. 그는 두 팔을 하늘을 향해 쳐들고 이렇게 외쳤습니다.「전능하신 주님! 눈을 내려 저를 보소서! 그리고 이 대적으로부터 저를 해방시켜 주옵소서!」이렇게 기도하자 식인귀는 오두막집 안으로 들어가 버렸고, 그 틈을 타서 왕자는 황급히 달아났습니다. 다행히도 왕자는 다시 길을 찾아내어 무사히 부왕의 품으로 돌아올 수 있었습니다. 아버지를 만난 왕자는 재상의 잘못으로 인해 자신이 겪게 된 위험을 낱낱이 말해 주었습니다. 이에 격노한 왕은 당장에 재상을 교수형에 처했습니다.

「폐하!」재상은 그리스인 왕에게 계속 말했어.「다시 의원 두반에 대해 말씀드립니다. 폐하께서 조심하시지 않으면 그에 대한 신임이 극히 위험한 결과를 초래할 수 있습니다. 이건 제가 믿을 만한 사람에게서 얻어 낸 정보인데, 그자는 폐하의 적들이 폐하의 목숨을 노리고 보낸 첩자입니다. 그자가 폐하의 병을 고쳤다고요? 누가 보장할 수 있습니까? 그의 치료는 겉보기에 불과할 뿐, 근본적인 것은 아닐 것입니다. 시간이 흘러감에 따라 이 치료가 오히려 더 나쁜 결과를 가져오게 될지 누가 압니까?」

좀 모자란 사람이었던 그리스인 왕은 재상의 고약한 의도를 간파해 낼 만한 통찰력도 없었고, 자기가 처음 가졌던 생각을 고수할 만한 단호함도 없었어. 재상의 교묘한 말은 그의 마음을 흔들어 놓았지.「경! 그대의 말이 옳소! 과연 그는 내 목숨을 빼앗으러 왔을 수 있소. 그가 지닌 약품의 냄새만으로도 능히 나를 죽일 수 있을 것이오. 그렇다면 이런 상황에서 어떻게 하는 것이 좋을지 잘 생각해 봐야겠군.」

재상은 왕의 마음이 자기의 의도대로 움직이자 이렇게 말했어.「폐하! 폐하의 안녕과 생명을 보장할 수 있는 가장 확실하고도 신속한 방법은 당장에 사람을 보내 의원 두반을 부른 후, 그가 오자마자 목을 잘라 버리는 것입니다.」「맞다, 맞아!」 왕이 맞장구쳤어. 「맞아! 그의 음모를 분쇄하려면 그렇게 해야 해!」 말을 마치자마자 왕은 관리 한 명을 불러 의원을 데리고 오라고 명했어. 왕의 의도를 알 턱이 없는 의원은 급히 궁으로 달려왔지. 그를 본 왕은 이렇게 말했어. 「그대를 왜 불렀는지 알겠나?」 「모르옵니다. 폐하께서 친히 알려 주십시오.」 「내가 그대를 오게 한 것은, 내 그대로부터 벗어나기 위해 그대의 목숨을 빼앗으려 함이야!」

졸지에 사망 선고를 듣게 된 의원이 얼마나 놀랐는지, 그것을 묘사한다는 것은 불가능한 일일 거야. 「폐하! 대체 무엇 때문에 소인을 죽이시려는 겁니까? 제가 대체 무슨 죄를 범했습니까?」 「내 믿을 만한 사람을 통해 알게 된 사실에 의하면, 그대는 내 목숨을 노리고 궁정에 들어온 첩자가 아닌가? 하지만 어림없는 소리! 내 먼저 그대의 목숨을 빼앗을 것이야! 여봐라, 저놈의 목을 당장 베어라!」 왕은 곁에 있던 망나니에게 명령했다. 「나를 암살하러 여기 잠입한 이 역적이 내 눈앞에서 사라지게끔 말이다!」

이 잔혹한 명령을 들은 의원은 정황을 짐작할 수 있었어. 이는 필시 자기가 얻게 된 영예와 혜택이 적들을 만들었고, 정신이 박약한 왕이 그들의 모함에 넘어간 것임을 눈치챈 거지. 그는 왕의 나병을 고쳐 준 것을 땅을 치며 후회했지만, 이미 때는 너무 늦어 있었어. 그는 왕에게 항변했지. 「제가 폐하께 드린 은혜를 어찌 이런 식으로 보답하십니까?」 왕은 그의 말을 들으려 하지 않고 다시 한 번 망나니에게 그의 목을 베라고 명했어. 이제 의원은 큰 소리로 애원하기 시작했어. 「아아, 폐하! 저의 생명을 연장해 주십시오! 그러면 하느님께서 폐하의 수명도 연장해 주실 것입니다. 제발 저를 죽이지 말아 주십시오! 그렇지 않으면 하느님께서 폐하 역시 마찬가지 방식으로 다루실 것입니다.」

여기서 어부는 이야기를 중단하고 정령에게 말했습니다. 「어떠냐, 이 정령 놈아! 그리스인 왕과 의원 두반 사이에서 일어난 일이 방금 전 우리에게 일어난 일과 똑같지 않더냐?」 그러고 나서 어부는 다시 이야기를 이어 갔습니다.

이렇듯 의원이 하느님의 이름으로 간청했음에도 왕은 아랑곳하지 않고 냉랭하게 대답했어. 「안 돼! 나는 반드시 그대를 죽여야만 해! 그대는 나를 치료한 것만큼이나 교묘하게 내 목숨을 빼앗을 수 있는 사람이야!」 의원은 흐느끼며, 왕에게 그토록 큰 봉사를 해주었음에도 어처구니없는 보답을 받게 된 자신의 운명을 한탄했어. 하지만 피할 수 없는 걸음으로 다가오는 죽음을 받아들이는 수밖에는 다른 방도가 없었지. 망나니는 그의 눈을 가리고 두 손을 묶은 후, 칼을 뽑아 들었어.

이때 거기 있던 신하들은 동정심에 사로잡혀, 의원은 죄가 없으며 그의 결백을 보장하겠다고 말하면서 그를 사면해 달라고 간청했어. 하지만 왕은 꿈쩍도 하지 않았지. 오히려 그들에게 호통을 쳐대며 더 이상 아무도 입을 열지 못하게 만들었어.

이제 눈이 가려지고 무릎이 꿇린 채로, 운명을 끝낼 칼을 받을 준비가 된 의원은 다시 한 번 왕에게 말했어. 「폐하! 이렇듯 폐하께서 저의 사형 선고를 철회하려 하지 않으시니 더 이상 어쩔 수 없사오나, 마지막으로 한 가지 소원이 있사옵니다. 죽기 전에 제 장지를 마련하고 가족들에게 작별 인사를 하고 가난한 사람들에게 적선을 하고 제 책들을 유익하게 사용할 수 있는 사람들에게 물려줄 수 있게끔, 잠시만 풀어 주십시오. 제 책들 중에는 폐하께 드리고 싶은 것도 한 권 있습니다. 그것은 폐하의 보물 창고에 소중히 보관할 가치가 있는 매우 귀중한 책이옵니다.」「왜 그것이 그토록 귀중한가?」「폐하! 이 책 안에는 신기한 것들이 무수히 담겨 있기 때문입니다. 그중 가장 중요한 것을 알려 드리겠습니다. 제 목이 잘려 나간 후에 폐하께서는 친히 이 책의 여섯 장을 넘기신 후 왼쪽 페이지의 세 번째 행을 읽으시옵소서. 그러면 잘린 제 머리가 폐하의 모든 질문에 대답할 것입니다.」 이처럼 신기한 일이 일어난다 하니 호기심이 발동한 왕은 의원의 처형을 다음 날로 미뤄 주었고, 엄중한 감시를 붙여 그를 집으로 돌려보냈어.

집에 돌아온 의원은 신변을 정리했어. 그사이에 그가 죽은 다음 엄청난 기적이 일어난다는 소문이 사방에 퍼져 나가서, 이를 보기 위해 재상, 왕족, 근위대 장교 등 궁의 모든 신하들이 알현실에 모여들었지.

곧 의원 두반이 알현실에 나타났어. 그는 두꺼운 책 한 권을 들고 옥좌 아래로 걸어갔지. 거기서 그는 대야 하나를 가져오게 한 후, 책을 쌌던 보자기를 풀어서 그 위에 펼쳐 놓았어. 그리고 책을 왕에게 주면서 이렇게 말했어.「폐하! 이 책을 받아 주십시오. 그리고 제 목이 잘리는 즉시 명령을 내려 머리를 대야 속 보자기 위에 얹어 놓게 하십시오. 머리가 그 위에 놓이는 즉시 출혈이 멈출 것입니다. 그리고 폐하께서는 책을 펼치십시오. 그러면 제 머리가 폐하의 모든 질문에 답변할 것입니다. 하지만, 폐하!」 의원은 덧붙였어.「다시 한 번 더 폐하의 자비를 호소합니다. 하느님의 이름으로 이렇게 비오니, 제발 마음을 누그러뜨리소서. 저는 결백하옵니다.」「아무리 애원해 봤자 소용없다.」 왕의 대답이었어.「죽고 난 후에 네 대가리가 말하는 것을 보기 위해서라도 나는 네가 좀 죽어 줬으면 한다.」 이렇게 말한 왕은 의원으로부터 책을 건네받은 후, 망나니에게 형을 집행하라고 명했어.

머리는 너무도 능숙한 솜씨로 잘려 그대로 대야 속으로 굴러떨어졌고, 그렇게 머리가 보자기 위에 놓이자마자 출혈이 멈췄어. 이때 왕을 비롯한 모든 사람들을 경악하게 할 일이 벌어졌어. 잘린 머리의 눈이 떠지더니 이렇게 말하는 것 아니겠어?「폐하! 책을 펼치십시오!」왕은 책을 펼쳤어. 하지만 첫째 장과 둘째 장은 마치 풀로 붙인 듯이 달라붙어 있어서, 왕은 책장을 넘기기 위해 손가락을 입에 대어 침을 묻혀야만 했지. 그렇게 여섯 장까지 넘겼지만 거기에는 아무런 글씨도 없었어.「의원!」왕은 머리에게 말했지.「여기에는 아무것도 써 있지 않은데?」「몇 장 더 넘기십시오!」머리가 다시 말했어. 왕은 손가락을 연신 입으로 갖다 대 침을 묻혀 책장을 넘겼어. 그때 책의 각 장에 스며들어 있던 독이 효력을 발했고, 왕은 갑자기 머리가 핑 도는 것을 느꼈어. 곧 시야가 흐릿해졌고, 왕은 크게 경련하며 그대로 옥좌 아래로 굴러떨어졌어……

여기까지 말한 셰에라자드는 날이 밝아 오는 것을 보고 이를 샤리아에게 알린 후 이야기를 멈추었다.「아, 언니!」디나르자드가 말했다.「시간이 모자라 이야기를 마치지 못하니 얼마나 속상한지 모르겠어요! 만일 오늘 언니가 목숨을 잃게 된다면 정말이지 저는 더없이 슬플 거예요.」「디나르자드!」왕비가 대답했다.「모든 것은 술탄님의 좋으신 뜻대로 이루어질 거야. 하지만 그분께서 은혜를 베푸시어 나의 처형을 내일로 미뤄 주신다면 좋겠지.」 사실 샤리아는 왕비의 처형을 명할 계획이 있기는커녕, 오히려 어서 다음 밤이 오기만을 기다리는 심정이었다. 그리스인 왕 이야기의 끝 부분과 어부와 정령 이야기의 다음 부분이 너무도 궁금한 까닭이었다.

열일곱 번째 밤

이날 디나르자드는 그리스인 왕 이야기의 나머지 부분에 대한 궁금증으로 가득 차 있었음에도 불구하고, 평상시처럼 일찍 깨지는 않았다. 그래서 날이 거의 다 밝아서야 왕비에게 이렇게 말했다. 「언니! 그리스인 왕의 그 신기한 이야기를 계속 들려주세요. 하지만 빨리요! 곧 날이 밝아 오려고 해요!」

셰에라자드는 즉시 어제 중단했던 부분에서 이야기를 다시 시작했다.

폐하! 어부는 정령에게 하던 이야기를 이어 갔습니다.
「의원 두반은, 아니 더 정확히 말해서 그의 잘린 머리는 독약이 효력을 발하여 왕이 살 수 있는 시간이 얼마 남지 않은 것을 보자 이렇게 외쳤어. 〈폭군아! 자, 똑똑히 봐라! 권력을 남용하여 무고한 사람들을 죽이는 군주들의 말로가 어떠한지를! 하느님께서는 그들의 불의와 잔인함을 언젠가는 벌하시는 법이다!〉 머리가 이 말을 채 끝맺기도 전에 왕은 죽어 쓰러졌고, 두반의 머리 역시 얼마 남지 않은 몇 방울의 생명이 모두 소진되었지.」

「폐하!」 셰에라자드는 이야기를 계속했다. 「이것이 바로 그리스인 왕과 의원 두반의 이야기의 결말이옵니다. 이제는 빨리 어부와 정령의 이야기로 돌아와야 합니다. 하지만 오늘 시작할 필요는 없겠군요. 벌써 날이 밝았으니까요.」 하루의 일과가 정해져 있는 술탄은 더 오래 듣고 있을 수 없었으므로 자리에서 일어났다. 하지만 어부와 정령 이야기의 다음 부분을 꼭 듣고 싶었기 때문에, 다음 밤에 그 이야기를 준비해 놓으라고 왕비에게 분부했다.

열여덟 번째 밤

디나르자드는 어제 늦게 일어난 것을 벌충하기 위해 오늘은 동틀 시간보다 훨씬 이르게 일어나서 셰에라자드를 불렀다. 「언니! 만일 자고 있지 않으면 어부와 정령 이야기의 다음 부분을 들려주세요! 언니도 알다시피 술탄께서도 저만큼이나 궁금해하시잖아요.」 「좋아! 그럼 술탄님과 너의 궁금증을 풀어 줄게.」 이렇게 말하고 셰에라자드는 술탄을 보면서 이야기를 계속했다.

폐하! 그리스인 왕과 의원 두반의 이야기를 끝낸 어부는 이 이야기를 아직 항아리 속에 갇혀 있는 정령에게 적용하여 말했습니다.

「만일 그리스인 왕이 의원의 목숨을 살려 주었더라면, 하느님도 그의 목숨을 살려 주셨을 것이다. 하지만 의원이 그렇게 간곡하게 애원해도 그는 콧방귀만 뀌었고, 그래서 하느님의 벌을 받은 것이다. 정령 이놈아, 그건 너도 마찬가지야! 내가 그렇게 애원할 때 조금만 마음을 돌려 나를 용서해 주었더라면, 지금 난 네놈의 처지를 불쌍하게 여겼을 거야. 하지만 네놈은 내게 엄청난 은혜를 입었음에도 불구하고, 나를 죽이겠다는 고집을 꺾지 않았지. 이제는 내가 너를 무자비하게 다뤄 줄 차례야. 나는 너를 이 항아리 속에 가둔 채 바닷속에다 던져 버려, 이 세상이 끝날 때까지 네 생명을 쓸모없는 것으로 만들어 버리겠어. 이게 내가 네놈에게 해주고 싶은 복수야!」

「오, 내 친구 어부여!」 정령이 대답했습니다. 「다시 한 번 부탁하네! 제발 그런 잔인한 짓일랑 하지 말아 주게! 복수를 하는 것은 그다지 옳은 행동이 못 되네. 반대로 악을 선으로 갚는 것처럼 가상한 일은 없지. 옛날에 임마가 아테카를 다룬 것처럼 나를 다루지 말아 주게나!」「그래, 임마가 아테카에게 어떻게 했는데?」 어부가 물었습니다. 「아! 그걸 알고 싶다면 말이야……」 정령이 대답했습니다. 「이 항아리 좀 열어 주게나! 이렇게 비좁은 감방에 갇혀 있어서야 어디 얘기해 줄 기분이 들겠나? 여기서 꺼내 주면 내 자네가 원하는 대로 다 해줌세!」「어림없는 소리!」 어부가 코웃음 치며 말했습니다. 「나는 네놈을 절대 안 풀어 줘. 자, 이제 잔소리는 집어치우고, 네놈을 바다 밑바닥에 던져 버려야겠다.」「잠깐만, 어부! 한마디만 할게!」 정령이 다급하게 외쳤습니다. 「자네를 절대 해치지 않겠다고 약속할게! 오히려 말이지, 자네에게 큰 부자가 될 수 있는 방법을 가르쳐 주겠다고!」

가난에서 벗어날 수 있다는 희망에 어부는 마음이 약해졌습니다. 「그래? 하지만 네 말을 믿을 어떤 근거가 있어야 네 말을 듣지. 그렇다면 하느님의 위대한 이름으로 네가 말한 것을 반드시 지키겠다고 맹세해라. 그러면 항아리를 열어 주마. 설마 그런 맹세를 어길 정도로 대담한 놈은 아니겠지?」 정령은 시키는 대로 했고, 이에 어부는 항아리 뚜껑을 열어 주었습니다. 그 즉시 항아리에서는 연기가 솟구쳤고 정령은 아까와 같은 방식으로 자신의 모습을 되찾았습니다. 그런데 정령은 항아리에서 빠져나오자마자 대뜸 항아리를 발로 차서 바닷속으로 날려 버리는 것이었습니다. 이 행동은 어부를 몹시 겁나게 했습니다. 「오, 정령이여! 이게 뭐하는 짓이오? 당신 방금 전에 한 맹세를 지키지 않을 생각이오? 의원 두반이 그리스인 왕에게 했듯이 이제 와서 나도 당신에게 〈나를 살려 주시오. 그러면 하느님께서 당신의 수명을 연장시켜 주실 것이오〉라고 말해야 하는 거요?」 어부가 그렇게 겁내는 것을 본 정령은 크게 웃고는 이렇게 대답했습니다. 「아니야, 어부! 안심하게! 내가 항아리를 바다에 날려 버린 것은 자네가 놀라는 모습 좀 보려고 장난 삼아 해본 거라네. 자, 내가 약속을 지키는 걸 보여 줄 테니, 그물을 집어 들고 나를 따라오게!」 이렇게 말하면서 정령은 벌써 걷기 시작했고, 어부는 반신반의하는 심정으로 그물을 어깨에 걸머지고 그의 뒤를 따라갔습니다. 그들은 어떤 도시 앞을 지나친 후 큰 산꼭대기에 올랐고, 다시 내려와 드넓은 들판에 이르렀습니다. 이 들판을 따라 한참을 걸어가니 네 개의 작은 산 사이에 커다란 연못이 나타났습니다.

연못가에 이르자 정령은 어부에게 말했습니다. 「자, 그물을 던져 고기를 잡아 보게나!」 이번에야말로 물고기를 잡게 되리라는 사실에는 의심의 여지가 없었습니다. 연못 속에는 엄청난 수의 물고기들이 있었으니까요. 그런데 이보다 더 어부를 놀라게 한 것이 있었습니다. 물고기들은 흰색, 붉은색, 파란색, 노란색 등 네 가지의 다른 색깔을 띠고 있었던 것입니다. 어부는 그물을 던졌습니다. 그리고 당겨 보니 거기에는 각기 다른 색깔의 물고기 네 마리가 잡혀 있었습니다. 이처럼 신기한 것은 처음이라, 어부는 물고기들을 이리저리 살펴보며 찬탄을 거듭했습니다. 이것들을 팔면 상당한 돈을 받을 수 있을 거라 생각하니 그는 기쁨을 금할 수 없었습니다. 그러자 정령이 말했습니다. 「이 물고기들을 가져다가 자네 나라의 술탄에게 보여 주게. 그럼 자네는 평생 만져 본 돈보다 더 많은 액수의 돈을 받게 될 거야. 자네는 매일 이 연못에 와 고기를 잡아도 되네. 다만 한 가지 경고하는데, 하루에 한 번 이상 그물을 던져서는 안 되네. 그렇지 않으면 자네에게 불행이 찾아올 터이니 조심하게나. 이것이 내가 자네에게 주는 충고라네. 내 말을 그대로 따르기만 한다면 자네는 아주 잘 풀릴 거야.」

어부는 정령이 한 말을 그대로 따르리라 결심하고 그날은 다시 그물을 던지지 않았습니다. 그리고 그날의 수확에 매우 만족하여, 그날 있었던 파란만장한 일들에 대해 많은 것들을 생각하면서 아까 지나쳤던 도성으로 향했습니다. 도성 안에 들어간 그는 물고기들을 바치려고 곧바로 술탄의 궁으로 향했습니다…….

「하지만 폐하!」셰에라자드가 말했다. 「벌써 날이 밝았사옵니다. 여기서 이야기를 중단해야겠습니다.」「언니! 언니가 마지막으로 이야기해 준 그 사건들은 참으로 놀랍군요! 언니가 앞으로 이보다 더 놀라운 것을 들려줄 수 있으리라고는 생각할 수 없을 정도예요.」「사랑스러운 동생아!」셰에라자드가 대답했다. 「만일 술탄께서 나를 내일까지 살려 주신다면, 너는 분명히 어부 이야기의 다음 부분은 시작 부분보다 훨씬 더 신기하며, 비할 바 없이 재미있다고 느끼게 될 거야.」어부 이야기의 남은 부분이 왕비가 말한 대로인지 몹시 궁금해진 샤리아는 자신이 만든 그 잔인한 법의 집행을 다시 한 번 연기했다.

열아홉 번째 밤

열아홉 번째 밤이 끝나 갈 즈음, 디나르자드는 왕비를 부르며 이렇게 말했다. 「언니! 만일 자고 있지 않으면 동이 틀 때까지 어부 이야기의 뒷부분을 들려주세요. 어서 듣고 싶어 죽겠단 말이에요.」셰에라자드는 술탄의 허락을 얻은 다음, 즉시 다음과 같이 이야기를 계속해 나갔다.

폐하! 어부가 바친 네 마리의 물고기를 본 술탄의 놀라움이 어떠했을지는 폐하의 상상에 맡기겠습니다. 그는 한 마리씩 차례로 집어 들어 주의 깊게 살펴보았습니다. 이렇게 오랫동안 감탄하며 감상한 후에 왕은 대재상에게 말했습니다. 「그리스 황제가 내게 보내 준 그 솜씨 좋은 여자 요리사에게 이 물고기들을 가져다주시오. 이것들은 보기 좋은 만큼 맛도 훌륭할 것 같소.」 재상은 직접 물고기들을 가져다 요리사에게 맡기며 이렇게 말했습니다. 「자, 어떤 사람이 술탄께 바친 물고기 네 마리라네. 폐하의 상에 올릴 것이니 잘 요리하게!」 이렇게 임무를 수행한 재상은 술탄에게 돌아왔습니다. 술탄은 재상에게 금화 사백 개를 어부에게 하사하라고 분부했고, 그는 이를 충실히 이행했습니다. 평생 그렇게 큰돈을 만져 본 적이 없는 어부로서는 이게 꿈인가 생시인가 하는 심정이었습니다. 집에 돌아와 가족을 위해 돈을 쓰고 나서야 비로소 모든 것이 분명한 현실임을 느낄 수 있었습니다.

  하지만 폐하! 어부의 이야기는 충분히 했으니, 이제 술탄의 여자 요리사의 이야기로 돌아와야겠습니다. 이 요리사는 몹시 곤란한 상태에 처하게 되는데, 왜 그렇게 되었는지 한번 들어 보세요. 요리사는 재상에게서 건네받은 물고기를 우선 깨끗이 씻은 후, 튀기기 위해 기름을 두른 냄비에 넣고 불 위에 올려놓았습니다. 그리고 한쪽이 충분히 익었다고 생각하고는 반대편으로 뒤집었습니다. 그런데 이게 웬일입니까? 엄청나게 놀라운 일이 일어났습니다! 물고기들을 뒤집자마자 부엌의 벽이 쫙 벌어지더니, 거기서 황홀한 미모와 늘씬한 몸매의 귀부인 한 명이 걸어 나오는 것이었습니다. 꽃무늬가 수놓인 이집트식 비단옷을 입은 그녀는 귀고리와 굵은 진주알들로 이어진 목걸이, 루비가 박힌 금팔찌 등으로 온몸을 치장하고, 손에는 도금양 나무로 만든 작은 지팡이를 들고 있었습니다. 이 광경을 본 요리사는 너무도 놀라 눈만 휘둥그레 뜬 채 돌처럼 굳어 있었는데, 귀부인이 냄비 쪽으로 다가가 막대기 끝으로 물고기 중 한 마리를 탁탁 치면서 이렇게 말하는 것이었습니다. 「물고기야, 물고기야! 너의 의무를 잊지 않고 있겠지?」 물고기가 아무런 대답이 없자, 귀부인은 다시 한 번 막대기로 치면서 똑같이 말했습니다. 그러자 물고기 네 마리가 일제히 머리를 쳐들더니 아주 또렷한 목소리로 이렇게 대답하는 것이었습니다. 「그럼요, 그럼요! 부인께서 계산하면, 우리도 계산하겠습니다! 부인께서 부인의 빚을 갚으면, 우리도 우리 빚을 갚겠습니다! 부인께서 도망가면, 우리는 이기는 것이고, 기쁠 것입니다!」 물고기들이 말을 마치자마자 귀부인은 냄비를 엎어 버리더니 벽에 난 틈으로 다시 들어가 버렸고, 벽은 문처럼 스르르 닫혀 이전의 상태로 되돌아갔습니다.

이 놀라운 광경 앞에 겁에 질려 있던 요리사는 가까스로 정신을 차리고, 잉걸불 위에 떨어져 버린 물고기들을 집으러 부리나케 달려갔습니다. 하지만 이미 그것들은 숯처럼 새카맣게 타버려서 도저히 술탄의 상에 올릴 수 없었습니다. 요리사의 비통함이란 말할 수 없었습니다. 「아아! 난 이제 어떻게 되는 거야? 내가 본 것을 술탄께 말씀드려 봤자 조금도 믿지 않으실 게 뻔하잖아. 이제 끔찍한 불벼락이 내게 떨어질 거야.」

그녀가 이렇게 괴로워하고 있는데 대재상이 들어와 물고기 요리가 준비되었느냐고 물었습니다. 그녀는 지금까지 일어난 일을 모두 이야기했고, 당연히 재상은 크게 놀랐습니다. 하지만 술탄에게는 이 사실을 솔직히 고하지 않고 핑계를 대어 그날은 적당히 넘어갔습니다. 대재상은 즉시 어부를 불러와 이렇게 말했습니다. 「어부여! 그대가 가져왔던 것과 같은 물고기를 네 마리 더 가져다줄 수 있겠나? 좋지 않은 일이 일어나서 술탄께 요리해 드릴 수 없었다네.」 어부는 재상에게 정령으로부터 들은 충고를 말하지 않았습니다. 대신 고기 잡는 곳이 너무 먼 곳에 있는 까닭에 그날은 공급해 줄 수 없으니, 다음 날 아침에 가져다주겠다고 약속했습니다.

그리고 어부는 그날 밤중에 길을 떠나 연못으로 갔습니다. 그물을 던져 당겨 보니 어제처럼 각기 다른 색깔의 물고기가 네 마리 잡혀 있었습니다. 어부는 즉시 돌아와 약속한 시간에 재상에게 물고기를 가져다줄 수 있었습니다. 재상은 물고기를 부엌으로 가져가 요리사가 어제처럼 물고기들에 밀가루를 입히고 불 위에 올려놓는 모습을 부엌에 남아서 지켜보았습니다. 물고기 한쪽이 익어서 요리사가 반대편으로 뒤집자, 다시 부엌의 벽이 열리면서 어제의 귀부인이 작은 지팡이를 손에 들고 나타났습니다. 그녀는 냄비에 다가가 물고기 한 마리를 툭툭 치면서 똑같은 주문을 외웠고, 이에 물고기들은 머리를 쳐들면서 어제와 똑같이 대답하는 것이었습니다.

「하지만, 폐하!」 셰에라자드가 말했다. 「날이 밝아 오기 때문에 더 이상 이야기를 계속할 수 없사옵니다. 오늘 제가 이야기해 드린 일들은 매우 기이한 것들이었습니다. 하지만 만일 내일도 제가 살아 있다면, 이보다 훨씬 더 폐하의 관심을 끌 만한 것들을 이야기해 드릴 텐데요.」 샤리아는 남은 이야기가 매우 재미있으리라 생각하고 다음 밤에 그것을 들으리라 마음먹었다.

스무 번째 밤

「언니!」 디나르자드는 평소와 같이 외쳤다. 「만일 자고 있지 않으면 어부의 이야기를 계속하여 끝내 주세요.」 이에 왕비는 입을 열어 다음과 같이 말했다.

폐하! 네 마리의 물고기가 귀부인에게 대답하자, 그녀는 다시 지팡이로 냄비를 쳐서 엎은 다음, 그녀가 나온 벽의 틈으로 들어갔습니다. 이 모든 광경을 직접 목격한 재상은 이렇게 말했습니다. 「이것은 술탄께 감추기에는 너무도 놀랍고 기이한 일이다! 당장에 달려가 이 기이한 일을 폐하께 알려드려야겠다.」 그리고 즉시 술탄을 찾아가 자기가 본 것을 낱낱이 보고했습니다.

술탄 역시 몹시 놀랐고, 이 신기한 일을 한시라도 빨리 보고 싶어서 사람을 보내 어부를 데려오게 했습니다. 「여보게!」 어부가 도착하자 술탄이 말했습니다. 「그 다양한 색상의 물고기 네 마리를 다시 가져다줄 수 없겠나?」 어부는 사흘의 말미를 준다면 원하시는 것을 가져다주겠노라고 대답했습니다. 술탄이 허락하자 그는 세 번째로 연못에 갔고, 이번에도 이전의 두 번 못지않은 좋은 결과를 얻을 수 있었습니다. 단 한 번의 그물질로 각기 다른 색깔의 물고기 네 마리를 한꺼번에 잡아 올렸던 것입니다. 어부는 잡은 물고기를 즉시 술탄에게 가져다주었고, 이렇게 빨리 받게 되리라고는 예상치 못했던 술탄은 크게 기뻐하며 또다시 어부에게 금화 사백 개를 하사했습니다. 물고기를 받은 술탄은, 요리에 필요한 모든 것을 그의 사실(私室)로 날라 오게 한 후, 대재상과 함께 거기 들어박혔습니다. 요리는 재상의 몫이었습니다. 그는 물고기들에 밀가루를 입힌 후, 냄비에 넣어 불 위에 올려놓았습니다. 그리고 한쪽이 익자 반대편으로 뒤집었습니다. 그러자 집무실의 벽이 열리면서 이번에는 젊은 귀부인 대신 흑인 하나가 나오는 것이었습니다. 노예 복장을 하고 있는 이 흑인은 키와 덩치가 어마어마했고, 손에는 커다란 몽둥이를 하나 들고 있었습니다. 그는 냄비 있는 곳으로 오더니 몽둥이로 물고기 한 마리를 툭 치면서 이렇게 말했습니다.「물고기야, 물고기야! 네 의무를 잊지 않고 있겠지?」이 말에 물고기들은 머리를 쳐들고 대답했습니다.「그럼요, 그럼요! 우리 여기 있나이다! 당신이 계산하면, 우리도 계산하겠습니다! 당신이 당신의 빚을 갚으면, 우리도 우리 빚을 갚겠습니다! 당신이 도망가면, 우리는 이기는 것이고, 기쁠 것입니다!」

물고기들이 말을 끝내기 무섭게 흑인은 방 한가운데서 냄비를 뒤엎어 물고기들을 숯덩이로 만들었습니다. 그러고 나서 오만한 태도로 벽에 난 틈 속으로 들어갔고 벽은 다시 닫혀 이전의 상태로 돌아갔습니다. 술탄은 재상에게 말했습니다.「이 모든 광경을 보고 나니 마음이 심란해져 견딜 수가 없소. 이 물고기들은 아마도 무언가 기이한 사연을 숨기고 있는 듯하오. 나는 그걸 꼭 알아내고 싶소.」술탄은 사람을 보내어 어부를 불러온 후, 이렇게 물었습니다.「어부여! 그대가 내게 가져다준 물고기들이 내 마음을 심히 뒤숭숭하게 만들고 있다네. 그대는 그것들을 어디서 잡았나?」「폐하!」어부가 대답했습니다.「저기 보이는 저 산 너머에 네 개의 작은 산이 있는데, 그 산들 사이에 있는 한 연못에서 잡았사옵니다.」「경은 그 연못에 대해 아는 바가 있소?」술탄이 재상에게 물었습니다.「전혀 모르옵니다, 폐하! 저는 사십 년 동안 이 근방과 심지어는 저 산 너머에까지 사냥을 다녀 보았지만, 지금까지 그 연못에 대해서는 한 번도 들어 본 적이 없사옵니다.」술탄은 어부에게 연못이 그의 궁전에서 얼마나 떨어져 있는지 물었고, 어부는 걸어서 세 시간이면 충분하다고 대답했습니다. 아직도 낮 시간이 한참 남아 있었으므로 술탄은 신하들에게 모두 말에 오르라고 명하여 어부를 안내자 삼아 길을 떠났습니다.

그들은 모두 산에 올랐습니다. 그리고 정상을 넘어 내려오면서 깜짝 놀라지 않을 수 없었습니다. 산 아래에는 지금껏 아무도 알지 못했던 드넓은 평야가 펼쳐 있었기 때문입니다. 마침내 그들은 연못에 도착했습니다. 과연 그것은 어부가 말한 대로 네 개의 작은 산 사이에 있었습니다. 연못은 너무도 투명해서 그 속에서 노니는 물고기들 모두가 어부가 궁에 가져온 것들과 비슷하다는 것을 알 수 있었습니다.

술탄은 연못가에 멈춰 섰습니다. 그리고 잠시 동안 감탄스러운 눈으로 물고기들을 들여다본 후에, 동행한 왕족들이며 신하들에게 도성에서 그리 멀리 떨어지지도 않은 곳에 이런 연못이 있다는 사실을 어떻게 지금껏 아무도 모를 수 있었냐고 물었습니다. 사람들은 이 연못에 대해서는 들어 본 적도 없노라고 대답했습니다. 그러자 술탄이 말했습니다. 「귀공들 모두 다 이 연못에 대해 한 번도 들어 보지 못했다고 하시고, 나 역시 이 새로운 사실에 여러분 못지않게 놀라고 있소. 그리하여 나는 한 가지 결심을 했소. 즉 왜 여기에 이 연못이 있으며, 또 왜 이 속에 네 가지 색깔의 물고기들만 있는지 그 이유를 알 때까지 궁에 들어가지 않을 참이오.」 이렇게 말한 술탄은 그 장소에서 숙영할 것을 명했고, 연못가에는 즉시 왕의 막사와 다른 천막들이 세워졌습니다.

밤이 되려 하자 술탄은 자신의 막사로 대재상을 불러 말했습니다. 「재상! 내 마음이 이상하게도 심란하오. 누군가 이 장소에다 옮겨 놓은 연못, 궁에서 우리 눈앞에 나타났던 검둥이, 말하는 물고기들, 이 모든 것들이 너무도 내 호기심을 자극하기에 어서 빨리 이 궁금증을 풀고 싶어서 견딜 수가 없소. 이를 위해 내게 떠오른 한 가지 계획을 무슨 일이 있더라

도 실행하고 싶소. 나는 혼자 이 캠프에서 빠져나갈 참이오. 경은 내가 없다는 사실을 숨기시오. 내 막사에 남아 있다가, 내일 아침 왕족들과 신하들이 입구에 모여들면 내가 몸이 약간 불편하여 혼자 있고 싶어 한다고 전하시오. 그 이후의 날들도 내가 돌아올 때까지 계속 같은 식으로 해주시오.」

대재상은 술탄의 마음을 돌리려고 여러 가지 말들을 해보았습니다. 술탄께서 위험에 빠질 수도 있으며, 그 모든 계획이 헛고생이 될 수도 있다고 설명했습니다. 하지만 술탄은 그 어떤 말에도 결심을 꺾지 않고 떠날 채비를 했습니다. 그는 걷기에 적합한 편한 옷을 입고 허리에는 검을 찼습니다. 그리고 모두가 잠들어 캠프가 조용해지자 아무도 동반하지 않고 혼자서 떠났습니다.

그의 발걸음은 네 개의 작은 산 중 하나로 향했습니다. 산을 오르는 것은 별로 어렵지 않았고, 내려가는 길은 한층 더 쉬웠습니다. 산 아래 들판이 나오자 해가 뜰 때까지 계속 걸었습니다. 그러자 저 멀리에 커다란 건물 하나가 나타났고, 술탄은 거기에 가면 자신이 원하는 것을 알게 되리라는 생각에 크게 기뻐했습니다. 가까이 가보니 그것은 웅장한 궁전이었습니다. 아니, 반들거리는 검은 대리석으로 지어지고 그 위에는 마치 거울처럼 매끄러운 강철이 덮여 있는 모습이, 궁전이라기보다는 오히려 견고한 요새에 가까웠습니다. 술탄은 길을 떠난 지 얼마 되지도 않았는데 이렇게 흥미로운 것을 만나게 되자 너무나도 기뻐하며 성 앞에서 걸음을 멈추고 주의 깊게 살펴보았습니다.

그리고 나서 술탄은 성문 앞으로 갔습니다. 거기에는 문이 두 짝 달려 있었는데, 그중 하나는 열려 있었습니다. 그냥 들어갈 수도 있었지만 그래도 문을 두드려야 할 것이라고 술탄은 생각했습니다. 그래서 살짝 한 번 두드린 다음 잠시 기다렸습니다. 아무도 나오지 않자, 이번에는 좀 더 세게 두드려 보았습니다. 이번에도 아무도 보이지 않자 다시 세차게 두드려 댔습니다. 그러나 역시 아무도 나타나지 않았습니다. 술탄으로서는 놀라지 않을 수 없었는데, 이토록 잘 관리된 성이 버려진 것이라고는 생각할 수 없었던 까닭입니다. 술탄은 생각했습니다. 〈이 안에 아무도 없다면 더 이상 두려워할 필요가 없겠지. 설사 누군가 있다 하더라도 내겐 무기가 있으니 걱정할 것 없어.〉

결국 술탄은 안으로 들어갔고 현관홀을 지나면서 크게 소리쳤습니다. 「여기 아무도 없소? 나는 지나가다가 몸 좀 식히려고 들른 나그네외다!」 하지만 아무도 대답하지 않았기 때문에, 그는 이 말을 두세 차례 반복해야 했습니다. 이 기이한 정적은 술탄을 더욱 놀라게 했습니다. 그는 매우 널찍한 내정(內庭)을 지나며, 누군가 찾을 수 있지 않을까 하여 사방을 살펴보았습니다. 하지만 거기에 살아 있는 것이라고는 아무것도 눈에 띄지 않았습니다…….

「하지만, 폐하!」 이 대목에 이르러 셰에라자드가 말했다. 「날이 밝았으므로 여기서 멈춰야겠습니다.」 「아, 언니!」 디나르자드가 말했다. 「제일 흥미진진한 대목에서 중단되었네요!」 「맞아!」 셰에라자드가 대답했다. 「하지만 디나르자드, 어쩔 수 없잖니? 내일 네가 남은 부분을 듣고 못 듣고는 오직 내 주인이신 술탄님의 뜻에 달려 있단다.」 샤리아는 이번에도 왕비의 목숨을 살려 주었다. 그것은 디나르자드를 즐겁게 해주기 위해서라기보다는, 그 자신 또한 성 안에서 일어나게 될 일이 몹시도 궁금했던 까닭이었다.

스물한 번째 밤

 이 밤이 끝날 즈음에도 디나르자드는 왕비를 깨우는 일을 결코 게을리하지 않았다. 「언니! 만일 자고 있지 않으면 동이 틀 때까지 그 멋진 성에서 일어난 일들을 이야기해 주세요!」 이에 셰에라자드는 지체 없이 어제의 이야기를 계속했다. 그녀는 여전히 샤리아 쪽을 향하고 이렇게 말했다.

 폐하! 내정에도 인기척이 없자 술탄은 큰 방들로 들어갔습니다. 그곳의 카펫은 비단으로 만들어져 있었고, 단과 좌단은 메카산(産) 직물로 덮여 있었으며, 문에 드리워진 칸막이 커튼은 금실과 은실이 수놓인 최고급 인도산 직물이었습니다. 이 방들을 통과하고 나니 기막히게 아름다운 홀이 나타났습니다. 홀 중앙에는 큰 수반이 하나 있었고, 그 네 귀퉁이에는 거대한 황금 사자상이 하나씩 서 있었습니다. 사자들의 아가리에서는 물이 뿜어져 나오고 있었는데, 마치 수천의 다이아몬드와 진주알처럼 수면에 떨어져 내렸습니다. 그리고 이 영롱한 물방울들에 화답하듯 수반 중앙에는 한 줄기 분수가 아라베스크 문양으로 장식된 돔형 지붕에 닿을 듯 힘차게 솟구치고 있었습니다.
 이 성은 화단, 분수, 작은 숲 등 갖가지 유쾌한 장소가 아름답게 꾸며진 정원으로 삼면이 둘러싸여 있었습니다. 그리고 이곳의 경이로운 아름다움을 완성하고 있는 것은 사방의 공기를 조화로운 노랫소리로 가득 채우고 있는 무수한 새들이었습니다. 나무들과 성 위로 커다란 망을 쳐놓았기 때문에, 이 새들은 항상 이 정원에 살고 있었습니다.
 술탄은 모든 것이 웅장하고 화려하기 이를 데 없는 성의 모습에 연신 감탄하면서 이 방 저 방을 돌아다녔습니다. 그렇게 오랫동안 걸어 다니다 보니 다리가 아파진 술탄은 정원이 내려다보이는 어떤 작은 방에 가서 앉았습니다. 거기서 술탄은 지금까지 본 것들과 지금도 보고 있는 놀라운 것들에 대해 생각하고 있었습니다. 그때였습니다. 갑자기 어디선가 애절한 목소리가 들려오더니, 구슬픈 울음소리가 뒤를 이었습니다. 술탄이 귀를 기울이자, 처량한 목소리가 또렷이 들렸습니다. 「오, 운명이여! 나로 하여금 행복한 세월을 오래 누리도록 놔두지 않고 이 세상에서 가장 불행한 인간으로 만든 그대여! 나를 이제 그만 좀 괴롭혀 다오! 그리고 이 모든 고통이 끝나게끔 나를 빨리 죽여 다오! 아아! 이 모든 고통을 겪고도 아직도 이렇게 살아 있는 게 가능하단 말인가?」

이 가련하기 짝이 없는 하소연을 들은 술탄은 몸을 일으켜 소리가 들려온 쪽으로 갔습니다. 그렇게 어떤 큰 홀의 문으로 가서 칸막이 커튼을 열자, 지면에서 약간 높은 곳에 놓인 왕좌가 보였고 그 위에는 잘생긴 용모에 호사스러운 옷을 입은 어떤 청년이 앉아 있었습니다. 청년의 얼굴에는 슬픔이 가득했습니다. 술탄은 그에게 다가가 인사를 건넸습니다. 청년은 고개를 아주 깊이 숙이며 답례한 후에 이렇게 말했습니다. 「귀공의 풍채를 보건대 이렇게 앉아 있기보다 일어나서 극진한 예로써 모셔야 할 분 같군요. 하지만 저로서는 피치 못할 사정이 있어 그러지 못하오니, 공께서는 너무 괘씸하게 생각지 말아 주시기 바랍니다.」 이에 술탄이 대답했습니다. 「그렇게 이 몸을 존중해 주시니 감사할 따름이외다. 또 귀공께서 일어날 수 없는 이유가 무엇이 되었든 저는 충분히 이해하겠소. 저는 공이 한탄하는 소리에 이끌리고 공의 고통에 마음이 움직여서, 무언가 도움이 될 수 있을까 하여 여기 달려왔소. 내 힘으로 공의 고통을 조금이라도 덜어 줄 수 있다면, 내 있는 힘껏 도와드리겠소. 그러니 공의 불행한 이야기를 내게 들려주실 수 있겠소? 아니, 그보다 먼저 이 근방에 있는 연못과 그 안에 있는 네 가지 색의 물고기들은 대체 무슨 사연을 숨기고 있는 겁니까? 그리고 이 성은 무엇이고, 당신은 왜 여기 있는 것이며, 또 왜 이렇듯 홀로 있는 겁니까?」 청년은 이 모든 질문에 대답하는 대신 그저 서럽게 울기만 했습니다. 「아아! 참으로 변덕스러운 게 운명이로다! 사람들을 올려놓았다 내려놓았다 하며 장난치는 게 바로 운명이던가? 그에게서 받은 행복을 편안히 누리고 있는 자가 어디 있으며, 항상 청명한 나날을 보내고 있는 자가 어디 있단 말인가?」

청년의 이런 모습을 본 술탄은 측은함을 견딜 수 없어, 이토록 큰 고통의 이유가 대체 무엇인지 말해 달라고 더욱 간곡하게 부탁했습니다. 「아아, 대공!」 청년이 대답했습니다. 「어찌 내가 괴롭지 않겠으며, 어찌 내 눈에 눈물이 마를 날이 있겠습니까? 바로 이런 꼴을 하고서 말입니다!」 이렇게 말하면서 그는 장포를 걷어 올렸습니다. 놀랍게도 그는 머리에서 허리 부분까지만 인간이었습니다. 몸의 아랫부분은 검은 대리석이었던 것입니다.

여기에서 셰에라자드는 이야기를 중단하고, 술탄에게 날이 밝은 것을 알려 주었다. 샤리아는 방금 들은 이야기에 너무도 매혹되었고 셰에라자드에게도 마음이 녹아 있었던지라, 그녀를 한 달간 살려 줘야겠다고 마음먹었다. 하지만 이 결심을 입 밖에 내지는 않고 평소처럼 몸을 일으켜 나가 버렸다.

스물두 번째 밤

디나르자드는 전날 밤 들은 이야기의 뒷부분을 어서 빨리 듣고 싶은 나머지 평소보다도 이른 시간에 그녀의 언니를 불렀다. 「언니! 만일 자고 있지 않으면, 어제 끝내지 못한 그 기막힌 이야기를 계속해 주세요!」 「그러마!」 왕비가 대답했다. 「자, 잘 들어 보렴!」

청년의 가련한 상태를 보고 술탄이 얼마나 놀랐을지는 가히 상상할 수 있으시겠죠? 술탄은 이렇게 말했습니다. 「귀공의 상태를 보니 한편으로는 등골이 오싹하면서도 다른 한편으로는 호기심이 불같이 이는구려. 공에게는 매우 기이한 사연이 있을 터, 그것을 알고 싶어 견딜 수가 없소. 모르긴 해도 저 연못과 물고기들도 필시 이 일과 연관되어 있을 듯하오. 그 사연을 내게 들려줄 수 없겠소? 내게 얘기해 주면 공도 위안이 될 것이오. 불행한 사람은 자신의 불행을 이야기하면서 마음이 풀리기도 하는 법이라오.」 「공께서 그리 부탁하시니 어쩔 수 없군요.」 청년이 대답했습니다. 「사실 이 이야기를 하면 제 고통이 더욱 아프게 되살아나긴 하지만 말입니다. 자, 이제부터 인간이 상상할 수 있는 가장 기이한 일을 뛰어넘는 그런 일들을 이야기해 드릴 터이니 공의 두 귀와 정신과 심지어는 두 눈까지 단단히 준비해 두십시오.」

젊은 왕과 검은 섬 이야기

 저의 아버님은 마무드라는 분으로서 이 나라의 국왕이셨습니다. 이 나라는 〈검은 섬들의 왕국〉이라고 불렸는데, 공께서 보신 네 개의 작은 산이 본디 섬들이었던 까닭입니다. 그리고 저의 부왕께서 거하신 수도는 공께서 보신 연못이 있는 그 장소였고요. 자, 그러면 어떻게 해서 이 모든 변화가 일어났는지 말씀드리도록 하겠습니다.
 부왕께서는 일흔의 나이로 승하하셨습니다. 저는 그분의 뒤를 이어 왕위에 오르자마자 결혼을 했는데, 존엄한 왕권을 함께 누리고자 제가 선택한 사람은 저의 사촌 누이였습니다. 저는 그녀가 제게 보여 주는 애정에 너무도 만족했으며 저 역시 그녀를 지극히 사랑했습니다. 우리의 행복한 결합에 비할 것은 이 세상에 아무것도 없었지요. 이렇게 다섯 해가 흘렀습니다. 그런데 다섯 해가 지나면서부터 저는 그녀의 애정이 예전 같지 않음을 조금씩 느끼게 되었습니다.
 어느 날 저녁 식사 후에 그녀가 목욕을 갔을 때의 일이었습니다. 저는 잠이 와서 좌단에 몸을 눕혔습니다. 마침 그 방에 있던 왕비의 두 시녀가 각각 내 머리맡과 발치에 앉았습니다. 그들은 더위도 식혀 주고 저의 잠을 방해하는 파리도 쫓을 겸 부채질을 해주었습니다. 그녀들은 내가 잠들었다고 생각하고는 나지막한 음성으로 대화를 나누기 시작했습니다. 하지만 난 단지 눈만 감고 있었기 때문에 그들이 말하는 내용을 한마디도 빠짐없이 들을 수 있었습니다.

시녀 중 하나가 말했습니다. 「술탄님처럼 멋진 분을 사랑하지 않으시다니, 우리 왕비님은 잘못하고 있는 것 아니니?」 「그렇고말고! 나는 정말 이해를 못하겠어! 어떻게 이런 분을 혼자 놔두고 밤마다 싸돌아다닐 수 있는 걸까? 그런데 술탄께서는 이 사실을 알고나 계신 거야?」 「얘! 어떻게 아시겠니? 왕비님은 저녁마다 술탄님의 음료에다 어떤 약초의 즙을 섞어 넣잖니. 그걸 마신 술탄께서는 세상모르게 잠에 빠지시고, 그러면 왕비님은 밤새도록 마음껏 돌아다닐 수 있는 거지. 그리고 동이 틀 무렵 다시 돌아와 술탄 곁에 누워, 이분의 코에 어떤 향기를 맡게 하여 잠을 깨우는 거야.」

이 말을 들은 제가 얼마나 놀랐으며, 또 어떤 기분이 되었는지는 충분히 상상하시리라 믿습니다. 하지만 그토록 마음이 격동되었음에도 불구하고 저는 애써 자제하여 내색하지 않을 수 있었습니다. 그리고 아무것도 듣지 못하고 잠에서 깨어난 시늉을 했습니다.

왕비가 목욕에서 돌아와 우리는 함께 야참을 들었습니다. 그리고 잠자리에 들기 전, 그녀는 평소처럼 물이 가득 든 잔을 손수 가지고 왔습니다. 하지만 그것을 목으로 넘기는 대신, 저는 열려 있는 창문가로 다가가 그녀가 알아차리지 못하게끔 슬그머니 입속의 물을 뱉어 버렸습니다. 그리고 나서 내가 마시지 않았다는 사실을 의심하지 못하도록 빈 물잔을 그녀에게 돌려주었습니다.

우리는 곧 잠자리에 들었습니다. 잠시 후, 그녀는 내가 잠들

었다고 생각하고는 몸을 일으키더니 조금의 거리낌도 없이 큰 소리로 말하는 것이었습니다. 「그래, 자거라! 이렇게 영영 깨어나지 않았으면 좋겠다!」 그녀는 재빨리 옷을 입더니 방에서 나가 버렸습니다……

 이 말을 마친 셰에라자드는 날이 밝은 것을 보고 이야기를 멈추었다. 디나르자드는 너무도 즐겁게 이 이야기를 들었다. 샤리아 역시 검은 섬의 왕 이야기에 극도로 호기심이 자극되어서, 빨리 다음 밤이 되어 뒷부분을 들었으면 하는 마음으로 자리에서 일어났다.

스물세 번째 밤

 동트기 한 시간 전, 잠에서 깬 디나르자드는 잊지 않고 왕비에게 말했다. 「언니! 만일 자고 있지 않으면, 네 개의 검은 섬의 젊은 왕 이야기를 계속 들려주세요!」 셰에라자드는 즉시 기억을 더듬어 어제 이야기를 중단한 곳으로 돌아와 이야기를 계속했다.

「폐하! 검은 섬의 왕은 계속 이야기했습니다.」

 저도 일어나 급히 옷을 입은 후, 검을 들고 그녀를 뒤쫓아 갔습니다. 잠시 후 그녀의 발소리가 들릴 정도의 거리에 이른 저는 그녀가 듣지 못하게끔 살금살금 걸으며 일정한 거리를 두고 따라갔습니다. 그녀는 마법의 주문을 외어 궁정 안에 있는 여러 개의 문을 통과했고, 그렇게 해서 마지막에는 정원으로 통하는 문을 열고 나갔습니다. 저는 이 문 뒤에서 잠시 멈췄습니다. 지금 화단을 가로질러 가고 있는 왕비가 뒤따라오는 저를 알아차리지 못하게 하기 위해서였습니다. 그렇게 저는 문 뒤에 서서 어두운 정원 속으로 멀어져 가는 그녀의 모습을 눈으로 뒤쫓았습니다. 그녀는 어떤 조그만 숲으로 들어가고 있었습니다. 숲 가운데는 산책로들이 나 있었는데, 양옆에는 일렬로 심은 관목들을 균일하게 다듬어 만든 아주 두터운 울타리가 늘어서 있었습니다. 저는 다른 길을 통해 그 숲으로 갔습니다. 그리고 어떤 남자와 함께 꽤 긴 산책로를 걷고 있는 그녀의 모습을 발견하고는 관목 울타리 뒤에 몸을 숨겼습니다.

 그들의 대화에 귀를 기울인 저는 왕비가 그녀의 정부에게 말하는 소리를 들었습니다. 「빨리 오지 않았다고 이렇게 책망하니 정말이지 섭섭해요. 내가 왜 늦는지 이유를 잘 알잖아요? 지금까지 당신께 보여 드린 그 모든 애정의 표현들로도 내 간절한 마음을 확신하지 못하겠어요? 좋아요! 그렇다면 나는 더 분명한 증거를 보여 드릴 수도 있어요. 명령만 내려요! 내가 어떤 능력을 지니고 있는지 잘 알잖아요. 만일 당신이 원하면 해가 뜨기 전에 이 큰 도시와 이 아름다운 궁전을 늑대와 부엉이와 까마귀만이 들끓는 폐허로 만들어 버리겠어요. 혹시 내가 이 견고하게 지어진 성벽 전체를 번쩍 들어서 캅카스 산맥 너머, 인간이 사는 세계 바깥에다 옮겨 놓기를 원하나요? 내게 한마디만 하세요! 그럼 이곳 전체의 모습을 싹 바꾸어 놓을 테니까요.」

왕비가 이 말을 마쳤을 때, 그녀와 정부는 산책로의 끝에 이르러 몸을 돌려 또 다른 산책로로 들어서며 제 앞을 지나가게 되었습니다. 이미 검을 뽑아 들고 있었던 저는 두 사람 중 제 쪽에 있던 정부 놈의 목을 베어 땅에 떨어뜨렸습니다. 저는 놈을 죽였다고 생각했죠. 그래서 왕비가 저를 알아보지 못하게끔 즉시 몸을 돌려 달아나 버렸습니다. 어쨌거나 제 친척이었으므로 그녀만은 살려 주고 싶었던 까닭입니다.

내가 놈에게 가한 일격은 치명적인 것이었지만 그녀는 마법의 힘으로 놈의 생명을 보전해 줄 수 있었습니다. 놈은 이를테면 죽은 것도 아니요 살아 있는 것도 아닌, 그런 상태가 된 거죠. 제가 정원을 가로질러 궁으로 돌아오고 있는데, 뒤에서 왕비의 커다란 울음소리가 들려왔습니다. 듣기만 해도 그녀가 느끼는 고통을 능히 짐작할 수 있는 울음소리였습니다. 측은한 마음이 든 저는 그녀를 살려 두기를 정말 잘했다고 생각했습니다.

저는 궁실에 들어와 다시 침상에 누웠습니다. 그리고 나를 모욕한 그 무엄한 놈을 벌했다는 흐뭇한 기분으로 잠이 들었습니다. 다음 날 아침, 잠에서 깨어나 보니 옆에 왕비가 누워 있었습니다…….

 셰에라자드는 날이 밝아 오는 것을 보았으므로 여기서 이야기를 중단할 수밖에 없었다. 그러자 디나르자드가 말했다. 「아유, 언니! 언니가 더 이상 이야기할 수 없다는 게 너무나 화가 나요!」 「디나르자드!」 왕비가 대답했다. 「그러면 좀 더 일찍 나를 깨웠어야지. 이건 너의 잘못이야.」 「만일 하느님께서 허락하신다면, 내일 밤에는 이 실수를 만회하겠어요! 술탄께서도 저 못지않게 이 이야기의 결말을 알고 싶어 하실 테니까요. 술탄께서 언니를 또다시 하루 더 살게 해주셨으면 좋겠어요!」

스물네 번째 밤

 과연 디나르자드는 약속했던 대로 아주 이른 시각에 왕비를 불렀다. 「언니! 만일 자고 있지 않으면 검은 섬들의 왕의 그 재미난 이야기를 들려주세요! 그가 어떻게 검은 대리석으로 변하게 되었는지 알고 싶어 죽겠단 말이에요!」 「곧 알게 될 거야!」 왕비가 대답했다. 「술탄께서 허락해 주신다면 말이야.」 술탄이 허락하여 그녀는 이야기를 다시 시작했다. 「폐하! 검은 섬들의 왕은 이야기를 계속했습니다.」

 그렇게 왕비는 제 옆에 누워 있었습니다. 그녀가 잠들어 있는지 아닌지는 알 수가 없었습니다. 하여튼 저는 살그머니 일어나서 제 방으로 가 옷을 입은 후, 어전 회의에 나갔습니다. 그리고 다시 돌아와 보니 그녀는 검은 상복을 입고 있었습니다. 게다가 산발한 머리는 여기저기가 뽑혀 나간 흉한 몰골을 하고 있었습니다. 그녀는 제게 와서 말했습니다. 「폐하! 제가 이런 몰골을 하고 있다고 이상하게 여기지 말아 달라는 부탁을 드리러 왔습니다. 제가 방금 전에 한꺼번에 들은 세 개의 가슴 아픈 소식이 이 격심한 고통의 원인이 되었사옵니다. 사실 지금 제가 느끼는 고통에 비하면 이 정도 모습은 아무것도 아니지요.」「아니, 대체 무슨 소식을 들었기에 그러오?」 제가 물었습니다. 「저의 소중한 어머니이신 왕비마마께서 돌아가셨고, 아버님께서도 어떤 전투 중에 전사하셨으며, 오빠 중 하나도 절벽에서 떨어져 죽었다 하옵니다.」

그녀는 고통의 진정한 원인을 감추려고 이처럼 핑계를 댔지만 저는 화를 내지 않았습니다. 또 자기 정부를 죽인 장본인이 바로 나라는 사실을 그녀가 모른다고 생각하고는 이렇게 말했습니다. 「부인! 당신을 꾸짖기는커녕 나 역시 당신과 고통을 함께해야 할 것이오. 당신이 이처럼 큰 상실을 겪고도 아무렇지 않은 얼굴을 하고 있다면 나는 오히려 놀랐을 것이오. 그래, 마음껏 우시오! 그 눈물이야말로 당신의 뛰어난 성품의 확실한 증거이니까. 하지만 시간과 이성이 당신의 고통을 조금이나마 달래 줄 수 있기를 바라오.」

그녀는 자기 궁실로 물러갔습니다. 그리고 거기 틀어박혀 마음껏 슬픔에 빠져들었습니다. 그렇게 그녀는 눈물과 고통 속에서 일 년을 보냈습니다. 일 년이 지나자 그녀는 저에게 와서, 궁의 성벽 안에 자신의 묘지로 쓸 건물을 하나 짓겠으니 허락해 달라고 부탁했습니다. 거기서 죽을 때까지 지내겠다는 것이었습니다. 저는 허락했고 그녀는 기막히게 아름다운 궁전을 하나 지었습니다. 여기서도 돔이 보이는 그 궁전을 그녀는 〈눈물의 궁〉이라고 이름 지었습니다.

궁전이 완성되자 그녀는 거기에 자기 정부를 옮겨 놓았습니다. 제가 그에게 부상을 입힌 그날 밤, 그녀는 그를 적당한 장소에다 숨겨 두었던 것입니다. 그때까지 그녀는 그에게 어떤 음료를 마시게 하여 죽지 않게 하고 있었는데, 눈물의 궁으로 옮겨 놓은 후로는 매일 손수 먹여 주었습니다.

하지만 그녀의 모든 마법으로도 이 불행한 작자를 완전히 치료할 수는 없었습니다. 그는 걷지도 몸을 가누지도 못할뿐더러, 말도 하지 못했습니다. 껌뻑이는 눈만이 아직 생명이 붙어 있다는 유일한 표시였습니다. 그와 같이 있어 봤자 그녀가 할 수 있는 일이란 단지 그를 바라보고, 또 그녀의 미칠 듯한 사랑이 토해 내는 지극히 다정하고도 열정적인 말들을 중얼거리는 것 외에는 없었습니다. 그럼에도 불구하고 그녀는 매일 두 번씩 그를 찾아가 오랫동안 같이 있었습니다. 저는 이 모든 사실을 잘 알고 있었으나 내색하지 않았습니다.

어느 날, 저는 호기심에 이끌려 눈물의 궁으로 갔습니다. 대체 이 왕비가 여기서 무엇을 하며 시간을 보내는지 궁금했던 까닭입니다. 그녀가 볼 수 없는 장소에 몸을 숨긴 제 귀에는 그녀가 정부에게 말하는 소리가 들려왔습니다. 「당신이 이런 꼴을 하고 있는 걸 보니 제 마음은 찢어질 것 같아요. 당신이 겪고 있는 이 모든 쓰라린 아픔들, 저 역시 당신만큼 아프게 느끼고 있답니다. 하지만 그대여! 제가 아무리 말을 걸어도 당신은 여전히 대답하지 않는군요. 언제까지 이 침묵을 지킬 건가요? 단 한 마디라도 해보아요! 아아! 내 삶의 가장 따사로운 순간은 바로 이렇게 당신의 고통을 나누는 때랍니다! 나는 당신과 떨어져서는 살 수 없어요. 우주 전체를 내게 준다 해도 이렇게 항상 당신을 볼 수 있는 행복을 포기하지 않을 거예요!」

한숨과 눈물로 범벅이 된 이런 말을 듣고 있자니 저로서도 더 이상은 도저히 참을 수가 없었습니다. 저는 모습을 드러내고 그녀에게 다가가 이렇게 말했습니다. 「부인! 그만하면 충분히 운 것 같소. 이제 우리 둘 모두의 명예를 실추시키는 이런 고통은 끝내야 할 때란 말이오. 당신이 이러는 것은 나에 대한 당신의 의무나 당신 자신에 대한 의무를 망각한 행동이오.」「폐하!」그녀는 대답했습니다.「아직도 저를 존중하는 마음이, 아니 따뜻한 마음이 조금이라도 남아 있다면, 제발 부탁드리는데 제게 강요하지 말아 주세요. 이 죽을 것 같은 슬픔에 그냥 빠져들게 놔두세요. 세월이 흘러도 이 슬픔은 결코 사그라지지 않을 겁니다.」

저의 권고가 그녀의 본분을 일깨우기는커녕, 감정만 더욱 격하게 한다는 것을 깨달은 저는 더 이상 말하지 않고 물러갔습니다. 그녀는 계속해서 매일 정부를 찾았고, 이렇게 삼 년 동안 절망 속에 빠져 있었습니다.

저는 두 번째로 눈물의 궁전에 갔습니다. 이번에도 몸을 숨긴 저는 그녀가 정부에게 말하는 소리를 들었습니다.「당신이 내게 말 한마디 안한 지도 이로써 삼 년째군요. 내가 말하고 또 신음하면서 그토록 애정을 표현했건만 이렇게 묵묵부답, 아무런 반응이 없게 된 지도 벌써 삼 년째란 말이에요. 그건 당신이 무감각해서인가요, 아니면 나를 무시해서인가요? 오, 무덤아! 네가 파괴해 버린 것이냐? 이이가 내게 주었던 그 지극한 사랑을? 내게 그토록 뜨거운 사랑을 보여 주던 그 눈, 내 모든 기쁨이었던 그 눈을 감겨 버린 것은 바로 네놈이란 말이냐? 오, 아니야, 아니야! 난 이 현실을 조금도 믿을 수 없어! 무덤아, 차라리 내게 말해 다오! 그 어떤 기적에 의해 네놈이 세상에서 가장 진귀한 이 보물을 손에 얻게 되었는지 말이다!」

공께 고백하거니와, 이 말을 들은 저는 분개하지 않을 수 없었습니다. 왜냐하면 그녀가 그토록 사랑하는 연인, 이토록 숭배하는 이 인간은 사실 공이 상상하는 그런 남자가 아니었던 탓입니다. 그는 한낱 인도 출신의 검둥이였을 뿐입니다.

저는 그녀의 말에 얼마나 분개했던지 불쑥 제 모습을 드러내고 말았습니다. 그리고 저 역시 무덤에 대고 욕하면서 소리쳤습니다.「야, 무덤아! 그 흉측한 몰골로 자연을 더럽히고 있는 이 괴물을 삼켜 버리지 않고 뭐하고 있는 거냐! 이 더러운 연놈을 없애 버리지 않고 뭐하고 있는 거냐고!」

제가 말을 채 끝맺기도 전에 검둥이 옆에 앉아 있던 왕비가 악귀처럼 일어서면서 소리쳤습니다.「아, 잔인한 놈! 바로 네놈이 내 고통의 근원이야! 내가 그 사실을 모르고 있을 줄 알았느냐? 너무나 오랫동안 숨겨 왔을 뿐이야! 네놈이 그 야만스러운 손으로 내 사랑을 이 지경으로 만들어 놓지 않았더냐? 그런데 뻔뻔스럽게 또 이렇게 찾아와 절망에 빠진 여자를 모욕해?」「그래, 내가 그랬다!」저 역시 화가 머리끝까지 치밀어 올라 그녀의 말을 끊었습니다.「내가 이 괴물에게 백 번 받아 마땅한 벌을 내렸다! 네년 역시 똑같은 방식으로 다루어야 했거늘, 그러지 못한 것이 후회스러울 뿐이다. 넌 너무 오랫동안 내 관대한 마음을 악용해 왔어!」저는 그녀를 벌하기 위해 검을 치켜들었습니다. 하지만 그러는 저를 그녀는 눈 하나 까딱 않고 쳐다보더니 입가에 비웃음을 지으며 말했습니다.「노여움 좀 가라앉히시지 그래?」동시에 무슨 말인지 전혀 알 수 없는 어떤 주문을 중얼거린 후에 그녀는 말했습니다.「내 마법의 힘으로 명하노니, 당장에 반은 대리석이 되고 반은 인간이 되어라!」그 즉시 저는 공이 보시는 것과 같은 이런 꼴이 되었습니다. 산 자들 틈에 있지만 이미 죽어 있고, 죽은 자들과 함께 있되 아직 살아 있는 이런 상태 말입니다……

이 대목에서 셰에라자드는 날이 밝아 오는 것을 보고 이야기를 멈추었다.「언니!」디나르자드가 말했다.「술탄님께 정말 감사드려야겠어요. 제가 이 지극한 즐거움을 맛보는 것은 그분의 너그러움 덕분이니까요.」「디나르자드!」 왕비가 대답했다. 「만일 술탄께서 다시 한 번 너그러우심을 베푸사 나를 내일까지 살게 해주신다면, 너는 방금 들은 것 못지않은 즐거운 이야기를 들을 수 있을 거야.」 설령 샤리아가 셰에라자드의 처형을 연기해 놓지 않았다 하더라도, 이날 그는 그녀를 죽이지 않았을 것이다.

스물다섯 번째 밤

밤이 끝나 갈 즈음에 디나르자드가 외쳤다. 「언니! 만일 자고 있지 않으면 검은 섬들의 왕의 이야기를 끝내 주세요!」 동생의 음성에 잠이 깬 셰에라자드는 그녀의 소원을 들어주기 위해 준비했다. 그리고 다음과 같이 이야기를 계속해 나갔다.

반은 대리석이고 반은 인간인 왕은 술탄에게 그의 이야기를 계속 들려주었습니다.

「왕비라는 이름을 붙이기에도 아까운 이 잔혹한 마녀는 이처럼 저를 변형시켜 또 다른 마법으로 이 방까지 옮겨다 놓은 후, 매우 번창하고 주민들로 북적거리는 도시였던 저의 수도를 파괴했습니다. 그녀는 가옥들과 광장들과 시장들을 없애 버렸고, 대신 공께서 보신 그 연못과 황량한 벌판만 남겨 놓았습니다. 연못 속에 있는 네 가지 색깔의 물고기들은 파괴된 수도에 살던 네 개의 다른 종교를 가진 주민들입니다. 흰색은 이슬람교도, 빨간색은 불의 숭배자들인 페르시아인, 파란색은 기독교도, 그리고 노란색은 유대교도이죠. 네 개의 작은 산은 이 왕국의 이름이 유래한 네 개의 섬입니다. 이 모든 사실을 제게 알려 준 이는 바로 왕비 자신이었습니다. 이 잔인한 년은 저의 고통을 배가하기 위해 자신의 맹렬한 분노가 가져온 결과를 알려 준 거지요. 그것만이 아니었습니다. 즉 그녀의 미쳐 날뛰는 분노는 제 왕국을 파괴하고 저를 변형시키는 것으로 만족하지 않았습니다. 그녀는 매일 저를 찾아와 쇠심줄로 만든 채찍으로 저의 벗은 어깨를 백 번씩 후려쳐 온몸을 피투성이로 만듭니다. 이 형벌이 끝나면 제 몸을 염소 털로 짠 두꺼운 직물로 덮은 후, 그 위에 공께서 지금 보고 계신 이 수단 장포를 씌워 놓습니다. 물론 저를 명예롭게 하기 위함이 아니라, 조롱하기 위해서죠.」

여기까지 말한 검은 섬들의 젊은 왕은 더 이상 참지 못하고 눈물을 주룩주룩 흘렸습니다. 이 광경을 보는 술탄 역시 너무도 가슴이 아픈 나머지, 한마디 위로의 말도 할 수 없었습니다. 잠시 후 젊은 왕은 눈을 들어 하늘을 올려다보면서 외쳤습니다.「만물을 지으신 전능하신 창조주여! 당신의 섭리가 내리실 판결과 법령 앞에 다만 엎드릴 뿐입니다! 이 모든 것이 당신의 뜻인 고로, 저는 이 모든 불행들을 인내하며 겪고 있나이다. 바라옵건대, 당신의 무한한 선하심으로 저의 이 모든 고통을 보상해 주옵소서!」

이 너무나도 기이한 이야기에 측은한 마음이 드는 한편, 이 불행한 군주를 대신하여 복수해 주고 싶은 마음이 든 술탄은 이렇게 말했습니다.「그 사악한 마녀가 어디 있는지 내게 말해 주시오! 그리고 죽지 못하고 산송장 신세가 된 그 못된 정부 놈은 또 어디 있소?」「제가 말씀드렸듯이, 정부 놈은 돔이 있는 묘당인 〈눈물의 궁〉에 있습니다. 이 궁은 지금 우리가 있는 궁과 옆문을 통해 연결되어 있지요. 마녀가 어디 있는지는 정확히 모릅니다. 하지만 매일 아침 동이 틀 무렵, 그녀는 자기 애인을 만나러 갑니다. 말씀드린 대로 먼저 저를 찾아와 피투성이로 만들어 놓은 후에 말이죠. 보시다시피 몸이 이 꼴이니 저는 그녀의 가혹한 매질을 그저 당하고 있는 수밖에 없습니다. 그러고 나서 마녀는 놈에게 그 음료를 가져다줍니다. 지금까지 놈의 생명을 연장시켜 준 유일한 음식인 셈이죠. 그러고서 그년은 놈이 부상당한 이후 줄곧 지키고 있는 침묵에 대해 한탄한답니다.」

「정말이지 아무리 동정을 받아도 부족한 분이시구려!」 술탄이 대답했습니다. 「공의 불행한 사연을 들으니 내 가슴이 너무도 아프오! 이렇게 엄청난 일을 겪은 사람은 세상에 또 없을 것이오. 만일 작가들이 공의 이야기를 소재로 삼는다면 기막힌 작품이 나올 텐데 말이오. 왜냐하면 이 이야기 자체가 지금까지 써진 그 어떤 문학 작품보다도 놀라운 것이기 때문이오. 여기에 한 가지 부족한 것이 있다면 그것은 공이 응당 누려야 할 복수요. 이제는 이 모든 것을 알고 있는 내가 있으니 걱정 마시오. 공이 복수할 수 있도록 내가 도와드리리다!」

술탄은 우선 자신이 누구이며 왜 이 성에 들어왔는지를 밝히고, 복수할 수 있는 방법을 생각해 내어 이를 젊은 왕에게 알려 주었습니다. 그들은 계획을 성공시키기 위해 취해야 할 방법들을 정하고, 이를 이튿날 실행하기로 결정했습니다. 밤이 깊자 술탄은 약간의 휴식을 취했습니다. 하지만 젊은 왕은 잠들지 못하고 평소처럼 계속 깨어 있었습니다. 마법에 걸린 후 그는 잠들 수 없었던 것입니다. 하지만 그의 마음속에는 이 모든 고통에서 곧 해방되리라는 희망이 솟아오르고 있었습니다.

이튿날, 술탄은 날이 밝자마자 일어났습니다. 그는 자신의 계획을 실행하기 위해 거추장스러운 웃옷을 벗어 어딘가에 숨겨 놓은 다음 〈눈물의 궁〉으로 갔습니다. 그곳은 무수히 많은 흰 양초의 불꽃들로 밝혀져 있었고, 조화롭게 배치된 수많은 순금 향로들에서 피어 나오는 감미로운 향이 코를 자극했습니다. 검둥이가 누워 있는 침대를 발견한 술탄은 지체 없이 검을 뽑아 들고 저항도 못하는 이 형편없는 작자의 숨을 끊어 버린 후, 성의 내정을 가로질러 시체를 질질 끌고 가 우물 속에다 던져 버렸습니다. 그러고 나서는 계획을 마저 끝내기 위해 검둥이 대신 침대에 누워 검을 안고 이불을 뒤집어쓴 채 기다렸습니다.

잠시 후 마녀가 도착했습니다. 그녀는 먼저 그녀의 남편인 검은 섬들의 왕이 있는 방부터 갔습니다. 그녀는 왕의 옷을 벗긴 후, 쇠심줄로 만든 채찍으로 그의 어깨를 백 번 후려쳤습니다. 전례를 찾을 수 없는 참으로 잔혹한 만행이었습니다. 가련한 왕이 발하는 비명이 궁전을 가득 채웠습니다. 그가 자신을 불쌍히 여겨 달라고 너무도 안타깝게 애원했건만 잔인한 여자는 백 대를 다 채울 때까지 매질을 멈추지 않으며 말했습니다. 「너는 내 애인을 조금도 불쌍하게 생각하지 않았잖아? 그런데 나에게 무얼 기대해?」

이 대목에서 셰에라자드는 날이 밝아 오는 것을 보고 더 이상 이야기를 계속할 수 없었다. 「세상에!」 디나르자드가 말했다. 「언니! 정말이지 잔인하기 이를 데 없는 마녀로군요! 하지만 이야기를 여기서 멈출 건가요? 이 마녀가 마땅히 받아야 할 벌을 받게 되었는지 말해 주지 않을 건가요?」 「사랑하는 동생아!」 왕비가 대답했다. 「나도 내일 그걸 알려 줄 수만 있다면 참 좋겠구나! 하지만 너도 알다시피 모든 것은 술탄님의 뜻에 달려 있단다.」 흥미진진한 이야기를 듣고 난 술탄에게 셰에라자드를 죽일 마음은 전혀 없었다. 오히려 그는 이렇게 생각했다. 〈이 놀라운 이야기를 끝내기 전에는 그녀의 목숨을 빼앗을 수 없어. 모두 마치는 데 두 달이 걸린다 하더라도 말이야. 내가 한 맹세의 실행을 미룰 수 있는 것도

나의 권한이니까.〉

스물여섯 번째 밤

디나르자드는 왕비를 부를 수 있는 시간이 되자마자 그녀에게 말했다. 「언니! 만일 자고 있지 않으면 눈물의 궁에서 일어난 일을 이야기해 주세요!」 샤리아가 자신도 디나르자드 못지않게 궁금하다고 말하자, 왕비는 입을 열어 마법에 걸린 젊은 왕의 이야기를 다시 시작했다.

폐하! 마녀는 남편인 젊은 왕을 쇠심줄 채찍으로 백 차례 후려쳤습니다. 그러고 나서 두터운 염소 털 직물과 수단 장포를 입혀 놓고는 〈눈물의 궁〉으로 갔습니다. 그녀는 방에 들어서면서부터 또다시 울며불며 한탄을 하더니만, 아직도 정부가 거기 누워 있으리라 생각하고는 침대로 다가가며 이렇게 외쳤습니다. 「정말로 잔인해! 그래, 나처럼 다정하고도 정열적인 연인의 기쁨을 빼앗으니까 그렇게도 좋더냐? 너는 내 원한의 뜨거운 맛을 보여 주니까 내가 비인간적이니 뭐니 하고 있지? 하지만 잔인한 왕아! 너의 야만적인 행위는 내 복수의 그것보다도 훨씬 더하지 않았더냐? 아, 배신자! 내가 뜨겁게 사랑하는 사람의 생명을 해침으로써, 넌 나의 생명 또한 빼앗지 않았더냐?」 이어 그녀는 침대에 있는 것이 검둥이인 줄 알고, 누워 있는 술탄을 향해 덧붙였습니다. 「아아! 나의 태양! 나의 생명! 당신은 여전히 침묵을 지키시나요? 나를 사랑한다는 한마디 말로써 위로해 주지도 않고 그렇게 죽어 버리기로 마음먹은 건가요? 나의 영혼이여! 한마디만 해줘요! 제발 부탁이에요!」

그러자 술탄은 마치 깊은 잠에서 깨어나는 시늉을 하며, 흑인들의 말투를 흉내 내어 짐짓 엄숙하게 말했습니다. 「힘과 능력은 오직 전능하신 하느님께 있도다!」 이 뜻밖의 상황에 마녀는 기뻐서 어쩔 줄 몰라 크게 비명을 질렀습니다. 그리고 소리쳤습니다. 「오, 나의 사랑하는 주인이여! 지금 내가 착각한 건가요? 지금 내가 당신이 말하는 걸 들은 건가요? 당신이 내게 말한 건가요?」 「이 망할 년!」 술탄이 다시 입을 열었습니다. 「너에겐 말대꾸해 줄 가치도 없어!」 「아니, 왜 나를 그런 식으로 책망하나요?」 마녀가 대답했습니다. 「네 남편 때문이야! 네가 매일같이 잔인하고 비인간적으로 다루는 네 남편의 비명, 울음소리, 신음 소리 때문에 밤이고 낮이고 잠을 잘 수가 없단 말이다! 네가 만일 그의 마법을 풀어 주었더라면, 난 벌써 회복되고 말도 할 수 있었을 거야. 네년이 불평하는 내 침묵의 원인은 바로 이것이었어.」 「그렇다면 당신 화를 풀어 드릴 테니 명령만 내리세요! 무슨 일이라도 할 준비가 되어 있어요. 그자를 원래 형상으로 되돌려 줄까요?」 「그래!」 술탄이 대답했습니다. 「빨리 가서 그를 해방해 주라고! 그자가 내지르는 비명에 짜증이 나서 죽겠단 말이다!」

마녀는 즉시 〈눈물의 궁〉에서 나왔습니다. 그녀는 찻잔에 물을 담더니 그 위에 대고 중얼중얼 주문을 외었습니다. 그러자 마치 불 위에 놓인 것처럼 잔에 담긴 물이 끓어오르기 시작했습니다. 마녀는 젊은 왕이 있는 방으로 가서 그의 몸 위에 물을 뿌리며 이렇게 말했습니다. 「만일 만물의 창조주께서 너를 현재의 모습으로 만들었거나, 그분이 네게 분노하고 계신다면 변하지 말거라! 하지만 너의 이런 상태가 내 마법의 힘에 의한 것이라면 자연의 형상을 되찾아, 이전의 모습으로 되돌아와라!」 그녀가 말을 채 끝맺기도 전에 왕은 원래의 형상을 되찾아, 자유로운 몸이 되어 자리에서 일어났습니다. 그가 얼마나 기뻐했는지는 가히 상상하실 수 있을 것입니다. 왕은 하느님께 감사를 드렸습니다. 그러자 마녀가 다시 말했습니다.「가! 이 성에서 멀리멀리 떠나가서 절대로 돌아오지 마! 내 말을 어기면 네 목숨을 내놓아야 할 거야.」

젊은 왕으로서는 군소리 없이 떠나가는 수밖에 없었습니다. 그는 궁에서 조금 떨어진 적당한 장소에 숨어서 술탄의 계획이 성공하기만을 기다렸습니다.

한편 〈눈물의 궁〉으로 돌아온 마녀는 방에 들어서면서 여전히 술탄이 검둥이라고 믿고는 이렇게 말했습니다.「사랑하는 그대여! 당신이 명한 대로 하고 왔어요! 이제 당신이 일어나는 것을 방해하는 건 아무것도 없어요. 자, 그러니 일어나서 너무도 오랫동안 빼앗겼던 기쁨을 내게 안겨 주세요!」

술탄은 계속 흑인들의 말투를 흉내 내어 퉁명스럽게 말했습니다.「내 병을 고치기 위해서는 방금 네가 한 것으로 충분치 않아! 너는 병의 일부분을 제거한 것에 불과해. 뿌리까지 완전히 잘라 내야 한다고!」「나의 사랑스러운 검은 이여!」 그녀가 말했습니다.「뿌리란 무엇을 말하는 건가요?」「이 망할 년아!」 술탄이 대답했습니다.「내가 말하는 것이 네년이 마법을 써서 파괴해 버린 이 도시와 그 주민들, 그리고 네 개의 섬이라는 사실을 모르겠다는 말이냐? 매일 밤 자정이면 물고기들이 연못 위로 고개를 쳐들고 나와 너에 대한 복수를 외쳐 댄단 말이다. 이게 바로 나의 회복이 늦어지는 진정한 이유였어. 자, 빨리 가서 이 모든 것들을 원래의 형상으로 되돌려 놓고 오라고! 그러면 내가 손을 내밀어 줄 거야. 그럼 네가 나를 부축해서 일으켜 주면 되잖아.」

이 말을 듣고 가슴 가득 희망이 차오른 마녀는 기쁨에 들떠 소리쳤습니다.「나의 심장, 나의 영혼이여! 당신은 곧 건강을 되찾게 될 거예요! 당신이 분부한 것을 모두 행할 테니까요.」 과연 그녀는 당장 떠났습니다. 그리고 연못가에 도착해서는 손에 약간의 물을 담아 연못 위에 뿌리며…….

이 대목에서 셰에라자드는 날이 밝아 오는 것을 보고 더 이상 말하지 않았다. 디나르자드가 왕비에게 말했다. 「언니! 네 검은 섬의 젊은 왕이 마법에서 풀려나게 되어 너무나 기뻐요! 그리고 도시와 그 주민들이 원래의 모습을 되찾는 장면이 벌써 눈앞에 그려지는군요! 하지만 마녀가 어떻게 될지는 잘 모르겠어요.」 「조금만 참아라!」 왕비가 대답했다. 「내일이면 궁금한 것을 다 알 수 있을 테니까. 만일 나의 주군이신 술탄께서 동의해 주신다면 말이다.」 이미 말했듯이 이 점에 대해서 마음을 정해 놓은 샤리아는 자신의 책무를 다하기 위해 몸을 일으켜 방을 나갔다.

스물일곱 번째 밤

디나르자드는 평소와 같은 시간에 잊지 않고 왕비를 불렀다. 「언니! 만일 자고 있지 않으면, 약속한 대로 마녀 왕비의 운명이 어떻게 되었는지 이야기해 주세요!」 셰에라자드는 즉시 약속대로 이야기를 들려주었다.

마녀가 물을 뿌리고 나서 물고기들과 연못에 주문을 외우자 그 즉시 도시가 다시 나타났습니다. 물고기들은 다시 남자나 여자, 혹은 아이들이 되었습니다. 이슬람교도도 기독교도도, 페르시아인도 유대인도, 그리고 자유민도 노예도 모두 원래의 모습을 되찾았습니다. 집들과 상점들은 다시 주민들로 북적댔으며, 그들은 주위의 모든 것들이 마법에 걸리기 이전의 상황과 질서로 돌아온 것을 보았습니다. 술탄의 수행원들이 숙영하고 있던 곳은 사실 이 도시에서도 가장 큰 광장 한가운데였습니다. 마법이 풀리자 수행원들은 자기들이 인파가 북적대는 아름다운 대도시 한복판에 있음을 발견하고 깜짝 놀라지 않을 수 없었습니다.

자, 다시 마녀의 이야기로 돌아오겠습니다. 그녀는 이 신기한 마법을 행한 후, 그 결실을 보기 위해 서둘러 〈눈물의 궁〉으로 돌아왔습니다. 「나의 소중한 님이여!」 그녀는 방에 들어서면서 외쳤습니다. 「당신의 건강이 회복된 것을 함께 축하하려고 왔어요! 전 당신이 요구한 모든 것을 하고 왔답니다. 그러니 이제 일어나서 제게 손을 내밀어 주세요!」 「이리 가까이 다가와!」 술탄은 여전히 흑인 특유의 말투를 흉내내며 말했습니다. 「좀 더, 좀 더 가까이 오라고!」 그녀는 복종했습니다. 그러자 술탄은 갑자기 몸을 일으켜 그녀의 팔을 낚아챘습니다. 창졸간에 일어난 일이라 마녀가 어리둥절해 있을 때 술탄은 검을 휘둘러 그녀의 몸을 베어 버렸고, 그렇게 두 동강이 난 몸은 땅 위로 굴러떨어졌습니다. 술탄은 시체를 그 자리에 놔두고 〈눈물의 궁〉을 빠져나와, 그를 초조하게 기다리고 있는 검은 섬들의 젊은 왕에게로 갔습니다. 「왕이여!」 술탄은 그를 껴안으며 말했습니다. 「기뻐하시오! 이제 아무것도 무서워할 필요 없소. 그대의 잔인한 적은 더 이상 존재하지 않소.」

젊은 왕이 술탄에게 진심으로 감사한 것은 말할 것도 없습니다. 또 그는 자신에게 너무도 큰일을 해주신 술탄에게 장수와 번영을 누리시길 기원한다고 말했습니다. 이에 술탄은 이렇게 말했습니다. 「이제 귀공은 공의 수도에서 편안히 살 수 있을 것이오. 하지만 바로 이웃에 있는 내 나라에 오고 싶다면 언제든지 환영이오. 오시면 여기에서만큼이나 큰 존경과 명예를 누릴 수 있을 것이오.」 「제게 너무나도 큰 은혜를 베풀어 주신 강력한 군주시여!」 젊은 왕이 말했습니다. 「혹시 여기가 공

의 수도와 아주 가까운 곳에 있다고 믿고 계신가요?」 「그렇소!」 술탄이 대답했습니다. 「여기까지 오는 데 걸어서 너덧 시간밖에 걸리지 않았소.」 「사실은 족히 일 년은 걸리는 거리랍니다.」 젊은 왕이 웃으며 대답했습니다. 「공의 수도에서 그처럼 빨리 오실 수 있었던 것은 아마도 저의 수도가 마법에 걸려 있던 탓일 것입니다. 마법이 풀린 지금은 사정이 다릅니다. 하지만 저는 설사 그곳이 땅끝이라 할지라도 공을 좇겠습니다. 공은 저의 해방자이신 까닭입니다. 저는 공께 감사하는 저의 마음을 평생 동안 직접 표하고 싶습니다. 제 왕국을 미련 없이 버리고 공을 따라가겠습니다.」

 술탄은 이곳이 자기 나라에서 그렇게 멀리 떨어져 있다는 사실에 매우 놀랐고, 어떻게 이런 일이 일어날 수 있는지 이해할 수 없었습니다. 검은 섬들의 왕이 이 모든 것을 충분히 납득시켜 주고 나서야 술탄은 더 이상 의심하지 않게 되었습니다. 「상관없소!」 술탄이 말했습니다. 「내 나라로 돌아가는 것이 고생은 좀 되겠지만, 그대를 도왔다는 기쁨만으로도 충분한 보상이 되오. 또한 그대와 같은 아들을 얻게 되어 내 마음이 너무도 흡족하다오. 그대가 나를 따라오고 싶다 하고 마침 내게 자식이 없으니, 나는 그대를 내 아들로 여기게 되는구려. 지금부터 그대를 나의 상속자이자 후계자로 삼겠소.」

술탄과 검은 섬들의 왕 사이의 대화는 더없이 따뜻한 포옹으로 끝났습니다. 곧 젊은 왕은 떠날 준비를 시작했고 준비는 세 주 만에 끝났습니다. 모든 신하들과 백성들이 너무도 아쉬워한 것은 말할 것도 없었죠. 왕은 가까운 친척 중의 하나를 택해 왕위를 물려주었습니다.

드디어 술탄과 젊은 왕은 길을 떠났습니다. 백 마리의 낙타 등에는 젊은 왕의 보물 창고에서 꺼낸 보물들이 잔뜩 실렸으며, 건장한 체격에 완벽하게 무장한 쉰 명의 호위 기병대가 젊은 왕의 뒤를 따랐습니다. 여행은 순조롭게 이루어졌습니다. 미리 고국에 전령을 보내어 자신이 어떤 모험을 겪었는지와 그로 인해 늦어질 것이라고 알려 놓았던 술탄이 수도 가까이에 이르자, 남아 있던 중신들이 마중 나와 그가 자리를 오래 비운 동안에 나라에는 아무런 변고가 없었음을 알려 주었습니다. 백성들 역시 무수히 몰려나와 크게 환호하며 술탄을 맞았고, 이렇게 시작된 흥겨운 잔치는 여러 날 동안이나 계속되었습니다.

돌아온 다음 날, 술탄은 신하들을 모두 모아 놓고 그토록 오래 자리를 비우게 한 사건들을 상세하게 이야기해 주었습니다. 그러고 나서 자신과 함께 살기 위해 큰 왕국을 미련 없이 버리고 따라온 네 검은 섬의 왕을 양자로 삼겠다고 선언했습니다. 마지막으로 자신이 없는 동안에도 충성심을 잃지 않은 신하들에 대한 보답으로 각자의 신분과 지위에 따라 아낌없이 선물을 하사했습니다.

한편 젊은 왕을 해방시킨 최초의 원인이 되었던 어부에게도 술탄은 많은 선물을 주었고, 그와 그의 가족들이 남은 생을 행복하게 살 수 있도록 해주었습니다.

셰에라자드는 어부와 정령의 이야기를 끝냈다. 디나르자드가 이 이야기를 들으며 무한한 즐거움을 느꼈다고 하자, 샤리아 역시 같은 말을 했다. 그러자 셰에라자드는 자신은 이것보다도 훨씬 더 재미있는 이야기를 알고 있으며, 지금은 날이 밝았으므로 만일 술탄께서 허락하신다면 이튿날 이야기해 주겠다고 말했다. 샤리아는 이미 왕비의 처형을 유예해 주리라고 마음먹은 데다가 새 이야기가 그녀가 말한 대로 유쾌한 것인지 알고 싶었으므로, 내일 이 이야기를 들으리라 생각하며 자리에서 일어났다.

스물여덟 번째 밤

디나르자드는 시간이 되자 잊지 않고 왕비를 불렀다. 「언니! 만일 자고 있지 않으면 동이 틀 때까지 언니가 알고 있는 재미난 이야기 하나를 들려주세요!」 셰에라자드는 동생의 말에 대답하는 대신, 즉시 술탄을 향하여 다음과 같이 이야기를 시작했다.

왕의 아들 세 탁발승과 바그다드의
다섯 아가씨 이야기

Histoire de trois Calenders

폐하! 칼리프[7] 하룬알라시드께서 세상을 다스리던 시절, 그분이 살고 계시던 바그다드에 어떤 짐꾼이 있었습니다. 이 짐꾼은 비록 천하고 고된 일을 하고 있었지만 재치 있고 쾌활한 성격을 지니고 있었습니다. 어느 날 아침, 그가 평소대로 광장의 귀퉁이에서 구멍이 숭숭 뚫린 커다란 바구니를 옆에 내려놓고 손님을 기다리고 있을 때였습니다. 늘씬한 체격에 커다란 모슬린 너울로 얼굴을 가린 아가씨 하나가 그에게 다가오더니 우아한 목소리로 이렇게 말했습니다. 「여보세요, 짐꾼! 바구니를 들고 나를 따라와요!」 몇 마디 안 되지만 너무나도 달콤하게 들려오는 그 목소리에 매혹된 짐꾼은 즉시 바구니를 들어 머리 위에 올려놓고 아가씨를 뒤쫓아 가며 생각했습니다. 〈이크, 운이 좋은 날이군! 이런 손님을 만나다니!〉

아가씨는 먼저 어떤 문 앞으로 가더니 문을 두드렸습니다. 그러자 허연 수염을 길게 늘어뜨린 기독교도 노인네가 문을 열어 주었고, 그녀는 아무 말도 없이 그의 손에 돈을 건네주

---

[7] 이슬람 제국 주권자의 칭호.

었습니다. 하지만 그녀가 무엇을 원하는지 잘 알고 있는 듯한 기독교도는 안으로 들어가더니, 잠시 후 최상급의 포도주가 담긴 큼직한 술 항아리를 들고 나왔습니다. 아가씨는 짐꾼에게 말했습니다. 「이걸 당신 바구니에 담아요!」 그녀는 다시 자기를 따라오라고 말한 후, 또 걷기 시작했습니다. 짐꾼은 다시 한 번 생각했지요. 〈와, 엄청나게 행복한 날이야! 정말이지 기분 좋은 놀라움과 즐거움만이 가득한 날이로군!〉

아가씨는 꽃과 과일을 파는 상점 앞에서 서더니 사과, 살구, 복숭아, 마르멜루, 레몬, 오렌지, 도금양, 바질, 백합, 재스민 등 각종 향기로운 꽃이며 식물을 골랐습니다. 그녀는 산 것들을 모두 바구니에 담아서 따라오라고 짐꾼에게 말했습니다. 정육점 진열대 앞에서 다시 걸음을 멈춘 그녀는 최상급 육질의 고기 스물다섯 근을 산 후, 다시 짐꾼의 바구니에 담으라고 명했습니다. 또 다른 상점에서는 식초에 절인 양각, 타라곤, 피클, 사사프라스와 각종 향초(香草)를, 다른 상점에서는 피스타치오, 호두, 개암, 잣, 아몬드를 비롯한 각종 건과를, 그리고 또 다른 상점에서는 각종 과자들을 샀습니다. 이 모든 것을 바구니에 집어넣은 짐꾼은 바구니가 가득 찬 것을 보고 아가씨에게 말했습니다. 「아가씨! 이렇게 많이 사실 거였다면 미리 말씀해 주셨어야죠! 그러면 제가 말 한 마리, 아니 낙타 한 마리라도 끌고 왔을 텐데요. 아가씨께서 조금만 더 사시면 저는 이대로 폭삭 주저앉을 겁니다.」 이 농담에 아가씨는 웃었고, 다시금 자기를 따라오라고 명했습니다.

그러고는 이번에는 약재상에 들러서 각종 조미액, 정향, 육두구, 커다란 용연향 한 덩어리, 그리고 각종 인도산 향신료 등을 구입했습니다. 이로써 짐꾼의 바구니는 더 이상 들어갈 틈 없이 꽉 차게 되었고, 그녀는 다시 자기를 따라오라고 말했습니다. 이렇게 얼마 동안 걸은 후에 그들은 어떤 성관에 도착했습니다. 그것은 아름다운 기둥들과 상아 문으로 전면을 장식한 멋진 건물이었습니다. 그들은 거기서 걸음을 멈췄고, 아가씨는 살짝 문을 두드렸습니다…….

이 대목에 이르러 셰에라자드는 날이 밝은 것을 보고 이야기를 멈추었다. 「솔직히 말해서, 언니!」 디나르자드가 말했습니다. 「시작 부분이 너무나 호기심을 불러일으키는걸요! 술탄께서도 다음 부분을 들을 수 있는 즐거운 기회를 놓치고 싶지는 않으실 거예요!」 그녀의 말대로 성관에서 일어나게 될 일이 몹시 궁금했던 샤리아는 왕비의 처형을 명하기는커녕 어서 다음 밤이 되기만을 기다렸다.

스물아홉 번째 밤

날이 밝기 전에 깨어난 디나르자드는 왕비에게 이렇게 말했다. 「언니! 만일 자고 있지 않으면 어제 시작했던 이야기를 계속 들려주세요!」 이에 셰에라자드는 즉시 다음과 같이 이야기를 계속했다.

아가씨와 함께 문이 열리기를 기다리는 짐꾼의 머릿속에는 갖가지 생각이 떠올랐습니다. 이 같은 미인이 직접 물건을 사러 다닌다는 것이 놀라웠기 때문입니다. 아무리 보아도 일개 여종 같지는 않았습니다. 그녀에게서 느껴지는 너무도 고귀한 기품으로 미루어 볼 때 자유민이 분명했고, 심지어는 지체 높은 귀공녀일지도 모를 일이었습니다. 짐꾼이 이에 대해 물어보려 하는데, 문이 열리고 다른 아가씨가 나타났습니다. 짐꾼은 놀라 눈이 휘둥그레졌습니다. 그 아가씨의 모습

또한 너무도 아름다웠기 때문입니다. 그냥 놀란 정도가 아니라 그녀의 매력이 발하는 광채에 넋이 나간 짐꾼은 하마터면 머리에 이고 있던 바구니를 떨어뜨려 그 속에 담긴 것들을 땅바닥에 쏟아 버릴 뻔했습니다. 여태껏 살아오면서 지금 눈앞에 서 있는 여인만큼 아름다운 존재를 본 적이 없었던 것입니다.

짐꾼을 데려온 아가씨는 그의 마음이 심히 동요된 것과, 그 이유를 알아채고 웃음을 터뜨렸습니다. 그녀는 짐꾼이 당황해하는 모습이 너무도 재미있어, 문이 열렸다는 사실도 잊은 듯했습니다. 「자, 어서 들어와!」 문을 열어 준 미녀가 그녀에게 말했습니다. 「뭘 기다리고 있니? 짐을 너무 많이 져서 금방이라도 쓰러질 것 같은 이 불쌍한 남자분의 표정이 안 보이니?」

그녀가 짐꾼과 함께 안으로 들어가자 문을 열어 준 아가씨는 다시 문을 닫았습니다. 그리고 그들은 멋진 현관홀을 지나 매우 널찍한 내정으로 들어갔습니다. 내정은 열주(列柱)가 늘어선 회랑으로 빙 둘러싸여 있었으며, 회랑 안쪽으로는 호사스럽기 그지없는 방들이 들여다보였습니다. 내정 안쪽에 있는 작은 사실에는 방의 벽면을 따라서 좌단[8]이 설치되어 있었고 그 가운데는 호박(琥珀) 옥좌가 놓여 있었습니다. 엄청나게 굵은 다이아몬드들과 진주들로 장식된 네 개의 흑단 기둥이 떠받치고 있고, 경탄스러운 솜씨로 금실이 수놓인 인도산의 붉은 공단으로 덮인 화려한 옥좌였습니다. 또 내정 중앙에는 커다란 수반이 있었습니다. 가장자리가 흰 대리석으로 된 이 수반 안에는 수정같이 맑은 물이 찰랑대고 있었

---

[8] 〈좌단〉은 우리가 알고 있는 푹신한 안락의자와는 달리, 그 위에 방석이나 양탄자 등을 깔고 앉는 널찍한 자리를 뜻한다.

는데, 그 위로는 황금빛 황동 사자상의 아가리에서 콸콸 뿜어져 나오는 물이 떨어져 내리고 있었습니다.

짐꾼은 아직도 무거운 짐을 내려놓지 않은 채 이 집의 화려함과 우아함에 감탄을 금치 못하고 있었습니다. 하지만 무엇보다도 그의 시선을 끈 것은, 제가 말씀드린 그 옥좌에 앉아 있는 세 번째 아가씨였습니다. 그녀의 용모는 두 번째 아가씨보다도 한층 더 아름다웠던 것입니다! 그녀는 앞의 두 아가씨를 보자마자 옥좌에서 내려와 그들 앞으로 걸어왔습니다. 짐꾼은 두 여인이 그녀를 대하는 태도를 보고 이곳에서 그녀의 위치가 가장 높다고 생각했는데 이 추측은 틀리지 않았습니다. 이 아가씨의 이름은 조베이드였고, 문을 열어 준 아가씨는 사피, 그리고 밖에 나가 물품을 구매해 온 아가씨는 아민느였습니다.

조베이드는 그들에게 다가오면서 두 아가씨에게 말했습니다. 「동생들! 짐이 너무 무거워서 이 양반이 금방이라도 쓰러지려고 하는 모습이 안 보이니? 어서 짐을 내려 드리지 않고 뭐하니?」 그러자 두 아가씨 중 한 명은 앞에서, 한 명은 뒤에서 바구니를 잡았습니다. 조베이드 역시 거들었고, 그렇게 세 여인은 바구니를 바닥에다 내려놓았습니다. 그녀들은 바구니를 비우기 시작했고, 일이 끝나자 상냥한 아민느는 돈을 꺼내어 짐꾼에게 보수를 넉넉히 지불했습니다······.

이 대목에서 밝아 오기 시작한 아침의 빛은 셰에라자드에게 침묵을 강요했고, 디나르자드뿐 아니라 샤리아에게도 그 다음 이야기를 듣고 싶은 강한 욕망을 남겨 놓았다. 그래서 이 왕은 다음 밤에 계속하여 듣겠노라고 마음먹었다.

서른 번째 밤

다음 날, 디나르자드는 어제 시작한 이야기를 어서 듣고 싶은 마음에 일찍부터 잠에서 깨어나 왕비에게 말했다. 「언니! 제발 부탁이에요! 만일 자고 있지 않으면 아민느가 사온 식품으로 세 여인이 무엇을 했는지 이야기해 주세요!」「곧 알게 될 거야!」 세에라자드가 대답했다. 「그러니 내 이야기를 잘 들어 보렴.」 그리고 즉시 그녀는 다음과 같이 이야기를 이어 갔다.

넉넉히 보수를 받아 매우 흡족해진 짐꾼은 곧 바구니를 주워 들고 떠나야 했습니다. 하지만 그는 그럴 수 없었습니다. 좀처럼 만나기 힘든 절세미인을 한꺼번에 세 명이나 보고 있자니 발걸음이 떨어지지 않았던 것입니다. 세 여인의 미모는 실로 우열을 가리기 힘들 정도였습니다. 아민느도 너울을 벗었는데, 드러난 그녀의 용모도 다른 두 여인에 뒤지지 않았던 것입니다. 그런데 그가 이해할 수 없는 일이 하나 있었습니다. 이 집 안에는 남자의 그림자가 보이지 않는다는 사실이었습니다. 하지만 건과며 각종 과자며 초절임 등, 그가 날라 온 식품들은 마시고 놀기 위한 안줏감으로 적당한 것들이었습니다.

짐꾼이 그렇게 꾸물대고 있자, 처음에 조베이드는 너무 지친 그가 잠깐 한숨 돌리는 것이겠거니 생각했습니다. 하지만 그가 계속 나갈 기색 없이 그러고 있자 그녀가 말했습니다. 「뭘 기다리는 거죠? 보수가 충분하지 않았나요?」 그러더니 아민느를 향해 말했습니다. 「얘야! 이분에게 좀 더 집어 드려라! 만족하여 가실 수 있게끔 말이다.」「아가씨!」 짐꾼이 대답했습니다. 「제가 이러고 있는 것은 돈 때문이 아닙니다. 저

는 이미 수고의 대가를 충분히 받았습니다. 제가 주제넘게 꾸물대면서 결례를 범하고 있다는 사실은 잘 알고 있습니다. 하지만 좀처럼 보기 힘든 미인 세 분만 있는 집에 남자가 한 명도 없다는 사실에 놀라 이러고 있을 뿐이니 부디 너그러운 마음으로 용서해 주시기 바랍니다. 남자 없이 여자들만 모여 있는 것은 여자 없이 남자들만 모여 있는 것만큼이나 처량한 일 아니겠습니까?」 그는 이 말을 뒷받침하기 위해 아주 재미있는 예를 몇 가지 들었습니다. 또 식탁에 네 명이 앉지 않으면 좋지 않다는 바그다드의 속담을 인용하는 것도 잊지 않았습니다. 그러고는 지금 숙녀분들이 세 분뿐이니 네 번째 사람이 필요할 것이라고 결론지었습니다.

아가씨들은 짐꾼의 논리를 듣고 몹시 웃었습니다. 하지만 잠시 후 조베이드는 얼굴빛을 바꾸고 심각한 어조로 말했습니다. 「이봐요, 아저씨! 남의 일에 너무 관심이 많은 것 같군요. 보아하니 내가 오래 붙잡고서 가타부타 이야기를 할 만한 양반도 아닌 듯싶지만, 그래도 한 가지만은 알려 주겠어요. 우리는 세 자매로서 우리가 하는 일이 그 누구에게도 알려지기를 원치 않아요. 우리의 일이 입 가벼운 사람에게 알려지면 큰일 날 수 있으니까요. 우리가 읽은 어떤 책의 저자는 이렇게 말하고 있죠. 〈너의 비밀을 지키고 아무에게도 밝히지 말라! 그것을 밝히는 즉시 너는 더 이상 통제할 수 없게 된다. 네 가슴이 네 비밀을 간직할 수 없거늘, 하물며 그것을 들은 사람의 가슴이 그것을 간직하기를 바랄 수 있겠는가?〉」

「아가씨!」 이에 짐꾼이 답변했습니다. 「저는 단지 외모만 보고서도 아가씨께서 매우 지체 높으신 분이라고 생각했습니다만, 제 짐작이 과히 틀린 것 같지는 않군요. 저는 비록 박복하여 이처럼 미천한 일을 하고 있습니다만, 그래도 학술 서적과 역사 서적 등을 틈틈이 읽어 나름대로 교양을 쌓아왔습니다. 만일 아가씨께서 허락하신다면 저 역시 책에서 읽은 것이며, 또 저 자신이 항상 철저히 지키려 애쓰고 있는 금언을 한 구절 말씀드리고 싶습니다. 〈우리는 어떤 사람에게 비밀을 지켜야 하는가? 그것은 우리의 믿음을 악용할 입 가벼운 사람으로 모든 이에게 알려진 자들이다. 하지만 우리는 현명한 사람들에게는 조금도 거리끼지 않고 비밀을 알려 준다. 왜냐하면 이런 사람들은 비밀을 잘 지키리라고 확신할 수 있기 때문이다.〉 아가씨! 일단 비밀이 제 안에 들어오면, 튼튼히 봉인한 후 열쇠를 잃어버린 금고 속에 간직된 것만큼이나 안전합니다.」

조베이드는 이 짐꾼이 무식하지만은 않다는 것을 느꼈습니다. 하지만 지금 그가 자신들이 벌이려 하는 연회에 끼고 싶어서 이러고 있다고 생각하고는 미소를 지으며 말했습니다. 「당신은 지금 우리가 파티를 벌이려는 걸 알고 있나 보군요. 그렇다면 우리가 이 파티를 위해 상당한 비용을 지출했다는 사실도 잘 아시겠죠? 그런데 자기 몫을 내지도 않고 파티에 끼어든다는 것은 좀 부당한 일 아닐까요?」 이 말에 아름다운 사피도 맞장구치며 끼어들었다. 「이봐요, 아저씨! 사람들이 자주 하는 이 말을 못 들어 봤나요? 〈그대가 무언가를 가져온다면, 그대는 우리에게 의미 있는 사람이 될 수 있다. 하지만 아무것도 가져오지 않는다면 그냥 빈손으로 돌아가라!〉」

이쯤 되자, 말 잘하는 우리의 짐꾼도 당황하여 그 자리를 뜰 수밖에 없었습니다. 그런데 이때 아민느가 그의 편을 들어 주며 조베이드와 사피에게 말했습니다. 「언니들! 이 아저씨를 우리와 같이 있게 해줘요! 함께 있으면 재미있을 거란 사실은 말할 필요도 없잖아요? 또 그럴 만한 능력이 충분하다는 걸 보셨잖아요? 이분이 그 고마운 선의와 신속함과 용기를 가지고 저를 따라다니지 않았더라면 그 짧은 시간에 이 많은 것들을 살 수 없었을 거예요. 더욱이 오면서 이분이 내게 얼마나 서글서글하게 재미난 얘기들을 많이 해주셨는지 아신다면, 제가 이분을 이렇듯 감싸는 이유를 충분히 이해하실 거예요.」

이렇게 아미느가 감싸 주자, 짐꾼은 좋아서 정신을 차리지 못하고 그대로 주저앉아 이 사랑스러운 아가씨의 발밑에 무릎을 꿇고 땅에다 입을 맞추었습니다. 그리고 몸을 일으키며 말했습니다.「오, 나의 상냥하신 아가씨! 오늘 아침 저의 행운을 시작해 주시더니, 이렇듯 너그러운 행동으로 내 행운을 가득 채워 주시는군요! 정말이지 어떻게 감사를 드려야 할지 모르겠습니다. 그리고 아가씨들!」 그는 이번에는 세 여인 모두를 향해 말했습니다.「세 분 아가씨께서 제게 베풀어 주신 이 영광을 제가 악용하리라고 생각지 마십시오! 저는 저 자신이 이러한 영광을 받을 만한 자격이 있다고 생각지 않습니다. 천만에요! 오히려 저는 스스로를 아가씨들의 가장 미천한 종으로 여길 따름입니다.」 그는 받은 돈을 돌려주려 했습니다. 하지만 조베이드는 엄숙한 어조로 넣어 두라고 명했습니다.「봉사에 보답하기 위해 우리 손에서 한번 나온 것이 다시 들어와서는 안 됩니다…….」

이 대목에서 나타난 새벽빛은 셰에라자드에게 침묵을 강요했다. 흥미진진하게 이야기를 듣고 있던 디나르자드로서는 화가 나지 않을 수 없었다. 하지만 그녀는 곧 마음을 달랠 수가 있었다. 세 명의 아름다운 아가씨와 짐꾼 사이에 무슨 일이 벌어지게 될까 몹시 궁금해진 술탄이 다음 밤에 이야기를 계속 듣자고 말했기 때문이다. 그리고 나서 술탄은 몸을 일으켜 평소의 일과를 수행하기 위해 방을 나갔다.

서른한 번째 밤

다음 날, 디나르자드는 평소처럼 왕비를 깨우면서 이렇게 말했다. 「언니! 만일 자고 있지 않으면 동이 틀 때까지 어제의 그 재미난 이야기를 계속해 주세요!」 이에 셰에라자드는 입을 열어 술탄에게 말했다. 「폐하! 폐하께서 허락해 주시면 제 동생의 궁금증을 채워 주고 싶나이다.」 그러고 나서 그녀는 어제의 이야기를 계속해 나갔다.

조베이드는 짐꾼의 돈을 절대로 돌려받으려 하지 않았습니다. 「이봐요, 아저씨! 좋아요! 아민느의 말대로 하겠어요. 하지만 조건이 있어요. 우리가 말했듯이 반드시 비밀을 지켜야 해요. 그것만이 아니에요. 우리와 함께 있을 때는 예절을 깍듯이 지켜야 해요. 아시겠죠?」 그녀가 이렇게 말하고 있을 때 외출복을 벗은 사랑스러운 아민느는 거추장스러운 치맛자락을 들어 허리띠 안에 밀어 넣은 후, 상을 차리기 시작했습니다. 그녀는 식탁 위에 갖가지 음식을 내놓았고, 서빙 테이블에는 포도주 병들이며 금 술잔들을 올려놓았습니다. 그러고 나서 아가씨들은 식탁에 자리를 잡았고, 짐꾼도 그들 옆에 앉도록 했습니다. 졸지에 눈부시게 아름다운 세 미인과 함께 있게 된 짐꾼이 느낀 만족감이란 말로 표현할 수 없는 것이었습니다.

모두들 음식을 몇 점씩 들고 나서 아민느는 옆에 놓인 서빙 테이블에서 포도주 한 병을 들어 술잔에 따른 후, 아랍인의 관습에 따라 먼저 마셨습니다. 그러고 나서 언니들에게도 한 잔씩 따라 주어 차례로 마시게 했으며, 마지막으로 같은 잔으로 짐꾼에게 따라 주었습니다. 짐꾼은 술잔을 받으며 아민느의 손등에 입을 맞추고, 마시기 전에 노래를 한 곡조 불렸습니다. 바람이 머물렀던 향기로운 장소의 좋은 내음을 싣고 오듯이, 지금 그가 마시려 하는 포도주 역시 따라 준 여인의 손길로 인해 원래의 맛보다 한결 감미로워졌다는 내용의 노래였습니다. 이 노래에 흥겨워진 아가씨들 역시 차례로 노래를 불렀습니다. 이렇게 화기애애한 분위기 속에서 식사는 아주 오래도록 계속되었습니다. 정말 아무것도 부족함이 없는 유쾌한 시간이었습니다.

날이 저물자, 사피는 세 여인을 대표해서 이렇게 말했습니다. 「자, 이제 일어나서 떠나 주세요! 이제는 가실 시간이에요.」 하지만 짐꾼은 차마 엉덩이가 떨어지지 않아 이렇게 대답했습니다. 「아니, 아가씨들! 저더러 이런 상태로 어딜 가라는 거죠? 아름다운 아가씨들을 쳐다보면서 술을 마셔 댔더니만 지금 제정신이 아니란 말입니다. 집에 가는 길도 제대로 못 찾을 것 같아요. 그러니 정신 좀 차리게 오늘 밤만 재워 주세요! 어디든 원하시는 곳에서 자겠습니다. 제가 여기 들어왔을 때의 상태를 되찾기 위해서는 최소한 그 정도 시간은 필요하지 않겠어요? 사실 그렇게 돌아간다 하더라도, 저로서는 저의 가장 소중한 부분을 여기 놓고 떠나가는 기분이겠지만요…….」

그러자 다시 한 번 아민느가 짐꾼의 편을 들고 나섰습니다. 「언니들! 아저씨 말이 맞아요. 아저씨가 이렇게 부탁을 해오니 오히려 내가 고마워요. 같이 있는 동안 얼마나 재미있었어요? 언니들! 만약 제 의견을 존중해 주신다면, 아니 제가 생각하고 있는 것만큼 저를 사랑해 주신다면 이분을 붙잡아서 함께 밤을 지새웁시다!」 「동생아!」 조베이드가 말했습니다. 「네가 그렇게 간청하니 어쩔 수 없구나. 짐꾼 양반! 다시 한 번 더 특별히 허락해 드리겠어요. 하지만 이번에도 조건이 있어요. 당신하고 함께 있을 때 우리가 우리 자신이

나 다른 것과 관련하여 어떤 행동을 하더라도 그 이유를 묻는 일은 절대로 삼가 주세요. 만일 당신과는 전혀 관계없는 일에 대해 질문을 하는 경우, 당신은 썩 유쾌하지만은 않은 소리를 듣게 될 테니까요. 조심하세요! 호기심에 사로잡혀 우리 행동의 이유를 밝히려는 그런 생각일랑 절대 품지 말라는 거예요.」

「아가씨!」 짐꾼이 대답했습니다. 「아가씨가 말씀하신 그 조건을 정확하게 지킬 것을 약속드립니다. 제가 그것을 위반하였다고 책망하실 일도 없을 것이며, 저의 경솔함을 벌할 일은 더더욱 없을 것입니다. 저의 혀는 꼼짝 않고 있겠습니다. 그리고 제 두 눈은 받아들이는 것 중 아무것도 간직하지 않는 거울과 같이 되겠습니다.」 조베이드가 매우 심각한 어조로 대답했습니다. 「특별히 당신에게만 적용되는 규칙은 아니에요. 저쪽 문으로 가서 그 위에 무엇이 쓰여 있는지 읽어 보세요.」

짐꾼이 가서 보니, 과연 문 위에는 굵직한 황금 글자로 다음과 같은 글이 써 있었습니다. 〈자기와 아무런 상관 없는 일들을 말하는 자는 달갑지 않은 소리를 듣게 되리라!〉 글을 읽고 난 짐꾼은 여인들에게 말했습니다. 「아가씨들! 맹세드리거니와, 저와는 아무런 상관이 없으되 아가씨들과는 관련되어 있을 수 있는 일에 대해서는 입도 벙긋 않겠습니다.」

이렇게 약속이 이루어지자 아민느는 야참을 가져왔습니다. 그녀가 알로에 나무와 용연향을 첨가한 수십 개의 양초를 켜자, 방안은 향긋한 냄새로 가득 차는 동시에 환하게 밝아졌습니다. 아민느는 다시 언니들과 짐꾼과 함께 식탁에 앉았고, 그렇게 그들은 다시금 먹고 마시고 노래하고 시를 읊기 시작했습니다. 아가씨들은 자기들의 건강을 위해 건배하라는 구실로 짐꾼을 잔뜩 취하게 만들며 즐겼고, 유쾌한 농담 또한 끊이지 않았습니다. 이렇게 이들이 세상에서 가장 기분 좋은 사람들이 되어 있었을 때, 누군가가 문을 두드리는 소리가 들려왔습니다…….

이 대목에서 셰에라자드는 이야기를 중단하지 않을 수 없었다. 날이 밝아 오는 것을 보았기 때문이다. 술탄은 이 이야기의 뒷부분이 들을 만한 가치가 있음을 의심치 않았으므로 다음 날 듣기로 작정하고 자리에서 일어났다.

서른두 번째 밤

다음 날, 밤이 끝나 갈 즈음에 디나르자드는 왕비를 불렀다. 「언니! 만일 자고 있지 않으면 예쁜 세 아가씨의 이야기를 계속 들려주세요! 문을 두드린 사람이 누군지 알고 싶어 죽겠단 말이에요.」「곧 알게 될 거야.」 셰에라자드가 대답했다. 「내가 장담하는데, 지금부터 들려줄 이야기는 나의 주인이신 술탄님이 듣기에도 조금도 부족함이 없는 것이야.」

세 아가씨는 문 두드리는 소리를 듣자마자 동시에 일어났습니다. 하지만 평상시에 문을 여는 일을 하는 사피가 가장 동작이 빨랐기 때문에 다른 두 아가씨는 그냥 자리에 앉았습니다. 그리고 사피가 돌아와 누가 무슨 일로 이렇게 늦은 시각에 찾아왔는지 알려 주기만을 기다렸습니다. 마침내 그녀가 돌아와 말했습니다. 「아민느, 그리고 언니! 오늘 밤은 아주 유쾌하게 보낼 수 있을 것 같아요! 조금 이따 보게 되겠지만, 만일 두 사람의 생각도 나와 같다면 이것은 정말이지 놓칠 수 없는 기회예요. 지금 문밖에는 탁발승 세 사람이 와 있어요. 잘은 몰라도 걸치고 있는 옷을 보면 그런 것 같아요. 그런데 놀라운 일이 하나 있는데 말이죠. 글쎄 세 사람 모두 오른쪽 눈이 애꾸라니까요! 게다가 머리카락도, 수염도, 눈썹도 싹 밀어 버려서 터럭 하나 없는 꼴들이에요. 그들이 말하길, 자기네들은 방금 바그다드에 도착했으며 이곳은 처음이래요. 밤이 되었는데 마땅히 잘 곳이 없어서 아무 문이나 두드린 것이 바로 우리 집이라네요. 그이들은 우리가 자비를 베풀어 그들을 하룻밤만 재워 주기를 애걸하고 있어요. 덮을 것만 있다면 어디서 자든 상관없대요. 마구간이라도 괜찮다나요? 그런데 세 사람 모두 젊고 잘생겼지 뭐예요? 또 다들 그렇게 멍청해 보이지는 않아요. 하지만 똑같은 몰골을 하고 있는 그들 셋의 재미있는 모습을 생각하면 난 정말 웃음이 나 죽겠어요.」 사피가 말을 멈추고 얼마나 큰 소리로 웃어 댔는지 다른 두 아가씨와 짐꾼 역시 따라 웃지 않을 수 없었습니다. 「아민느, 그리고 언니!」 사피는 다시 입을 열었습니다. 「그들을 들어오게 하는 게 어때요? 이런 기묘한 사람들과 함께라면, 오늘 즐겁게 시작한 하루를 더욱 유쾌하게 마칠 수 있을 거예요. 이 사람들은 우리를 아주 재미있게 해줄 것 같아요. 게다가 우리에게 부담도 되지 않을 거예요. 왜냐하면 그들은 단지 하룻밤만 지내고 날이 밝는 즉시 떠날 생각이라고 말했으니까요.」

조베이드와 아민느는 그녀의 제안을 선뜻 받아들이지 못했으며, 사피 자신도 그 이유를 모르는 것은 아니었습니다. 하지만 그녀의 뜻이 너무도 간절했기 때문에 두 자매는 거절할 수가 없었습니다. 「좋아!」 결국 조베이드가 승낙했습니다. 「그렇다면 들어오게 해라! 하지만 그들에게도 경고해 줘야 해. 그들과 상관없는 일에 대해선 절대 입을 열지 말 것이며, 문 위에 써 있는 것을 한번 읽어 보라고 말이야.」 이 말에 사피는 신이 나서 문을 열기 위해 달려갔습니다. 그러고는 잠시 후에 세 명의 탁발승을 데리고 돌아왔습니다.

세 탁발승은 들어오면서 아가씨들에게 깊이 머리 숙여 절했고, 이에 여인들도 일어나 맞으며 상냥한 어조로 그들을 환영했습니다. 또한 그들을 대접하고 여독을 푸는 데 조금이라도 도움이 될 기회를 갖게 되어 기쁘다고 말한 후, 식탁에 함께 앉을 것을 권했습니다. 탁발승들은 으리으리한 실내와 예절이 깍듯한 여주인들을 보고서 필시 대단히 고귀한 여인들일 거라고 생각했습니다. 하지만 자리에 앉으려 하던 그들의 눈길이 우연히 짐꾼에게 머물렀습니다. 짐꾼의 행색은 계율상의 제반 문제로 자신들과 분쟁 중에 있으며 수염이나 눈썹을 밀지 않는 다른 종파의 탁발승과 흡사했던 까닭에, 탁발승 중 하나가 이렇게 말했습니다. 「어렵쇼? 이 사람은 일전에 반란을 일으켰던 아라비아 승려들처럼 생겼는데?」

비록 술을 잔뜩 마셔 머리가 빙빙 돌고 반쯤 잠들어 있는 상태였지만 짐꾼은 이 말을 듣고 발끈했습니다. 그는 즉시 몸을 일으켜 탁발승들을 사납게 노려보며 대답했습니다. 「앉으시오! 그리고 당신들과 상관없는 일에는 참견하지 마시오! 저 문 위에 써놓은 것도 안 읽어 보았소? 이 세상 모든 사람들에게 당신들 방식대로 살라고 강요하지는 마시오! 그냥 당신들 방식대로만 살란 말이오!」

「여보시오!」 아까 말했던 탁발승이 다시 말했습니다. 「그렇게 화내지 마시구려! 만일 내 말에 화가 났다면 참으로 미안하오. 나는 당신을 훈계하기는커녕, 오히려 당신의 가르침을 받아들일 준비가 되어 있소이다.」 자칫하면 두 사람 간의 말다툼이 커질 가능성도 있었지만, 아가씨들이 끼어들어 언쟁은 무마됐습니다.

탁발승들이 식탁에 앉자 아가씨들은 먹을 것을 주었고, 명랑한 사피는 손수 음료를 따라 주었습니다…….

셰에라자드는 날이 밝은 것을 보고 이 대목에서 멈추었다. 술탄은 직무를 수행하기 위해 몸을 일으켜 나가면서, 내일 이야기를 계속하여 들으리라 마음먹었다. 왜 탁발승들이 똑같이 오른쪽 눈이 애꾸가 되었는지 몹시 궁금했기 때문이다.

서른세 번째 밤

동트기 한 시간 전에 잠이 깬 디나르자드는 왕비에게 말했다. 「언니! 만일 자고 있지 않으면 아가씨들과 탁발승들 사이에 일어난 일을 이야기해 주세요!」 「기꺼이 들려주마!」 셰에라자드는 이렇게 대답한 후, 곧바로 지난밤의 이야기를 이어 다음과 같이 계속했다.

마음껏 먹고 마신 탁발승들은 악기를 가져다주면 아가씨들을 위해 음악을 연주해 주겠노라고 말했습니다. 그녀들 역시 이 제의를 흔쾌히 받아들였습니다. 이번에도 아름다운 사피가 일어나 악기를 가지러 갔습니다. 잠시 후 돌아온 그녀의 팔에는 이 고장의 피리와 페르시아식 피리, 그리고 탬버린이 들려 있었습니다. 탁발승들은 각자가 원하는 악기를 하나씩 집어 들고는 노래 한 곡조를 합주하기 시작했습니다. 매우 쾌활한 이 곡조의 가사를 아가씨들도 잘 알고 있었던 터라 반주에 따라 노래를 불렀습니다. 하지만 가사에 너무도 해학적인 내용이 많았던지라 이따금 노래를 멈추고 웃음을 터뜨리곤 하였습니다. 이처럼 흥겹고도 즐거운 분위기가 절정에 달해 있던 순간, 누군가 문을 두드렸습니다. 사피는 노래를 멈추고 누가 왔는지 보러 갔습니다.

하지만 폐하! 여기서 왜 누군가가 여자들만 사는 이 집의 문을 두드리게 되었는지 그 연유를 알아보아야 할 필요가 있을 것입니다. 칼리프 하룬알라시드는 한밤중에 신분을 감추고 바그다드의 거리를 쏘다니는 일이 종종 있었습니다. 도성 안의 모든 것이 평온한지, 그리고 질서를 어지럽히는 일은 벌어지지 않는지 몸소 살펴보기 위함이었습니다.

그날 밤, 칼리프는 평소보다 일찍 궁을 나왔습니다. 그의 옆에는 대재상 자파르, 그리고 왕궁 호위대 대장인 메스루르가 따르고 있었는데, 셋 다 평범한 장사치로 변장해 있었습니다. 왕은 세 여인의 집이 있는 거리를 지나다가 집 안에서 들려오는 음악 소리와 사람 목소리와 웃음소리를 듣고 재상에게 말했습니다. 「여보게! 이 집 문을 한번 두드려 보게! 대체 무슨 일이 있기에 이처럼 소란스러운지 알아보게 말이야.」 재상은 삼가는 게 좋지 않겠느냐고 말했습니다. 아마도 이 여인네들은 지금 한바탕 연회를 벌이며 술 한잔씩 걸쳐서 얼큰해진 것으로 보이는데, 이런 때 참견해 봤자 그녀들로부터 모욕이나 당하기 십상이고, 게다가 아직은 그렇게 깊은 밤이 아니어서 이렇게 약간 떠들어도 용납될 만한 시각이므로 그녀들이 노는 것을 방해해서는 안 될 것이라는 등 여러 가지 이유를 들어 보았습니다. 「상관없소!」 칼리프가 대답했습니다. 「문을 두드리시오! 명령이오!」

이렇게 해서 앞장서기를 꺼리는 칼리프를 대신하여 대재상 자파르가 아가씨들이 사는 집 문을 두드리게 되었던 것입니다. 사피가 문을 열었습니다. 촛불 빛에 드러난 절세미인의 모습에 재상은 상당히 놀랐지만, 그래도 자신의 역할을 완벽하게 연기해 냈습니다. 그는 허리를 깊이 숙여 인사한 후에 공손한 태도로 말했습니다. 「부인! 우리 셋은 모술에서 온 상인들입니다. 우리는 상품을 잔뜩 가지고 열흘 전에 이곳 바그다드에 도착하여, 칸[9]에 숙소를 정하고 거기다 상품들도 보관해 놓았습니다. 그런데 오늘 이 도시에 사는 어떤 상인이 우리를 자기 집에 초대했습니다. 그 상인은 술과 안주를 푸짐하게 대접했고 그렇게 모두들 얼큰하게 술기운이 오르자 어디선가 한 무리의 춤꾼을 불러왔습니다. 그렇게 야밤중에 요란스레 풍악을 울리고 춤을 추어 대고 무리들이 소란을 피워 대니까 근처를 지나가던 야경꾼들이 들이닥친 겁니다. 결국 거기 있던 몇 사람은 잡혀갔지만 우리는 운 좋게도 담을 넘어 도망쳐 나올 수 있었습니다. 하지만 우리는 외국인인 데다가 술까지 몇 잔 걸친 터라, 여기서 멀리 떨어진 우리 숙소까지 걸어가다가 또 다른 야경꾼을 만나게 될까 봐 걱정이 태산 같습니다. 또 무사히 거기까지 간다고 해봤자 소용없습니다. 왜냐하면 칸의 문은 벌써 닫혔고 내일 아침까지는 무슨 일이 일어나도 열리지 않을 테니까요. 그래서 이곳을 지나다가 악기 소리와 사람 목소리를 듣고 안에 계신 분들이 아직 잠자리에 들지 않았다고 판단하여, 동이 틀 때까지만 피신처를 제공해 달라고 사정하려고 이렇듯 염치없이 문을 두드린 것입니다. 우리가 귀댁의 흥겨운 잔치에 낄 수 있을 만한 자들이라고 생각해 주신다면, 우리로서도 이 여흥에 적극 참여해 이를 중단시킨 잘못을 만회하도록 애써 보겠습니다. 만일 그럴 만한 자격이 없다고 여기신다면, 그저 이 밤에 이슬이나 맞지 않도록 귀댁의 현관방에서 지낼 수 있도록 해주십시오!」

자파르가 말하는 동안, 아름다운 사피는 이 남자와 상인이라는 두 사람을 눈여겨보았습니다. 풍채로 보아 시시껄렁한 사람들은 아니라고 판단한 그녀는, 자신은 이 집의 주인이 아니므로 잠깐만 기다리면 집주인의 의견을 물어본 후 알려주겠다고 말했습니다.

---

9 대상들의 숙소.

사피는 이 사실을 두 자매에게 보고했고, 셋은 어떻게 해야 할지 한동안 망설였습니다. 하지만 그녀들은 선행을 즐기는 천성이었고 기왕에 세 탁발승도 받아들인 터였으므로 그냥 그들을 들어오게 했습니다…….

셰에라자드는 이야기를 계속하려 했으나, 벌써 아침이 된 것을 보고 여기서 중단할 수밖에 없었다. 왕비가 무대에 등장시킨 새로운 배우들의 캐릭터가 너무도 흥미로웠기 때문에 술탄의 호기심은 극도로 자극되었고, 무언가 기이한 사건을 기대하게 되었다. 하여 이 군주는 어서 다음 밤이 오기만을 기다렸다.

서른네 번째 밤

술탄이 세 아가씨의 집에 방문한 후 무슨 일이 일어났는지, 샤리아 못지않게 궁금해진 디나르자드가 꼭두새벽부터 왕비를 깨우며 말했다. 「언니! 만일 자고 있지 않으면 탁발승들의 이야기를 계속 들려주세요!」 이에 셰에라자드는 즉시 술탄의 허락을 얻어 다음과 같이 이야기를 계속했다.

아름다운 사피의 인도로 집 안에 들어온 칼리프와 대재상과 호위대장은 거기 있는 아가씨들과 탁발승들에게 깊이 허리 굽혀 인사했습니다. 아가씨들 역시 그들을 정중하게 환영했습니다. 그리고 세 여인의 우두머리 격인 조베이드는 엄숙하고도 심각한 어조로 이렇게 말했습니다. 「여기 오신 걸 환영합니다. 하지만 다른 말씀을 드리기 전에, 우선 한 가지 어려운 부탁을 드릴 터이니 양해해 주시기 바랍니다.」 「아니, 부인! 어려운 부탁이라니 무슨 말씀이십니까?」 재상이 대답했습니다. 「이렇게 아름다운 아가씨들이 부탁하시는데 우리가 무엇을 거절할 수 있단 말입니까?」 조베이드가 다시 말했습니다. 「그것은, 이곳에 들어와서는 눈만 가질 것이며 혀는 절대로 사용하지 말라는 것입니다. 무엇을 보시게 되든지 그 이유를 알려고 꼬치꼬치 캐묻지 말 것이며, 여러분들과 상관없는 것에 대해 말하지 말아 달라는 것입니다. 그렇지 않으면 썩 유쾌하지 않은 소리를 듣게 될 테니까요.」 「말씀대로 하겠습니다, 부인!」 재상이 대답했습니다. 「우리는 풍기 단속반도 아니고, 주책없이 호기심 많은 자들도 아닙니다. 또한 우리도 자기와 상관없는 일에는 끼어들지 않고 자기 일에만 신경 쓰는 것이 옳다고 생각합니다.」 각 사람이 자리에 앉자 대화가 시작되었습니다. 그리고 모두들 이 새로운 방문객들을 위해 건배하며 다시 술을 마시기 시작했습니다.

대재상 자파르가 아가씨들과 담소를 나누는 동안, 칼리프는 그녀들의 뛰어난 미모와 우아한 거동, 그리고 쾌활한 성격과 재치에 감탄을 금치 못했습니다. 또 하나같이 오른쪽 눈이 애꾸가 되어 있는 세 탁발승의 모습에도 매우 놀랐습니다. 그는 이 기이한 사실의 연유를 물어보고 싶은 마음이 굴뚝같았지만, 약속한 조건 때문에 감히 그럴 수 없었습니다. 거기에다가 조화롭게 배치된 호사스러운 가구들이며 우아하게 정돈된 실내를 둘러보면서, 칼리프는 지금 이 상황이 마법에 의한 것이 아닌가 하는 생각이 들 정도였습니다.

대화의 주제는 여흥과 오락의 다양한 방식들에 대한 것으로 흘러갔고, 이에 탁발승들은 몸을 일으켜 그들만의 특이한 방식으로 춤을 추었습니다. 그러잖아도 이 세 탁발승을 좋게 생각하고 있던 아가씨들은 춤추는 모습을 보고 그들에게 한층 더 호감을 느꼈으며, 칼리프와 그의 수행원들도 박수와 찬사를 아끼지 않았습니다.

세 탁발승이 춤을 끝내자, 조베이드는 일어나 아민느의 손을 잡으며 말했습니다.「아민느, 일어나라! 우리가 무람없이 행동한다고 해서 여기 계신 분들이 뭐라고 하지는 않으실 거다. 그리고 이분들이 있다고 평소 우리가 하는 일을 안 하면 안 되겠지.」언니의 뜻을 이해한 아민느는 접시와 식탁과 술병과 술잔과 탁발승들이 연주했던 악기 등을 다 치웠습니다.

  사피도 가만히 있지 않았습니다. 빗자루를 들어 집 안을 쓸고, 어지럽혀진 것을 정돈하고, 타들어 간 촛불 심지 끝을 자르고 알로에 나무와 용연향을 첨가했습니다. 그러고 나서 세 탁발승을 좌단 한편에, 그리고 칼리프와 수행원들은 다른 편에 앉게 했습니다. 짐꾼에게는 이렇게 말했습니다.「일어나서 우리의 일을 좀 도와주세요! 아저씨처럼 덩치가 집채만 한 남자가 그렇게 빈둥거리고 있어서야 되겠어요?」

  이제 술이 좀 깨어 있던 참이라 짐꾼은 신속히 일어나 장포 자락을 허리띠에 쑤셔 넣은 후 말했습니다.「자, 준비되었습니다! 어떤 일을 도와드릴까요?」「좋아요!」사피가 대답했습니다.「우리가 부탁할 때까지 기다리세요! 오래 걸리지는 않을 거예요.」잠시 후, 아민느는 의자 하나를 들고 나타나 그것을 홀 한복판에 놓았습니다. 그러고 나서 어떤 작은 방의 문을 연 후, 짐꾼에게 오라고 손짓했습니다.「이리 와서 저를 좀 도와주세요!」그는 그녀와 함께 그 방에 들어가더니 조금 있다가 두 마리의 검은 암캐를 끌고 나왔습니다. 개들의 목에는 짐꾼이 잡고 있는 쇠사슬과 이어진 띠가 둘러져 있었고, 심한 매질을 당했는지 온몸이 흉터투성이였습니다. 짐꾼은 개들을 홀 한복판으로 끌고 왔습니다.

  그러자 탁발승들과 칼리프 사이의 옥좌에 앉아 있던 조베이드는 몸을 일으켜 짐꾼이 있는 곳까지 엄숙한 걸음으로 나아왔습니다.「자!」그녀는 깊이 한숨을 내쉬며 말했습니다.

「이제 우리의 의무를 행하자!」 그녀는 소매를 걷어 팔꿈치에까지 올린 다음, 사피가 내민 채찍을 잡으며 말했습니다. 「짐꾼 양반! 개 한 마리는 아민느에게 맡기고 한 마리는 이쪽으로 끌고 오세요!」

짐꾼은 명령대로 했습니다. 조베이드 쪽으로 다가가자 그가 잡고 있는 암캐는 깨갱거리면서 그녀를 향해 몸을 돌리더니 마치 애원하는 것처럼 머리를 쳐들었습니다. 하지만 조베이드는 개의 이러한 측은한 태도에도, 또 곧 홀을 가득 채운 개의 울음소리에도 아랑곳하지 않고 숨이 차도록 개를 매질했습니다. 결국 힘이 다하여 더 이상 매질할 수 없게 되자 채찍을 바닥에 던져 버렸습니다. 그러고는 짐꾼의 손에서 쇠사슬을 받아 쥐고 암캐의 두 앞발을 잡아 일으켜 세웠습니다. 그렇게 여인과 암캐는 서로를 쳐다보면서 함께 흐느끼는 것이었습니다. 마침내 조베이드는 손수건을 꺼내 개의 눈물을 닦아 주고 머리에 입을 맞춘 후, 쇠사슬을 짐꾼에게 건네주면서 말했습니다. 「자, 원래의 장소로 데려다 주세요! 그리고 다른 개를 끌고 오세요!」

짐꾼은 매질당한 개를 원래의 방에 데려다 놓은 후, 돌아와 아민느에게서 다른 개를 건네받아 조베이드 앞으로 끌고 왔습니다. 「자, 아까처럼 꼭 잡아 주세요!」 그녀는 이렇게 말한 후, 채찍을 들어 아까와 같은 방식으로 가혹하게 매질했습니다. 그러고 나서 그녀는 다시금 개와 함께 울었고, 눈물을 닦아 주고 입을 맞춘 후 짐꾼에게 쇠사슬을 건네주었습니다. 하지만 이번에는 짐꾼을 대신하여 아민느가 개를 원래의 방에다 데려다 놓았습니다.

이 기이한 의식을 목격한 세 탁발승과 칼리프, 그리고 그의 수행원들은 극도로 경악했습니다. 조베이드가 이슬람교에서 더러운 짐승으로 여기는 개들을 왜 이같이 미친 여자처

럼 매질한 후에 흐느끼고 눈물을 닦아 주고 입을 맞추어 주는지, 그들로서는 도무지 이해할 수 없었던 것입니다. 그들은 나직한 소리로 수군댔습니다. 특히 호기심 많은 칼리프는 대체 무슨 사연으로 이처럼 기이한 행동을 하는지 알고 싶어 죽을 지경이었습니다. 그래서 재상에게 그 이유를 물어보라고 여러 차례 눈짓을 보냈지만 재상은 딴청을 부리며 모르는 체했습니다. 그러나 칼리프가 하도 집요하게 신호를 보내오자, 그 역시 눈짓을 통해 아직은 폐하의 호기심을 만족시킬 때가 아니라고 대답했습니다.

조베이드는 홀 한가운데 잠시 동안 서 있었습니다. 두 암캐를 격렬하게 매질한 끝에 진이 빠진 몸을 추스르고 있는 듯했습니다. 그러자 아름다운 사피가 그녀에게 말했습니다. 「언니! 언니 자리로 돌아가 주시겠어요? 저도 제 역할을 해야죠.」 「그러거라.」 조베이드는 대답한 후 좌단에 앉았습니다. 우편에 있는 칼리프, 자파르, 메스루르, 그리고 좌편에 있는 세 탁발승과 짐꾼 사이에 말입니다…….

「폐하!」 이 대목에서 셰에라자드가 말했다. 「폐하께서는 지금까지 들으신 이야기가 아주 놀랍다고 느끼시겠죠? 하지만 남은 이야기는 한층 더 놀랍답니다. 만일 제가 이 이야기를 마칠 수 있도록 허락해 주신다면, 내일 밤에는 폐하께서도 이에 동의하실 것입니다.」 술탄은 허락했고, 날이 밝았으므로 자리에서 일어났다.

서른다섯 번째 밤

다음 날, 디나르자드는 잠에서 깨자마자 소리쳤다. 「언니! 만일 자고 있지 않으면 어제의 그 멋진 이야기를 계속해 주세요!」왕비는 어디까지 이야기했는지를 기억해 내고는, 곧바로 술탄을 향해 이렇게 말했다.

폐하! 조베이드가 자리에 앉자 홀 안에는 한동안 깊은 침묵이 흘렀습니다. 마침내 사피가 홀 가운데 놓인 의자에 앉아 자리를 잡고는 아민느에게 말했습니다. 「동생아! 내가 원하는 걸 알고 있지?」 그러자 아민느는 일어서서 개들이 있는 방의 옆방으로 들어가, 금색과 녹색 견사로 수놓인 황색의 공단으로 덮인 악기 케이스를 들고 왔습니다. 사피에게 다가온 아민느는 케이스에서 류트를 꺼내어 건네주었습니다. 사피는 잠시 음을 고른 후에 노래를 부르며 악기를 연주하기 시작했습니다. 연인 간의 이별의 슬픔에 대한 노래였는데, 너무도 아름다워서 듣는 이의 마음이 녹아내리는 것 같았습니다. 이처럼 열정적으로 노래를 부르고 난 사피는 아민느에게 부드럽게 말했습니다. 「자, 악기를 받거라! 목소리가 더 이상 나오지 않는구나. 네가 대신 한 곡조 불러서 여기 모인 분들을 즐겁게 해드리렴!」 「기꺼이 해드리죠!」 아민느는 대답하고 악기를 받아 언니가 앉았던 자리에 대신 앉았습니다.

아민느는 현을 퉁겨 조율 상태를 살핀 다음, 사피가 했던 것과 주제와 길이가 거의 같은 다른 노래를 불렀습니다. 그녀는 감정을 가득 담아 열창하였고, 가사에 스스로 격동되어 노래가 다 끝났을 때에는 몸을 가누지 못할 정도로 기진해 있었습니다.

조베이드는 동생의 노래에 찬사를 아끼지 않았습니다. 「아민느! 참으로 기막힌 노래였다! 그래, 나는 느낄 수 있었어. 네 노래가 그토록 절절이 표현하고 있는 그 슬픔을 너 자신이 느끼고 있다는 사실을 말이다.」 하지만 아민느는 언니의 칭찬에 답례할 여유조차 없었습니다. 순간 숨이 막힐 듯 가숨이 메어 왔기 때문입니다. 답답함을 견디지 못한 그녀는 앞섶을 풀어헤쳐 젖가슴을 드러냈습니다. 사람들은 모두 깜짝 놀랐습니다. 그녀처럼 아름다운 아가씨에게서 기대할 수 있는 희고 눈부신 피부 대신 무수한 흉터투성이에다 시커멓게 죽어 있는, 보기에도 흉측한 가슴을 보았던 까닭입니다. 아민느는 옷을 벗었음에도 불구하고 답답함이 풀리지 않았는지 그대로 실신해 버리고 말았습니다……

「하지만 폐하!」 셰에라자드가 말했다. 「벌써 날이 밝은 것 같사옵니다.」 이렇게 말한 그녀는 이야기를 멈추었고, 술탄도 자리에서 일어났다. 설사 그가 왕비의 처형을 연기하기로 결심한 일이 없었다 하더라도, 이날은 결코 그녀의 목숨을 빼앗지 못했을 것이다. 너무나도 뜻밖의 사건들로 이어지는 이 이야기를 어떤 일이 있더라도 끝까지 듣고 싶었던 까닭이다.

서른여섯 번째 밤

디나르자드는 평소와 다름없이 왕비에게 말했다. 「언니! 만일 자고 있지 않으면 아가씨들과 탁발승들의 이야기를 들려주세요!」 이에 셰에라자드는 이렇게 계속했다.

조베이드와 사피가 쓰러진 동생을 부축하려 달려가는 모습을 본 탁발승 한 사람이 장탄식을 하며 중얼거렸습니다. 「여기 들어와서 이처럼 참혹한 것들을 보게 될 줄 알았더라면 차라리 밖에서 자는 편이 나았을 것을!」 이 말을 들은 칼리프는 탁발승들에게 다가가 물었습니다. 「여기서 일어나고 있는 일들이 대체 뭐요?」 「선생님! 사정을 모르기는 우리도 선생님과 마찬가지입니다.」 탄식했던 탁발승의 대답이었습니다.

「뭐라고요?」 칼리프가 외쳤습니다. 「여러분은 이 집 사람들이 아니요? 그 검은 개 두 마리, 그리고 누군가에게 폭행을 당한 듯한 저 기절한 아가씨에 대해서 우리에게 아무것도 알려 줄 수 없단 말이오?」 「선생님! 우리도 이 집이 처음입니다. 우리는 여러분들이 도착하기 얼마 전에 들어왔을 뿐입니다.」

이 말에 칼리프는 더욱 놀라 말했습니다. 「그렇다면 아마 당신들과 함께 있는 이 양반은 뭔가를 알고 있겠군.」 탁발승 중의 하나가 짐꾼에게 이쪽으로 오라고 손짓한 후, 왜 검은 개들이 매질당했으며, 왜 아민느의 젖가슴에 그토록 흉한 상처가 있는지 아느냐고 물어보았습니다. 「선생님!」 짐꾼이 대답했습니다. 「살아 계신 위대한 하느님께 맹세하건대, 여러분들께서 이 모든 것에 대해 아무것도 모르듯이, 저 역시 아무것도 모른답니다. 사실 저는 이 도시에 살고 있기는 하지만, 오늘까지 한 번도 이 집에 들어와 본 적이 없습니다. 그렇다면 외간 남자인 제가 이 집에 있는 것에 대해 놀라시겠죠? 저 역시 이처럼 여러분들과 함께 있게 되어 어리벙벙할 따름입니다. 그런데 또 한 가지 놀라운 사실은 말입니다……」 짐꾼은 덧붙였다. 「이 집에는 여자들만 있을 뿐 남자는 한 명도 보이지 않는다는 것입니다.」

짐꾼이 이 집 사람이어서 그들이 알고 싶어 하는 것을 설명해 줄 수 있을 거라 생각했던 칼리프와 수행원들, 그리고 탁발승들은 크게 실망했습니다. 그 어떤 대가를 치르더라도 궁금증을 풀고 싶어진 칼리프가 말했습니다. 「내 말을 잘 들어 보시오! 우리는 남자가 일곱인데, 저쪽은 여자만 셋뿐이 잖소? 그러니 우리가 알고 싶어 하는 것을 해명해 달라고 요구해 봅시다. 만일 저 아가씨들이 순순히 설명해 주지 않는다면, 그때는 강제로라도 순종하도록 만들 것이오!」

대재상 자파르는 칼리프의 의견에 반대하고 나섰습니다.

그는 다른 사람들이 칼리프의 진짜 신분을 알아채지 못하도록 말을 조심하면서, 만일 그럴 경우 좋지 않은 결과가 초래될 수 있다고 설명했습니다. 그는 칼리프를 상인 대하듯 말했습니다. 「사장님! 부디 신중하게 생각하십시오! 자칫하면 우리의 평판에 흠이 갈 수도 있습니다. 이 아가씨들이 우리를 받아들이면서 어떤 조건을 내걸었는지 잘 아시지 않습니까? 우리는 그 조건을 받아들였습니다. 그런데 만일 우리가 이를 어기면 세상 사람들이 우리에 대해 뭐라고 하겠습니까? 게다가 만일 우리에게 불행한 일이라도 닥친다면, 그때는 누구를 탓하겠습니까? 사실 이 아가씨들이 그런 조건을 요구했다는 것은, 만일 어길 경우 우리를 따끔하게 혼내 줄 능력을 갖고 있다는 뜻이 아니겠습니까?」

여기까지 말한 재상은 칼리프를 한쪽으로 데려가 낮은 목소리로 말했습니다. 「폐하! 밤도 그리 많이 남지 않았습니다. 그러니 조금만 참으시기 바랍니다. 내일 아침 소신이 이곳에 다시 와서 여인들을 잡아다 폐하의 옥좌 앞에 데려가면 되지 않겠습니까? 그때 가면 폐하께서 원하시는 것을 다 아실 수 있을 것입니다.」 지극히 적절한 이 충고에도 불구하고, 칼리프는 고집을 꺾지 않았습니다. 그는 그렇게 오래 기다릴 수 없으며, 알고 싶은 것을 지금 당장 밝혀내야겠다고 우겼습니다.

그렇다면 문제는 누가 입을 열어 아가씨들에게 질문을 하느냐 하는 것이었습니다. 칼리프는 탁발승들에게 이 일을 맡기려 해보았지만, 모두가 사양했습니다. 결국 모든 이의 합의에 따라 짐꾼이 그 임무를 떠맡기로 했습니다. 그가 이 위험천만한 질문을 마음속으로 준비하고 있을 때, 기절했던 아민느가 의식을 되찾아 조베이드는 손님들에게 돌아왔습니다. 그녀는 그들끼리 열띤 목소리로 얘기를 나누는 것을 보고 물었습니다. 「남자분들! 무슨 말씀을 하고 계시는 거죠?

논쟁의 주제가 대체 뭐예요?」

그러자 짐꾼이 말했습니다. 「아가씨! 이 양반들이 아가씨께 꼭 한 가지 부탁드리고 싶은 게 있다는군요. 즉 왜 당신이 개 두 마리를 학대한 다음에 그들과 함께 울었으며, 또 왜 저 아가씨는 기절했고 가슴에는 흉터가 그리도 많은지 설명해 달라는 겁니다. 저분들이 저더러 이 모든 걸 아가씨께 여쭤 보라는군요.」

이 말을 들은 조베이드는 표정이 사납게 돌변하더니 칼리프와 수행원들, 그리고 탁발승들을 쭉 돌아보았습니다. 「여러분! 그게 사실입니까? 정말로 이 사람을 시켜 내게 그걸 물어보게 했나요?」 그들은 모두 그렇다고 대답했고, 재상 자파르만이 입을 다물고 있었습니다. 그들이 시인하자 그녀는 격노한 음성으로 말했습니다. 「보시다시피 여기는 여자들만 사는 곳이오. 그래서 우리 사이에 생길 수도 있는 불미스러운 일을 방지하기 위해, 당신들을 받아들이기 전에 우리는 한 가지 조건을 내걸었소. 즉 당신들과는 아무런 상관 없는 일에 대해서는 말하지 말 것이며, 만일 어길 시에는 별로 유쾌하지 못한 소리를 듣게 될 것이라고 분명히 말했소. 물론 이런 일이 일어난 데는 우리가 좀 가볍게 처신했던 탓도 있소. 허나, 그렇다고 하여 당신들 행동이 용서될 수 있는 건 아니오. 당신들의 행동은 올바르지 못했소!」 이렇게 말한 그녀는 발을 크게 세 번 구르고 손뼉을 세 번 친 후 외쳤습니다. 「여봐라!」 그러자 문 하나가 열리더니 건장한 체격의 흑인 노예 일곱 명이 손에 칼을 들고 쏟아져 나왔습니다. 그러고는 일곱 남자를 붙잡아 홀 가운데로 끌고 와 바닥에 내팽개치고는 목을 자를 준비를 했습니다.

이때 칼리프가 얼마나 무서워했을지는 쉽게 상상할 수 있을 겁니다. 그는 재상의 충고를 따르지 않은 것을 후회했지

만 때는 너무 늦었습니다. 이렇게 이 불행한 왕과 자파르와 메스루르와 짐꾼, 그리고 세 탁발승이 그들의 경솔한 호기심에 대한 벌로 목숨을 잃을 위기에 처해 있었습니다. 그때, 그들에게 치명적인 일격을 내리칠 준비를 하던 흑인 노예 중 하나가 조베이드에게 물었습니다. 「높고도 강하고도 존경스러운 여주인님! 그럼 이자들의 목을 자를까요?」「아니, 잠깐 기다려라!」 조베이드가 말했습니다. 「이자들에게 몇 가지 물어볼 것이 있다.」「아가씨!」 겁에 질린 짐꾼이 나섰습니다. 「다른 사람들은 몰라도 저는 죽이지 말아 주십시오! 저는 결백합니다. 죄인들은 저자들이에요!」 그는 울면서 계속 말했습니다. 「아아! 우리는 얼마나 즐거운 시간을 보내고 있었던가요! 나중에 들어온 저 애꾸 탁발승 놈들이 이 모든 불행의 씨앗입니다. 저렇게 불길하게 생겨 먹은 자들 앞에서 폐허가 되지 않을 도시는 없을 겁니다. 아가씨! 제발 애원하오니, 죄인과 무고한 사람을 혼동하지 말아 주세요! 그리고 화를 풀기 위해 저같이 의지할 데 없는 불쌍한 인간을 힘으로 짓누르고 희생시키는 것보다 용서하는 것이 훨씬 더 아름다운 일이랍니다.」

조베이드는 머리끝까지 화가 나 있었지만, 애원하는 짐꾼의 모습에 속으로 웃지 않을 수 없었습니다. 그녀는 더 이상 그를 쳐다보지 않고 다른 사람들을 향해 물었습니다. 「대답하시오! 당신들이 누군지 말하시오! 안 그러면 잠시 후에는 더 이상 살아 있지 못할 것이오. 당신들이 어느 나라에서 왔는지는 모르지만, 그곳에서 당신들은 신사도 아니요, 권위나 명망이 있는 인사도 아니었을 것이 분명하오. 만일 그런 사람들이었다면 좀 더 조심하고, 좀 더 우리를 존중했을 테니까.」

천성적으로 성격이 조급한 칼리프는 이제 자신의 목숨이 이 화난 아가씨의 명령 한마디에 달려 있다는 사실을 깨닫고 다른 누구보다도 큰 고통을 느꼈습니다. 하지만 그녀가 모든 이의 정체를 알고자 하는 것을 보며 일말의 희망을 품기 시작했습니다. 그녀가 자신의 신분을 알게 되면 목숨을 빼앗지 못하리라 생각했기 때문입니다. 그래서 곁에 있던 재상에게 낮은 목소리로 빨리 자신의 신분을 알리라고 말했습니다. 하지만 보다 신중하고 현명한 재상은 주군의 명예를 보전하고, 또 칼리프가 자초한 이 엄청나게 치욕적인 일이 세상 사람들에게 알려지는 것을 피하기 위해 단지 이렇게 대꾸했을 뿐입니다. 「지금 우리는 당할 만한 일을 당하고 있는 겁니다!」 하지만 재상이 칼리프의 말에 복종하여 그들의 신분을 밝히려 했다손 치더라도, 조베이드는 그럴 시간도 주지 않았을 것입니다. 지금 그녀는 세 탁발승에게 말하고 있는 중이었습니다. 그녀는 그들 셋 다 애꾸인 것을 보고, 그들이 서로 형제냐고 물었습니다. 「아닙니다, 아가씨. 우리는 피를 나눈 형제가 아닙니다. 우리는 단지 같은 승려로서, 즉 동일한 방식의 삶을 사는 사람으로서의 형제일 뿐이지요.」 그러자 그녀는 셋 중 한 사람에게 물었습니다. 「그렇다면 당신은, 태어날 때부터 애꾸였소?」 「아닙니다, 아가씨.」 그가 대답했습니다. 「저는 너무나도 기가 막힌 사연으로 이런 꼴이 되었습니다. 만일 글로 남겨진다면, 훗날 이것을 읽는 사람에게 큰 도움이 될 그런 사연입니다. 이런 불행한 일을 겪은 후, 저는 수염과 눈썹을 밀어 버리고 이 옷을 걸치고서 탁발승이 되었지요.」

조베이드는 다른 두 탁발승에게도 같은 질문을 했고, 그들 역시 첫 번째 탁발승처럼 대답했습니다. 하지만 마지막으로 대답한 탁발승은 이렇게 덧붙였습니다. 「아가씨께서 우리에 대해 조금이라도 동정심을 품으시도록 한 가지 사실을 알려 드리겠습니다. 우리 셋은 평민이 아니라 모두 왕의 아들입니다. 우리는 오늘 저녁에야 처음 만난 사이이긴 하지만, 얼마간의 대화를 통해 서로의 신분을 밝히는 기회를 가졌었습니다. 그리고 감히 말씀드리거니와, 우리를 낳아 주신 왕들은 이 세상에 이름께나 날리신 분들이었답니다.」

이 말에 약간 화가 누그러진 조베이드는 노예들에게 명했습니다. 「이들을 풀어 주어라! 하지만 너희들은 여기 남아 있도록 해라! 그리고 이들 중, 자신의 이야기와 이 집에까지 오게 된 사연을 들려주는 자에게는 손을 대지 말고 가고 싶은 곳으로 가게 해주어라! 하지만 이야기를 들려주지 않는 자는 결코 용서하지 마라!」

여기까지 말한 셰에라자드는 입을 다물었다. 그녀의 침묵과 밝아 오는 아침 빛은 샤리아에게 이제 일어나야 할 시간이라는 사실을 알려 주었다. 술탄은 다음 날 셰에라자드의 이야기를 계속 들으리라 마음먹으면서 자리에서 일어났다.

세 애꾸 탁발승의 정체가 무엇인지 몹시 궁금했기 때문이다.

서른일곱 번째 밤

왕비의 이야기를 들을 때마다 더없는 즐거움을 느끼는 디나르자드가 다음 날 밤이 끝날 즈음에 그녀를 깨웠다. 「언니! 만일 자고 있지 않으면 탁발승들의 이야기를 계속해서 들려주세요!」 셰에라자드는 우선 술탄에게 허락을 받은 후, 다음과 같이 이야기를 계속했다.

폐하! 세 탁발승, 칼리프, 대재상 자파르, 호위대장 메스루르, 그리고 짐꾼은 모두 홀 중앙에 깔린 양탄자 위에 앉아 있었고, 그 앞에는 좌단에 앉은 세 아가씨와 당장이라도 그녀들의 명령을 집행할 준비가 되어 있는 흑인 노예들이 있었습니다.

짐꾼은 풀려나기 위해서는 자신의 사연을 이야기해야 한다는 것을 깨닫고 먼저 입을 열어 말했습니다. 「아가씨! 아가씨께서는 이미 제가 이 집에 오게 된 사연을 잘 알고 계십니다. 따라서 제 이야기는 금방 끝날 것입니다. 오늘 아침 제가 입에 풀칠이나 해보고자 광장에서 손님을 기다리고 있는데, 여기 계신 동생 아가씨께서 저를 고용하셨습니다. 저는 아가씨를 따라 포도주 가게, 향초 가게, 오렌지며 레몬 등을 파는 가게에 갔습니다. 그러고 나서 아몬드, 호두, 개암 등 각종 건과를 파는 가게에 갔고, 또 각종 절임 식품을 파는 상점과 약재상에 갔습니다. 약재상에서부터는 머리에 인 바구니가 더 이상 들어갈 틈 없이 꽉 찬 상태로 귀댁까지 왔고, 여러분께서 이 미천한 인간을 지금까지 거둬 주셨던 것입니다. 정말이지 제가 영원히 기억할 고마운 은혜가 아닐 수 없습니다.

자, 이상이 제 이야기입니다.」

짐꾼이 이야기를 마치자 조베이드는 만족하여 그에게 말했습니다. 「자, 그럼 일어나 나가시오! 그리고 다시는 우리 앞에 나타나지 말도록 하시오!」 「아가씨! 잠시만 더 머무르게 해주십시오! 다른 사람들은 모두 제 얘기를 들었는데 저만 다른 사람들 이야기를 못 듣는다면 너무 불공평하지 않습니까?」 짐꾼은 좌단 한 귀퉁이에 궁둥이를 붙이고 앉았습니다. 조금 전 심장을 심하게 벌떡이게 했던 위험에서 벗어났다는 만족감이 가득한 얼굴로 말입니다. 그러자 이번에는 세탁발승 중 하나가 입을 열었습니다. 그는 세 아가씨 중 우두머리라 할 수 있으며, 이야기를 하라고 명한 조베이드 쪽을 향하여 다음과 같이 이야기를 시작했습니다.

첫 번째 탁발승의 이야기

아가씨! 왜 제가 오른쪽 눈을 잃었으며, 이처럼 탁발승의 옷을 걸치게 되었는지 그 사연을 말씀드리겠습니다. 저는 원래 왕자로 태어났습니다. 부왕께는 형제가 한 분 계셨는데, 이분 역시 이웃 나라를 다스리는 왕이셨습니다. 이분 슬하에는 왕자와 공주, 이렇게 자녀가 둘 있었고 그중 왕자와 저는 연배가 거의 같았습니다.

제가 왕자 수업을 마치자 부왕께서는 저의 나이에 합당한 자유를 허락해 주셨습니다. 그래서 저는 매년 숙부 왕을 뵈러 이웃 나라로 가서 한두 달 머문 후 다시 부왕의 궁전으로 돌아오곤 했습니다. 이러한 여행들을 통해 저와 제 사촌 왕자 사이에는 아주 강하고도 특별한 우정이 맺어지게 되었습니다. 제가 그를 마지막으로 보았을 때, 그는 유난히 따뜻한 태도로 저를 맞아 주었습니다. 또 제게 대접하기 위해 푸짐한 주안상까지 준비해 놓아서, 우리는 오랫동안 식탁에 앉아 즐거운 시간을 보낼 수 있었습니다. 그런데 식사를 마치고 나자 그가 이렇게 말하는 것이었습니다. 「사촌! 자네가 이번에 떠나 있었을 때, 내가 무얼 했는지 자네는 상상도 못할 걸

세. 자네가 떠난 후 일 년 동안, 나는 전부터 품어 왔던 어떤 계획을 실현하기 위해 수많은 인부들을 동원하여 공사를 벌였지. 사실 건물을 하나 지었는데 그게 완공되어서 이제 들어가 살 수 있게 되었다네. 자네도 보면 괜찮다고 생각할 걸세. 하지만 이 건물을 보러 가기 전에 먼저 우리 사이의 비밀과 신의를 지키겠다고 맹세해 주게! 이게 내가 자네에게 요구하는 것이라네.」

워낙에 우정이 돈독하고 친밀한 사이였던지라 그의 요구를 거절할 까닭이 없었습니다. 그래서 저는 조금도 망설이지 않고 그가 원하는 대로 맹세를 해주었습니다. 그러자 그는 이렇게 말했습니다.「여기서 나를 좀 기다려 주게! 곧 돌아올 테니까.」과연 그는 얼마 지나지 않아 돌아왔는데, 그의 곁에는 화려하게 치장한 뛰어난 미녀가 함께 있었습니다. 그는 이 여인이 누구인지 말해 주지 않았고, 나 역시 물어서는 안 될 듯하여 가만히 있었습니다. 우리는 그 아가씨와 함께 식탁에 앉아 이런저런 이야기를 나누고 잔이 넘치게 술을 따라 건배하면서 얼마 동안 시간을 보냈습니다. 그러고 나서 이 왕자는 저에게 말했습니다.「사촌! 이제 우리는 시간이 없다네. 내 자네에게 한 가지 어려운 부탁을 해야겠네. 이 아가씨를 어떤 장소에 데려다 주게나! 거기에는 새로 지어진 돔이 서 있는 무덤이 보이니까 쉽게 찾을 수 있을 거야. 문은 열려 있을 터이니 둘이 함께 들어가서 나를 기다려 주게나! 내가 곧 따라갈 걸세.」

제가 한 맹세가 있었기 때문에 저는 더 이상 알려고 하지 않았습니다. 저는 아가씨를 모시고 사촌 왕자가 내린 지시에 따라 밤에도 길을 잃지 않고 목적지까지 제대로 찾아갈 수 있었습니다. 우리가 거기에 도착하자마자 왕자가 나타났습니다. 사실 그는 물이 가득 든 조그만 물병과 곡괭이, 그리고 석회를 담은 작은 자루 하나를 들고서 우리를 뒤따라오고 있었던 것입니다.

그는 곡괭이로 무덤 한가운데 서 있는 어떤 빈 묘당의 바닥을 부수기 시작했습니다. 바닥에서 캐낸 돌들은 하나씩 들어내어 한쪽에다 쌓아 놓았습니다. 돌을 다 치운 그는 이번에는 땅을 파기 시작했고, 얼마 지나지 않아 나는 묘지 밑에 뚜껑 하나가 숨겨져 있었다는 사실을 알게 되었습니다. 왕자가 뚜껑을 들어 올리자 그 아래로는 나선형 계단이 나 있었습니다. 그러자 사촌이 여인에게 말했습니다. 「이게 바로 내가 말했던 장소로 통하는 입구요.」 이 말을 들은 아가씨는 입구로 들어가 아래로 내려갔고, 왕자 역시 그녀를 따라 내려갔습니다. 그는 내려가기 전에 내 쪽으로 얼굴을 돌리고는 이렇게 말했습니다. 「사촌! 이렇게 어려운 일을 해주어 정말 얼마나 고마운지 모르겠네. 잘 있게!」 「이보게나, 사촌!」 저는 소리쳤습니다. 「그게 대체 무슨 말인가?」 「더 이상은 묻지 말아 주게!」 그가 대답했습니다. 「자넨 그냥 온 길을 따라 되돌아가도록 하게……」

날이 밝자 셰에라자드는 거기서 멈추고 더 이상 계속하지 못했다. 술탄은 자리에서 일어났다. 하지만 속으로는 스스로를 산 채로 무덤 속에 파묻어 버린 왕자와 여인의 꿍꿍이가 무엇인지 알고 싶어 견딜 수가 없었다. 그는 어서 다음 밤이 오기만을 기다렸다.

서른여덟 번째 밤

다음 날 동이 트기 전에 디나르자드가 외쳤다. 「언니! 만일 자고 있지 않으면 첫 번째 탁발승의 이야기를 계속해 주세요!」 샤리아 역시 왕비가 이야기를 해주면 자신도 매우 기쁘겠다고 말했으므로, 그녀는 다음과 같이 이야기의 끈을 이어나갔다. 「폐하! 탁발승은 조베이드에게 이야기를 계속했습니다.」

아가씨! 저는 제 사촌 왕자로부터 더 이상의 말을 들을 수 없었으므로 그냥 작별을 고하는 수밖에 없었습니다. 저는 술기운이 올라와 몽롱해진 정신으로 숙부 왕의 궁으로 돌아왔습니다. 만취한 상태였지만 그럭저럭 제 궁실까지 기어 들어가 잠자리에 들 수 있었죠. 다음 날 잠에서 깨어난 저는 간밤에 일어난 일들을 되새겨 보았습니다. 그러자 어제 겪은 상황들이 머릿속에 하나하나 떠올랐고, 그 모든 일들이 하도 기이했던지라 내가 꿈을 꾼 게 아닌가 하는 생각마저 들었습니다. 그래서 저는 사촌 왕자에게 사람을 보내어 지금 그를 볼 수 있는지 물어보게 했습니다. 그런데 돌아온 심부름꾼이 왕자는 간밤에 그의 궁에서 자지 않았으며 지금은 행방이 묘연하여 사람들이 크게 걱정하고 있다는 사실을 전해 주었습니다. 어제 묘당에서 있었던 그 기이한 사건은 분명한 현실이었던 것입니다! 마음이 몹시 무거워진 저는 사람들의 눈을 피해 어제의 그 공동묘지로 가보았습니다. 하지만 거기에는 어젯밤 보았던 것과 비슷하게 생긴 묘당이 수없이 많아서 내가 찾는 것을 분간해 낼 수가 없었습니다. 꼬박 나흘을 찾아보았지만 허사였습니다.

그런데 당시 제 숙부 왕께서는 궁에 계시지 않았습니다. 여러 날 동안 사냥을 떠나 계셨던 것입니다. 저는 그분을 기다리기 지루했던지라, 대신들에게 왕께서 돌아오시면 제 사과의 뜻을 전해 달라고 부탁하고서 부왕의 궁정에 돌아왔습니다. 사실 그렇게 집을 오래 떠나 있는 것은 제 습관이 아니었기 때문입니다. 숙부의 궁을 떠날 때 저는 대신들이 사촌 왕자의 행방을 알지 못해 깊은 고민에 빠져 있는 모습을 보았습니다. 하지만 비밀을 지키겠다고 사촌과 굳게 약속했기 때문에 제가 알고 있는 사실을 그들에게 알려 줄 수는 없었습니다.

저는 제 부왕께서 사시는 궁전에 도착했습니다. 그런데 평소와는 달리 왕궁 앞에는 수많은 호위병들이 서 있다가, 성문에 들어가려 하는 저를 에워쌌습니다. 제가 이유를 묻자 장교가 대답했습니다. 「왕자님! 왕자님의 아버님은 더 이상 이 세상 사람이 아니며, 대신 대재상이 왕위에 올랐습니다. 그리고 저는 새 왕의 명에 따라 왕자님을 체포해야 합니다.」 그가 말을 마치자 호위병들이 저를 체포하여 그 반역자 앞으로 끌고 갔습니다. 아가씨, 그때 제가 얼마나 놀라고 가슴이 아팠을 것인지 한번 상상해 보십시오!

이 반역자 재상은 이미 오래전부터 제게 깊은 증오를 품고 있었는데, 그 사연은 이렇습니다. 아주 어렸을 때 저는 석궁을 가지고 놀곤 했습니다. 어느 날 저는 궁전 높은 곳에 있는 옥상에 올라가 석궁을 쏘면서 장난을 치고 있었습니다. 그때 제 앞으로 새가 한 마리 날아와 그놈을 겨냥해서 쐈습니다. 그런데 화살은 빗나갔고, 공교롭게도 자기 집 옥상 위에서 바람을 쐬고 있던 이 재상의 눈에 가서 박혀 버렸습니다. 이 불행한 사실을 알게 된 저는 그를 직접 찾아가 사죄했지만 그는 깊은 앙심을 품어 왔고, 마침내 복수할 기회가 오자 그것을 마음껏 드러낸 것입니다. 그가 자기 손아귀에 들어온 저에게 원한을 폭발한 방식은 참으로 잔혹하기 그지없었습니다. 저를 보자마자 불같이 분노하여 달려오더니 제 오른쪽 눈에 손가락을 쑤셔 넣어 직접 눈알을 뽑아 버렸던 것입니다. 이것이 바로 제가 애꾸가 된 사연입니다.

이 역적의 잔인함은 거기서 멈추지 않았습니다. 그는 저를 궤짝에 가둔 후, 망나니에게 왕궁에서 멀리 떨어진 곳으로 가져가 제 목을 벤 다음 시체는 독수리 밥으로 던져 놓고 오라고 명했습니다. 망나니는 궤짝을 실은 말에 올라 다른 사람 하나와 들로 나갔습니다. 하지만 눈물을 흘리며 애원하는 제 모습에 그는 동정심을 느꼈습니다. 「좋소! 신속히 이 왕국을 떠나시오! 그리고 다시는 돌아오지 마시오! 돌아오면 당신뿐 아니라 나까지 목숨을 잃게 될 테니까.」 저는 그에게 깊이 감사한 후 그 곳을 떠나왔습니다. 그들과 헤어져 혼자가 된 저는 비록 한쪽 눈을 잃기는 했지만 더 큰 불행은 면할 수 있었다는 사실로 스스로를 위로했습니다.

당시 몸 상태가 말이 아니었던 저에게는 오래 걸을 만한 기력조차 없었습니다. 그래서 낮에는 으슥한 장소에 몸을 숨기고 있다가 밤이 되면 체력이 허락하는 만큼 걷기를 반복한 끝에 숙부 왕께서 다스리는 나라의 수도에 도착할 수 있었습니다.

저는 숙부를 만나 제가 돌아오게 된 비극적인 이유와 현재의 처량한 신세에 대해 말씀드렸습니다. 「어이구! 내 아들을 잃어버린 것만으로도 너무나 힘들었건만, 또 이게 웬일이란 말이냐? 사랑하는 형님이 죽었다는 소식을 듣고 내 조카가 이런 꼴이 된 것까지 보다니!」 이 불행한 아버지는 아들이 실종된 이후 백방으로 수소문하면서 애타게 찾고 있지만 전혀 소식을 들을 수 없다며 뜨거운 눈물을 흘렸습니다. 이렇게 고통받고 계신 숙부님의 모습을 보니 저는 더 이상 견딜 수가 없었습니다. 비록 제 사촌 왕자에게 굳게 맹세하긴 했지만 비밀을 계속 간직하고 있을 수만은 없는 노릇이었습니다. 하여 저는 숙부님께 알고 있는 모든 것을 말씀드렸습니다. 제 말을 듣는 왕의 얼굴에는 약간 안도하는 빛이 스쳤습니다. 「조카야! 네가 해준 말을 들으니 조금 희망이 생기는구나. 나는 그

녀석이 묘당을 만든다는 사실을 알고 있었고, 그게 어디에 있는지도 대충 알고 있단다. 네게도 약간의 기억이 남아 있을 테니 우리가 함께 가면 찾을 수 있을 게다. 하지만 그 녀석이 이 모든 일을 비밀리에 행했고 네게도 비밀을 지켜 달라고 부탁했다니, 내 생각에는 사람들의 눈에 띄지 않도록 우리 둘만 가는 게 좋을 것 같다.」 하지만 숙부께서 이 일이 세상 사람들의 눈에 띄지 않기를 원했던 데에는 그분이 말씀하시지 않은 다른 이유가 있었습니다. 그것은 잠시 후에 제 이야기를 통해 밝혀지게 되겠지만 극히 중대한 이유였습니다.

우리는 서로를 도와 변장을 한 후, 들판으로 통하는 정원의 문으로 궁을 빠져나갔습니다. 다행히도 우리는 곧 원하는 것을 찾아낼 수 있었습니다. 이번에는 저도 묘당을 알아볼 수 있었고, 전에 오래도록 보람 없이 찾아 헤맸었기에 그 기쁨은 말할 수 없었습니다. 우리는 묘당 안에 들어가 그곳에서 지하 층계의 입구를 막아 놓은 뚜껑도 찾아낼 수 있었습니다. 뚜껑을 들어 올리는 일은 둘이서도 매우 힘들었는데, 그것은 그날 밤 왕자가 석회와 물로 뚜껑을 봉인해 놓았던 탓이었습니다. 우리는 간신히 그것을 들어 올렸습니다.

숙부 왕이 먼저 내려갔고 저도 뒤따라 들어가, 약 50개의 계단을 내려갔습니다. 마침내 마지막 계단까지 내려가자 일종의 대기실 같은 공간이 나왔는데, 그곳은 악취 풍기는 짙은 연기로 가득 차 있어서 천장의 멋진 샹들리에가 빛을 발하고 있음에도 꽤 어둑했습니다.

우리는 이 대기실을 지나, 커다란 기둥들이 떠받치고 있으며 여러 개의 샹들리에 불빛으로 밝혀진 커다란 방으로 들어갔습니다. 방 한가운데에는 수조(水槽)가 하나 놓여 있었고, 한쪽에는 갖가지 식품들이 쌓여 있었습니다. 처음에 우리는 방 안에 아무도 보이지 않아 무척 놀랐습니다. 그런데 우리

정면의 벽에는 바닥에서 몇 계단 올라가는 높직한 단이 붙어 있었고, 그 위에 커튼이 드리워진 널찍한 침대가 하나 놓여 있었습니다. 왕은 단 위로 올라가 커튼을 열고 그 안을 들여 다보았습니다. 그런데 이게 웬일입니까! 거기에는 온몸이 숯처럼 새카맣게 타버린 왕자와 예전의 그 아가씨가 나란히 누워 있는 게 아니겠습니까? 마치 이글거리는 불에 던져 넣었다가 하얀 재가 되기 전에 꺼내 놓은 듯한 모습이었습니다.

그런데 이보다 저를 더 놀라게 한 것이 있었습니다. 이 끔찍한 광경 앞에서 저의 숙부 왕은 괴로워하기는커녕 오히려 시체의 얼굴에 침을 뱉고 노여움에 치를 떨며 말하는 것이었습니다. 「자, 이것이 이 세상이 네게 내리는 벌이다! 하지만 저세상의 벌은 영원히 지속될 것이다!」 그분은 이렇게 퍼부은 후에도 분이 풀리지 않았던지 신고 있던 신발을 벗어 아들의 뺨을 세차게 후려치는 것이었습니다.

「하지만 폐하!」 셰에라자드가 말했다. 「벌써 날이 밝았사옵니다. 폐하께서 제 이야기를 계속 들을 수 없게 되어 참으로 유감스럽습니다.」 이 첫 번째 탁발승의 이야기가 아직 끝나지 않은 데다가 그 내용이 아주 기이하기까지 했으므로, 술탄은 다음 밤에 나머지를 들으리라 마음먹으며 자리에서 일어났다.

서른아홉 번째 밤

다음 날, 디나르자드는 평소보다 훨씬 일찍 일어나서 그녀의 언니 셰에라자드를 불렀다. 「착하신 우리 왕비님! 만일 자고 있지 않으면 첫 번째 탁발승의 이야기를 마쳐 주세요! 어떻게 끝날지 알고 싶어 죽겠단 말이에요.」 셰에라자드는 즉시 이야기를 시작했다.

「첫 번째 탁발승은 조베이드에게 자신의 이야기를 계속 들려주었단다.」

아가씨! 죽은 아들을 그토록 가혹하게 취급하는 숙부님의 모습을 본 저의 놀라움은 말로 표현할 수 없었습니다. 「전하!」 저는 그분에게 말했죠. 「이 비통한 광경을 보고 있자니 마음이 찢어질 듯하지만, 그래도 감히 전하께 여쭤 보지 않을 수 없습니다. 저의 사촌 왕자가 대관절 어떤 죄를 지었기에 그의 시체를 이렇듯 가혹하게 다루시는 겁니까?」 「조카야!」 왕이 대답했습니다. 「내 아들은, 아니 사실 내 아들이라고 불릴 자격도 없는 이 녀석은 아주 어렸을 때부터 제 누이를 사랑했단다. 그리고 이년 또한 녀석을 사랑했지. 처음에는 둘의 다정한 관계를 싫어할 하등의 이유가 없었어. 둘 사이에 어떤 나쁜 일이 일어날 수 있으리라고는 전혀 예상할 수 없었으니까. 사실 이 세상 그 누가 예상할 수 있었겠니? 하지만 시간이 지남에 따라 오누이 간의 정은 점점 깊어만 갔고, 마침내는 내가 우려할 정도로까지 발전했어. 나는 최선을 다해서 이런 상태를 고쳐 보려 애썼지. 나는 아들 녀석을 따로 불러 호되게 꾸짖어 보았어. 지금 빠져 있는 열정이 얼마나 무서운 것인가를 말했고, 만일 이처럼 사악한 감정을 계속 품고 있을 경우 우리 가문 전체를 더럽힐 영원한 수치에 대해서도 설명해 주었어. 그리고 딸애에게도 같은 말을 해 준 후에, 제 오라비와 연락할 수 없게끔 가두어 놓았지. 하지만 이 애들은 이미 치명적인 독을 삼켜 버린 후였던지라, 내가 막으면 막을수록 그들의 사랑은 도리어 거세게 불타올랐어. 아들 녀석은 제 누이가 여전히 자기를 사랑하고 있다고 확신하고, 무덤을 하나 짓는다는 구실로 이 지하 거처를 준비해 놓았던 거야. 언젠가 놈의 죄 많은 열정의 대상을 납치하여 이리로 데려오겠다는 꿈을 품고서 말이야. 그리고 내가 없는 틈을 타서 갇혀 있는 누이를 데려왔던 거지. 내 명예로는 도저히 사람들에게 밝힐 수 없는 그런 일이 일어난 거야. 이처럼 용서받을 수 없는 짓을 범한 녀석은 이 장소에 그녀와 함께 갇혀 버렸어. 자네가 보다시피, 모든 이를 몸서리치게 만드는 이 흉측한 사랑을 오래도록 즐기기 위해 이 모든 식품들을 마련해 놓고서 말이야. 그러나 하느님께서는 이 가증한 죄를 참지 못하시고 두 연놈을 이렇게 벌하신 거라네.」이 말을 마친 숙부님은 슬피 흐느껴 울기 시작하셨고, 저 역시 뜨거운 눈물을 흘리지 않을 수 없었습니다.

잠시 후 숙부님은 두 눈을 들어 저를 바라보았습니다.「하지만, 조카야!」그분은 저를 껴안으며 말씀하셨습니다.「내 비록 못난 아들을 잃었지만, 다행히도 그 녀석보다 훨씬 훌륭한 너를 얻게 되었구나!」그러고 나서도 왕은 얼마 동안 왕자와 공주의 비극적인 결말에 대해 넋두리를 늘어놓으셨고, 우리는 또다시 눈물을 쏟았습니다.

우리는 다시 층계를 올라 마침내 그 음울한 장소를 빠져나왔습니다. 그러고 나서 쇠뚜껑을 내리고 그 위를 흙이며 묘당을 지은 재료들로 덮어 놓았습니다. 하느님이 진노하신 무서운 흔적을 사람들의 눈으로부터 감춰 놓으려 함이었습니다.

그렇게 누구의 눈에도 띄지 않게 궁에 돌아오고 나서 많은 시간이 흐른 후였습니다. 홀연 어디선가 나팔, 작은북, 큰북 등 전쟁 악기들의 소리가 들려왔습니다. 동시에 뿌연 흙먼지가 일며 하늘이 컴컴해졌는데, 그 속에서 어떤 강력한 군대가 쳐들어오고 있었습니다. 다름 아닌 저의 부왕을 밀어내고 나라를 빼앗은 그 재상이 이제 헤아릴 수 없는 군사들을 거느리고 숙부님의 나라마저 차지하려 침략해 온 것입니다.

소규모의 호위대만을 거느리고 계셨던 숙부는 이 많은 적들을 막아 낼 도리가 없었습니다. 그들은 도성을 에워쌌고, 아무런 저항 없이 성문이 열리자 쉽사리 도성을 함락했습니다. 왕궁을 점령하는 것은 더욱 쉬운 일이었습니다. 숙부께서는 수많은 적들을 죽이며 용감하게 싸우셨지만 결국은 전사하시고 말았습니다. 저 역시 한동안 싸웠지만 이미 전세가 기운 것을 보고는 피신해야겠다고 생각했습니다. 다행히 비밀 통로를 통해 궁을 빠져나온 저는, 죽은 왕에게 지극히 충성스럽던 어떤 관리의 집에 가서 숨었습니다.

 기구한 운명에 시달리고 크나큰 고통에 사로잡혀 있던 저는 목숨을 보전하기 위한 유일한 방책을 사용할 수밖에 없었습니다. 아무도 알아볼 수 없게끔 수염과 눈썹을 밀어 버리고 탁발승의 옷을 걸친 채 도성을 빠져나왔던 것입니다. 그러자 외진 길을 택하여 숙부님의 왕국을 벗어나는 것이 별로 어렵지 않았습니다. 그렇게 대도시들을 피해 가며 걸음을 계속하여 마침내 신자들의 강력한 사령관이시며, 영광스럽고도 명성 높은 칼리프 하룬알라시드의 제국에 당도해서야 저는 겨우 안심할 수 있었습니다. 저는 앞으로 어떻게 할 것인가 곰곰 생각한 끝에, 바그다드에 가서 세상 사람들이 모두 그 너그러우심을 칭송하는 이 위대한 군주 앞에 엎드려야겠다고 마음먹었습니다. 저는 생각했습니다. 〈이 놀라운 이야기로 그분의 마음을 감동시켜 드리리라. 그러면 이처럼 불행한 왕자를 불쌍히 여겨 주실 거야. 제발 나를 구조해 달라고 간청하면 뿌리치지 못하실 거야.〉

 여러 달에 걸친 여행 끝에, 마침내 저는 이 도성의 성문에 도착할 수 있었습니다. 해질 녘 성문을 통과해 들어온 제가 이제 어느 쪽으로 가야 하나 잠시 생각하고 있을 때, 여기 있는 이 또 다른 탁발승이 저와 같은 나그네로 도착했던 것입니다.

그는 내게 인사했고, 저도 답례를 했습니다. 제가 말했습니다. 「행색을 보아하니 거기도 나처럼 이방인인 듯하구려.」 그는 그렇다고 대답했습니다. 그때, 또다시 이 세 번째 탁발승이 나타났습니다. 그는 우리에게 인사한 후, 자신도 바그다드에 처음 온 이방인이라고 밝혔습니다. 우리는 즉시 형제처럼 뭉쳤고 앞으로 절대 떨어지지 말자고 결의했습니다.

날이 저물자, 난생처음 와본 데다 아는 이 하나 없는 이 도성 어디서 자야 할지 막막하기만 했습니다. 하지만 행운의 여신이 우리를 이곳까지 이끌어 주어 염치 불고하고 문을 두드렸던 것입니다. 그리고 아가씨들이 너무도 자비롭고 착한 마음으로 우리를 받아들여 주셔서 얼마나 감사했는지 모릅니다.

「자, 아가씨!」 그는 덧붙였습니다. 「이상이 바로 아가씨께서 저보고 이야기하라고 명하신 내용입니다. 제가 오른쪽 눈을 잃고 수염과 눈썹을 밀어 버린 이유이자 이 순간 아가씨의 집에 와 있기까지의 사연인 것입니다.」

「그만하면 충분해요.」 조베이드가 말했습니다. 「우리는 만족했어요. 자, 이제 가고 싶은 곳으로 떠나세요!」

하지만 탁발승은 다시 한 번 양해를 구하면서, 잠시만 더 머물게 해달라고 간청했습니다. 그로서는 차마 버려 놓고 떠날 수 없는 두 동료와 다른 세 사람의 이야기를 듣고 싶다는 것이었습니다…….

「폐하!」 이 대목에서 셰에라자드는 말했다. 「날이 밝아 오고 있기 때문에 오늘은 두 번째 탁발승의 이야기로 넘어갈 수가 없습니다. 하지만 만일 폐하께서 내일도 들으시기 원하신다면 그 이야기는 첫 번째 이야기만큼이나 폐하를 만족시켜 드릴 것입니다.」 술탄은 허락하고 어전 회의를 주재하러 자리에서 일어났다.

마흔 번째 밤

두 번째 탁발승의 이야기 역시 첫 번째 탁발승 이야기만큼 재미있을 것이라고 믿어 의심치 않는 디나르자드는 동트기 전에 어김없이 왕비를 깨웠다. 「언니! 만일 자고 있지 않으면 언니가 약속하신 그 이야기를 시작해 주세요!」 셰에라자드는 즉시 술탄을 향하여 다음과 같이 말했다.

폐하! 첫 번째 탁발승의 이야기는 모든 사람을 놀라게 했고, 특히 칼리프의 놀라움은 더욱 컸습니다. 옆에서 노예들이 칼을 들고 버티고 있었지만 그는 재상의 귀에 대고 속삭이지 않을 수 없었습니다. 「나는 여태껏 수많은 이야기들을 들어 왔소. 하지만 내가 기억하는 한 이 탁발승의 이야기 같은 것은 들어 본 적이 없소.」 그가 이렇게 말하고 있을 때, 두 번째 탁발승이 입을 열어 조베이드를 향해 이야기하기 시작했습니다.

두 번째 탁발승의 이야기

 아가씨! 당신의 명령에 복종하기 위하여, 그리고 그 어떤 기이한 사연으로 저의 오른쪽 눈이 애꾸가 되었는지 알려 드리기 위하여, 저는 제 인생 전체를 이야기해 드려야 할 것 같습니다.
 저 역시 왕자로 태어났습니다. 젖을 떼고 걷기 시작할 때부터 부친 왕께서는 제가 특출하게 명민하다는 사실을 발견하시고 저의 교육에 심혈을 기울이셨습니다. 그분은 나라 안의 학문과 예술 분야의 명인들을 모두 모셔 와서 저를 가르치게 하셨습니다. 저는 읽고 쓸 수 있게 되자마자, 우리 종교의 토대와 계율과 법규를 포함하고 있는 놀라운 책인 쿠란을 송두리째 외워 버렸습니다. 그리고 더욱 깊이 공부하기 위해, 주해를 통해 이 책의 의미를 밝힌 권위 있는 학자들의 저작들을 읽었습니다. 책을 통한 지식 말고도, 우리의 예언자이신 무함마드의 입에서 나온 말씀을 동시대의 위대한 인물들이 후대에 전해 준 전승들에 대한 지식 역시 갖추고 있었습니다. 또 우리 종교에 관련된 것으로 만족하지 않고, 우리의 역사도 특별히 연구하였으며 문학과 시와 작시법에도 능통하게 되었습니다. 또한 지리와 연대기, 그리고 순수한 우리 말 공부에도 정진하였으며, 왕자로서 응당 거쳐야 할 남성적인 훈련들도 게을리하지 않았습니다. 하지만 제가 특히 좋아했으며 가장 뛰어나기도 했던 분야는 우리 아랍 문자들을 아름답게 쓰는 서예였습니다. 제가 이 분야에서 얼마나 큰 진전을 이뤘는지, 우리 왕국에서 가장 이름 높은 서예가들을 능가할 정도였습니다.

명성은 제게 과분한 영예를 가져다주었습니다. 저의 재능에 대한 소문이 아버님의 왕국뿐 아니라, 인도의 조정에까지 퍼지게 되었으니까요. 그리하여 그곳의 강력한 왕께서는 수많은 선물과 함께 사절을 파견하여 저를 인도로 보내 줄 것을 아버님께 요청했답니다. 아버님은 매우 좋아하셨습니다. 여러 가지 이유가 있었지만, 무엇보다도 내 또래의 왕자가 외국에 나가 그곳 궁정들을 둘러보는 것보다 유익한 일은 없으며, 또 인도의 술탄과 친교를 맺을 수 있는 좋은 기회이기도 했던 까닭입니다. 그래서 저는 인도의 사절과 함께 길을 떠났습니다. 인도까지의 길이 멀고도 험했기 때문에 수행원은 거의 없었습니다.

길을 떠나 도보로 여행을 시작한 지 약 한 달쯤 되는 때였습니다. 길 저쪽에서 짙은 먼지구름이 일더니 무장한 쉰 명의 기병이 나타났습니다. 그들은 우리 쪽으로 말을 달려오는 도적 떼였습니다…….

이 대목에서 셰에라자드는 날이 밝은 것을 보고 이 사실을 술탄에게 알렸다. 술탄은 자리에서 일어났지만, 쉰 명의 도적들과 인도의 사절 사이에 무슨 일이 일어날지 몹시 궁금하여 어서 내일이 됐으면 하는 마음이었다.

마흔한 번째 밤

이튿날 디나르자드는 날이 거의 다 밝아 버린 시간에 잠이 깨었다.「언니!」그녀는 소리쳤다.「만일 자고 있지 않으면 두 번째 탁발승의 이야기를 들려주세요!」셰에라자드는 즉시 이야기를 계속했다.

「폐하! 탁발승은 여전히 조베이드를 보면서 이야기를 계속했습니다.」

우리에게는 여행 짐과 인도의 술탄에게 보내는 선물을 가득 실은 말 열 필뿐 사람은 별로 없었으므로 저 도적놈들이 우리를 덮칠 것은 분명해 보였습니다. 힘으로 물리칠 수 있는 상태가 아니었으므로, 우리는 인도 술탄의 사절들이며 만일 그를 존중한다면 우리를 건드리지 말아 달라고 그들에게 부탁했습니다. 이렇게 말하면 생명과 짐을 구할 수 있을 거라 생각했으나 그들은 오만방자한 태도로 대답했습니다.「왜 우리가 너희들 술탄을 존중해야 하는데? 우리는 그자의 신하가 아니란 말이다! 더군다나 여기는 그의 영토도 아니야!」그러고서 그들은 우리를 공격하기 시작했습니다. 있는 힘을 다해 싸웠습니다만, 저는 결국 부상을 입고 말았습니다. 인도의 사절과 그의 수하들, 그리고 제 수하들이 모두 땅에 뒹굴고 있는 것을 본 저는, 역시 부상을 당한 제 말의 마지막 남은 힘을 북돋아 간신히 그곳을 빠져나왔습니다. 그러고는 말을 몰아 가급적 멀리 달아났습니다. 그런데 갑자기 아래가 허전해지는 느낌이 들더니 말이 뻣뻣하게 쓰러져 죽어 버렸습니다. 기진한 데다가 피를 너무 많이 흘린 탓이었습니다. 재빨리 말에서 내려온 저는 이제 아무도 따라오지 않는 것을 확인했습니다. 도적놈들은 자기들이 빼앗은 재물을 지키려고 더 이상 추격하지 않는 듯했습니다……

 이 대목에서 셰에라자드는 날이 밝은 것을 보고 이야기를 중단할 수밖에 없었다. 「아, 언니!」 디나르자드가 말했다. 「이야기를 계속 들을 수 없어서 너무 화가 나요!」 셰에라자드가 대답했다. 「만일 네가 게으르지 않았더라면 더 많이 들을 수 있었을 것 아니니?」 디나르자드가 대답했다. 「그렇다면 내일은 더 부지런히 일어날게요. 언니는 우리가 놓친 부분을 들려주셔서, 오늘 저의 게으름으로 인해 몹시 실망하셨을 술탄께 보상해 주시면 좋겠어요.」 샤리아는 아무 말 없이 몸을 일으켜 평소의 일과를 위해 방을 나갔다.

마흔두 번째 밤

 약속대로 디나르자드는 전날 밤보다 훨씬 이른 시간에 왕비를 불렀다. 「언니! 만일 자고 있지 않으면 두 번째 탁발승의 이야기를 들려주세요!」 「그러마!」 셰에라자드가 대답했다. 그리고 즉시 다음과 같이 두 번째 탁발승의 이야기를 계속했다.

 그렇게 해서, 저는 상처 입은 몸으로 아무도 도와줄 사람 없는 낯선 나라에 홀로 떨어진 신세가 되었습니다. 저는 다시 도적들을 만나게 될지도 모른다는 두려움에 큰길을 갈 엄두를 못 냈습니다. 상처를 천으로 싸매고 해가 질 때까지 걸어 어느 산기슭에 도착한 저는 다행히 동굴을 발견하고 그 안에 들어갔습니다. 그리고 길을 오면서 따놓은 열매들로 배를 채운 후 비교적 평온하게 밤을 보냈죠.
 저는 그 후 며칠 동안 계속 걸었지만 발걸음을 멈출 만한

장소는 찾지 못했습니다. 그렇게 한 달을 걸은 끝에 사람들이 북적거리는 어떤 대도시에 도착했습니다. 여러 개의 강이 흐르고 항상 봄처럼 화창한 날씨를 즐길 수 있는 천혜의 지역에 위치한 도시였죠. 도시 안에 보이는 것들은 제 마음을 즐겁게 했고, 극도로 처량한 저의 상황을 잠시나마 잊게 해주었습니다. 사실 그때의 제 꼴은 말이 아니었습니다. 얼굴과 손발은 뜨거운 햇볕에 새까맣게 탔고, 신발은 다 헤어져 맨발이나 진배없었습니다. 게다가 옷도 누더기였습니다.

저는 오랜만에 인간의 목소리도 좀 듣고, 지금 있는 곳이 대체 어디인지 알아보기 위해 시내로 들어갔습니다. 저는 가게에 앉아서 일을 하고 있는 어떤 양복장이에게 말을 걸었습니다. 제가 젊은 나이인 데다가 남루한 겉모습과는 다른 어떤 범상치 않은 분위기를 느꼈던지, 그는 가게에 들어와 자기 옆에 앉으라고 말했습니다. 그리고 제가 누구이며 어디서 무슨 일로 왔는지 물어보았습니다. 저는 지금까지 일어난 일을 숨김없이 말했고 신분도 밝혔습니다. 양복장이는 저의 말을 주의 깊게 들었습니다. 하지만 이야기를 모두 듣고 나서 그가 해준 말은 제게 위로가 되기는커녕 오히려 마음을 더욱 울적하게 만들었습니다. 「조심하시오! 당신이 지금 내게 밝힌 내용을 절대 다른 사람들에게 말하지 마시오! 왜냐하면 이곳을 다스리는 왕은 당신 아버지의 철천지원수이기 때문이오. 만일 당신이 이 도시에 왔다는 사실을 알면 당신에게 해를 끼칠게 뻔하오.」 그 왕의 이름을 듣자 저는 양복장이의 말이 사실임을 알 수 있었습니다. 하지만 아가씨! 저의 부친과 이 왕 사이의 반목 관계는 저와 직접적인 관계가 없는 것이므로, 여기서 그 자세한 내용은 생략하도록 하겠습니다.

어쨌든 저는 양복장이에게 감사를 표하면서, 앞길이 막막한 저에게 유익한 충고를 해주신다면 그대로 따를 것이며 그 은혜는 잊지 않겠노라고 말했습니다. 그는 제가 몹시 굶주렸으리라 생각하고 먹을 것을 가져와 배를 채워 주었을 뿐 아니라, 자기 집에 유숙하라고 권해 주기까지 했습니다.

거기 기거한 지 며칠이 지난 후, 길고도 힘든 여행의 피로에서 충분히 회복한 것을 본 양복장이는 저에게 다른 사람에게 기대지 않고 살 수 있는 어떤 기술 같은 것이 있느냐고 물었습니다. 왜냐하면 우리 종교권의 왕자들 대부분은 뜻밖의 역경이 찾아와 생활이 어려워질 경우에 대비해, 써먹을 만한 기술을 몇 가지 익혀 두는 것이 상례였기 때문입니다. 저는 각종 법률에 능통하고 문법학자이자 시인이며, 특히 완벽한 서예 솜씨를 가지고 있다고 말했습니다. 이 말에 그는 대답했습니다. 「당신이 늘어놓은 것들을 가지고는 이 나라에서 빵 한 조각도 얻어먹을 수 없소. 여기서 그런 종류의 지식들은 아무짝에도 쓸모없기 때문이오. 내 한 가지 충고를 해드릴까? 우선 간편한 옷으로 갈아입으시오. 그리고 보아하니 체격이 꽤 쓸 만한 것 같은데, 저쪽 숲으로 가서 땔감용 나무를 해오시오. 그것을 시장에 갖다 내놓으면 분명히 돈 좀 벌 것이고, 그 정도면 다른 사람에게 손 벌리지 않고서도 얼마든지 혼자 살아갈 수 있을 것이오. 그렇게 살면서 하늘이 다시 당신에게 미소를 지으며, 느닷없이 나타나서 당신으로 하여금 신분을 숨기고 살게 하는 이 불행의 구름을 흩어 버릴 때까지 기다려 보는 거요. 만일 원한다면 내가 끈과 도끼를 구해 드리리다.」

내 정체가 발각될 수 있다는 두려움, 그리고 생계를 위한 절박함 때문에 저는 이 천하고 힘든 일을 하기로 결심했습니다. 당장 그 이튿날 양복장이는 내게 끈과 도끼, 그리고 간편한 옷가지를 사다 주었습니다. 그리고 같은 일로 생계를 유지하고 있는 가난한 주민들에게 저를 소개해 주면서, 그들이 일하는 곳으로 데려가 달라고 부탁했습니다. 그들은 나를 숲으로 인도했고, 첫날부터 저는 커다란 나무 한 짐을 머리에 이고 돌아와 시장에서 조그만 금화 한 닢을 받고 팔 수 있었습니다. 숲이 그다지 멀리 떨어져 있는 것은 아니었으나, 이 도시에서는 거기까지 가서 나무를 해오려는 사람이 드물었기 때문에 꽤 비싼 값을 받을 수 있었던 것입니다. 그리하여 저는 짧은 시간 안에 꽤 많은 돈을 벌 수 있었고, 양복장이가 빌려 준 돈도 갚을 수 있었습니다.

이런 식으로 생활한 지도 약 일 년이 되었을 때입니다. 어느 날, 평소보다 더 깊숙한 숲에 들어간 저는 매우 경관이 좋은 장소에 이르러 나무를 자르기 시작했습니다. 그런데 나무뿌리를 뽑아내던 저는 쇠고리가 달린 쇠뚜껑 문을 발견했습니다. 저는 즉시 위에 덮인 흙을 털어 내고 쇠뚜껑을 들어 올렸습니다. 그 안에는 지하로 통하는 층계가 나 있었으므로 도끼를 들고 아래로 내려갔습니다. 층계를 다 내려간 저는 놀라지 않을 수 없었습니다. 거기에는 널찍한 궁의 내부가 펼쳐져 있었고, 마치 빛이 잘 드는 지상에 지어진 것처럼 모든 것이 환하게 밝혀져 있었던 것입니다. 회랑에는 벽옥으로 된 기둥들이 있었는데 거대한 황금 덩어리가 기둥머리를 이루고 있었습니다. 저는 회랑을 따라 나아갔습니다. 그런데 저쪽에서 귀부인 한 명이 나타나 제 쪽으로 오고 있지 않겠습니까? 거동은 너무도 기품 있고 우아했으며 용모는 선녀처럼 아름다워서 보는 순간 도저히 시선을 뗄 수 없는 그런 절세미인이었습니다······.

여기에서 셰에라자드는 이야기를 중단했다. 날이 밝은 것을 보았기 때문이다. 그러자 디나르자드가 말했다. 「언니가 오늘 해준 이야기는 정말 재미있었어요. 그리고 나머지 이야기도 이만큼 재미있으리라 생각해요.」

「그렇단다.」 왕비가 대답했다. 「왜냐하면 두 번째 탁발승의 이야기는 지금까지 들은 모든 이야기들 중에서도 술탄님이 들으시기에 조금도 부족함이 없는 그런 내용이기 때문이지.」「나도 그러리라 생각하오.」 샤리아가 몸을 일으키며 말했다. 「하지만 정말로 그런지는 내일 들어 보면 알겠지.」

마흔세 번째 밤

이날 밤에도 디나르자드는 매우 부지런히 일어났다. 「언니! 만일 자고 있지 않으면 그 지하 궁전에서 귀부인과 왕자 사이에 무슨 일이 일어났는지 이야기해 주세요!」 「곧 알게 될 거야.」 셰에라자드가 대답했다. 「자, 내 이야기를 잘 들어 보렴!」

그 아름다운 귀부인이 저에게까지 오는 수고를 하지 않게끔, 저는 걸음을 재촉해 그녀 앞으로 갔습니다. 제가 허리를 깊이 굽혀 인사를 하니 그녀가 물어 왔습니다. 「당신은 누구죠? 인간인가요, 정령인가요?」 「부인, 저는 인간입니다. 정령들과는 아무런 왕래가 없는 사람입니다.」 그녀가 크게 안도의 한숨을 내쉬며 말했습니다. 「그렇다면 어떻게 해서 이 안에까지 들어오게 되셨나요? 제가 이 안에 있은 지 이십오 년째지만, 그동안 인간은 한 명도 보지 못했어요.」

이미 제 마음을 흔들어 버린 그녀의 황홀한 미모, 그리고 저를 맞는 부드럽고도 따스한 태도에 고무된 저는 용기를 내어 이렇게 말했습니다. 「부인! 부인의 질문에 답하기에 앞서, 이렇게 뜻하지 않은 만남에 제 마음이 너무도 기쁘다는 사실을 말씀드리고 싶군요. 이 만남은 지금 고통 속에 빠져 있는 저에게 큰 위로가 되며, 한편으로는 부인을 지금보다 훨씬 더 행복하게 해줄 기회일 수 있기 때문입니다.」 이어 저는 왕의 아들인 제가 어떻게 지금의 꼴이 되었으며 어떤 우연에 의해 이 웅장하기 그지없는, 하지만 감옥처럼 따분해 보이는 지하 궁전의 입구를 발견하게 되었는지 상세히 이야기해 주었습니다.

「아, 왕자님!」 그녀는 한숨을 푹 내쉬며 말했습니다. 「왕자님께서 잘 보셨어요! 이곳은 겉보기에는 아주 웅장하고 화려해 보이지만 사실은 지겨운 감옥에 불과해요. 아무리 멋진 장소라 하더라도 억지로 잡혀 있으면 전혀 즐겁지 않은 법이죠. 왕자님께서는 에피티마루스 대왕이라는 이름을 들어 보셨겠죠? 귀중한 흑단이 풍부해 〈흑단의 섬〉이라는 이름이 붙은 나라의 국왕 말입니다. 그분이 바로 저의 부친이시랍니다. 부왕께서는 저와 사촌이었던 왕자를 제 배우자로 선택해 주셨습니다. 신혼 첫날밤, 궁정과 〈흑단의 섬〉 수도 전체가 축제 분위기에 싸여 있었고 신부인 저는 신랑에게 인도되려 하고 있었습니다. 그런데 그 순간 어떤 정령이 나타나 저를 납치해 가는 게 아니겠습니까? 저는 기절하여 의식을 잃었습니다. 얼마 후 다시 정신을 차려 보니 바로 이 지하 궁전에 잡혀 와 있었지요. 처음에 저는 살고 싶은 마음이 없었습니다. 하지만 시간이 지나니까 그 흉측한 정령과 함께 사는 것도 견딜 만하게 되더라고요. 이미 말씀드린 대로 제가 여기 있은 지 벌써 이십오 년째인데, 이 안에는 생활에 필요한 것들이 얼마든지 있는 데다가 장신구라든가 예쁜 옷이나 밝히는 머리 빈 공주라면 얼마든지 만족할 만한 것들이 다 있으니까요. 정령은 열흘에 한 번씩 들러서 저하고 하룻밤 잠자리를 같이 합니다. 하지만 그 이상은 오지 않습니다. 이유인즉슨 그는 다른 여자하고 결혼한 상태인데 만일 자기가 바람을 피우고 있다는 사실을 그녀가 알게 되면 시샘을 부릴 거라나요? 하지만 만일 그가 필요할 때 제 방 입구에 있는 어떤 부적을 만지기만 하면 낮이든 밤이든 상관없이 정령은 즉각 나타난답니다. 오늘은 그가 방문한 지 나흘째 되는 날이에요. 따라서 엿새 후에나 다시 오죠. 그러니 만일 왕자님께서 원하신다면 앞으로 닷새 동안 저하고 여기 함께 계셔도 됩니다. 제가 왕자님의 신분과 가치에 걸맞게 극진히 대접해 드릴 테니까요.」

이런 과분한 혜택을 저 자신이 원하여 얻었다 하더라도 저는 스스로를 행운아로 여겼을 것입니다. 하물며 그녀가 먼저 청해 오는데 어찌 거절할 수 있었겠습니까? 공주는 저를 인간이 상상할 수 있는 가장 깨끗하고 안락하고 호화스러운 욕실에 들어가게 했습니다. 목욕을 마치고 나온 저에게는 남루한 옷 대신 매우 값비싼 다른 옷이 준비되어 있었습니다. 그것이 호사스러워서가 아니라 공주를 대하기에 합당한 차림이었기 때문에 저는 그 옷을 걸쳤습니다. 우리는 함께 좌단에 앉았습니다. 기막힌 융단을 깔고 최상급의 인도산 수단으로 지은 받침용 쿠션들로 꾸민 좌단이었습니다. 잠시 후 그녀는 기막히게 맛있는 음식들로 상을 차렸습니다. 우리는 함께 먹었고, 그렇게 그날 하루를 즐겁게 보냈습니다. 그리고 그날 밤, 그녀는 저를 자기 침대에 들여 주었습니다.

그 이튿날도 그녀는 저를 즐겁게 해주려고 온갖 정성을 다했습니다. 저녁 식사 때에는 지극히 훌륭한 오래된 포도주 한 병을 내었고, 주흥을 맞추기 위해 자신도 몇 모금 마셔 가면서 제게 따라 주었습니다. 그렇게 달콤한 음료를 한 잔 두 잔 마시다 보니 저는 꽤나 취기가 올라 이렇게 말했습니다. 「아름다운 공주여! 그대는 너무 오랫동안 이곳에 산 채로 매장되어 있었소. 자, 나를 따라 이곳을 나갑시다! 여기에서 즐기고 있는 이 거짓된 빛은 버리고 나가서 당신이 여러 해 동안 보지 못했던 진정한 빛을 누립시다!」

「왕자님!」 그녀가 미소를 지으며 대답했습니다. 「그 얘기는 그만 하세요. 열흘 중 하루만 정령에게 양보하고 나머지 아홉 날을 당신과 보낼 수 있다면, 세상에서 가장 아름다운 빛도 제겐 아무것도 아니에요.」 「공주!」 저는 다시 말했습니다. 「보아하니 그 정령 놈이 무서워서 그러는 것 같구려. 근데 나는 놈이 하나도 안 무섭단 말이야! 심지어는 마법의 글귀가 적혀 있는 저 부적을 산산이 부숴 버릴 수도 있소! 그놈이 온다고? 그럼 기다리지 뭐. 그놈이 얼마나 무섭고 힘이 센지는 모르겠지만 내 주먹맛을 단단히 보여 줄 거요! 내 맹세하거니와 이 세상 모든 정령 놈들을 모조리 없애 버릴 거요! 바로 그놈부터 말이오!」 저의 이런 행동이 어떤 결과를 가져올지 뻔히 알고 있는 공주는 제발 부적만은 건드리지 말라고 간청했습니다. 「그것은 우리 둘 다 망하는 지름길이라고요!」 하지만 술기운에 제정신이 아니었던 제 귀에는 그녀의 말이 들려오지 않았습니다. 결국 저는 부적을 발길질하여 산산조각 내 버렸습니다……

말을 마친 셰에라자드는 날이 밝은 것을 보고 입을 다물었고, 술탄은 자리에서 일어났다. 하지만 부적이 부서진 결과로 매우 중대한 사건이 일어나리라는 것을 의심할 수 없었기 때문에, 다음 날 꼭 나머지 이야기를 들으리라 마음먹었다.

마흔 네 번째 밤

동트기 얼마 전에 깨어난 디나르자드는 왕비에게 말했다. 「언니! 만일 자고 있지 않으면 왕자가 부적을 부숴 버린 다음에 지하 궁전에서 어떤 일이 일어났는지 이야기해 주세요!」

「그래, 얘기해 줄게.」 세에라자드가 대답했다. 그리고 즉시 두 번째 탁발승의 입을 빌려 다음과 같이 이야기를 계속했다.

부적이 부서지자마자 세상이 캄캄해지고 연신 번개가 쳤습니다. 궁전은 천둥 같은 무시무시한 소리를 내며 금방이라도 무너져 내릴 듯 뒤흔들렸습니다. 이 섬뜩한 사태에 순간 술기운은 확 달아나 버렸고 제가 무슨 짓을 저질렀는지 깨달았지만, 이미 엎질러진 물이었습니다. 「공주!」 저는 외쳤습니다. 「이게 무슨 일이오?」 역시 새파랗게 질려 있던 그녀는 자신의 불행은 생각하지 않은 채 이렇게 대답했습니다. 「아아! 빨리 도망가세요! 안 그러면 당신은 끝난 목숨이에요!」

저는 그녀의 말을 따랐습니다. 하지만 너무도 공포에 질려 있었던지라 도끼와 신발을 놓고 오는 것도 몰랐습니다. 제가 내려왔던 층계에 이르렀을 때 궁전 벽이 양쪽으로 갈라지면서 정령이 나타났습니다. 그는 잔뜩 화가 나서 공주에게 말했습니다. 「무슨 일이오? 왜 나를 부른 거요?」 「심장이 조금 아파서 여기 있는 포도주를 꺼내 한두 모금 정도 마셨어요. 그런데 운수 나쁘게도 발을 헛디뎌 이 부적 위로 넘어져 버린 거예요. 다른 일은 없답니다.」

이 대답을 들은 정령은 불같이 화를 내며 말했습니다. 「당신은 수치도 모르는 거짓말쟁이야! 그럼 여기 있는 손도끼와 신발은 뭐요?」 「저는 지금까지 여기에 그런 게 있는 줄도 몰랐어요. 아마 당신이 화가 나서 정신없이 이곳으로 달려오다가 어디선가 집어 들고서, 자신도 모르게 가져온 것이겠죠.」

이에 정령은 더 이상 대꾸하지 않고 욕설을 퍼부으며 제 귀에까지 들릴 정도로 심하게 그녀를 매질하기 시작했습니다. 저는 가혹하게 학대당하는 공주가 내는 처절한 울음과 비명 소리를 차마 듣고 있을 수 없었습니다. 저는 그녀가 준 옷을 벗어 버리고, 전날 욕실에서 나올 때 층계 앞에 가져다 놓았던 제 옷으로 갈아입었습니다. 층계를 다 올라왔을 때 나 자신이 이 모든 불행을 초래했다는 생각에 제 마음은 찢어질 듯 아팠습니다. 그리고 세상에서 가장 아름다운 공주를 무자비한 정령의 잔혹한 매질 아래 남겨 두고 혼자 도망가는 저야말로 이 세상에서 가장 배은망덕하고도 가증스러운 인간이라고 자책했습니다. 저는 생각했습니다. 〈그래! 그녀는 스물다섯 해를 수인으로 지냈어. 하지만 자유가 없다는 점을 제외하고 그녀에게는 아무런 부족함도 없었어. 그런데 나의 미친 짓이 그녀의 행복을 끝내고, 그녀를 무자비한 마귀의 잔혹한 손아귀에 던져 버린 거야!〉 저는 입구의 쇠뚜껑을 내리고 그 위를 흙으로 덮은 후, 나무 한 짐을 해서 짊어지고는 시내로 돌아왔습니다. 그 와중에도 나무를 할 수 있었던 것은 너무도 당황하고 괴로워서 아무 생각이 없었던 까닭입니다.

주인 양반인 양복장이는 제가 돌아온 것을 보고 몹시 기뻐했습니다. 「자네가 보이지 않아 몹시 염려했다네. 특히나 자네가 내게 밝힌 신분의 비밀 때문에 더욱 그랬지. 대체 어찌 된 일인지 몰라, 혹시나 누가 자네의 정체를 알아본 건 아니었는지 걱정했었어. 여하튼 이렇게 무사히 돌아올 수 있게 해주신 하느님께 감사드리네!」 저는 이처럼 따뜻하게 마음을 써주는 그분에게 감사했습니다. 하지만 그동안 제게 무슨 일이 있었으며, 왜 손도끼와 신발 없이 돌아오게 되었는지는 말하지 않았습니다. 저는 방에 들어가서 어처구니없을 정도로 경솔했던 제 행동을 수없이 자책했습니다. 〈만일 내가 자제하여 그 부적을 부수지 않았더라면, 나와 공주는 이 세상에서 가장 행복하게 지낼 수 있었는데!〉 제가 한참 이런 괴로운 생각에 빠져 있을 때 양복장이가 들어와 말했습니다. 「웬 낯모르는 노인네 하나가 자네 손도끼와 신발을 들고 찾아왔네. 그 사람 말로는 길바닥에 떨어진 것을 주웠다는데, 숲에서 같이 일하는 자네 동료들이 자네가 여기 산다고 알려 주었다는구먼. 나와 보게! 자네에게 직접 돌려주고 싶다며 기다리고 있으니.」 이 말에 저의 얼굴은 하얗게 변했고 온몸은 사시나무처럼 떨리기 시작했습니다. 양복장이가 왜 그러느냐고 묻고 있을 때, 방의 타일 바닥이 양쪽으로 갈라졌습니다. 더 이상 기다리지 못한 늙은이가 손도끼와 신발을 들고 직접 우리 앞에 나타났던 것입니다. 그는 다름 아닌 〈흑단의 섬〉의 아름다운 공주를 납치한 정령으로, 공주를 잔혹하게 매질한 후 노인으로 변장하고 저를 찾아왔던 것입니다. 그가 우리에게 소리쳤습니다. 「나는 정령들의 왕이신 이블리스[10]의 외손자다. 이것이 네 손도끼냐?」 그는 제게 눈을 돌리며 다그쳤습니다. 「그리고 또 이 신발들도 네 것이 맞느냐?」

여기에서 셰에라자드는 날이 밝은 것을 보고 이야기를 중단했다. 술탄은 여기서 그만 듣기에는 이 두 번째 탁발승의 이야기가 너무도 재미있다고 생각했다. 그는 자리에서 일어나면서 다음 날 나머지를 들으리라 마음먹었다.

마흔다섯 번째 밤

다음 날 디나르자드는 왕비를 불렀다. 「언니! 정령이 어떻게 왕자를 다루었는지 그 이야기를 들려주세요!」 「네 궁금증을 풀어 줄게.」 셰에라자드가 대답했다. 그러고 나서 그녀는 두 번째 탁발승의 이야기를 다음과 같이 계속했다.

---

[10] 이슬람교에서 사탄을 부르는 말로 모든 정령들의 두목이다.

아가씨! 이렇게 질문한 정령은 제게 대답할 시간조차 주지 않았습니다. 하지만 그랬다 한들 그 살기등등한 모습 앞에 제정신이 아니었던 저로서는 입도 벙긋 못했을 것입니다. 그는 저의 허리춤을 움켜잡더니 질질 끌어 밖으로 나간 다음, 하늘로 솟구쳐 날아올랐습니다. 어찌나 빠르고 세차게 올라갔던지 까마득한 허공에 이르러서야 비로소 저는 우리가 그 짧은 시간에 엄청난 거리를 날아왔다는 사실을 알 수 있었습니다. 그 기세로 그는 다시 땅 쪽으로 날아 내려왔습니다. 그리고 발을 굴러 땅을 연 다음 그 속으로 몸을 던졌고 다음 순간 저는 마법의 성 한가운데, 〈흑단의 섬〉의 공주 앞에 와 있었습니다. 하지만 이게 웬일입니까? 제 눈앞에는 너무도 가슴 아픈 광경이 펼쳐져 있었습니다. 공주는 벌거벗겨진 채 피투성이가 되어 바닥에 뒹굴고 있었고, 거의 죽어 있는 그녀의 두 뺨은 눈물로 젖어 있었습니다. 「이 화냥년아!」 정령은 저를 흔들어 그녀에게 보여 주며 말했습니다. 「이게 너하고 놀아난 놈팡이냐?」 그녀는 힘없이 눈을 들어 저를 쳐다보고 슬프게 대답했습니다. 「전혀 모르는 사람이에요. 생전 처음 보는 사람이라고요.」 「뭐라고?」 정령이 소리쳤습니다. 「네년을 이 꼴로 만든 장본인이 바로 이놈이거늘, 그래 너는 모른다고 하는 거냐?」 「정말로 모르는 사람이라고요. 당신은 내가 거짓말을 해서 저 사람을 해치기를 원하는 건가요?」 「그렇다면 좋아!」 정령은 허리에서 반월도를 뽑아 들어 그녀에게 주면서 말했습니다. 「정말로 네가 이자를 한 번도 본 적이 없다면, 이 칼로 그의 목을 베어라!」 「아아!」 공주가 말했습니다. 「어찌 내가 당신이 요구하는 짓을 할 수 있겠어요? 보다시피 온몸의 힘이 소진되어 팔을 들어 올릴 기력조차 없는데 말이에요. 또 설사 기력이 있다 한들, 어떻게 생전 처음 보는 무고한 사람을 죽일 수 있겠어요?」 「이렇게 거절하는 너의 태도는 오히려 네년이 무슨 짓을 했었는지 훤히 짐작하게 해줄 뿐이다.」이렇게 말한 정령은 이번에는 저에게 몸을 돌려 물었습니다.「그럼 너는 이 여자를 알고 있느냐?」

제가 세상에서 가장 배은망덕하고 사악한 자라 할지라도, 그녀가 보여 준 신의 있는 태도를 저 또한 취하지 않을 수 없었습니다. 저는 정령에게 대답했습니다.「태어나서 지금 처음 보는 분인데 어찌 알 수 있겠습니까?」「좋아! 네 말이 사실이라면, 이 칼을 들어 저년의 머리를 베어라! 그렇게 하면 내 너를 풀어 줄 것이고, 네놈 말대로 지금 처음 봤다는 사실을 인정할 테니까.」「좋습니다!」저는 칼을 받아 들고는…….

「하지만 폐하!」세에라자드가 이야기를 중단하며 말했다.「벌써 날이 밝았사옵니다. 어서 일어나셔야 할 폐하를 더 이상 붙잡고 있을 수 없군요.」〈참으로 기막힌 사건들이로다!〉술탄은 생각했다. 〈그 왕자가 정령의 명에 따를 정도로 그렇게 모진 놈인지는 내일 가보면 알 수 있겠지.〉

마흔여섯 번째 밤

밤이 끝나 갈 즈음에 디나르자드는 왕비를 부르며 말했다.「언니! 만일 자고 있지 않으면 어제 끝내지 못한 이야기를 계속해 주세요!」「그러마.」세에라자드는 대답하고 지체 없이 두 번째 탁발승의 이야기를 시작했다.

하지만 아가씨! 제가 칼을 받아 들고 〈흑단의 섬〉의 공주에게 다가갔던 것은 정령의 가혹한 명령을 실행하고자 함이 아니었습니다. 단지 표정과 몸짓을 통해 그녀에게 제 뜻을 전하려는 것이었습니다. 즉 그녀가 저에 대한 사랑으로 자신의 생명을 희생하려고 굳게 마음먹은 것과 마찬가지로, 저 역시 그녀에 대한 사랑으로 제 목숨을 바칠 각오가 되어 있음을 알리려 했던 것입니다. 그녀는 저의 의도를 알아차렸습니다. 그녀는 자신의 고통에도 불구하고 간곡한 눈빛으로, 자신은 기꺼이 죽을 준비가 되어 있으며 자신을 위해 제가 목숨을 버리려 한다는 것만으로도 충분히 만족한다는 뜻을 표시했습니다. 이에 저는 물러서서 칼을 바닥에 던지고 정령에게 말했습니다. 「이분이 그냥 처음 보는 여자분이라 하더라도 차마 죽일 수는 없을 겁니다. 하물며 당신도 보다시피 이런 상태로 죽어 가고 있는 불쌍한 여자 아닙니까? 이런 분을 잔혹하게 죽여 버린다면 저는 이 세상에서 가장 비겁한 자일 것입니다. 자, 이제 당신의 처분에 맡길 테니 마음대로 하십시오! 하지만 당신의 야만스러운 명령은 따르지 않겠습니다.」

「오호라!」 정령이 말했습니다. 「이제는 둘이서 함께 내게 맞서는구나! 그런 식으로 나를 모욕하고 약 올리겠단 말이지? 하지만 내가 어떤 자인지 똑똑히 보여 주마!」 괴물은 다시 반월도를 잡아 공주의 한쪽 팔을 잘라 버렸습니다. 그녀에게 남은 시간이란 남은 한 팔로 제게 마지막 작별의 인사를 보낼 짧은 순간뿐이었죠. 왜냐하면 벌써 많은 피를 흘린 데다가 팔까지 잘린 그녀는 곧 숨을 거두었기 때문입니다. 이 참혹한 광경에 저는 기절하고 말았습니다.

얼마 후 다시 정신을 차린 저는 정령에게 이처럼 죽음을 기다리게 하느니 차라리 빨리 목숨을 끊어 달라고 애원했습니다. 「치시오! 당신의 최후의 일격을 받을 준비가 되어 있소. 그것이 당신이 내게 해줄 수 있는 가장 큰 은혜라오.」 하지만 정령은 저를 죽이는 대신 이렇게 말했습니다. 「자, 부정이 의심되는 마누라를 정령들이 어떻게 다루는지 똑똑히 보았겠지? 그년이 너를 여기 받아들인 것은 분명하다. 만일 너희들이 더 모욕적인 짓을 했다는 확신이 섰다면 네놈을 당장 없애 버렸을 것이다. 하지만 확신이 없으므로 그냥 너를 개나 당나귀나 사자나 새로 바꾸어 놓는 것으로 만족하겠다. 네놈에게 선택의 기회를 줄 테니 이 짐승 중에서 하나 골라라!」

이 말에 어쩌면 정령의 마음을 누그러뜨릴 수도 있겠다는 희망이 생긴 저는 그에게 이렇게 말했습니다. 「오, 정령님! 노여움을 좀 푸십시오! 그리고 저의 목숨을 없앨 생각이 아니라면 그냥 너그럽게 살려 주십시오! 만일 저를 용서해 주신다면 저는 영원히 당신의 관대함을 기억하겠습니다. 그러니 제발 용서해 주십시오! 세상에서 가장 훌륭했던 어떤 사람이 그를 심하게 질투한 그의 이웃을 용서해 주었듯이 말입니다.」 정령은 이 두 이웃 사이에 무슨 일이 일어났느냐고 물으면서, 그 이야기를 다 들을 동안에는 벌의 집행을 미뤄 주겠다고 말했습니다. 그래서 저는 다음과 같은 이야기를 그에게 해주었던 것입니다. 지금 제가 아가씨에게 들려드려도 괜찮으시겠죠?

시샘쟁이와 시샘받은 남자 이야기

제법 큰 도시에 두 남자가 바로 옆집에 살고 있었습니다. 그런데 두 사람 중 하나가 다른 이를 너무도 심하게 시샘했던지라, 시샘의 대상이 된 사람은 자신이 이웃에 사는 것만으로도 그의 적의를 일으킨다고 판단하고는 멀리 이사를 가기로 결심했습니다. 이웃으로서 할 수 있는 친절을 다 베풀어 보아도 그가 여전히 자신을 증오한다는 사실을 깨달았기 때문입니다. 그래서 그는 가지고 있는 얼마간의 재산과 집을 처분하고 거기서 멀지 않은 수도 쪽으로 가서, 시내에서 반 리 정도 떨어진 곳에 땅을 조금 샀습니다. 땅에는 매우 안락한 집 한 채와 아름다운 정원이 있었습니다. 제법 큰 안뜰도 있었는데, 그 안에는 더 이상 사용하지 않는 깊은 저수조가 있었습니다.

이렇게 땅과 집을 구입한 선량한 남자는 세상의 풍진에서 벗어나 살기 위하여 수도승의 옷을 걸쳤습니다. 그리고 다른 수도승을 위한 작은 독방을 여러 개 만들어 놓아, 얼마 지나지 않아서 그의 집에는 수많은 수도승들이 들끓는 공동체가 형성되었습니다. 고결한 덕성을 지닌 그의 소문은 이내 널리 알려졌고, 각계각층의 수많은 사람들이 그의 집에 몰려들었습니다. 결국 그는 만인의 칭송과 경애의 대상이 되었던 것입니다. 그의 기도를 청하러 멀리서 찾아오는 사람도 적지 않았으며, 그와 함께 수도 생활을 하는 사람들은 그를 통해 받은 축복들을 기록한 책을 출간하기도 했습니다.

그의 높은 명성은 과거에 살던 도시에까지 퍼졌고, 이 소식을 전해 들은 시샘쟁이는 배가 아파 견딜 수가 없었습니다. 결국 자신의 집과 사업을 다 팽개치는 한이 있더라도 달려가서 그를 파멸시키겠다고 결심했습니다. 시샘쟁이는 이런 계획을 품고 수도승들이 모여 사는 집을 찾아갔습니다. 그런데 그는 시샘쟁이가 나타나자 박대하기는커녕 더없이 따뜻한 태도로 맞아 주었습니다. 시샘쟁이는 둘이서 긴히 할 이야기가 있어 특별히 찾아왔다고 말했습니다. 그리고 이렇게 덧붙였습니다. 「다른 사람들이 우리 얘기를 들어서는 안 되니, 우리 함께 내정으로 가서 좀 걸읍시다! 그리고 벌써 날이 저물었으니, 다른 수도승들한테는 각자의 방에 물러가 있으라고 말하는 게 좋지 않겠소?」 선량한 수도승은 그가 원하는 대로 해주었습니다.

시샘쟁이는 내정에서 그와 함께 걸으며 온갖 감언이설을 늘어놓았습니다. 그러다 저수조 옆에 이르자 주위에 아무도 없는 것을 확인하고는 수도승을 밀어 그 안에 빠뜨려 버렸습니다. 이 너무도 사악한 행동을 마친 그는 신속히 범행 현장을 벗어나 수도원 대문에 이르렀고, 아무에게도 들키지 않고 수도원을 빠져나와 자기 집에 돌아왔습니다. 시샘의 대상이 더 이상 세상에 존재하지 않는다는 생각에 마음은 더없이 흐뭇했습니다. 하지만 이는 커다란 착각에 불과했으니……

날이 밝아 오고 있었으므로 세에라자드는 이야기를 계속할 수 없었다. 술탄은 시샘쟁이의 음흉함에 분개를 금치 못했다. 그는 생각했다. 〈그 착한 수도승에게 아무런 일도 일어나지 않으면 좋으련만! 내일은 하늘이 결코 그를 저버리지 않았다는 사실을 알게 되면 좋겠군.〉

마흔일곱 번째 밤

「언니!」 디나르자드는 눈을 뜨자마자 외쳤다. 「만일 자고 있지 않으면 그 착한 수도승이 저수조에서 무사히 빠져나올 수 있었는지 알려 주세요.」 「알았다!」 세에라자드가 대답하고 두 번째 탁발승의 입을 빌려 이야기를 이어 갔다.

그런데 그 저수조 안에는 요정들과 정령들이 살고 있었습니다. 이들은 수도승이 떨어지자 적시에 받아서 저수조 바닥에 살며시 내려놓아 아무런 상처도 입지 않게 해주었습니다. 수도승은 무언가 기이한 일이 일어났다는 사실만을 의식했을 뿐, 목숨을 잃을 수도 있었던 위험한 추락 중에는 아무것도 보지도 느끼지도 못했습니다. 하지만 곧 그는 어떤 목소리를 들을 수 있었습니다. 「너희들, 우리가 도와준 이 양반이 누구인지 알아?」 다른 목소리들이 모른다고 대답하자 첫 번째 목소리가 다시 말했습니다. 「그럼 내가 가르쳐 주지. 시샘이 아주 심한 이웃이 하나 있어서, 그의 마음의 병을 고쳐 주려는 더없이 자비로운 마음으로 살던 곳을 버리고 이곳에 와서 정착한 양반이야. 그런데 이곳에서 만인의 존경을 받게 되자 이를 견디지 못한 시샘쟁이가 그를 멸망시키려는 흉악한 속셈으로 찾아왔지. 만일 우리가 제때 구해 주지 않았더라면 그는 벌써 이 세상 사람이 아니었을 거야. 이 양반의 명성이 얼마나 높은지 내일은 이웃 도시에 살고 있는 술탄이 자기 딸을 위해 기도해 달라고 청하러 올 거라고.」

다른 목소리가 대체 공주에게 무슨 문제가 있기에 수도승의 기도가 필요하냐고 묻자 첫 번째 목소리가 대답했습니다. 「아니, 너희들 여태껏 모르고 있었어? 딤딤의 아들인 정령 메문이 공주에게 반해 지금 그녀의 머릿속에 들어가 있다는 사실을 말이야! 하지만 이 착하기만 한 수도승 양반이 그녀를 치료할 수 있을까 모르겠네. 사실 그 방법은 아주 간단한데, 너희들 한번 들어 볼래? 왜 이 수도원 안에 검은 고양이가 한 마리 있잖아? 꼬리 끝에 조그만 은화 크기의 흰 반점이 있는 고양이 말이야. 이 흰 반점에서 일곱 가닥의 털을 뽑아 태워서, 그 연기를 공주의 머리에 쏘이면 되는 거야. 그 즉시 공주는 말짱하게 나아서 딤딤의 아들 메문에게서 해방될 것이고, 메문 녀석은 두 번 다시 그녀 곁에 얼씬도 못하게 될 거라고.」

이 말이 끝난 후 정령들과 요정들은 밤새도록 아무 말이 없었지만, 수도승은 그들 사이에 오간 내용을 가슴에 새겨 놓았습니다. 다음 날 날이 밝아 사방을 볼 수 있게 되자, 수도승은 여기저기 허물어진 저수조에서 밖으로 통하는 구멍을 발견해 쉽사리 그곳을 빠져나올 수 있었습니다.

그를 찾고 있던 다른 수도승들은 그를 보자 매우 기뻐했습니다. 그는 어제 방문한 손님의 고약한 행동에 대해 간단히 이야기해 주고 자신의 방으로 들어갔습니다. 잠시 후, 검은 고양이가 평소처럼 쓰다듬어 달라고 그를 찾아왔습니다. 간밤에 정령들과 요정들이 이야기한 바로 그 고양이였습니다. 고양이를 안아 든 그는 꼬리의 흰 반점에서 터럭 일곱 가닥을 뽑아내어 따로 보관해 두었습니다.

해가 떠오른 지 얼마 되지 않아, 공주의 병을 고칠 수 있는 일이라면 무엇이든 하고 있던 술탄이 수도원 문 앞에 도착했습니다. 그는 호위병들을 세워 두고 중신 몇 명을 대동하여 들어왔습니다. 물론 수도승들은 정중한 예를 갖추어 그를 모셨지요.

술탄은 선량한 수도승을 따로 불러 이렇게 말했습니다. 「내가 왜 왔는지 혹시 알고 있는지요?」「예, 폐하!」 수도승은 겸손한 태도로 대답했습니다. 「만일 제가 알고 있는 것이 사실이라면, 폐하께서 황송하게도 이 몸을 찾아 주신 것은 공주님의 병환 때문이 아니옵니까?」「바로 그렇소!」 술탄이 말했습니다. 「만일 그대가 내 딸의 병을 고쳐 준다면 내 목숨이라도 내놓으리다!」「폐하!」 수도승이 다시 말했습니다. 「폐하께서 공주님을 여기 모셔 오신다면, 하느님의 가호와 은총을 입어 공주님께서 완전히 건강을 회복할 수 있도록 해드리겠습니다.」

이 말에 술탄은 기뻐서 어쩔 줄 몰라 하며 당장에 사람을 보내 공주를 데려오게 했고, 얼마 후 사람들이 볼 수 없게끔 너울로 얼굴을 가린 공주가 수많은 시녀들과 내시들에게 둘러싸여 도착했습니다. 수도승은 사람을 시켜 누워 있는 공주의 머리 위에 불붙은 숯이 담긴 삽을 들고 있게 하고, 그 위에 고양이 터럭 일곱 가닥을 올려놓았습니다. 사람들의 눈에는 보이지 않았지만 딤딤의 아들 정령 메문은 그 냄새를 맡자마

자 큰 비명을 지르며 도망가 버려, 공주는 즉시 자유로운 몸이 되었습니다. 그녀는 먼저 얼굴을 가리고 있던 너울을 들어 올린 후, 자신이 어디에 있는지 알기 위해 두리번거렸습니다.「여기가 어디죠?」그녀는 외쳤습니다.「누가 나를 여기 데려온 거예요?」이 말을 들은 술탄은 기뻐서 어쩔 줄 몰라 했습니다. 그는 딸을 껴안고 그녀의 두 눈에 입을 맞추었습니다. 그는 또한 수도승의 손등에도 입을 맞춘 후 주위에 있던 대신들에게 물었습니다.「귀공들의 의견을 듣고 싶소. 이렇게 내 딸을 치료해 준 이분께 어떤 보답을 해드려야 옳겠소?」대신들은 그가 공주의 배우자가 되어야 마땅하다고 입을 모아 대답했습니다.「내 생각이 바로 그것이오!」술탄이 외쳤습니다.「지금 이 순간부터 그대는 내 사위요.」

그로부터 얼마 후, 술탄의 대재상이 죽었습니다. 술탄은 수도승을 새로운 대재상으로 삼았고, 술탄 역시 승하한 후에는 각 교단과 군대의 지도자들이 모여 만장일치로 그를 새 술탄으로 추대했습니다……

셰에라자드는 날이 밝았으므로 이 대목에서 중단하지 않을 수 없었다. 샤리아는 수도승에게 이 모든 것을 받을 만한 자격이 있다고 생각했다. 그리고 이 소식을 들은 시샘쟁이가 또다시 죽도록 배 아파했는지 몹시 알고 싶었다. 그래서 그는 이것을 다음 밤에 알아보리라 마음먹으며 자리에서 일어났다.

마흔여덟 번째 밤

다시 시간이 되자 디나르자드는 왕비에게 다음과 같이 말했다.「언니! 만일 자고 있지 않으면 시샘쟁이와 시샘받은 사내의 이야기를 마쳐 주세요!」「기꺼이 해주마!」셰에라자드가 대답했다.「그러니까, 두 번째 탁발승은 다음과 같이 이야기를 계속했습니다.」

장인의 뒤를 이어 술탄이 된 착한 수도승이 어느 날 신하들과 함께 시장을 걸어가다가, 왕의 행차를 보려고 길가에 늘어선 인파 속에 시샘쟁이가 있는 것을 보았습니다. 그는 동행하고 있던 대신 한 명을 불러 나지막하게 말했습니다.「저기 저 사람을 내게 데려오시오! 그가 놀라지 않도록 조심해야 하오.」재상이 분부대로 시샘쟁이를 데려오자 왕이 말했습니다.「여보게! 그대를 만나게 되어 참으로 기쁘네!」그리고 옆에 있던 관리에게 분부했습니다.「즉시 내 금고에서 금화 천 개를 세어 이 사람에게 주도록 해라! 그뿐 아니라 내 창고에서 가장 값진 상품 스무 상자를 골라 내어 주고, 충분한 호위를 붙여 집까지 안전하게 모셔다 드리도록 해라!」관리에게 명령을 내린 후, 그는 시샘쟁이에게 작별 인사를 하고 행차를 계속했습니다.

폐하! 두 번째 탁발승은 시샘쟁이의 이야기를 마치고 조베이드를 향해 계속 말했습니다.

저는 〈흑단의 섬〉의 공주를 죽인 정령에게 이 이야기를 해준 후, 거기서 교훈을 끄집어내어 이렇게 말했습니다.「오, 정령님! 보지 않으셨습니까? 이 관대한 술탄은 시샘쟁이가 자기 목숨을 노렸다는 사실을 덮어 주는 것으로 그치지 않고, 선물까지 가득 안겨 돌려보내지 않았습니까?」그렇게 저는 이 아름다운 모범을 본받아 저를 용서해 달라고 애원해 보았습니다만, 냉혹한 정령의 마음을 돌리는 것은 불가능했습니다. 그는 제게 말했습니다. 「내가 네놈에게 해줄 수 있는 유일한 일은 네 목숨을 빼앗지 않는다는 것이야. 하지만 네놈을 무사히 보내 주리라는 기대는 버려! 나는 네놈에게 마법을 걸어 내가 얼마나 무서운 존재인가를 똑똑히 느끼게 해 주겠어!」 이렇게 말한 그는 저를 거칠게 낚아채더니 지하 궁전의 궁륭형 천장으로 올랐습니다. 이에 천장은 좌우로 열리며 길을 내줬고, 그렇게 지상으로 솟구쳐 나온 그는 그대로 하늘 높이 날아올랐습니다. 땅이 손바닥만 하게 보일 정도로 까마득한 하늘에까지 이르자 그는 다시 벼락 치듯 땅을 향해 곤두박질쳤고, 잠시 후 우리는 어떤 산꼭대기에 발을 딛고 있었습니다.

거기서 정령은 흙 한 줌을 쥐더니, 저로서는 무슨 뜻인지 알 수 없는 어떤 말을 중얼거린 후에 저에게 뿌리며 외쳤습니다. 「인간의 형상을 벗고 원숭이의 형상을 입어라!」 그러고 나서 그는 즉시 사라져 버렸고 혼자 남은 저는 원숭이로 변해 있었습니다. 내 아버님의 나라에서 얼마나 떨어졌는지조차 알 수 없는 낯선 나라에 홀로 떨어져, 고통 속에 신음하고 있는 가련한 원숭이일 따름이었습니다.

저는 산에서 내려와 평지로 이루어진 어떤 지역에 들어섰고, 한 달을 걸어서야 겨우 그곳을 통과해 바닷가에 도착할 수 있었습니다. 바다는 아주 고요했는데, 해안에서 약 반 리 정도 떨어진 곳에 배 한 척이 지나가고 있는 것이 보였습니다. 천재일우의 기회를 놓칠 수 없었던 저는 즉시 굵직한 나뭇가지 하나를 꺾어 바다에 띄우고는 그 위에 올라탔습니다. 다리 하나는 이쪽에, 그리고 다른 다리는 저쪽에 늘어뜨리고 양손에는 막대기를 하나씩 들어 노로 사용했습니다.

저는 이런 상태로 파도를 헤치고 배를 향해 나아갔습니다. 배 가까이 다다른 저의 모습은 갑판에 있던 선원들과 승객들에게 굉장한 구경거리가 아닐 수 없었습니다. 그들은 모두 크게 감탄하며 저를 바라보았습니다. 선체에 다가가자 줄이 내려와, 저는 그것을 붙잡고 갑판에 기어오를 수 있었습니다. 하지만 인간의 말을 할 수 없었던 탓에 지극히 곤란한 상황에 처하게 되었습니다. 사실 이때 저에게 닥친 위험은 정령 앞에서의 위험에 비해 조금도 덜하지 않은 것이었습니다.

미신에 사로잡혀 있는 데다가 겁까지 많은 상인들이 저를 태우면 배에 불길한 일이 생길 거라고 생각했던 것입니다. 그래서 그들 중 어떤 사람은 〈내가 저놈을 나무망치로 때려 죽여야겠어!〉라고 으르렁댔고, 어떤 사람은 〈저놈의 몸뚱이를 화살로 꿰뚫어 버려야지!〉라고 말했으며, 또 다른 사람은 〈놈을 바닷속에 던져 버려야 해!〉라고 떠들어 댔습니다. 만일 그때 제가 선장에게 달려가 그의 발치에 엎드려 머리를 조아리지 않았더라면, 아마 이자들은 그들이 위협한 대로 했을 것입니다. 하지만 저는 이렇게 애원하는 몸짓을 보이면서 선장의 옷자락을 부여잡았습니다. 선장은 이러한 저의 행동과 뚝뚝 떨어뜨리는 눈물에 마음이 움직여 저를 보호해 주기로 마음먹고는, 이 원숭이를 건드리는 자는 크게 후회하게 되리라고 엄포를 놓았습니다. 심지어 저를 연신 쓰다듬어 주기까지 했습니다. 말을 할 수 없는 저는 제가 얼마나 감사하고 있는지 손짓 발짓으로 표현하려 애쓸 뿐이었습니다.

어느덧 고요하던 바다에 바람이 일기 시작했는데, 다행히도 순풍이었습니다. 이 순풍은 마흔 날 동안 변함없이 계속되었고, 덕분에 우리는 인구가 많고 교역이 매우 활발한 어느 아름다운 항구 도시에 무사히 도착하여 닻을 내리게 되었습니다. 그곳은 어떤 강력한 왕국의 수도였던 까닭에, 매우 중요한 도시이기도 했습니다.

근해에 정박해 있던 우리 배는 곧 무수한 작은 배들에 둘러싸였습니다. 그 배들에는 도착한 친구를 환영하려는 사람, 우리 배가 출발했던 나라에 있는 지인들의 소식을 알아보려는 사람, 혹은 단순한 호기심으로 선박을 구경하려는 사람 등 다양한 사람들이 가득가득 타고 있었습니다. 그중에는 몇 명의 관리도 섞여 있었는데, 이들은 국왕의 명을 받아 배에 타고 있는 상인들을 보러 왔노라고 말했습니다. 상인들이 나타나자 관리들 가운데 하나가 입을 열었습니다. 「우리의 주군이신 술탄께서는 여러분께 환영의 뜻을 전해 달라고 말씀하셨습니다. 더불어 한 가지 부탁을 하셨는데, 다름이 아니라 여기 보이는 이 두루마리 위에 각자 펜을 들어 글을 한 줄씩 써주십사 하는 것입니다. 술탄께서 이런 부탁을 하신 데에는 이유가 있습니다. 그분에게는 대재상이 한 분 계셨는데, 국정을 관리하는 능력이 탁월하셨을 뿐 아니라, 글씨 또한 완벽하게 쓰시는 분이셨습니다. 그런데 이 재상께서 며칠 전에 별세하신 겁니다. 술탄께서는 심히 비통해하셨습니다. 항상 대재상의 글씨를 손에서 놓지 않고 찬탄을 거듭하시던 분인지라, 전(前) 재상만큼 글씨를 잘 쓰는 사람에게 재상의 자리를 물려주겠노라고 엄숙히 선언하셨습니다. 많은 사람들이 자신의 글씨를 제출했습니다만, 지금까지 이 왕국 안에서 재상의 자리를 이어받을 만한 자격을 갖춘 사람은 나타나지 않았습니다.」

그 높은 자리를 준다는 말에 글씨깨나 쓴다고 자부하는 상인들이 나서서 차례로 원하는 내용의 글씨를 썼습니다. 그들이 모두 끝냈을 때, 저는 앞으로 쪼르르 달려 나가 두루마리를 낚아챘습니다. 모든 사람들, 특히 방금 전에 글씨를 썼던 사람들은 제가 두루마리를 찢어 바다에 던지리라 생각하고는 기겁하여 소리를 질러 댔습니다. 그러나 곧 제가 아주 얌전히 두루마리를 들고서 나도 글씨를 써보겠다는 몸짓을 하자 모두들 안도의 한숨을 내쉬었습니다. 하지만 지금껏 글씨를 쓸 줄 아는 원숭이는 본 적도 없었을 뿐더러, 제가 자신들보다 잘 쓸 리가 없다고 생각하고는 제 손에서 두루마리를 빼앗으려 들었습니다. 그런데 이번에도 선장이 제 편을 들어주었습니다. 「그냥 놔두시오! 그 녀석이 글씨를 쓰게 놔두란 말이오! 만일 그 녀석이 종이를 더럽혀 놓는다면, 내 여러분께 약속하거니와 당장에 벌을 주겠소. 하지만 그 녀석이 글씨를 잘 쓸 수도 있소. 이렇게 생각하는 것은 내 생전에 이렇게 재주 많고, 또 이렇게 사람 말귀를 잘 알아듣는 원숭이는 보지 못했기 때문이오. 만일 내 예상대로 그 녀석이 글씨를 잘 쓴다면, 그 녀석을 내 아들로 삼을 것임을 선언하오. 나는 과거에 아들이 하나 있었는데, 솔직히 말해서 이 원숭이 반치도 똑똑하지 못했다오.」

아무도 저를 막으려 하지 않자 저는 펜을 들어 아랍 사람들이 사용하는 여섯 가지의 서체를 일필휘지로 써 내려갔습니다. 그리고 각 서체는 술탄을 칭송하는 내용으로, 제가 즉흥으로 지은 이행시 혹은 사행시를 담고 있었습니다. 이렇게 글씨를 쓰자 상인들의 글씨는 대번에 빛을 잃었습니다. 감히 말씀드리거니와 이처럼 아름다운 글씨는 이 나라의 그 누구도 지금껏 본 적이 없었을 것입니다. 제가 글씨를 다 쓰자 관리들은 두루마리를 받아 들고 술탄에게 갔습니다…….

여기까지 이야기한 셰에라자드는 날이 밝은 것을 보았다. 「폐하!」 그녀는 샤리아에게 말했다. 「만일 제게 계속할 시간이 있다면, 방금 들려드린 것보다 훨씬 더 놀라운 일들을 폐하께 이야기해 드릴 수 있사옵니다.」 이 이야기 전체를 들어야겠다고 마음먹은 술탄은 자신의 생각을 밝히지 않고 자리에서 일어났다.

마흔아홉 번째 밤

이튿날, 동트기 전에 잠이 깬 디나르자드는 왕비를 부르며 이렇게 말했다. 「언니! 만일 자고 있지 않으면 원숭이가 겪은 모험 이야기를 계속 들려주세요. 우리의 주군이신 술탄께서도 저만큼이나 궁금해하실 거예요.」 「두 분 모두 만족시켜 드리죠.」 셰에라자드가 대답했다. 「자, 지루하시지 않도록 곧장 본론으로 들어가겠습니다. 두 번째 탁발승은 다음과 같이 그의 이야기를 계속했지요.」

술탄은 다른 글씨에는 전혀 관심이 없었습니다. 오직 제 글씨만을 쳐다보았죠. 그것이 너무나도 마음에 든 나머지 그는 관리들에게 이렇게 말했습니다. 「가장 훌륭한 수단으로 지은 장포를 가져다가 이 여섯 서체의 글씨를 쓴 사람에게 입히고, 가장 멋지고 가장 화려하게 장식한 말에 태워 내게 데려오거라!」

술탄의 이 명에 관리들은 웃기 시작했습니다. 술탄이 그들의 무엄한 태도에 화가 나 벌을 내리려 하자, 그들이 말했습니다. 「폐하! 부디 소신들을 용서해 주시옵소서! 이 글씨들은 인간의 작품이 아니라 어떤 원숭이가 쓴 것이옵니다!」 「뭐라고?」 술탄이 외쳤습니다. 「이 놀라운 서예 작품이 사람의 손으로 쓴 게 아니라고?」 「아니옵니다, 폐하!」 한 관리가 대답했습니다. 「그건 원숭이가 쓴 것이라고 폐하께 확실히 말씀드릴 수 있습니다. 저희의 눈으로 직접 보았나이다.」 술탄은 이 일이 너무도 기이하다고 느껴 저를 보기를 원했습니다. 「그래도 내가 명한 대로 하라! 그토록 희귀한 원숭이라면 빨리 내게 데려오거라!」

관리들은 배로 돌아와 선장에게 술탄의 명을 전했고, 선장은 분부대로 따르겠다고 대답했습니다. 그들은 즉시 내게 아주 화려한 수단 장포를 입히고 육지로 데려가서 술탄의 말에 태워 왕궁으로 향했습니다. 왕궁에는 술탄뿐 아니라, 최고의 예를 갖춰 저를 맞이하기 위해 불러 모은 수많은 신하들이 기다리고 있었죠.

행진이 시작되었습니다. 항구와 거리와 광장과 창문, 그리고 성관과 가옥의 옥상에는 호기심으로 도처에서 모여든 남녀노소의 구경꾼들로 가득했습니다. 술탄께서 어떤 원숭이를 대재상으로 삼았다는 소문이 벌써 온 도성에 퍼져 있었던 것입니다. 저는 이렇게 놀라움에 사로잡혀 소리를 질러 대는 백성들에게 신기한 구경거리를 제공해 주고 술탄의 왕궁에 도착했습니다.

술탄은 대신들에 둘러싸여 옥좌에 앉아 계셨습니다. 저는 그분께 깊이 허리를 굽혀 세 번 절한 다음, 마지막에는 무릎을 꿇고 엎드려 바닥에 입을 맞추었습니다. 그러고 나서 다시 원숭이의 자세로 자리에 앉았습니다. 이러한 저의 모습에 거기 모인 모든 사람들은 감탄을 금치 못했고, 일개 원숭이가 어떻게 이리도 정확한 격식에 맞추어 술탄에게 예를 표할 수 있는지 모르겠다고 수군댔습니다. 가장 놀란 사람은 다름 아닌 술탄 자신이었습니다. 이렇게 멋지게 예를 표한 제가 여기에 연설 한마디만 덧붙일 수 있었더라면 이 접견식은 너무나도 완벽했을 것입니다. 하지만 원숭이는 말을 못하는 법이고, 제아무리 과거에 인간이었다 한들 말을 하는 특권을 가질 수는 없었습니다.

술탄은 신하들을 해산시켰고, 이제 남은 것은 저와 술탄, 그리고 시종장과 아주 어린 꼬마 시종 한 명뿐이었습니다. 술탄은 알현실을 떠나 자신의 궁실로 가서 먹을 것을 차리게 했습니다. 식탁에 앉은 그분은 자기 옆에 앉아서 함께 먹자고 제게 손짓했습니다. 저는 순종하겠다는 뜻으로 땅에 입을 맞춘 후 일어나 식탁에 앉았습니다. 그리고 아주 겸손하고도 절제된 태도로 음식을 먹었습니다.

후식을 들기 전에 저는 방 안에 필사(筆寫) 도구가 놓여 있는 것을 보았습니다. 저는 손짓으로 그것을 가져오게 한 후, 커다란 복숭아 위에다 술탄에 대한 감사의 마음을 담은 시 한 수를 적어 넣었습니다. 복숭아를 받아 시를 읽은 술탄의 놀라움은 더욱 커졌습니다. 식탁을 치우고 나서는 특별한 술이 나왔는데, 술탄께서는 제게도 권하셨습니다. 저는 술을 마시고 나서 잔 위에다 제가 어떠한 시련들을 거쳐 현재의 상태가 되었는지를 설명하는 시들을 새로이 적어 넣었습니다. 다시 이것들을 읽은 술탄이 말했습니다. 「이 시의 내용대로 살아올 수 있었던 사람이라면 정녕 위대한 인물이라고 말할 수 있겠지!」

이 왕께서는 체스 판을 가져오게 하여 저에게 손짓으로 이것을 둘 줄 아는지, 그리고 자신과 둘 의향이 있는지 물었습니다. 저는 땅에다 입을 맞추고, 감히 한 수 겨룰 기회를 주셔서 영광이라는 뜻으로 한쪽 손을 머리에 갖다 댔습니다. 첫째 판은 그분이 이겼지만, 두 번째와 세 번째 판은 모두 저의 승리였습니다. 술탄의 표정은 약간 시무룩해졌고, 저는 그를 위로해 드리기 위해 사행시 한 수를 지어 드렸습니다. 두 강력한 군대가 온종일 치열하게 싸웠지만 저녁이 되자 강화(講和)를 이루고 전장에서 함께 평화로운 밤을 보냈다는 내용의 시였습니다.

세상에 이처럼 재주 많고 똑똑한 원숭이가 있다는 말을 들어 본 적이 없는 술탄으로서는 이 모든 것들이 실로 놀랍기만 하여, 혼자 보기에는 너무 아깝다는 생각이 들었나 봅니다. 그에게는 〈미의 여왕〉이라는 별명을 가진 공주가 한 분 계셨는데 술탄은 마침 그 자리에 있던 공주의 시종장에게 말했습니다.「여보게! 가서 자네 상전을 모셔 오게나! 이 즐거운 자리를 그 애도 함께했으면 하네!」

시종장은 즉시 공주를 데려왔습니다. 그녀는 얼굴을 드러낸 상태였습니다. 그런데 우리가 있는 방에 들어서자마자 그녀는 재빨리 너울로 얼굴을 가리면서 술탄에게 말했습니다. 「폐하! 폐하께서 정신이 없으셨던 모양이군요! 외간 남자 앞에 이런 모습으로 나타나게 하시니 말이에요.」「얘야, 대체 무슨 말이냐?」 술탄이 대답했습니다. 「정신이 없는 것은 오히려 네가 아니냐? 지금 이 방에 이 꼬마 시종과 시종장과 나밖에 더 있느냐? 그리고 우리 모두는 다 네 얼굴을 볼 수 있는 사람들이 아니더냐? 그런데 지금 너는 얼굴을 가리고는, 너를 여기 오게 했다고 나를 책망하는구나.」「폐하!」 공주가 다시 말했습니다. 「왜 제 말이 맞는지 설명해 드릴게요. 여기 있는 이 원숭이는 비록 원숭이의 형상을 입고 있지만 실은 어떤 큰 왕의 아들인 젊은 왕자랍니다. 이블리스의 외손자인 정령이 에피티마루스 왕의 딸인 〈흑단의 섬〉 공주의 목숨을 잔혹하게 빼앗은 다음 이런 못된 짓을 해놓은 거예요.」

크게 놀란 술탄은 저를 돌아보면서, 이번에는 손짓이 아닌 말을 사용하여 공주의 말이 참말이냐고 물었습니다. 저는 여전히 말을 할 수 없었던 고로, 손을 머리 위에 얹어 공주의 말이 진실임을 시인했습니다. 그러자 술탄이 다시 말했습니다. 「얘야! 너는 어떻게 이 왕자가 마법에 의해 모습이 바뀌었다는 사실을 알게 되었지?」 공주가 대답했습니다. 「제가 아주 어렸을 때 시녀들 가운데 나이 든 부인 한 분이 계셨던 것 기억나시죠? 그분은 매우 뛰어난 마법사였어요. 저에게 마법의 서른여섯 가지 방법을 가르쳐 주셨지요. 그래서 저는 눈 깜짝할 사이에 이 수도 전체를 들어 대양 한가운데나, 혹은 캅카스 산맥 너머로 옮겨 놓을 수 있어요. 또 누가 마법에 걸려

있는지 한눈에 알아볼 수 있지요. 저는 마법에 걸린 사람이 누구이며, 누가 마법을 걸어 놓았는지도 훤히 안답니다. 그러니 제가 이분의 참모습을 꿰뚫어 보고 왕자님이라는 사실을 간파해 냈다 하여 그리 놀라지는 마세요.」 「내 딸에게 그토록 신통한 재주가 있는지 정말 몰랐구나!」 「폐하!」 공주가 다시 말했습니다. 「마법이란 알아 두면 유익하고 신기한 기술들이죠. 하지만 그런 재주가 있다고 떠벌리고 다니면 안 될 것 같아 여태껏 숨겨 왔을 뿐입니다.」 「그렇다면 네가 이 왕자의 마법도 풀 수 있겠니?」 「물론입니다, 폐하!」 공주가 대답했습니다. 「이분을 원래의 형상으로 돌려 드릴 수 있습니다.」 「그렇다면 그렇게 해다오!」 술탄이 급하게 말했습니다. 「그리해 준다면 나로서는 더 이상 기쁠 일이 없겠다. 왜냐하면 이 왕자를 내 대재상으로 삼고 너와 결혼시키고 싶기 때문이야.」「폐하!」 공주가 대답했습니다.「폐하의 분부라면 무엇이든 순종하겠어요!」

 마지막 말을 마친 셰에라자드는 날이 밝은 것을 보고 두 번째 탁발승의 이야기를 멈추었다. 샤리아는 그 이야기의 남은 부분이 지금까지 들은 부분만큼이나 유쾌하리라 생각하고 다음 날 들어야겠다고 마음먹었다.

쉰 번째 밤

 디나르자드는 평소와 같은 시간에 일어나 셰에라자드에게 말했다.「언니! 만일 자고 있지 않으면 어떻게 〈미의 여왕〉이 두 번째 탁발승을 원래의 모습으로 되돌려 놓았는지 이야기해 주세요!」「즉시 이야기해 줄게!」 셰에라자드가 대답했다.
「두 번째 탁발승은 조베이드를 향해 이야기를 이어 갔습니다.」

 〈미의 여왕〉 공주는 자신의 궁실로 들어가 칼날에 헤브라이 문자들이 새겨진 비수를 들고 나왔습니다. 그러고 나서 술탄, 시종장, 꼬마 시종, 그리고 저까지 우리 네 사람을 왕궁의 은밀한 곳에 있는 내정으로 데리고 갔습니다. 거기서 우리를 내정을 둘러싸고 있는 회랑의 그늘 아래 있게 한 후, 자신은 내정 중앙으로 걸어가 땅바닥에 큰 원을 하나 그리고, 그 안에 아랍 문자와 흔히들 〈클레오파트라 문자〉라고 하는 고대의 상형 문자로 무언가를 써놓았습니다.
 준비를 마친 후, 그녀는 원 중앙에 서서 주문을 외우고 쿠란의 몇 구절을 암송했습니다. 이에 따라 주변의 공기는 조금씩 어두워졌습니다. 마치 밤이 내려와 온 세상이 형체를 잃고 흩어져 버리는 듯한 분위기였습니다. 우리는 극심한 두려움에 사로잡혔습니다. 그리고 이블리스의 외손자인 정령이 엄청나게 큰 사자의 형상을 하고 나타나자 공포는 극에 달했습니다.

공주는 괴물을 보자마자 소리쳤습니다.「이 개야! 감히 내 앞에서 기지 않고 그런 흉측한 모습을 하고 나타나? 그런다고 내가 무서워할 줄 알았더냐?」「그러는 너야말로! 겁도 없이 우리가 엄숙한 맹세를 통해 맺은 조약을 위반해? 우리는 서로를 해치지도, 방해하지도 않기로 약속하지 않았던가?」 정령의 반격에 공주가 다시 맞받아쳤습니다.「야, 망할 놈아! 그건 바로 내가 너에게 할 말이야!」「닥쳐!」 사자가 말을 끊으며 소리쳤습니다.「나를 여기까지 고생스럽게 오게 한 대가를 톡톡히 치르도록 해주겠다!」 그는 이렇게 말하면서 무시무시한 아가리를 쫙 벌리고 금방이라도 삼켜 버릴 듯한 기세로 공주에게 달려들었습니다. 하지만 이미 경계하고 있던 그녀는 재빨리 한 걸음 뒤로 물러선 다음, 머리털 한 가닥을 뽑아 주문을 외웠습니다. 그러자 머리털은 날선 장검으로 변했고 그녀는 그것을 휘둘러 사자의 몸을 반으로 쪼개 버렸습니다. 그러자 두 토막이 난 몸통은 사라져 버리고 대가리만 남았는데, 그것은 다시 커다란 전갈로 변했습니다. 이에 공주도 즉시 뱀으로 변하여 둘은 치열한 싸움을 벌이기 시작했습니다. 얼마 후 열세에 몰린 전갈이 이번에는 독수리의 형상을 입고 날아가 버렸습니다. 하지만 뱀 역시 한층 강력한 검은 독수리로 변신하여 쫓아가, 둘은 우리의 눈에 보이지 않을 정도로 까마득한 하늘까지 올라갔습니다.

그렇게 그들이 사라져 버리고 얼마 후, 우리 앞쪽의 땅이 갈라지더니 거기서 흰색과 검은색이 섞인 고양이 한 마리가 온몸의 털을 바짝 세운 채 무시무시하게 울어 대면서 튀어나왔고, 그 뒤를 이어 검은 늑대 한 마리가 바짝 뒤쫓아 오며 숨 돌릴 틈 없이 공격을 계속했습니다.

다급해진 고양이는 벌레로 변하여 가까이에 보이는 무화과 열매 쪽으로 기어갔습니다. 내정에는 폭은 그다지 넓지 않지만 꽤 깊은 수로가 하나 있었고 그 옆에는 무화과나무 한 그루가 심겨 있었는데, 둘이 싸우고 있을 때 우연히 열매 하나가 떨어져 뒹굴고 있었던 것입니다. 벌레는 무화과 속으로 파고 들어가 순식간에 몸을 숨겨 버렸습니다. 그러자 무화과는 부풀어 오르더니 둥그런 호박만큼이나 커진 채 회랑의 지붕 위로 둥실 떠올랐습니다. 그리고 지붕 위에서 몇 바퀴 데굴데굴 구르더니 다시 땅에 떨어져 산산조각 나버렸습니다.

그동안 늑대는 수탉으로 변해 흩어진 무화과 씨에 달려들어 하나하나 쪼아 먹기 시작했습니다. 다 먹어 치워 씨가 더 이상 보이지 않자 수탉은 두 날개를 활짝 펼치고 큰 소리를 내며 푸다닥거렸습니다. 마치 아직 남아 있는 씨가 안 보이느냐고 우리에게 물어보는 듯한 몸짓이었습니다. 그런데 정말 수로 가장자리에 씨가 하나 남아 있었고, 그것을 발견한 수탉은 즉시 몸을 돌려 득달같이 달려들었습니다. 수탉이 부리로 막 쪼려 하는데, 씨앗은 쪼르르 굴러 수로에 떨어지더니 물속에서 조그만 물고기로 변했습니다……

「하지만 폐하! 벌써 날이 밝았군요.」 셰에라자드가 말했다. 「조금만 더 시간이 있었더라면 폐하께서는 아주 재미있는 이야기를 들으셨을 텐데요.」 이렇게 말하고 그녀는 입을 다물었다. 술탄은 자리에서 일어났지만, 머릿속은 방금 들은 그 기상천외한 사건들로 꽉 차 있어서, 어서 빨리 내일 밤이 되어 이야기를 마저 듣고 싶은 마음뿐이었다.

쉰한 번째 밤

 다음 날, 디나르자드는 곤히 자고 있는 왕비를 서슴없이 흔들어 깨우며 말했다. 「언니! 만일 자고 있지 않으면 어제 끝맺지 못했던 그 신기한 이야기를 계속 들려주세요! 정령과 공주가 끊임없이 변신해 가면서 벌이는 싸움이 어떻게 진행될 것인지 무척 궁금해요.」
 셰에라자드는 어디까지 이야기했었는지 잠시 기억을 더듬은 후, 술탄을 보면서 이야기를 시작했다. 「폐하! 두 번째 탁발승은 이렇게 이야기를 계속했습니다.」

 물속에 뛰어든 수탉은 곤들매기로 변하여 조그만 물고기를 뒤쫓았습니다. 그렇게 그들은 두 시간 동안 물 밖으로 나오지 않아서, 대체 어떻게 되었는지 다들 궁금해하고 있었습니다. 그런데 갑자기 몸을 오싹하게 하는 무시무시한 고함 소리가 들려왔습니다. 그리고 잠시 후, 우리는 공주와 정령이 온몸이 불덩이가 되어 다시 나타난 것을 보았습니다. 그들은 입으로 불을 토하며 겨루다가, 마침내는 서로 엉겨 붙어 씨름하기 시작했습니다. 이에 화염은 더욱 거세어졌고, 그들 주위에는 검붉은 연기가 무럭무럭 치솟아 왕궁 전체를 몽땅 태워 버리지 않을까 염려스러울 정도였습니다. 하지만 그때 더 화급한 일이 벌어졌습니다. 공주와 씨름하던 정령이 갑자기 그녀를 뿌리치고 회랑 아래 숨어 있던 우리에게 달려들면서 소용돌이 같은 화염을 토해 낸 것입니다. 만일 그때 공주가 뒤따라와 고함을 치면서 정령을 공격하여 그로 하여금 물러서게 하지 않았더라면, 우리는 모두 죽어 버렸을 것입니다. 하지만 그녀가 이처럼 재빨리 구조해 주었음에도 우리 측의 피해를 완전히 막을 수는 없었습니다. 술탄은 수염이 타고 얼굴에 화상을 입었으며 시종장은 그 자리에서 질식하여 타 죽어 버렸습니다. 그리고 불똥 하나가 제 오른쪽 눈에 튀어 저를 애꾸로 만들어 버렸습니다. 저와 술탄은 이제 죽었구나 싶어 두 눈을 질끈 감고 있었습니다. 그런데 문득 공주가 외치는 소리가 들려왔습니다. 「이겼다! 이겼어!」 그리고 홀연 우리의 눈앞에는 원래의 모습으로 돌아온 공주와 한 무더기의 잿더미로 화한 정령의 모습이 보였습니다.

공주는 우리 곁으로 다가왔습니다. 그녀가 시간을 허비하지 않기 위해 즉시 잔 하나에 물을 가득 담아 가져다 달라고 부탁하자, 난리 통에도 조금도 해를 입지 않은 꼬마 시종이 달려가 물을 떠왔습니다. 잔을 받아 든 공주는 그 위에 몇 마디 주문을 외우고 제게 물을 뿌리면서 외쳤습니다. 「네가 원숭이인 것이 마법에 의한 것이면 모습을 바꾸어 전에 입고 있던 인간의 형상을 되찾아라!」 그녀가 말을 마치자마자 저는 다시 인간이 되었습니다. 한쪽 눈을 제외하고는 원숭이로 변신하기 전과 조금도 다를 바가 없었습니다.

제가 어떻게 감사해야 할지 속으로 생각하고 있는데, 공주는 그럴 시간도 주지 않은 채 술탄에게 말했습니다. 「폐하! 폐하께서도 보셨다시피 정령과의 싸움에서 승리를 거두었습니다만, 저는 너무 비싼 대가를 치르게 되었어요. 이제 저는 얼마 살지 못해요. 그리고 폐하께서 원하시는 결혼식도 올리지 못할 것 같습니다. 이 끔찍한 싸움 중에 불기운이 제 몸 깊숙이 스며들어서 지금 몸이 점차 타들어 가는 것이 느껴져요. 만일 내가 수탉으로 변신했을 때 그 마지막 무화과 씨를 조금만 일찍 발견해서 삼켜 버렸더라면 이런 일은 일어나지 않았을 겁니다. 그 씨앗은 정령이 숨을 수 있었던 마지막 은

신처였던 셈이어서, 그것만 삼켜 버렸으면 저는 아무런 해를 입지 않고 무사히 승리를 거둘 수 있었지요. 하지만 그러지 못했기 때문에 저는 최후의 방책인 불을 사용할 수밖에 없었고, 폐하께서도 보셨다시피 땅과 하늘을 오가면서 이 강력한 무기를 사용하여 전투를 벌였던 거예요. 정령은 무서운 마법과 풍부한 경험을 지니고 있었지만 결국 저는 놈에게 제가 한 수 위라는 사실을 보여 줄 수 있었죠. 제가 그놈을 눌러 잿더미로 만들어 버린 겁니다. 하지만 저 역시 다가오고 있는 죽음을 피할 수는 없군요……」

셰에라자드는 여기에서 두 번째 탁발승의 이야기를 중단하고 술탄에게 말했다. 「폐하! 밝아 오는 아침 빛이 제게 더 이상 말하지 말라고 경고하고 있사옵니다. 하지만 만일 폐하께서 내일까지 저의 목숨을 살려 주신다면, 이 이야기를 끝까지 들으실 수 있을 것이옵니다.」 이에 동의한 샤리아는 평소의 습관대로 국사를 처리하러 몸을 일으켜 밖으로 나갔다.

쉰두 번째 밤

동이 트기 얼마 전, 잠에서 깨어난 디나르자드는 왕비를 불렀다. 「언니! 만일 자고 있지 않으면 두 번째 탁발승의 이야기를 마저 들려주세요!」 이에 셰에라자드는 즉시 입을 열어 이야기를 계속했다.

「탁발승은 계속 조베이드를 향하여 이렇게 이야기했습니다.」

아가씨! 술탄은 〈미의 여왕〉 공주가 말을 마칠 때까지 잠잠히 듣고만 있었습니다. 그리고 그녀가 말을 맺자, 고통이 절절히 느껴지는 어조로 이렇게 말했습니다. 「내 딸아! 지금 이 애비의 심정이 어떤 줄이나 아느냐? 아아! 내가 이렇게 살아 있다는 게 신기할 정도야! 나를 돌보던 시종장은 죽었고, 네가 마법에서 풀어 준 왕자도 애꾸눈이 되었고······.」 그는 더 이상 말을 잇지 못했습니다. 눈물과 한숨과 흐느낌이 솟구쳐 올라 목이 메었던 것입니다. 그분이 이처럼 고통스러워하는 모습을 보는 저와 그녀의 마음도 찢어질 듯 아파 그와 함께 울기만 했습니다. 이렇듯 우리 모두가 깊은 슬픔에 빠져 있는데 갑자기 공주가 비명을 지르기 시작했습니다. 「아, 뜨거워! 내 몸이 타요!」 그녀의 몸속에서 타들어 가던 불길이 마침내 온몸에 번진 것입니다. 「내 몸이 타고 있어요!」 이렇게 그녀는 죽음이 이 견딜 수 없는 고통을 끝내 줄 때까지 계속 비명을 질러 댔습니다. 불길의 힘은 너무도 강력했던지라 불과 몇 분 안에 그녀는 정령처럼 한 줌의 잿더미로 사그라져 버렸습니다.

아가씨! 이 무섭고도 음울한 광경을 보고 있던 제 가슴이 얼마나 아팠는지는 구태여 말씀드리지 않겠습니다. 저에게 은혜를 베풀어 준 여인이 이처럼 비참하게 죽는 것을 바라보고 있자니 차라리 평생 원숭이나 개로 지내는 편이 나았겠다는 생각이 들 정도였습니다. 한편 상상을 초월하는 고통에 사로잡힌 술탄은 차마 들을 수 없는 비명을 토하면서 주먹으로 자신의 머리와 가슴을 마구 때려 대다가, 결국 엄청난 절망감을 이기지 못하고 기절해 버렸습니다. 저는 그분의 생명까지 염려가 되었지만 비명을 듣고 황급히 달려온 내시들과 관리들이 손을 써서 그는 간신히 정신을 차릴 수 있었습니다. 사람들에게는 구태여 지금까지 일어난 일들을 길게 말할 필요조차 없었습니다. 조금 전까지만 해도 공주와 정령이었던 두 무더기의 잿더미가 모든 것을 말해 주고 있었으니까요. 스스로 몸을 가눌 힘도 없었던 술탄은 내시들의 부축을 받아 자신의 궁실로 돌아갔습니다.

이 너무나도 비극적인 사건이 궁 안과 도성 전체에 퍼지자, 모든 백성들은 〈미의 여왕〉 공주의 불행을 애통해하며 술탄의 슬픔을 함께했습니다. 이레 동안의 초상 기간에는 여러 가지 의식들이 거행되었습니다. 정령의 재는 바람에 실어 날렸고, 공주의 재는 귀한 항아리 속에 담아서 재를 쓸어 담은 자리에 지은 웅장한 영묘(靈廟)에 안치했습니다.

딸을 잃은 슬픔에 병을 얻은 술탄은 꼬박 한 달을 침대에서 움직이지 못했습니다. 그리고 몸이 완전히 회복되지도 않은 어느 날, 그분은 저를 불렀습니다. 「왕자여!」 제가 나타나자 그는 말했습니다. 「내가 하는 말을 잘 들으시오! 만일 따르지 않을 경우 당신의 목숨이 위태로울 거요.」 저는 분부하시는 대로 정확히 따르겠노라고 말씀드렸습니다. 그러자 그는 다시 입을 열었습니다. 「나는 지금까지 완전한 행복 속에서 살아왔고, 그것을 깨는 건 아무것도 없었소. 그런데 당신이 도착한 이후 내가 누리던 행복은 온데간데없어졌소. 내 딸은 죽고 시종장 역시 사라졌으며 나 역시 목숨이 붙어 있다는 사실 자체가 기적같이 느껴질 따름이오. 나로서는 도저히 위로받을 수 없는 이 모든 불행을 초래한 사람은 바로 당신이오. 하지만 당신에게 화풀이하지는 않겠소. 그러니 조용히 물러가시오! 하지만 즉시 사라져 주시오! 당신이 여기 더 붙어 있는 한 나는 오래 살 수 있을 것 같지 않소. 왜냐하면 당신의 존재 자체가 불행을 담고 있는 듯하기 때문이오. 이것이 내가 당신에게 말하고 싶은 전부요. 떠나시오! 그리고 절대 이 나라에 발을 들여놓지 마시오! 그때는 결코 사정을 봐주지 않겠소.」 저는 무언가 항변하려 했지만, 그가 노기에 찬 말들로 제 입을 막아 버려 그의 궁을 떠나지 않을 수 없었습니다.

이렇게 저는 모든 이들로부터 배척받고 쫓겨나고 버림받았습니다. 저는 도성을 빠져나가기 전에 공중목욕탕에 들러 수염과 눈썹을 밀어 버리고 탁발승의 옷을 구해 입었습니다. 그리고 길을 떠났습니다. 길을 가면서 저는 계속 울었는데, 저 자신의 비참한 신세보다는 저로 인해 죽게 된 아름다운 공주들을 생각했던 까닭입니다. 그렇게 저는 신분을 숨기고 여러 나라를 떠돌아다녔습니다. 그러다 어느 순간 결심하게 되었지요. 바그다드에 가서 신자들의 사령관 앞에 엎드려 너무도 기이한 저의 이야기를 들려드려서 그분으로 하여금 저를 불쌍히 여기도록 해야겠다고요. 이 도시에는 오늘 저녁에 도착했는데, 와서 처음 만난 사람이 저보다 먼저 이야기한 우리 형제 탁발승이었습니다. 그리고 그 후에 어떻게 해서 이 집까지 오게 되었는지는 아가씨께서 아시는 대로입니다.

두 번째 탁발승이 이야기를 마치자 모두 듣고 난 조베이드는 그에게 말했습니다. 「좋아요! 떠나세요! 허락할 테니 원하는 곳으로 가세요!」 하지만 탁발승은 나가려 하지 않고 자기도 첫 번째 탁발승처럼 남아 있게 해달라고 간청했고, 허락을 얻어 내자 첫 번째 탁발승 옆에 가서 앉았습니다.

「하지만 폐하!」 여기까지 말한 세에라자드가 말했다. 「날이 밝았기 때문에 더 이상 계속할 수 없사옵니다. 하지만 제가 감히 말씀드릴 수 있는 것은, 이 두 번째 탁발승의 이야기가 아무리 재미있다 해도 세 번째 탁발승의 이야기 또한 이에 못지않게 흥미롭다는 사실입니다. 폐하께서 잘 생각해 보시기 바랍니다. 내일까지 기다려서 그 이야기를 들어 보시겠습니까?」 술탄은 과연 다음 이야기가 오늘 들은 것만큼이나 신기한 것인지 알고 싶은 마음이 들었다. 그래서 왕비에게 허락한 유예 기간이 벌써 며칠 전부터 끝나 있기는 했지만, 또다시 셰에라자드의 목숨을 연장해 줘야겠다고 마음먹었다.

쉰세 번째 밤

다음 날 밤이 끝나 갈 즈음, 디나르자드는 왕비에게 말했다. 「언니! 만일 자고 있지 않으면, 잠시 후 동이 틀 때까지 언니가 알고 있는 멋진 이야기 하나를 들려주세요!」 이때 샤리아가 끼어들었다. 「나는 세 번째 탁발승의 이야기를 좀 듣고 싶구먼.」 「분부대로 따르겠습니다, 폐하!」 셰에라자드가 대답했다.

폐하! 세 번째 탁발승은 자기 차례가 온 것을 보고 다른 탁발승들이 그랬듯 조베이드를 보면서 다음과 같이 자신의 이야기를 시작했습니다.

세 번째 탁발승의 이야기

 지극히 경애하는 아가씨! 제가 들려드릴 이야기는 지금까지 들으신 이야기와는 많이 다릅니다. 앞서 이야기를 한 두 왕자는 순전히 운명의 장난에 의해 눈을 잃게 되었지만, 저는 스스로의 잘못으로 애꾸가 되었습니다. 제 이야기를 들어 보면 아시게 되겠지만 저 스스로 불행을 찾아 나섰다고 말할 수 있겠지요.
 저의 이름은 아지브이며, 카시브라고 불리는 어떤 왕의 아들입니다. 아버님께서 돌아가신 후 나라를 물려받은 저는, 그분이 거주하시던 도시에 도읍을 정했습니다. 바닷가에 위치한 이 도시에는 멋지고 안전한 항구가 있었으며, 유사시에 출동할 준비가 되어 있는 백오십 척의 전함에 무기를 공급하고 오십 척의 상선과 오십 척의 놀이용 요트에 장비를 제공하기에 충분한 대규모의 병기창도 갖추어져 있었습니다. 저의 왕국을 구성하고 있는 것은 여러 개의 아름다운 내륙 지방과 수많은 섬들이었는데, 이 섬들은 꽤 컸고 대부분 수도에서 육안으로 볼 수 있는 거리에 있었습니다.
 저는 왕이 되고 나서 먼저 내륙 지방들을 둘러보았습니다.

그다음에는 함대에 무기와 장비를 갖추고 섬들을 순회하며 방문하였습니다. 백성들과의 직접적인 접촉을 통해 민심을 얻고, 저에 대한 충성심을 확인하기 위해서였죠. 순회 방문에서 돌아와서는 얼마 동안 수도에서 지내고 다시 도서(島嶼) 지방 방문을 위한 항해를 떠났습니다. 이러한 여행들로 항해에 대한 약간의 지식을 얻은 저는 항해 자체를 즐기게 되어서, 결국 이 나라의 섬들보다 더 먼 곳으로 나가 새로운 것들을 발견해 보겠다고 마음먹기에 이르렀습니다. 이를 위해 저는 배 열 척을 의장한 후 배에 올라 돛을 펼쳤습니다. 항해의 처음 마흔 날은 순조로웠습니다. 하지만 마흔하루째 되던 날 밤, 바람이 세찬 역풍으로 돌변하더니 곧 배를 뒤집어엎을 듯한 폭풍이 되어 맹렬하게 몰아쳐 왔습니다. 그러다 동이 틀 무렵, 바람은 잔잔해졌고 구름은 흩어졌으며 떠오르는 태양과 함께 청명한 날씨가 돌아왔습니다. 우리는 섬 하나를 발견하고 거기서 이틀간 정박하며 보급품을 마련했습니다.

그러고 나서 우리는 다시 바다로 나갔습니다. 열흘의 항해 후, 우리는 지금쯤이면 육지가 보이겠거니 기대하고 있었습니다. 폭풍으로 배가 예정된 항로에서 벗어나 버려 항해사는 위치를 파악하지 못해 당황하고 있었고, 이 꼴을 본 제가 그냥 귀국하는 것이 좋겠다고 생각하여 수도를 향해 회항하고 있던 터였습니다. 그런데 열하루째 되던 날 높지막한 갑판 기둥 위에 올라 사방을 감시하던 선원이, 좌우편으로는 하늘과 수평선 외에 아무것도 없지만 전방에는 어떤 커다랗고 거무스름한 것이 보인다고 소리쳤습니다. 그러자 이 말을 들은 항해사는 안색이 홱 변하더니, 한 손으로 터번을 벗어 갑판에 내동댕이치고는 다른 손으로는 자신의 얼굴을 때렸습니다.「아이고! 폐하!」그는 비명을 질렀습니다.「우리는 망했습니다! 우리 중 그 누구도 이 위험에서 벗어날 수 없습니다! 제가 가진 모든 능력과 경험으로도 우리의 생명을 보장할 수 없답니다!」 이렇게 말하면서 그는 죽음을 피할 수 없게 된 사람처럼 흐느껴 울기 시작했고, 그의 절망적인 모습은 배 안의 모든 사람을 오싹하게 만들었습니다. 저는 그에게 대체 무슨 이유로 이토록 절망하느냐고 물었습니다. 「아아, 폐하!」 그는 대답했습니다. 「지난번의 폭풍으로 항로를 너무 벗어나서 내일 정오 무렵에 우리는 저 거무스레한 것 가까이에 이르게 될 것입니다. 저것은 다름 아닌 〈검은 산〉이랍니다. 이 〈검은 산〉은 커다란 자석 광산으로, 지금부터 우리 함대 전체를 끌어당길 것입니다. 배의 구조물에는 못이며 철물들이 잔뜩 포함되어 있으니까요. 내일 우리가 어느 정도의 거리에 도달하면, 자석의 힘은 너무도 강력해져서 배 안의 모든 못들이 뽑혀 나가 산에 달라붙고 배들은 해체되어 침몰할 것입니다. 자석이란 그 속성상 쇠붙이를 끌어당기고 또 이러한 인력을 통해 한층 강화되는 까닭에, 저 산의 바다 쪽 면은 그것이 침몰시킨 무수히 많은 배들의 못으로 온통 뒤덮여 있답니다. 이런 과정을 통해 〈검은 산〉의 힘은 보전되는 동시에 점점 더 커지고 있는 것입니다. 이 산은 깎아지른 듯한 경사면으로 이루어져 있으며, 정상에는 청동 기둥들로 받친 청동 돔이 하나 있습니다. 이 돔 위에는 기사의 상(像)이 서 있는데, 납으로 된 그의 흉갑에는 마법의 주문이 새겨져 있습니다. 전하는 바에 의하면 이 상이야말로 인근 해역에서 일어난 배들의 침몰과 숱한 죽음의 원인이라 합니다. 또한 그것이 무너지지 않는 한 앞으로도 계속하여 이 일대를 지나는 모든 이들에게 불행이 닥칠 것이라 하옵니다.」

이 말을 마치고 항해사는 통곡하기 시작했고, 그 눈물을 본 다른 선원들도 따라 울기 시작했습니다. 저 역시 이제 인생이 끝났다는 사실을 의심할 수 없었습니다. 하지만 모든 이들은 실낱같은 희망 속에서 살길을 찾으려 애썼습니다. 그리고 불확실한 미래 앞에서, 생존자가 있을 경우를 대비하여 서로를 서로의 상속인으로 세우는 유서를 작성하느라 분주했습니다.

다음 날 아침, 〈검은 산〉의 모습은 안개가 걷힌 듯이 선명하게 보였습니다. 이제 그것이 어떤 산인가를 알고 있는 우리로서는 참으로 으스스한 모습이 아닐 수 없었습니다. 정오 무렵에 배들은 산에 더욱 근접했고, 마침내 항해사가 예언한 일이 일어나기 시작했습니다. 우리 눈앞에서 배들의 못이며 쇠붙이들이 강한 자력에 의해 산 쪽으로 날아간 후, 무시무시한 소리를 내며 철썩철썩 들러붙는 것이었습니다. 이에 배들은 모두 해체되어 측량할 수 없을 정도로 깊고 깊은 이곳 해역의 바닷속으로 잠겨 들어갔고 제 부하들도 모두 익사했습니다. 하지만 하느님께서 불쌍히 여기사, 간신히 널판 하나를 붙잡을 수 있었던 저는 마침 불어오는 바람에 〈검은 산〉의 기슭에까지 떠밀려 갔습니다. 저는 상처 하나 없이 말짱했고, 운 좋게도 제가 상륙한 곳은 산 정상으로 이어지는 계단이 시작되는 곳이었습니다…….

셰에라자드는 이야기를 계속하고 싶었지만 날이 밝아 오고 있었으므로 입을 다물 수밖에 없었다. 이야기의 시작 부분을 들은 술탄은 왕비의 말이 틀리지 않았다고 생각했다. 따라서 그가 이날도 그녀를 죽이지 않은 것은 조금도 놀라운 일이 아니었다.

쉰네 번째 밤

「언니, 제발 부탁이에요!」 다음 날 디나르자드가 외쳤다. 「자고 있지 않으면 세 번째 탁발승의 이야기를 계속해 주세요!」 「나의 사랑스러운 동생아!」 세에라자드가 대답했다. 「이 왕자는 다음과 같이 이야기를 계속했단다.」

이 계단을 보고 — 계단 좌우편에는 발을 디딜 만한 땅이 없었습니다 — 저는 하느님께 감사를 드리고, 그분의 성스러운 이름을 부르면서 산 위로 올라가기 시작했습니다. 계단은 너무도 좁고 가파르고 험해서 만일 조금이라도 세찬 바람이 불어왔더라면 저는 그대로 바다로 굴러떨어졌을 것입니다. 큰 사고 없이 마침내 정상에 이른 저는 돔 아래로 들어가 땅에 입을 맞추며 은혜를 베푸신 하느님께 감사를 드렸습니다.

저는 돔 아래에서 밤을 보냈습니다. 그런데 잠을 자고 있을 때 꿈속에 어떤 풍채 좋은 노인네가 나타나더니 제게 말했습니다. 「잘 듣거라, 아지브! 잠에서 깨어나면 네 발밑의 땅을 파보아라. 거기에는 청동 활 하나와 납 화살 세 개가 있을 것이다. 그것은 지금 인류를 위협하고 있는 수많은 악들을 물리치기 위해 어떤 별자리들의 정기를 모아 만들어진 것들이다. 동상에 대고 화살 세 발을 쏘아라. 기사와 말은 나란히 바다에 떨어질 것이다. 그러고 나서 활과 화살을 원래의 자리에 다시 묻어라. 이때 바다는 부풀어 올라 산 위 돔의 발치까지 차오를 것이다. 물이 거기까지 올라오면 어떤 사람이 양손으로 노를 저어 오는 거룻배 한 척이 보일 것이다. 이 사람 역시 청동으로 되어 있으나 네가 쓰러뜨린 동상과는 다른 자이다. 거룻배가 오면 하느님의 이름을 입에 담지 말고 배에 올라 그 사람이 가는 대로 놔두어라. 그는 배를 저어 열흘 후에 다른 바다에 이를 것이고, 거기서 너는 무사히 고국에 돌아갈 방법을 찾을 수 있을 것이다. 그렇지만 내가 말했듯이 여행하는 동안 하느님의 이름을 절대로 입에 담지 말아야 한다는 것을 꼭 명심해라.」

잠에서 깨어난 저는 이 꿈의 내용에 크게 안도하고 노인네가 명한 그대로 행했습니다. 땅을 파 활과 화살을 꺼내 그것으로 기사를 쐈습니다. 세 번째 화살이 꽂히자 기사는 넘어져 바다로 떨어졌고, 말도 함께 떨어졌습니다. 활과 화살을 원래의 자리에 묻고 있을 때 바다는 부풀어 조금씩 높아지기 시작했습니다. 수면이 산꼭대기의 돔 아래까지 이르렀을 때, 바다 저 멀리서 거룻배 한 척이 이쪽으로 오는 것이 보였습니다. 저는 이 모든 일이 꿈에서 예언된 대로 이루어지는 것을 보고 하느님께 감사를 드렸습니다.

드디어 거룻배가 제 곁에 왔고, 그 안에는 노인이 묘사한 대로 청동으로 된 사내의 모습이 보였습니다. 배에 올라탄 저는 하느님의 이름을 입 밖에 내지 않으려 조심했을 뿐 아니라, 아예 입을 열지도 않았습니다. 제가 앉자 청동 사내는 다시 노를 저어 산에서 멀어지기 시작했습니다. 이렇게 그는 쉬지 않고 노를 저었고, 마침내 아흐레 후에는 저 멀리 다른 섬들이 보이기 시작했습니다. 이에 제 마음속에서는 잠시 후면 위험에서 벗어날 수 있겠구나 하는 희망이 솟구쳤습니다. 한데 너무도 기뻤던 나머지 저는 노인네의 경고를 깜빡 잊고서 외치고 말았습니다. 「오, 하느님 감사합니다! 오, 하느님을 찬양합니다!」

이 말을 채 끝내기도 전에 거룻배는 청동 사내와 함께 바다에 가라앉았습니다. 물 위에 남은 저는 그날 오후 내내 가장 가까이 보이는 육지를 향해 헤엄쳤습니다. 이윽고 새카만 밤이 되어 방향마저 분간할 수 없게 되었으나 되는 대로 헤엄쳤습니다. 결국 기력이 고갈되었고 이제는 살아날 가망이 없겠구나 싶어 절망하고 있을 때, 홀연 바람이 강해지더니 산더미만 한 파도가 저를 휩쓸어 해변에 던져 놓고는 물러갔습니다. 저는 또 다른 파도가 몰려올까 두려워 얼른 땅으로 올라갔습니다. 거기서 제가 처음 한 일은 옷을 벗어 물기를 짜낸 다음, 아직 낮의 열기가 식지 않은 모래 위에 널어놓는 것이었습니다.

다음 날 다시 떠오른 햇빛을 받아 옷은 곧 말랐습니다. 그것을 주워 입은 저는 지금 있는 곳이 어디인지 알아보려고 앞으로 나아갔습니다. 그리고 걸은 지 얼마 되지 않아, 이곳이 각종 야생 과일나무들이 울창하게 자라고 있는 아주 쾌적한 작은 무인도라는 것을 알았습니다. 그러나 잠시 후, 이 섬이 육지에서 상당히 떨어져 있다는 사실을 알게 되자 바다의 위험에서 벗어났다는 기쁨도 한풀 꺾였습니다. 그리하여 이제 운명을 하느님의 뜻에 맡기고 기다려 보자고 생각하고 있는데, 돛을 활짝 편 조그만 범선 한 척이 저 멀리 보이는 육지 쪽에서 오고 있지 않겠습니까?

배는 이 섬에 와서 닻을 내리려는 듯했지만, 거기 타고 있는 사람들이 친구인지 적인지 알 수 없었던 저는 일단 모습을 보이면 안 되겠다고 생각했습니다. 그래서 나뭇잎이 무성한 나무에 올라가 그들의 행동을 살피기로 했습니다. 드디어 배가 조그만 포구에 정박하자, 삽이며 땅을 팔 수 있는 각종 연장을 든 열 명의 노예가 배에서 내렸습니다. 섬의 중심부까지 걸어간 그들은 어느 장소에서 멈추더니 얼마 동안 땅을 파헤쳤습니다. 다음 동작을 통해 저는 그들이 어떤 뚜껑을 들어 올리고 있다는 사실을 짐작할 수 있었습니다. 잠시 후 그들은 배로 돌아가 각종 식량과 가구들을 내려 어깨에 한 짐씩 짊어지고 땅속으로 들어갔습니다. 뚜껑 문 아래에 지하 공간이 나 있었던 것입니다! 곧 노예들은 다시 나와 배로 가더니 이번에는 한 노인과 나이가 열너덧 살 정도 되어 보이는 잘생긴 소년 하나를 데려갔습니다. 뚜껑 문을 열고 모두 땅속으로 내려간 그들은 얼마 후 다시 나와서 뚜껑 문을 닫고 그 위에 흙을 덮은 후 배가 정박해 있는 포구 쪽으로 향했습니다. 하지만 저는 그들 가운데 소년이 빠져 있다는 사실을 발견했고, 소년 혼자만 지하 공간에 남았다는 결론을 내리게 되었습니다. 너무나도 놀라운 상황이 아닐 수 없었지요!

노인과 노예들은 다시 승선했고, 배는 다시 돛을 펼쳐 육지를 향해 떠나갔습니다. 배가 충분히 멀어져서 이제 선원들도 제 모습을 보지 못하리라고 판단한 저는 나무에서 내려와 그들이 땅을 파헤친 장소로 달려갔습니다. 흙을 파헤치니 가로세로가 이삼 척 되는 정사각형의 석판이 나타났고, 그것을 들어 올리자 역시 돌로 된 지하 계단이 내려다보였습니다. 계단을 내려가니 아래에는 커다란 방이 있었습니다. 방바닥에는 양탄자 한 장이 깔려 있었고 또 다른 양탄자와 화려한 천의 쿠션들로 꾸민 좌단이 있었는데, 그 위에는 손에 부채를 든 소년이 앉아 있었습니다. 방은 두 개의 촛불로 환히 밝혀져 있어서 소년 옆에 과일이며 화분 같은 것들이 놓여 있다는 걸 알 수 있었습니다.

갑자기 나타난 저의 모습에 소년은 몹시 무서워했습니다. 저는 그를 안심시켰습니다. 「그대가 누구인지는 모르겠으나, 조금도 두려워 마시오! 왕의 아들이며, 또 스스로 왕이기도 한 내가 어찌 그대를 해칠 수 있겠소? 내가 여기 온 것이 오히려 그대에게는 행운일지도 모르오. 무슨 연유인지는 모르겠지만 보아하니 그대는 여기에 생매장된 것 같은데, 내가 이 무덤에서 꺼내 줄 수 있는 것 아니겠소? 하지만 내가 이해할 수 없는 일은 ─ 사실 나는 그대가 이 섬에 도착한 이후 일어난 일들을 모두 보았다오 — 그들이 이 장소에 묻어 버리는데도 그대는 조금도 저항하지 않았다는 사실이오……」

여기에서 셰에라자드는 입을 다물었다. 술탄은 자리에서 일어났지만, 왜 이 소년이 무인도에 버려졌는지 빨리 알고 싶은 마음뿐이었고 다음 밤에 그 이야기를 들으리라 마음먹었다.

쉰다섯 번째 밤

시간이 되자 디나르자드는 왕비를 불렀다. 「언니! 만일 자고 있지 않으면 세 번째 탁발승의 이야기를 계속해 주세요!」 셰에라자드는 지체 없이 말했다. 「폐하! 세 번째 탁발승은 계속 이야기했습니다.」

이 말에 안심한 소년은 웃는 얼굴로 제게 옆에 앉으라고 청하며 말했습니다. 「왕자님! 제가 놀라울 정도로 기이한 이야기를 하나 해드리겠습니다. 저의 아버님은 보석상으로, 근면하실 뿐 아니라 수완이 뛰어나 많은 돈을 버신 분입니다. 또 아버님은 수많은 종들과 대리상(代理商)들을 거느리고 계셨습니다. 이들은 아버님의 배를 타고 여행을 다니면서 아버님이 보석을 공급하는 각국 궁정의 거래처를 관리하는 사람들이었죠. 아버님께서는 결혼하고 여러 해가 흐른 후에도 자식이 없으셨습니다. 그러던 어느 날, 아버님께서는 장차 아들을 갖게 될 터인데 수명이 그리 길지 않으리라는 내용의 꿈을 꾸었습니다. 꿈에서 깨어난 아버님의 마음은 찜찜하기 이를 데 없었지요. 그런데 이로부터 며칠 후, 아버님은 어머님으로부터 아이를 가졌다는 소식을 들었습니다. 두 분이서 머리를 맞대고 아기가 잉태된 때를 계산해 보니 아버님이 꿈을 꾸신 바로 그날이었습니다. 그로부터 아홉 달 후, 어머님은 저를 출산하셨고 온 집안이 크게 기뻐한 것은 말할 것도 없지요. 아버님은 제가 태어난 시각을 정확히 알아 두었다가, 점성술사들을 찾아가 저의 운세를 물었습니다. 그들은 이렇게 대답했습니다. 〈당신의 아들은 분명 열다섯 살 때까지 아무 탈 없이 잘 자랄 것이오. 하지만 열다섯 살 되는 해에 목숨을 앗아갈 수 있는 액운이 닥칠 텐데 그것을 피하기는 힘들 것이오. 하지만 천만다행으로 이때 죽지 않는다면 장수를 누리게 될 것이오. 우리가 이렇게 말할 수 있는 까닭은, 지금부터 열다섯 해 후《검은 산》꼭대기에 있는 청동 기마상이 카시브 왕의 아들 아지브 왕자에 의해 넘어지고 바로 이 왕자가 그로부터 오십 일 후에 당신의 아들을 죽일 것이라고 별자리 운세에 쓰여 있기 때문이오.〉

점성술사들의 예언이 꿈의 내용과 일치했으므로 아버님은 큰 충격과 고통에 빠지셨습니다. 그럼에도 불구하고 아버님은 저의 교육에 정성을 쏟으셨으며, 그렇게 제가 열다섯 살 되는 올해까지 세월이 흘러 왔습니다. 한데 어제 아버님께서 제가 방금 말씀드린 그 왕자가 열흘 전에 청동 기사를 넘어뜨렸다는 소문을 전해 들으신 겁니다. 아버님은 너무도 놀라고 상심하신 탓에 한순간에 딴사람이 된 듯 초췌해지셨습니다. 점성술사들의 예언을 들은 이후로 아버님께서는 저의 운세를 돌려놓고 목숨을 보전할 수 있는 방법들을 찾아 오셨습니다. 그래서 이미 오래전에 이 지하 거처를 지어 놓으셨던 겁니다. 기마상이 넘어졌다는 소식을 듣자마자 저를 이 안에다 숨겨 놓으려는 요량이셨죠. 어제 그 소식을 들으시고는 서둘러 저를 여기로 데려다 숨기신 다음, 사십 일 후에 다시 데리러 오겠다는 약속을 남기고 떠나셨던 겁니다. 지금 제 마음 역시 희망으로 넘치고 있습니다. 아무리 아지브 왕자라 한들 무인도 가운데 있는 이 땅속까지 찾아오리라고는 생각할 수 없으니까요. 자, 왕자님! 이것이 제가 말씀드릴 내용이었습니다.」

보석상 아들의 이야기를 듣는 동안 저는 제가 그의 목숨을 빼앗을 거라고 예언했다는 점성술사들을 속으로 비웃었습니다. 제가 절대로 점성술사의 예언대로 할 리 없다고 생각했기 때문이지요. 저는 소년이 말을 마치자마자 들뜬 기분으로 말했습니다.「오, 이보게 젊은이! 선하신 하느님을 믿고 아무것도 두려워하지 마시오! 그냥 그대가 누군가에게 치러야 할 빚이 있었는데, 오늘 그것을 다 갚았다고만 생각하시오! 지금 내 마음은 너무나도 기쁘다오! 내 비록 배가 난파되었지만, 그로 인해 여기 와서 그대의 목숨을 노리는 자들로부터 그대를 보호해 줄 수 있게 되었으니 말이오! 점성술사들은 쓸데없는 소리로 그대를 근심하게 만들었지만, 나는 이 마흔 날 동안 그대를 떠나지 않고 지켜 주겠소! 이 기간 동안 내가 할 수 있는 모든 것을 하여 그대를 돕겠소! 그러고 나서 그대의 배가 오면 그대 부친과 그대의 허락하에 배에 동승하여 육지로 돌아가고 싶소. 내 왕국에 돌아가면 그대에게 진 빚을 결코 잊지 않고, 합당한 방식으로 감사의 뜻을 표하겠소!」

저는 이러한 말로써 보석상 아들을 안심시키고 저를 신뢰하게 만들었습니다. 하지만 그를 놀라게 하고 싶지는 않았으므로 제가 바로 아지브 왕자라는 사실은 밝히지 않았고, 그가 그런 생각을 갖지 못하게끔 극히 조심했습니다. 우리는 밤이 깊을 때까지 이런저런 대화를 나누었고, 이를 통해 저는 그가 매우 똑똑한 소년이라는 것을 알 수 있었습니다. 우리는 그의 식량을 함께 먹었습니다. 그곳에 비축된 음식물이 너무도 많았던지라, 저 말고 다른 손님이 있었다 해도 사십

일 후에는 많은 양이 남았을 것입니다. 저녁을 먹고 난 후 우리는 얼마 동안 더 얘기하다가 잠자리에 들었습니다.

다음 날, 그가 일어나자 저는 대야에다 물을 떠다 주고 그가 세수할 동안 음식을 준비하여 시간에 맞춰 점심을 차려 주었습니다. 식사를 마친 후에는 그날뿐 아니라 이후의 날들에도 함께 놀며 무료함을 달랠 수 있는 게임을 하나 고안해 냈습니다. 저녁이 되자 점심때와 같은 방식으로 저녁을 준비하여 함께 먹은 후 전날과 마찬가지로 잠자리에 들었습니다. 이렇게 우리는 서로 우정을 맺을 시간을 충분히 가질 수 있었습니다. 그는 저에게 호감을 품은 눈치였고 저 역시 그가 너무도 좋았기 때문에, 종종 속으로 그가 제 손에 죽게 되리라고 예언한 점성술사들은 사기꾼이며 제가 그렇게 못된 짓을 하는 것은 도저히 있을 수 없는 일이라고 생각하곤 했습니다. 그렇게 하여 아가씨, 우리는 이 지하 장소에서 세상에서 가장 유쾌하게 서른아홉 날을 보낼 수 있었던 것입니다.

마흔 번째 날이 되었습니다. 아침이 되어 잠이 깬 소년은 기쁨을 억누르지 못하고 제게 말했습니다. 「왕자님! 오늘이 마흔 번째 날이에요! 하지만 하느님과 당신이 함께 있어 준 덕분에 저는 죽지 않았어요! 잠시 후면 오실 아버님께서는 왕자님께 정말 고마워하고, 왕자님이 고국으로 돌아가시는 데 필요한 모든 것을 제공해 드릴 거예요. 하지만 아버님이 오실 때까지 부탁을 한 가지 드릴게요. 목욕을 할 수 있게끔 욕조에 물을 좀 데워 주세요. 아버님을 뵙기 전에 때를 좀 벗겨 내고 옷을 갈아입어야겠어요.」 저는 물을 따끈하게 데워서 욕조에 채워 주었습니다. 소년이 그 안에 들어가자 저는 손수 씻어 주고 때를 밀어 주었습니다. 소년이 욕조에서 나와 제가 정리해 놓은 침대에 누워서 저는 이불을 덮어 주었습니다. 잠시 잠에 빠져 휴식을 취한 후 그가 말했습니다. 「왕자님! 멜론과 설탕을 좀 가져다주시겠어요? 시원하게 목 좀 축이게요.」

아직 남아 있는 여러 개의 멜론 중에서 저는 가장 좋은 것을 골라 쟁반에 담았습니다. 한데 그것을 자를 칼이 보이지 않아 소년에게 물었습니다. 「그건 내 위쪽 저 코니스[11] 위에 있어요.」 눈을 들어 보니 과연 거기에 칼 한 자루가 얹혀 있는 게 보였습니다. 저는 일어나 까치발을 하고 칼을 잡았습니다. 하지만 너무 서두르는 통에 발이 이불에 걸려 넘어지고 말았습니다. 너무나 불운하게도 제가 넘어진 장소는 소년의 몸 위였고 저는 그만 들고 있던 칼로 그의 심장을 찌르고 말았습니다. 그는 즉사해 버렸죠······.

이 광경에 저는 끔찍한 비명을 질러 댔습니다. 주먹으로 제 머리와 얼굴과 가슴을 쳐댔습니다. 형언할 수 없는 괴로움과 후회에 사로잡혀 옷을 찢고 땅바닥을 데굴데굴 굴렀습니다. 그리고 외쳤습니다. 「아아, 이게 웬일이냐! 이 아이는 어떻게든 살아 보겠다고 이곳에 피신해서, 이제 몇 시간만 지나면 위험에서 벗어날 수 있었는데······. 그리고 나는 위험이 다 지나갔다고 생각하고 있었는데······. 그런데 내가 살인자가 되어 예언을 실현하다니! 오, 하느님!」 저는 고개를 들어 하늘을 우러러보며 울부짖었습니다. 「저를 용서해 주옵소서! 하지만 진정 제가 그의 죽음에 죄가 있는 것이라면, 저는 더 이상 살고 싶지 않습니다!」

이 대목에서 날이 밝은 것을 본 셰에라자드는 이야기를 중단해야만 했다. 이야기는 너무도 비극적이어서 인도의 술탄마저 가슴이 저며 올 정도였다. 앞으로 탁발승이 어떻게 될

---

11 서양 건축 용어로 벽면에 띠 모양으로 돌출한 부분. 〈돌림띠〉라고도 한다.

지 몹시 걱정스러워진 그는 이날도 셰에라자드를 죽일 수 없었다. 그를 이 모든 불안감에서 해방시켜 줄 수 있는 사람은 오직 그녀뿐이었기 때문이다.

쉰여섯 번째 밤

다음 날 디나르자드는 평소의 습관대로 왕비를 깨웠다. 「언니! 만일 자고 있지 않으면 소년이 죽고 난 뒤에 어떤 일이 일어났는지 이야기해 주세요!」 셰에라자드는 즉시 입을 열어 세 번째 탁발승의 이야기를 계속했다.

아가씨! 이 불행한 일을 겪고 나니 더 이상 살고 싶은 마음이 없었습니다. 그때 만일 죽음이 찾아왔다면 저는 아무 두려움 없이 죽음을 맞았을 것입니다. 하지만 좋은 일과 마찬가지로 나쁜 일도 우리가 원할 때는 찾아오지 않는 법입니다. 또한 아무리 울고 괴로워해 봤자 소년은 다시 살아나지 못하며, 이제 마흔 날이 지났으므로 곧 돌아올 소년의 부친에게 발각될 수도 있다는 생각에 저는 계단을 올라 지하 거처를 빠져나왔습니다. 그리고 그 커다란 석판으로 입구를 막은 후 흙을 덮었습니다.

이 일을 마치고 바다로 눈을 돌린 저는 소년을 데려왔던 배가 오고 있는 것을 보았습니다. 당황한 저는 생각했습니다. 〈만일 자기 아들이 저 꼴이 되어 있는데 내가 옆에서 어정거리는 것을 본다면, 노인이 당장에 종들을 시켜 나를 붙잡아 무참히 죽여 버릴 거야. 내가 스스로를 변호하기 위해 무슨 말을 한다 해도 결코 나의 결백을 믿지 않겠지. 이제 다른 수가 없어. 제정신이 아닐 저 양반의 불벼락을 맞느니 빨리 피하는 게 상책이야.〉 지하 장소 옆에는 잎사귀가 무성하여 몸을 숨기기에 적당한 커다란 나무 한 그루가 서 있었습니다. 제가 그 위로 올라가 몸이 보이지 않는 곳에 자리 잡고 있을 때 배는 지난번에 정박했던 장소로 들어서고 있었습니다.

곧이어 노인과 종들이 배에서 내려 기대가 가득한 얼굴을 하고 지하 거처를 향해 잰걸음으로 가고 있는 것이 보였습니다. 하지만 거기에 이르러 입구의 흙이 파헤쳐진 것을 발견하자 모두들 안색이 변했고, 노인의 경우는 특히 심했습니다. 그들은 석판을 들어 올리고 아래로 내려갔습니다. 이름을 불렀지만 아무런 대답이 없자 그들의 불안감은 더욱 커졌습니다. 황급히 소년을 찾기 시작했고 결국 침대 위에 누워 있는 그를 발견했습니다. 가슴에 비수가 박힌 상태를 말입니다. 저로서는 차마 그것을 빼낼 용기가 없었던 겁니다. 이 광경에 그들은 고통의 비명을 질러 댔고 그 소리를 듣는 제 가슴도 찢어질 듯 아팠습니다. 노인은 실신해 버렸고, 종들은 그에게 시원한 공기를 쏘이기 위해 들쳐 메고 올라와 제가 숨어 있는 나무 아래에 눕혔습니다. 갖은 애를 썼음에도 불구하고 불쌍한 노인네는 오랫동안 그런 상태로 있었습니다. 이러다 이 양반이 그대로 죽어 버리는 게 아닌가 하는 생각이 여러 차례 들 정도였습니다.

한참 후 다행히도 노인의 의식이 돌아왔습니다. 그러자 종들은 소년의 시신을 가장 좋은 옷으로 갈아입혀 땅 위로 옮겨 왔습니다. 그러고는 구덩이를 파 그 속에 시신을 내렸습니다. 눈물로 얼굴이 젖은 노인이 두 종의 부축을 받으며 시신 위에 흙을 뿌리자 종들은 구덩이를 메웠습니다.

그러고 나서 지하 거처에 있던 가구며 남은 식량들을 올려 왔습니다. 엄청난 고통에 몸조차 제대로 가눌 수 없었던 노인은 들것에 실려 배로 옮겨졌습니다. 그렇게 배는 돛을 펴고 멀어져 갔고, 얼마 후에는 제 시야에서 완전히 사라져 버렸습니다……

 아침 햇살이 벌써 인도 술탄의 궁실을 밝히기 시작했던지라 셰에라자드는 여기서 중단할 수밖에 없었다. 샤리아는 평소처럼 자리에서 일어났다. 그리고 전날과 같은 이유로 또다시 왕비의 목숨을 연장해 주고는, 그녀를 디나르자드와 함께 방에 남겨 두고 밖으로 나왔다.

쉰일곱 번째 밤

 다음 날, 동트기 전에 디나르자드는 왕비에게 말했다. 「언니! 만일 자고 있지 않으면 세 번째 탁발승의 이야기를 들려주세요!」 「좋아! 그래서 말이지, 얘야!」 셰에라자드가 대답했다. 「이 왕자는 조베이드와 거기 모여 있는 사람들에게 다음과 같이 이야기를 계속했단다.」

 노인과 종들을 태운 배가 떠난 후, 저는 섬에 혼자 남게 되었습니다. 저는 그들이 막아 놓지 않고 떠난 지하 거처에서 밤을 보내고 낮에는 섬의 이곳저곳을 어슬렁거리다가 호젓한 장소가 눈에 띄면 걸음을 멈추어 쉬곤 했습니다.
 이렇게 무료한 생활 속에서 한 달이 지났습니다. 그런데 어느 순간 저는 바닷물이 상당히 줄어들고 섬의 크기가 커졌다는 사실을 발견했습니다. 또 웬일인지 저쪽에 있는 육지가 한결 가깝게 보이는 것이었습니다. 해안에 내려가 보니 해수면이 훨씬 낮아졌고, 육지와 섬을 나누고 있는 바다는 몇 걸음에 건너갈 수 있을 듯 좁아 보였습니다. 발을 담그니 물이 허벅지 부근까지밖에 올라오지 않았으므로, 저는 그대로 걸어서 바다를 건너기 시작했습니다. 그렇게 드러난 개펄과 물

속의 모래를 밟으며 오랜 시간을 걸은 끝에 몹시 피곤해진 몸으로 저는 마침내 굳은 땅에 다다를 수 있었습니다. 육지에 올라선 후에도 바다를 뒤로하고 한참을 걷자, 앞쪽 저 멀리 무언가가 활활 타고 있는 것이 보였습니다. 저는 크게 기뻐했습니다. 〈저기에 누군가 있겠지! 사람도 없이 불이 혼자 타고 있을 리 없으니까.〉 하지만 가까이 다가갈수록 제 생각이 틀렸다는 것을 깨닫게 되었습니다. 제가 불이라고 생각했던 것은 붉은 구리로 지어진 성으로, 햇빛이 반사되어 불타고 있는 듯이 보였던 것입니다.

저는 성 가까이에서 걸음을 멈추고 땅에 주저앉았습니다. 이 웅장한 건물을 감상하며 잠시 쉬기 위함이었습니다. 이렇듯 장려하기 그지없는 건축물을 찬탄 어린 눈으로 열심히 바라보고 있는데, 산책을 다녀오는 것으로 보이는 잘생긴 청년 열 명이 나타났습니다. 한데 놀랍게도 그들은 하나같이 오른쪽 눈이 없는 애꾸들이었습니다. 그리고 그들 옆에는 훤칠한 키에 풍채 좋은 노인 하나가 동행하고 있었습니다.

오른쪽 눈이 없는 애꾸 열 사람을 한꺼번에 보게 된 저로서는 그야말로 입이 딱 벌어질 수밖에 없었습니다. 대체 그 무슨 기막힌 사연으로 이들이 한자리에 모이게 되었을까 궁금해하고 있는데, 그들이 제게 다가와 반갑게 인사하며 어떻게 하여 여기 오게 되었느냐고 물었습니다. 저는 이야기가 좀 기니, 모두들 자리에 앉아서 들으시겠다면 호기심을 풀어 드리겠노라고 대답했습니다. 그들이 앉자 저는 왕국에서 나온 때부터 시작하여 그때까지 일어난 일들을 모두 이야기해 주었고, 이에 그들은 크게 놀랐습니다.

제가 이야기를 마치자 그들 중 하나가 함께 성으로 들어가자고 권하여, 저는 흔쾌히 받아들였습니다. 성안에 들어선 우리는 멋진 가구들로 꾸민 방, 대기실, 작은 방들을 수십 개 통과한 후 널찍한 응접실에 이르렀는데, 거기에는 낮에는 앉아서 쉬고 밤에는 잠을 잘 수도 있는 파란색의 작은 좌단 열 개가 둥글게 배치되어 있었습니다. 이 좌단들 중앙에는 역시 파란색에 높이는 약간 낮은 좌단이 하나 놓여 있었는데, 그 위에 제가 앞서 말한 노인이 앉았습니다. 이어 다른 젊은 공자들도 각자의 좌단에 자리 잡고 앉았습니다.

더 이상 앉을 자리가 없었으므로 청년 중 하나가 제게 말했습니다. 「친구분! 그냥 가운데 깔려 있는 양탄자 위에 앉으십시오! 그리고 한 가지 말씀드리고 싶은 게 있는데, 여기서 당신하고 상관없는 일에 대해서는 물어보지 마십시오. 예를 들어 왜 우리 모두가 애꾸인지 하는 질문은 삼가 주십시오. 그냥 보고만 계시고, 그 이상 쓸데없는 호기심은 품지 마십시오!」

 노인은 자리에 얼마 머무르지 않더니 일어나 밖으로 나갔습니다. 하지만 잠시 후 다시 돌아와 저녁밥을 각 사람에게 알맞게 나누어 주었습니다. 제 몫도 있어서 저 역시 다른 사람들처럼 따로 앉아 저녁을 들었습니다. 식사가 끝나자 노인은 모두에게 포도주 한 잔씩을 대접했습니다.

 청년들은 아까 들은 제 이야기가 아무래도 신기했던 듯 다시 한 번 들려달라고 부탁했습니다. 저는 그 청을 들어주었고, 이야기가 끝난 후에도 사람들은 제 기이한 사연에 관하여 오랫동안 대화를 나누었습니다. 이윽고 청년 중 하나가 밤이 깊었음을 느끼고 노인에게 말했습니다. 「이제는 자야 할 시간 같소. 그러니 우리의 의무를 이행할 수 있게끔 필요한 것을 가져다주시오!」 이 말에 노인은 몸을 일으켜 한 사실에 들어가더니 거기서 각기 천으로 덮인 대야 열 개를 차곡차곡 쌓아 머리에 이고 나왔습니다. 그리고 각 청년 앞에 대야와 횃불을 각각 한 개씩 내려놓았습니다.

 그들이 대야를 덮은 천을 벗기자 그 안에는 재와 숯가루와 그을음이 담겨 있었습니다. 그들은 이 모든 것을 한데 섞더니 얼굴에 마구 문질러 대어 보기에도 끔찍한 모습이 되었습니다. 이렇게 얼굴을 시커멓게 칠한 후 그들은 일제히 울고 한탄하면서, 또 자신의 머리와 가슴을 치면서 쉬지 않고 외쳐 대는 것이었습니다. 「오호라! 이 모든 게 우리의 게으름과 방탕함의 결과로다!」

 그들은 이처럼 괴상한 행동을 하면서 밤을 거의 꼬박 새웠습니다. 그러다 결국에는 멈추었고, 노인은 물을 떠와 그들로 하여금 손과 얼굴을 닦게 해주었습니다. 그들은 더러워진 옷도 벗어 버리고 깨끗한 옷으로 갈아입었습니다. 그러고 나니 지금까지 제가 목격한 그 놀라운 일들이 전혀 일어나지 않았던 것처럼 그들은 말짱한 모습으로 돌아왔습니다.

아가씨! 이 모든 광경을 입도 벙긋 못하고 지켜봐야만 했던 제 마음이 얼마나 답답했을지 한번 생각해 보십시오! 제 머릿속에는 청년들과 약속한 침묵을 깨뜨리고 사연을 물어보고 싶은 유혹이 수백 번 스쳐갔고, 그런 상태로 밤새 한잠도 이룰 수 없었습니다.

다음 날 아침, 우리는 바람을 쐬러 밖으로 나갔고, 거기서 저는 이렇게 말했습니다. 「공자님들! 이제는 감히 말씀드려야겠습니다! 어제 여러분이 제게 강요하신 그 약속을 더 이상은 지킬 수 없다고 말입니다. 여러분은 모두들 분별력 있는 분들이고, 또 지금까지 제가 관찰한 바로는 충분히 똑똑한 분들이십니다. 그런데 어젯밤 여러분은 미친 사람이 아니고서야 도저히 할 수 없는 행동을 하시더군요. 불벼락을 맞더라도 이것만은 꼭 물어봐야겠습니다. 대체 왜 여러분께서는 재와 숯가루와 그을음으로 얼굴을 더럽혔던 것이며, 어떤 사연으로 모두가 한쪽 눈을 잃게 된 겁니까? 제발 저의 궁금증을 풀어 주십시오!」 이처럼 간절히 부탁했건만 그들은 아무 대답도 하지 않았습니다. 단지 지금 제가 저와는 아무 상관없는 일에 대해 묻고 있는 것이니, 잠자코 그냥 편히 쉬기나 하라고 충고했습니다.

우리들은 이런저런 소소한 일들에 대해 대화를 나누면서 하루를 보냈습니다. 그리고 다시 밤이 되었습니다. 전날처럼 청년들이 각기 따로 앉아 저녁을 먹고 나자 노인이 다시 파란 대야들을 가지고 왔고, 청년들은 얼굴을 더럽히고 울부짖으며 자신의 몸을 때리면서 외쳐 대는 것이었습니다. 「오호라! 이 모든 게 우리의 게으름과 방탕함의 결과로다!」 다음 날과 그 이후의 날들도 똑같은 행동들이 반복되었습니다.

더 이상 호기심을 참지 못한 저는 아주 심각한 얼굴을 하고 저의 궁금증을 풀어 주든지, 아니면 제 왕국으로 돌아갈 수 있는 길을 알려 달라고 간청했습니다. 또 무슨 영문인지도 모른 채 밤마다 이 기상천외한 일을 겪으면서 그들과 함께 지낸다는 것은 더 이상 불가능하다고 호소했습니다.

그러자 한 청년이 모두를 대신하여 답변했습니다. 「우리가 당신을 이런 식으로 대한다고 너무 이상하게 생각하지는 마십시오. 지금까지 우리가 당신의 부탁을 들어주지 않았던 것은 순전히 당신을 아끼는 마음에서였습니다. 그리고 당신이 우리와 똑같은 꼴이 되는 걸 원치 않았던 까닭입니다. 만일 우리의 비참한 운명을 맛보고 싶으시다면 말만 하십시오. 당신의 원대로 해드릴 테니까요.」 저는 어떤 일이 일어난다 하더라도 기꺼이 받아들일 각오가 되어 있다고 말했습니다. 「다시 한 번 충고하겠습니다.」 같은 청년이 다시 말했습니다. 「제발 좀 당신의 그 호기심을 억누르십시오! 이건 당신의 한쪽 눈을 잃을 수도 있는 문제입니다.」 「상관없습니다!」 저는 대답했습니다. 「제게 그 불행이 닥친다 하더라도 결코 여러분을 원망하지 않겠습니다. 모든 걸 제 탓으로 돌리겠습니다.」 그들은 다시 한 번 제 마음을 돌리려 애썼습니다. 만일 제가 한쪽 눈을 잃게 되면 제가 원한다 해도 더 이상 그들과 함께 있을 수 없다고 했습니다. 이는 이미 그들의 정원이 찼고 이 수를 더 이상 늘리는 것은 불가능한 까닭이었습니다. 이에 저는 그들처럼 나무랄 데 없는 분들과 결코 헤어지고 싶지는 않으나, 사정이 어쩔 수 없다면 받아들이겠노라고 대답했습니다. 한마디로 저는 어떤 대가를 치르더라도 꼭 궁금증을 풀고 싶었던 것입니다.

열 청년은 제 결심이 확고한 것을 보고, 양 한 마리를 끌고 와 목을 땄습니다. 그리고 가죽을 벗긴 후, 사용한 칼을 제게 주면서 말했습니다. 「이 칼을 지니고 계십시오. 곧 필요할 때가 있을 테니까요. 자, 이제부터 우리 얘기를 잘 들어야 합니다. 이제 우리는 당신을 이 양가죽 속에 집어넣고 겉을 꿰맨 후, 광장에다 갖다 놓을 겁니다. 그리고 우리가 물러나 있으면 잠시 후에 엄청나게 큰 새 한 마리가 공중에 나타날 겁니다. 사람들이 흔히들 〈로크〉[12]라고 부르는 새지요. 이 새는 당신을 양으로 착각하고 낚아채서 저 구름 위 까마득한 하늘로 날아 올라갈 겁니다. 하지만 그다지 두려워할 필요는 없습니다. 로크는 다시 땅으로 내려와 당신을 어떤 산꼭대기에 올려놓을 테니까요. 몸이 땅에 닿았다 싶으면 즉시 칼로 양가죽을 가르고 빠져나오십시오. 새는 당신을 보고 놀라서 푸다닥 날아가 버릴 겁니다. 그러면 산을 내려오십시오. 계속 걷다 보면 엄청나게 큰 성에 이르게 될 겁니다. 황금 벽돌과 굵직한 에메랄드 등 온갖 보석들로 뒤덮여 있는 성이지요. 성문으로 가십시오. 그 문은 항상 열려 있을 터이니 그대로 들어가십시오. 여기 있는 우리들도 모두 그렇게 들어갔었답니다. 하지만 우리가 그 안에서 무엇을 보았고, 무슨 일이 일어났는지는 말씀드리지 않겠습니다. 당신이 직접 알게 될 테니까요. 우리가 말씀드릴 수 있는 것은 거기 들어갔기 때문에 우리 모두 오른쪽 눈을 잃었으며, 당신이 목격한 그 고행도 어쩔 수 없이 하게 되었다는 사실입니다. 우리들 저마다에게는 기구하기 짝이 없는 사연이 있고, 그 사연들을 모아 놓으면 두꺼운 책 한 권이 나올 정도입니다. 하지만 더 이상은 말씀드릴 수 없군요……」

---

[12] 아랍어로는 〈루크크 rukhkh〉라고 하는 엄청난 크기의 전설의 새. 그 크기와 형태로 인해 거대한 바위와 혼동되곤 하며, 중세의 지리서에서 종종 언급된다.

이 말을 마친 셰에라자드는 이야기를 중단하고 인도의 술탄에게 말했다.「폐하! 오늘은 제 동생이 평소보다 저를 일찍 깨워, 긴 이야기가 되었습니다. 폐하께서 지루하지 않으신지 모르겠군요. 그런데 마침 날이 밝아 오니 저는 이만 입을 다물까 하옵니다.」이날도 샤리아의 호기심은 그가 한 잔인한 맹세보다 더욱 강했다.

쉰여덟 번째 밤

이날 새벽 디나르자드는 전날만큼 일찍 일어나지 못했다. 그래도 날이 밝기 전에는 왕비를 깨울 수 있었다.「언니! 만일 자고 있지 않으면 세 번째 탁발승의 이야기를 계속해 주세요!」셰에라자드는 조베이드에게 이야기하는 탁발승의 입을 통해 다음과 같이 이야기를 계속해 나갔다.

아가씨! 저는 애꾸 청년의 말에 따라 그가 준 칼을 들고 양가죽을 덮어썼습니다. 그러자 열 청년은 양가죽을 꿰매어 광장에 놓은 후 성으로 들어갔습니다. 그리고 얼마 되지 않아 그들이 말한 로크가 하늘에 나타났습니다. 새는 저를 덮쳐 마치 양을 잡아채듯 들어 올리더니 어떤 산꼭대기에 올려놓았습니다.

몸이 땅에 닿은 것을 느낀 저는 지체 없이 칼로 양가죽을 가르고 새 앞에 튀어나왔고, 새는 저를 보자마자 멀리 날아가 버렸습니다. 이 로크는 어마어마한 크기의 흰색 새로, 그 힘으로 말할 것 같으면 들판에 있는 코끼리를 들어 올려 산꼭대기에 잡아다 놓고 쪼아 먹을 정도라고 합니다.

어서 빨리 성에 도착하고 싶은 마음에, 저는 조금도 지체하지 않고 출발하여 서둘러 걸은 끝에 반나절도 안 되어 그곳에 이를 수 있었습니다. 실제로 본 성의 모습은 청년이 묘사한 것보다도 훨씬 아름다웠습니다. 열려 있는 성문을 통해 들어가 보니 널따란 사각형 내정이 펼쳐져 있는데, 단향과 알로에 나무로 만든 문 아흔아홉 개와 황금으로 만든 문 하나가 주위를 에워싸고 있었고, 위층의 궁실들과 보이지 않는 다른 궁실들로 통하는 화려한 계단들도 여러 개 보였습니다. 나중에 알았지만 제가 본 백 개의 문은 정원들이며 보물로 가득 찬 창고들, 혹은 놀랍기 그지없는 것들을 숨기고 있는 장소들로 통하는 입구였습니다.

저는 앞쪽에 보이는 열린 문으로 들어갔습니다. 그러자 큰 응접실이 나왔는데 그 안에는 상상을 초월하는 완벽한 미모를 지닌 마흔 명의 젊은 여인들이 앉아 있었습니다. 지극히 화려한 옷을 입고 있는 그녀들은 저를 보자마자 일제히 일어나면서, 제가 인사할 틈도 주지 않고 환한 얼굴로 외쳤습니다. 「용감하신 분이시여! 잘 오셨습니다! 잘 오셨습니다!」 그러고 나서 한 아가씨가 모두를 대표하여 말했습니다. 「우리는 오랫동안 당신 같은 기사님을 기다려 왔답니다. 거동을 뵈오니, 당신은 저희가 원하는 장점을 모두 갖추신 분임에 틀림없어요. 저희들 역시 당신의 눈에 불쾌하거나 형편없는 여자들로 비치지 않기만을 바랄 뿐입니다.」

여러 번 사양했지만, 아가씨들은 저를 그들보다 약간 높은 자리에 억지로 앉혔습니다. 제가 매우 당황스럽다고 하자 그녀들이 말했습니다. 「여기가 당신의 자리입니다. 지금부터 당신은 저희의 영주이시며, 주인이시며, 판관이십니다. 그리고 저희는 당신의 명이라면 무엇이든 따를 준비가 되어 있는 당신의 노예들이랍니다.」

아가씨! 이 모든 절세미인들이 앞다투어 저에게 온갖 기막힌 봉사를 해주던 이 상황처럼 놀라운 일은 세상에 또 없었습니다. 한 아가씨는 따뜻한 물을 가져와 저의 발을 씻겨 주었으며, 다른 아가씨는 제 손에 향긋한 물을 부어 주었습니다. 어떤 아가씨들은 화려한 옷을 입혀 저를 딴사람으로 만들어 놓았고, 다른 아가씨들은 진수성찬을 차려 왔습니다. 또 어떤 아가씨들은 잔을 들고 제 옆에 서서 언제든지 감미로운 포도주를 따라 주었습니다. 그리고 이 모든 흐뭇한 봉사는 전혀 혼란스럽지 않았고, 감탄스러운 질서와 조화 속에서 넋이 나갈 정도로 완벽하게 이루어졌습니다. 저는 먹고 마셨습니다. 그러고 나서 아가씨들은 모두 제 옆에 둘러앉아 저의 여행담을 들려달라고 간청했습니다. 그래서 저는 밤이 될 때까지 지금까지 겪은 일들을 상세히 이야기해 주었습니다……

여기에서 셰에라자드가 이야기를 중단하자 그녀의 동생이 이유를 물었다. 「벌써 날이 밝은 게 안 보이니?」 왕비가 대답했다. 「왜 좀 더 일찍 깨우지 않았니?」 탁발승이 마흔 명의 미녀가 있는 성에 도착했을 때부터 무언가 신나는 일들이 벌어지리라고 잔뜩 기대하고 있었던 술탄으로서는, 그다음 이야기를 놓친다는 것은 결코 있을 수 없는 일이었다. 그리하여 그는 또다시 왕비의 처형을 뒤로 미루었다.

쉰아홉 번째 밤

하지만 디나르자드는 이날도 그다지 일찍 일어나지 못했다. 거의 날이 밝아서야 왕비를 깨운 것이다. 「언니! 만일 자고 있지 않으면 어제 이야기하다 말았던 그 성에서 무슨 일이 일어났는지 알려 주세요!」 「그래, 알려 주마!」 셰에라자드는 대답하고 술탄을 향하여 이야기를 이어 갔다.
「폐하! 탁발승 왕자는 이야기를 계속했습니다.」

제가 이야기를 마치자 몇몇 아가씨는 제 곁에 남아 저와 대화를 나누었고, 다른 아가씨들은 밤이 되어 실내가 어둑해진 것을 보고 촛불을 가지러 갔습니다. 잠시 후 그녀들은 엄청난 수의 촛불을 가져왔는데, 그 밝기는 낮의 빛을 대신하기에 조금도 부족함이 없었습니다. 더욱이 그것들은 방 곳곳에 너무도 멋지고 조화롭게 배치되어서 오히려 낮이 다시 오지 않기를 빌고 싶을 정도였습니다.

다른 아가씨들은 말린 과일과 육포 등 다양한 안줏거리로 상을 차리고 각종 포도주와 음료가 잔뜩 실린 서빙 테이블도 가져왔습니다. 또 다른 아가씨들은 갖가지 악기를 들고 나타났습니다. 이 모든 것이 준비되자 그녀들은 저더러 상에 앉으라고 권했습니다. 그녀들 역시 저와 함께 앉아, 이렇게 우리는 오랫동안 야참을 들었습니다. 악기를 연주하고, 그 반주에 맞추어 노래를 부르기로 되어 있는 아가씨들은 자리에서 일어나 감미로운 음악을 들려주었습니다. 또 다른 아가씨들은 춤을 추기 시작했습니다. 두 명이 짝을 지어 춤을 추고 들어가면 또 다른 두 명이 나와 춤을 추면서 이어지는, 세상에서 가장 우아한 무도회였습니다.

이 즐거운 여흥은 자정이 넘어서야 끝났습니다. 그러자 한 아가씨가 제게 말했습니다. 「왕자님! 오늘은 먼 길을 오시느라 매우 피곤하실 터이니 이제 들어가서 쉬시는 게 좋겠어요. 왕자님의 방은 준비되어 있습니다. 하지만 침실에 들기 전에 우리 중 가장 마음에 드는 사람을 골라 오늘 밤을 함께 보내세요.」 저는 한 여인을 선택하는 일은 하지 않겠다고 대답했습니다. 그녀들은 모두 우열을 가리기 힘들 정도로 아름답고 재치 넘치며 예외 없이 나의 경의와 봉사의 대상이 되기에 충분한 여인들이기 때문에, 그중 특별히 한 사람만 택하고 다른 사람들은 저버리는 무례를 범하고 싶지는 않다는 것이 제가 든 이유였습니다.

그러자 조금 전에 말했던 아가씨가 다시 말했습니다. 「우리 모두는 당신이 착한 분이라는 걸 잘 알고 있어요. 행여 우리 사이에 질투심을 일으키지는 않을까 염려하여 그렇게 사양하고 계신 것도 잘 알고요. 하지만 전혀 그러실 필요가 없습니다. 우리 중 한 사람이 운 좋게 선택된다 하여도 다른 사람들이 시샘하는 일은 없을 테니까요. 왜냐하면 우리 사이에는 이미 약조가 되어 있기 때문입니다. 즉 매일 밤 한 사람씩 돌아가면서 똑같은 영예를 누리고, 마흔 날이 지난 후에는 처음부터 다시 시작하기로 말이에요. 그러니 마음 놓고 하나를 고르세요. 빨리 휴식이 필요할 터이니 더 이상 지체치 마시고 선택해 주세요!」

그녀의 간청에 응할 수밖에 없었던 저는 그녀들을 대표하여 제게 말한 그 아가씨에게 손을 내밀었습니다. 그녀는 제 손을 잡았고, 그렇게 손을 맞잡은 우리는 다른 아가씨들의 인도를 받아 화려한 궁실에 들어갔습니다. 다른 아가씨들은 우리 둘만 남겨 놓고 각자의 방으로 물러갔습니다…….

「하지만 벌써 날이 밝았습니다, 폐하!」 셰에라자드가 술탄에게 말했다. 「그러니 아가씨와 단둘이 남게 된 탁발승의 이야기를 더 들려 드리지 못하는 걸 용서해 주세요.」 샤리아는 대답하지 않고 일어났지만 속으로는 이렇게 생각하고 있었다. 〈이 이야기는 완벽할 정도로 멋지다는 사실을 인정하지 않을 수 없군! 이 이야기를 끝까지 듣지 않는다면 세상에 그보다 어리석은 일이 없겠지!〉

예순 번째 밤

다음 날 밤이 끝나 갈 즈음 디나르자드는 어김없이 왕비에게 말했다. 「언니! 만일 자고 있지 않으면 세 번째 탁발승의 놀라운 이야기를 들려주세요!」 「기꺼이 들려주마!」 셰에라자드가 대답했다. 「자, 이 왕자는 다음과 같이 그의 이야기를 이어 나갔지……」

다음 날 아침 제가 잠에서 깨어나 옷을 입기가 무섭게, 서른아홉 명의 아가씨들이 어제와는 다른 모습으로 몸단장을 하고 저의 궁실에 몰려들었습니다. 그녀들은 아침 인사를 하고 내 몸 상태가 괜찮은지 물어보았습니다. 그러고 나서는 저를 욕실에 데려가 직접 몸을 씻겨 주면서, 제가 사양하는데도 불구하고 그곳에서 갖가지 봉사를 해주었습니다. 그렇게 목욕을 마치고 욕실에서 나오자 거기에는 어제보다 훨씬 호사스러운 의복이 준비되어 있었습니다.

우리는 거의 하루 종일 식탁에서 시간을 보냈습니다. 이윽고 잘 시간이 되자 그녀들은 또다시 함께 있을 여인 한 명을 고르라고 간청했습니다. 하지만 아가씨! 이런 똑같은 이야기를 반복하면 몹시 지루하실지 모르겠습니다. 저는 이런 식으로 매일 밤 한 명씩 잠자리를 같이하며 이 마흔 명의 아가씨와 일 년을 보냈고, 이 관능적인 삶은 근심의 그림자 한 점 없이 행복하게만 흘러갔다는 사실만 말씀드리고자 합니다.

그런데 일 년이 지나자 뜻밖의 일이 벌어졌습니다. 아침에 저의 궁실을 방문한 마흔 명의 아가씨들이 평소처럼 명랑한 낯으로 저의 안녕을 묻는 대신 조용하기만 했고 얼굴은 온통 눈물로 젖어 있었던 것입니다. 그녀들은 한 사람씩 제게 다가와 볼에 입을 맞춘 후 말했습니다. 「안녕! 사랑하는 왕자님! 안녕! 이제 우리는 헤어져야 합니다.」 그녀들이 눈물을 흘리는 모습은 저의 마음을 아프게 했습니다. 저는 왜 이리 모두들 괴로워하며, 무엇 때문에 우리가 헤어져야 하는지 설명해 달라고 간청했습니다. 그러고 이렇게 덧붙였습니다. 「나의 예쁜 아가씨들이여, 제발 부탁이오! 여러분을 위로해 드릴 방도가 있는지, 혹은 내가 여러분을 도와드릴 수 있는지 가르쳐 주시오!」 하지만 그녀들은 정확한 답은 주지 않고 다만 이렇게 말했습니다. 「차라리 우리가 만나지 않았더라면 얼마나 좋았을까요! 사실 지금까지 여러 기사님들이 영광스럽게도 저희를 방문해 주셨어요. 하지만 왕자님만한 기품과 부드러움과 명랑함과 장점을 지니신 분은 없었습니다. 이제 당신이 없으면 우리는 어떻게 살아야 할지 막막하군요!」 이 말을 마치고 그녀들은 모두 서럽게 흐느껴 울었습니다. 「나의 사랑스러운 아가씨들이여!」 저는 다시 말했습니다. 「제발 더 이상 나를 애타게 하지 말고 어서 괴로움의 원인을 말해 보시오!」 「아아!」 그녀들은 대답했습니다. 「당신과 헤어져야 한다는 사실, 이것 말고 우리가 괴로워해야 할 이유가 또 있겠어요? 아마 우리는 영원히 못 보게 될지도 몰라요! 하지만 왕자님께서 우리를 꼭 다시 보고 싶어 하시고, 이를 위한 충분한 절제력을 지니고 계신다면 다시 만나는 것도 불가능한 일만은 아니지요.」 「아가씨들!」 제가 말했습니다. 「대체 무슨 말씀들인지 하나도 이해할 수 없소이다! 좀 더 명확하게 설명해 주시오!」 「좋아요! 말씀드리죠!」 그녀들 중 하나가 말했습니다. 「우리 모두는 왕의 딸인 공주들입니다. 왕자님께서 보셨다시피 모두들 이곳에서 즐겁게 지내고 있지요. 그런데 저희는 매년 마흔 날 동안 이곳을 떠나 있어야 한답니다. 구체적으로 밝힐 수는 없지만 우리가 반드시 해야 할 어떤 의무를 위해서죠. 그러고 나서 우리는 이 성에 돌아온답니다.

그런데 어제가 바로 한 해가 끝나는 날이어서 오늘 우리는 왕자님을 떠나야 합니다. 그래서 우리가 그리 괴로워하는 것입니다. 하지만 떠나기 전에 왕자님께 이 성 전체의 열쇠들을 모두 맡기고 가겠습니다. 이 중에는 특히 백 개의 문을 열 수 있는 백 개의 열쇠들이 있는데, 그 문들 안에는 왕자님의 호기심을 채워 드리고 우리가 없는 동안 적적함을 달래 드릴 것들이 가득 있답니다. 하지만 왕자님과 우리 자신을 위해 말씀드리거니와, 황금으로 된 문은 절대로 열지 말아 주세요. 그것을 열면 우리는 다시 보지 못합니다. 행여 왕자님께서 그것을 열지도 모른다는 불안감 때문에 우리는 더욱 힘들답니다. 부디 우리가 드린 이 말을 꼭 유의하세요. 여기에 왕자님 삶 전체의 안녕과 행복이 달려 있으니 정말로 조심하셔야 해요. 만일 경솔한 호기심에 굴복할 경우 큰 화를 입으실 수 있습니다. 그런 과오는 범하지 마셔서, 마흔 날 후에 저희에게 다시 뵐 수 있는 기쁨을 주시길 바랄 뿐입니다. 사실 우리가 이 황금 문 열쇠를 가져갈 수도 있어요. 하지만 그것은 왕자님의 조심성과 절제력을 의심하는 것이 되기에 감히 그럴 수는 없답니다……」

셰에라자드는 계속하고 싶었으나 날이 밝아 오고 있었다. 샤리아는 마흔 명의 여인이 떠나고 난 후 성에 혼자 남은 탁발승이 어떻게 할 것인가 몹시 궁금했던지라, 이를 다음 날 밤에 알아보리라 마음먹었다.

예순한 번째 밤

부지런한 디나르자드는 이날도 동이 트기 훨씬 전에 왕비를 불렀다. 「언니! 만일 자고 있지 않으면, 언니가 시작한 이

야기의 다음 부분을 술탄님께 들려드려야 할 시간이라는 걸 잊지 마세요!」 그러자 셰에라자드는 샤리아를 향하여 입을 열었다.

「폐하! 세 번째 탁발승의 이야기는 계속됐습니다.」

아가씨! 이 아름다운 공주들이 한 말은 진정 저의 마음을 아프게 했습니다. 저는 그녀들이 없으면 몹시 힘들 것이라 말했습니다. 또 유익한 충고를 해주어 고맙고 이 충고를 반드시 지키겠으며, 이토록 뛰어난 아가씨들과 남은 삶을 보내는 행운을 잡을 수만 있다면 이보다 훨씬 더 어려운 일이라도 얼마든지 해낼 수 있다고 장담했습니다. 우리는 너무도 애틋한 마음으로 석별의 정을 나누었고, 저는 모든 아가씨들을 하나하나 안아 주었습니다. 마침내 그녀들은 떠나가, 성 안에는 저만 홀로 남게 되었습니다.

저는 지난 일 년 동안 선녀 같은 여인들에게 둘러싸여 갖가지 쾌락이 넘쳐흐르는 시간들을 보내느라, 이 마법의 성에 어떤 놀라운 것들이 있는지 살펴볼 여유를 갖기는커녕 그럴 생각조차 못했습니다. 심지어는 성에 지천으로 널려 있어 매일같이 마주치는 경탄스러운 것들조차 눈여겨보지 않았습니다. 그토록 저는 아가씨들의 아름다움과 오로지 저를 즐겁게 하기 위해 정성을 다하는 그녀들의 모습을 보는 즐거움에 푹 빠져 있었던 것입니다. 그래서 저는 그녀들이 떠나가 너무도 슬펐습니다. 그녀들이 없는 기간은 마흔 날에 불과했지만, 저로서는 한 세기를 기다려야 할 것 같은 심정이었습니다.

저는 그녀들이 준 충고를 잊지 않고, 황금 문은 결코 열지 않으리라 굳게 마음먹었습니다. 하지만 그것을 제외하고는 마음껏 호기심을 풀 수 있었으므로, 순서대로 정돈되어 있는 열쇠 중에서 첫 번째 문의 열쇠를 집었습니다.

첫 번째 문을 열고 안으로 들어가자 거기에는 과수를 심어 놓은 정원이 펼쳐져 있었습니다. 우주 전체를 뒤져 보아도 이에 비교할 만한 것을 찾지 못할 만한 그런 놀라운 정원이었습니다. 우리 종교가 약속하는 사후의 낙원이라 한들 이보다 뛰어나지는 못할 거라고 저는 생각합니다. 기막히게 배치된 나무들이 이루는 질서와 조화, 이름도 알 수 없는 수백 가지 과일들의 풍성함과 다양함, 그 신선함과 아름다움······. 이 모든 것들이 저의 눈을 황홀하게 했습니다. 여기서 빠뜨리고 넘어갈 수 없는 점이 하나 있는데, 이 감미로운 정원에는 매우 특이한 방식으로 물이 공급되고 있다는 사실입니다. 정원 전체에 거미줄처럼 연결된 물도랑들은 너무도 정교하고 적절하게 배치되어 있어서, 새순을 뻗고 꽃을 피우기 시작하는 나무들의 뿌리에는 매우 풍부한 양을, 과실을 맺기 시작하는 나무들에는 그보다 적은 양을, 과실이 커지고 있는 나무들에는 좀 더 적은 양을, 그리고 과실이 적당한 크기에 이르러 익어 가고 있는 나무들에는 더 적은 양을 공급해 주고 있었습니다. 게다가 이 과실들의 크기는 우리네 정원에서 볼 수 있는 보통 과실들보다 훨씬 컸지요. 또 도랑은 이미 과실이 완전히 익은 나무들에게는 썩지 않고 계속 그 상태로 보존될 만큼의 적당한 습기를 유지해 주고 있었습니다.

너무나도 아름다운 이 장소는 아무리 찬탄을 거듭하며 보고 또 보아도 싫증이 나지 않았습니다. 만일 다른 방들에도 이에 못지않은 굉장한 것들이 있을 거라고 생각하지 않았더라면 결코 거기서 나오고 싶지 않았을 것입니다. 저는 제가 본 놀라운 것들로 머리가 가득하여 그 방을 나왔습니다. 그리고 문을 닫고는 그다음 문을 열었습니다.

거기에는 온갖 꽃이 만발한 정원이 있었는데, 이 역시 기묘하기 그지없었습니다. 널찍한 화단은 과수 정원만큼이나 물이 풍부했고, 이곳의 관개 시설은 한층 더 정교해서 각각의 꽃에 필요한 양만큼 정확하게 물을 공급하고 있었습니다. 장미, 재스민, 제비꽃, 수선화, 히아신스, 아네모네, 튤립, 미나리아재비, 카네이션, 백합 등 각기 다른 계절에 피는 수천 가지 꽃들이 동시에 만개해 있었으며, 이 정원 안에 흐르는 공기보다 향긋하고 감미로운 것은 세상에 또 없었습니다.

세 번째 문을 열자, 그 안에는 드넓은 가금(家禽) 장이 펼쳐져 있었습니다. 바닥에는 다채로운 색채의 결 고운 희귀한 대리석들이 포석으로 깔려 있었고, 새장은 단향과 알로에 나무로 지어져 있었습니다. 새장 속에는 꾀꼬리, 방울새, 카나리아, 종달새를 비롯하여 생전 이름도 들어 본 적 없는 예쁜 새들이 수없이 날아다니고 있었습니다. 먹이와 물을 담는 항아리는 가장 진귀한 벽옥과 마노로 만든 것들이었습니다. 이가끔 장은 지극히 깨끗했습니다. 그 규모로 보아 이처럼 청결히 관리하려면 적어도 백 명의 인원은 필요할 터인데 이 안에는 아무도 없다는 사실이 기이할 정도였습니다. 이런 사정은 앞의 두 정원에서도 마찬가지였습니다. 거기에는 잡초 한 포기 없고 눈에 거슬리는 것은 전혀 보이지 않았지만, 정작 사람은 한 명도 없었던 것입니다. 해는 벌써 저물고 있었고, 새장 속의 무수한 새들은 휴식을 위해 적당한 가지를 찾아 내려앉았습니다. 저는 이 모든 광경에 황홀해진 마음으로 그곳을 나와 저의 궁실로 돌아갔습니다. 그다음 날들도 황금 문을 제외한 다른 문들을 차례로 열어 봐야겠다고 생각하면서 말입니다.

이튿날, 물론 저는 네 번째 문을 열어 보려고 달려갔습니다. 전날 본 것들이 제 눈을 황홀하게 해주었다면 이날 본 것은 제 마음을 터질 듯한 기쁨으로 채워 주었습니다. 제가 발을 디딘 곳은 널찍한 내정이었는데 눈부시게 아름다운 건물이 둘레를 에워싸고 있었습니다. 이 건축물이 얼마나 뛰어난지에 대해서는 할 말이 많지만 수다스러움을 피하기 위해 자세한 묘사는 삼가겠습니다. 여하튼 이곳에는 마흔 개의 문이 있었는데, 그 안에는 보고(寶庫)가 하나씩 있었고 그중 여러 곳에는 한 제국 전체의 부보다도 값비싼 보물들이 들어 있었습니다. 첫 번째 보고에는 진주가 그득 쌓여 있었는데, 믿을 수 없는 사실은 비둘기 알보다도 더 굵은 귀하기 그지없는 진주들의 수가 평범한 진주들보다 훨씬 많았다는 것입니다. 두 번째 보고에는 다이아몬드와 석류석과 루비가, 세 번째 보고에는 에메랄드가 쌓여 있었습니다. 네 번째 보고에는 금괴, 다섯 번째 보고에는 금화가, 그리고 여섯 번째 보고에는 은괴, 일곱 번째와 여덟 번째 보고에는 은화가 가득 차 있었습니다. 다른 보고들은 자수정, 감람석, 황옥, 오팔, 터키석, 풍신자석(風信子石), 마노, 벽옥, 홍옥수, 산호 등을 비롯하여 우리가 알고 있는 모든 종류의 보석들을 담고 있었습니다. 그중 산호 하나는 나무처럼 그 온전한 형태를 간직하고 있을 뿐 아니라 너무나도 거대한 나머지 방 하나를 온통 채우고 있을 정도였습니다.

이 모든 보물 앞에 선 저는 놀라움과 찬탄이 뒤섞인 음성으로 외쳤습니다.「우주의 모든 왕들의 보고를 한자리에 모아 놓는다 하더라도 이만하지는 못할 거야! 이 모든 재산을 다 갖게 되다니, 그것도 사랑스러운 공주들과 함께 말이야! 아, 나는 기막힌 행운아야!」

아가씨! 저는 이후의 날들에 본 희귀하고도 진귀한 다른 것들에 대해서는 상세히 말씀드리지 않으려 합니다. 단지 이후의 서른아홉 날에 걸쳐 아흔아홉 개의 문을 열어서 그 안에 든 놀라운 것들을 다 보았다고만 말씀드리겠습니다. 그리하여 이제는 금지된 백 번째 문만이 남게 되었죠…….

인도 술탄의 궁실을 밝힌 아침 빛으로 인해 셰에라자드는 이 대목에서 입을 다물 수밖에 없었다. 하지만 이 이야기를 들으면서 너무도 큰 즐거움을 느꼈던 술탄이 다음 날 그 뒷부분을 안 듣는다는 것은 있을 수 없는 일이었다. 그렇게 생각하며 그는 자리에서 일어났다.

예순두 번째 밤

샤리아 못지않게 디나르자드 역시 백 번째 자물쇠 뒤에 그 어떤 놀라운 것이 숨겨져 있을까 알고 싶어서 잠을 제대로 이루지 못할 정도였다. 그래서 아주 이른 시각부터 왕비를 흔들어 깨웠다.「언니! 만일 자고 있지 않으면 세 번째 탁발승의 그 놀라운 이야기를 마저 들려주세요!」이에 셰에라자드는 즉시 이야기를 시작했다. 「탁발승은 이렇게 이야기를 계속했지.」

귀여운 공주들이 떠난 지 마흔 날이 지났습니다. 만일 이 날 제가 스스로를 자제할 수 있는 힘이 있었더라면, 저는 오늘처럼 세상에서 가장 불쌍한 자가 아닌 가장 행복한 사람이 되어 있을 텐데요! 공주들은 다음 날 오기로 되어 있었고, 그녀들을 다시 보게 되리라는 기쁨이 저의 호기심을 억눌렀어야 옳았습니다. 하지만 평생 후회하게 될 저의 나약함이 악마의 유혹에 굴복하고 말았습니다. 그놈의 악마는 제가 결국 사고를 쳐서 뜨거운 맛을 보기 전까지는 결코 놓아주지 않는 집요한 녀석이었으니까요.

저는 절대로 열지 않겠다고 약속했던 그 치명적인 문을 결국 열고야 말았습니다. 하지만 아직 발도 들이기 전에 아주 달콤하면서도 저의 체질과는 맞지 않는 어떤 강한 냄새가 코를 찔러, 저는 그대로 기절해 버렸습니다. 잠시 후 정신이 돌아왔을 때라도 저는 공주들의 경고를 기억하여 문을 닫아 버리고 호기심을 만족시키려는 욕심을 영원히 꺼버렸어야 옳았습니다. 하지만 저는 기어코 그 안에 들어가 버리고 말았습니다. 얼마간 들어온 바깥바람이 그 이상한 냄새로 꽉 찬 실내 공기를 환기시키고 나니 더 이상 불편하게 느껴지지 않았습니다.

궁륭형 천장으로 된 그곳의 내부는 넓었고 바닥에는 사프란이 뿌려져 있었습니다. 여러 개의 큼직한 황금 촛대에는 용연향과 알로에 향을 내는 양초들이 꽂혀 있었고, 이 촛불들이 발하는 빛과 함께 여러 종류의 향이 섞인 기름이 가득 찬 황금 등과 은 등의 불빛이 방 전체를 밝히고 있었습니다. 이처럼 진기한 것들로 가득한 이 방에서도 특히 저의 시선을 끄는 것이 있

었는데, 그것은 이 세상에서 가장 아름답고 체격이 좋은 한 마리의 흑마(黑馬)였습니다. 저는 자세히 보기 위해 가까이 다가갔습니다. 말에는 뛰어난 솜씨로 제작된 커다란 황금 안장과 황금 재갈이 채워져 있었습니다. 여물통의 한쪽 칸에는 껍질을 벗긴 귀리와 참깨가 담겨 있었고 다른 칸에는 장미수가 있었습니다. 저는 밝은 빛 아래에서 보기 위해 말의 고삐를 잡고 밖으로 끌어냈습니다. 그러고는 올라타서 앞으로 나아가게 하려 했습니다. 녀석이 꿈쩍도 하지 않아서 저는 마구간에서 주운 회초리로 말을 때려 주었습니다. 그런데 한 대 얻어맞자마자 녀석은 끔찍한 소리로 울어 대기 시작하더니, 그때까지 보이지 않았던 날개를 꺼내어 활짝 펼치고는 까마득한 공중으로 날아오르는 것이 아니겠습니까? 저로서는 그저 두 눈 딱 감고 말 등에 찰싹 붙어 있는 수밖에는 없었죠. 하지만 간이 콩알만 해진 와중에도 그럭저럭 떨어지지 않고 견뎌 낼 수 있었습니다. 녀석은 다시 땅으로 내려와 어떤 성의 옥상에 착륙했습니다. 녀석은 제가 미처 땅에 내려올 시간도 주지 않고서 몸을 마구 요동쳐 저를 떨어뜨렸습니다. 그러고는 꼬리 끝을 휘둘러 제 오른쪽 눈을 찌르고 말았던 것입니다.

바로 이렇게 저는 애꾸가 되었고, 그제야 열 명의 청년이 경고했던 말이 생각났습니다. 말은 다시 하늘로 날아올라 사라져 버렸습니다. 저는 스스로 자초한 불행에 괴로워하며 몸을 일으켜, 너무나도 아픈 한쪽 눈을 손으로 누른 채 옥상 위를 걸었습니다. 아래층으로 내려가 보니 어떤 방이 나왔는데, 그곳은 제게 낯설지 않은 곳이었습니다. 가운데의 낮은 좌단을 중심으로 열 개의 좌단이 원형으로 배치되어 있는 이 방은 바로 제가 로크에게 납치되기 전에 머물렀던 그 성의 응접실이었던 것입니다.

열 명의 애꾸 청년은 응접실에 없었습니다. 하지만 좀 기다리고 있자, 먼저 노인이 들어오더니 잠시 후에 그들도 도착했습니다. 그들은 제가 돌아온 것에 대해서도, 애꾸가 된 것에 대해서도 별로 놀라는 것 같지 않았습니다. 「참으로 유감입니다!」 그들이 제게 말했습니다. 「우리는 다른 식으로 당신의 귀환을 축하해 주고 싶었는데 말입니다. 하지만 당신의 불행을 초래한 것은 우리가 아닙니다.」 「여러분들을 탓해서는 안 되겠지요!」 제가 대답했습니다. 「이 불행은 제가 자초한 것이며, 모든 잘못은 제게 있습니다.」 그러자 그들은 다시 말했습니다. 「만일 같은 처지의 사람을 보는 것이 불행에 대한 위안이 될 수 있다면, 우리를 보고 위안을 삼으시구려! 당신에게 일어난 모든 일이 우리 모두에게도 일어났었으니까요. 우리 역시 일 년 동안 온갖 쾌락을 맛보았습니다. 공주들이 집을 비웠을 때 황금 문을 열지 않았더라면 지금도 똑같은 행복을 누리고 있었겠지요. 당신은 우리보다 현명하지 못했어요. 그래서 똑같은 형벌을 받게 된 거죠. 우리는 당신도 함께 지내며 우리가 하는 고행을 함께했으면 하는 마음이에요. 앞으로 얼마나 더 계속해야 될지 우리 자신도 모르는 이 고행을 말이죠. 하지만 일전에 말씀드렸다시피 당신을 받아들일 수는 없군요. 그러니 여기서 나가서 바그다드의 궁정으로 가세요! 거기 가면 당신의 운명을 결정해 줄 분을 찾을 수 있을 겁니다.」

저는 바그다드까지 가는 길을 듣고서 그들과 헤어졌습니다. 그리고 오는 도중에 수염과 눈썹을 밀어 버리고 탁발승의 옷을 걸쳤습니다. 그 후 지금까지 아주 오랜 시간을 걸어왔지요. 마침내 오늘 저녁 이 도성에 도착했고, 성문에서 저처럼 외지에서 온 이 두 탁발승을 만났던 것입니다. 우리는 서로가 모두 애꾸라는 사실에 크게 놀랐지요. 하지만 지금까지 이 공통적인 불운에 대해 이야기를 나눠 볼 기회가 없었습니다. 단지 아가씨들 집에 찾아와 구조를 요청할 시간밖에 없었던 거지요. 그리고 아가씨들은 너그러운 마음으로 저희를 받아들여 주셨던 거고요.

세 번째 탁발승이 이야기를 마치자 조베이드가 세 탁발승에게 말했습니다.「자, 세 사람 모두 자유의 몸입니다. 이제 가고 싶은 곳으로 가세요.」하지만 탁발승 중 하나가 대답했습니다.「아가씨! 호기심 많은 우리를 용서해 주세요. 우리는 아직까지 말씀하지 않으신 이 세 분의 이야기를 듣고 싶답니다.」그러자 아가씨는 칼리프와 재상 자파프와 메스루르 쪽으로 몸을 돌렸습니다. 그녀는 아직 그들의 진정한 신분을 모르고 있었으므로 이렇게 말했습니다.「자, 이제 당신들의 이야기를 할 차례예요. 시작하세요!」

지금까지 항상 세 사람의 대변인 역할을 해온 자파르가 이번에도 대답했습니다.「아가씨! 아가씨의 명에 순종하기 위해서는 우리가 이 집에 들어오기 전에 이미 했던 말을 반복하는 수밖에 없군요. 우리는 모술의 상인들입니다. 이곳 바그다드에는 장사를 하러 왔고, 가져온 물건은 우리가 묵고 있는 칸의 창고에 있지요. 우리는 이 도시에 사는 어떤 상인의 집에서 다른 상인들과 저녁 식사를 했습니다. 상인은 진수성찬과 그윽한 포도주를 대접한 후에 남녀 춤꾼, 가수, 악사 등을 불렀습니다. 그렇게 춤판을 벌이고 시끄럽게 놀아대자 그 소리에 야경꾼들이 들이닥쳤고 모였던 사람 중의 일부를 체포했습니다. 다행히 우리는 빠져나올 수 있었지요. 하지만 시간이 너무 늦어 칸의 문이 닫혀 버린지라 우리는 갈 곳이 없어졌습니다. 그런데 우연히 이 거리를 지나다가 여러분들이 함께 즐기는 소리를 듣고 문을 두드릴 생각을 하게 된 겁니다. 자, 아가씨! 이상이 아가씨의 명에 순종하기 위해 우리가 해드릴 수 있는 이야기의 전부입니다.」

이 말을 듣고 난 조베이드는 어떻게 해야 할지 망설이는 듯했습니다. 이를 눈치챈 세 탁발승은 자신들에게 보여 준 관대함을 이 세 상인에게도 베풀어 달라고 간청했습니다. 「좋아요!」 그녀가 소리쳤습니다. 「그렇게 하겠어요! 은혜란 모든 사람에게 똑같이 베풀어 주어야 하니까요. 당신들을 용서합니다. 하지만 조건이 있어요! 모두들 지금 당장 이 집에서 나가 주세요! 그리고 어디든지 원하는 곳으로 떠나세요!」 조베이드가 도저히 거역할 수 없는 어조로 명령을 내리자, 칼리프, 재상, 메스루르, 그리고 세 탁발승과 짐꾼은 군소리 없이 나가지 않을 수 없었습니다. 일곱 명의 건장한 노예가 칼을 들고 버티고 있는데 어찌하겠습니까? 그들 모두가 집을 나오고 이어 문이 닫히자 칼리프는 여전히 자신의 신분을 숨긴 채 세 탁발승에게 물었습니다. 「그런데 선생들! 아직 날도 밝지 않았는데 이 도시에 처음 오신 외지인들께서 어디로 가려고 그러시오?」 「사장님!」 그들이 대답했습니다. 「우리 문제가 바로 그것입니다!」 「그렇다면 나를 따라오시오!」 칼리프가 다시 말했습니다. 「당신들의 고민을 해결해 줄 터이니.」 그러고는 목소리를 낮추어 재상에게 말했습니다. 「저 사람들을 경의 집에 데리고 갔다가 내일 아침 내게 데려오시오! 그들의 이야기를 기록해 둬야겠소. 그 이야기들은 내 치세를 기록하는 실록에 포함하기에 충분한 가치가 있소!」

재상 자파르는 세 탁발승을 데리고 갔습니다. 짐꾼도 자기 집에 들어갔지요. 한편 칼리프는 메스루르와 함께 궁에 돌아왔습니다. 그는 잠자리에 들었지만 눈이 감기지 않았습니다. 오늘 보고 들은 그 모든 기이한 일들로 머릿속이 꽉 차 있었던 탓입니다. 특히 조베이드는 누구이며 어떤 사연으로 그 두 마리 검둥개를 학대하는 것인지, 왜 아민느의 젖가슴은 흉터투성이인지 알고 싶어 견딜 수가 없었습니다. 그는 이런 생각에 잠겨 있다가 아침이 밝자 자리에서 일어나 알현실로 가서 옥좌에 앉았습니다.

얼마 후 대재상이 도착했고, 평소와 다름없이 칼리프에게 배례를 올렸습니다. 「대재상!」 칼리프가 말했습니다. 「오늘 우리가 처리해야 할 사안들은 세 여인과 두 검둥개의 일에 비하면 그다지 급하지 않소. 어제 우리를 놀라게 했던 그 일들의 전모를 알아내야만 내 속이 후련해질 것 같소. 자, 가서 그 세 여인을 데려오고, 세 탁발승도 데려오시오. 지금 당장 출발하시오! 내가 경이 돌아오기만을 기다리고 있다는 사실을 잊지 말고 빨리 다녀오시오!」

재상은 불같이 급한 주군의 성격을 익히 알고 있는지라 서둘러 명을 받들었습니다. 그는 여인들의 집에 도착하여 칼리프께서 그녀들을 데려오라고 명하셨음을 매우 정중히 설명했습니다. 하지만 지난밤 있었던 일의 진상은 아직 밝히지 않았죠. 아가씨들은 얼굴에 너울을 두르고 재상을 따라나섰습니다. 재상은 지나는 길에 자기 집에 들러 세 탁발승도 불러왔습니다. 이들은 어제 본 사람이 칼리프였다는 사실을 밤사이 전해 들어 알고 있었습니다. 재상은 이 모든 사람들을 데리고 궁에 도착했는데, 너무도 신속히 임무를 수행하여 칼리프는 매우 만족했습니다. 칼리프는 모여 있는 신하들 앞에서 예를 지켜야 했던지라, 세 여인을 자신의 궁실로 통하는 홀과 알현실 사이에 드리워 있는 칸막이 커튼 뒤에 서게 했습니다. 그리고 세 탁발승은 그의 곁에 있게 했는데, 그들이 취하는 정중한 태도가 지금 앞에 계신 분이 누구인지 잘 알고 있음을 암시해 주었습니다.

세 아가씨가 지시된 장소에 서자 칼리프는 그녀들 쪽으로 몸을 돌리고 말했습니다. 「아가씨들! 나는 지난밤 상인으로 변장하고 그대들 집에 들어갔던 사람이오. 내 말을 듣고 아마 좀 놀라시겠지? 또 그대들이 나를 위협한 데 앙심을 품어 벌을 주려 여기 불렀다고 걱정할 수도 있을 거요. 하지만 안심하시오! 지난 일은 다 잊어버렸소. 오히려 그대들의 행동에 크게 만족하는 바요. 나는 바그다드의 모든 여인네들이 그대들이 내게 보여 준 그런 현명함을 지녔으면 하오. 우리가 결례를 범했음에도 불구하고 그대들이 우리에게 보여 준 그 넉넉한 태도. 나는 이것을 영원히 기억할 거요. 나는 어젯밤에는 모술의 상인이었지만, 지금은 영광스러운 압바스 왕조의 일곱 번째 칼리프이며, 위대하신 예언자 무함마드의 자리를 계승한 하룬알라시드요! 내가 그대들을 부른 것은 단지 그대들은 누구이며, 어떤 사연으로 두 검둥개를 학대한 후에 함께 우는 것인지 알고 싶어서요. 또 왜 한 아가씨의 젖가슴이 흉터로 덮여 있는지도 몹시 알고 싶소.」

칼리프가 이 모든 말을 매우 명확하게 말했고 세 여인 역시 똑똑히 알아들었음에도, 재상 자파르는 궁중 의례에 따라 그의 말을 다시 한 번 반복해 주었습니다…….

「하지만 폐하!」 셰에라자드가 말했다. 「벌써 아침이옵니다. 폐하께서 뒷부분을 듣기 원하신다면 부디 저의 목숨을 내일까지 연장해 주시옵소서.」 술탄은 허락했다. 무슨 일이 있어도 꼭 알고 싶은 조베이드의 사연을 다음 날 듣게 되리라 믿었기 때문이다.

예순세 번째 밤

「언니!」 밤이 끝날 즈음 디나르자드가 외쳤다. 「만일 자고 있지 않으면 조베이드의 이야기를 좀 들려주세요! 그녀가 칼리프에게 자신의 이야기를 했을 것이 분명하니까요.」「물론 그렇게 했단다!」셰에라자드가 대답했다.

「폐하! 칼리프가 그녀를 안심시켜 주자, 조베이드는 그의 궁금증을 풀어 주기 위해 다음과 같이 이야기를 시작했습니다.」

조베이드의 이야기

신자들의 사령관이시여! 제가 폐하께 들려드릴 이야기는 지금껏 사람들이 들어 본 이야기 중 가장 놀라운 것의 하나일 것입니다. 두 마리 검둥개는 저와 부모가 같은 언니들로, 이들이 그 어떤 기이한 사건에 의해 암캐들로 변했는지는 잠시 후 말씀드리겠습니다. 그리고 지금 저와 함께 살고 있는 이 두 아가씨 역시 저의 자매들로서, 아버지는 같지만 어머니는 다른 이복동생들입니다.[13] 젖가슴이 흉터로 뒤덮인 동생의 이름은 아민느라고 하며 다른 동생은 사피, 그리고 저는 조베이드라고 합니다.

부친께서 돌아가시고, 우리 다섯 자매는 그분이 남기신 유산을 똑같이 나누어 가졌습니다. 그리고 이 두 동생들은 자신의 몫을 얻자, 그네의 모친과 함께 분가해 나가 따로 살았습니다. 또 저와 저의 두 언니는 당시에 생존해 계시던 우리의 어머니와 함께 살았습니다. 얼마 후 우리 어머니 역시 돌아가셨고, 우리들 각각에게 천 세켕씩을 남기셨죠.

---

13 이슬람 문화권의 일부다처제로 인한 상황이다.

이렇게 각자의 몫을 얻자 두 언니는 결혼을 하여 남편을 따라갔고 저만 혼자 남게 되었습니다. 결혼한 지 얼마 안 되어 첫째 언니의 남편은 모든 재산과 가구를 팔아 돈을 마련하고 여기에 언니의 돈까지 합쳐서 함께 아프리카로 건너갔습니다. 거기서 남편은 사치스럽고 방탕한 생활로 자신의 재산뿐 아니라 언니가 가져온 돈까지 모두 탕진했습니다. 그렇게 비참한 지경에 처하자 그는 적당한 구실을 찾아 언니를 내쫓아 버렸습니다.

그녀는 온갖 고초를 다 겪으며 긴 여행 끝에 바그다드로 돌아왔습니다. 달리 갈 곳이 없었던지라 제 집에 몸을 의탁해 왔는데, 그 가련한 몰골을 보았다면 세상 가장 무정한 사람이라 할지라도 그녀를 동정했을 것입니다. 저는 동생으로서 당연히 가슴 아파하며 그녀를 받아들이고, 어찌하여 이런 꼴이 되었느냐고 물었습니다. 이에 그녀는 울면서 남편의 행실이 얼마나 형편없었는지, 또 자신이 얼마나 억울한 일을 당했는지 말해 주었습니다. 언니의 불행에 저도 마음이 아파 그녀와 함께 울었습니다. 그러고 나서 그녀에게 몸을 씻도록 한 후, 제 옷을 내어 주면서 말했습니다. 「언니! 나는 언니를 어머니처럼 생각하고 있어요. 언니가 타지에 있는 동안, 하느님께서는 제가 물려받은 얼마 안 되는 유산과 저의 양잠업을 축복해 주셨어요. 여기 있는 모든 것이 언니 것이라 생각하세요!」

그리하여 우리는 함께 살게 되었고, 여러 달 동안 화목하게 지냈습니다. 그동안 우리는 다른 자매, 즉 저의 둘째 언니에 대해 종종 이야기하며 그녀의 소식이 들리지 않는 것을 걱정하고 있었습니다. 그런데 어느 날, 그녀는 큰언니만큼이나 형편없는 꼴이 되어 나타났습니다. 그녀 역시 남편에게서 똑같은 취급을 받았던 것입니다. 저는 이번에도 따뜻하게 그녀를 받아들였습니다.

얼마 후, 두 언니는 제게 짐이 된다는 구실로 재혼할 뜻을 밝혔습니다. 저는 그런 생각을 하는 것이 단지 제게 짐이 되기 때문이라면 아무런 걱정 말고 저와 함께 있어도 된다고 대답하고, 제가 가진 재산이면 우리 신분에 맞는 생활을 하기에 부족함이 없다고 말했습니다. 그리고 덧붙였습니다. 「하지만 제가 걱정하는 것은 혹시 언니들이 진심으로 재혼할 생각이 있지 않은가 하는 거예요. 그게 사실이라면 정말로 놀랄 일이군요. 결혼 생활을 통해 아무런 만족도 얻을 수 없다는 걸 뼈저리게 경험하고 나서도 또다시 그걸 생각하다니요? 모든 면에서 제대로 된 남편을 찾는다는 것은 하늘의 별 따기라는 사실을 잘 아시잖아요? 자, 제 말대로 하세요. 그냥 이렇게 함께 살아요. 우리끼리도 즐겁게 지낼 수 있잖아요?」

무슨 말을 해도 소용없었습니다. 언니들은 재혼하기로 마음먹었고 그렇게 실행했습니다. 하지만 몇 달 후 그녀들은 다시 제게 돌아왔습니다. 그리고 제 충고를 듣지 않은 것에 대해 온갖 사과를 늘어놓으면서 말했습니다. 「그래! 넌 동생이지만 우리보다 훨씬 현명한 애야. 그냥 네 여종이라 여기고 다시 한 번 우리를 받아들여 줘. 다시는 그런 큰 실수를 범하지 않을게.」「언니들!」 저는 대답했습니다. 「언니들이 떠난 이후로도 언니들에 대한 제 마음은 조금도 변하지 않았어요. 제가 가진 것을 가지고 우리 재미나게 살자고요!」 저는 그녀들을 안아 주었고, 우리는 전처럼 함께 살았습니다.

그 후 한 해 동안 우리는 너무나도 화목하게 지냈습니다. 그러던 중 하느님께서 저의 작은 자산에 축복을 더하시는 것을 보고, 저는 배를 타고 바다를 돌아다니면서 큰 사업을 해 보고 싶다는 생각이 들었습니다. 이를 위해 저는 언니들과 함께 발소라[14]에 가서 완전하게 의장된 배 한 척을 사고, 거기에 바그다드에서 가져온 상품을 가득 실었습니다. 순풍에 돛을 펼친 우리는 곧 페르시아 만을 빠져나올 수 있었습니다. 난바다에 들어서서 인도 쪽으로 항로를 정하고 스무 날 정도 항해하니 저 멀리 육지가 보였습니다. 그것은 아주 높다란 산이었는데 그 발치에는 멀리서도 아주 커 보이는 도시가 펼쳐져 있었습니다. 순풍을 탄 배는 곧 항구에 닿아, 우리는 거기에 닻을 내렸습니다.

저는 꾸물대는 언니들을 기다리지 않고 혼자 배에서 내려 도성의 성문으로 향했습니다. 성문 앞에는 보초들이 여럿 보였는데, 그중 몇 사람은 앉아 있었고 몇 사람은 손에 곤봉을 들고 서 있었습니다. 그들의 인상이 너무도 험악했던지라 저는 겁에 질리고 말았습니다. 하지만 그들 모두는 움직이기는커녕 눈 한 번 깜박이지 않고 서 있었습니다. 이에 용기를 내어 가까이 다가가 보니, 놀랍게도 그들 모두 석상처럼 굳어 있는 게 아닙니까?

저는 도성 안으로 들어갔습니다. 시내의 이 골목 저 골목을 돌아다녀 보니 여기저기 다양한 자세를 취하고 있는 사람들의 모습이 보였습니다. 하지만 그들 역시 석화(石化)되어 꼼짝도 하지 않았습니다. 시장에서도 사정은 마찬가지였습니다. 대부분의 상점은 닫혀 있었고, 그나마 열려 있는 곳에는 석화된 사람들만 있었습니다. 저는 눈을 들어 굴뚝들을 살펴보았습니다. 연기 한 줄기 새어 나오지 않았으므로, 집안 역시 바깥과 마찬가지로 모든 것이 돌로 변해 있으리라 짐작할 수 있었습니다.

도시 한복판에 있는 널찍한 광장에 다다른 저는 황금 판으로 덮인 대문 하나가 활짝 열려 있는 것을 보았습니다. 문에

---

14 페르시아 만에 면한 항구. 현재 이라크의 바스라.

는 비단 커튼이 드리워져 있었고, 그 위에는 등이 하나 걸려 있었습니다. 건물을 자세히 살펴본 저는 여기가 이 나라를 다스리는 왕의 궁전임에 틀림없다고 결론지었습니다. 이 도시 안에서 살아 있는 사람을 한 명도 보지 못하여 어리벙벙해 있던 저는, 혹시 이 안에서라면 누군가 만날 수 있지 않을까 싶어 문 앞으로 다가가 커튼을 들어 올렸습니다. 안을 들여다보고는 다시 한 번 놀랐는데, 현관홀 안으로 보이는 수위들과 호위병들 역시 서거나 앉거나 반쯤 누운 자세로 모두가 석화되어 있었기 때문입니다.

저는 사람들이 많이 모여 있는 큰 내정을 지났습니다. 어떤 사람들은 오고 다른 사람들은 가는 자세를 취하고 있었지만 제자리에서 한 걸음도 떼지 못하고 있었습니다. 아까 본 사람들처럼 모두가 돌처럼 굳어 있었던 것입니다. 두 번째와 세 번째 내정도 지났지만 어디를 가든 괴괴한 적막만이 감돌고 있었습니다.

네 번째 내정에 들어서니 정면에 거대한 황금 격자를 씌운 창문들이 있는, 아주 멋진 건물이 보였습니다. 저는 필시 왕비의 궁이리라 판단하고 안으로 들어갔습니다. 큰 홀에도 역시 여러 명의 흑인 내시들이 석화되어 있었습니다. 곧이어 들어간 곳은 화려한 가구들로 꾸민 방이었는데 거기에도 돌로 변한 귀부인이 있었습니다. 머리에 얹은 왕관과 호두만큼이나 굵고 둥근 진주알들이 이어진 목걸이를 보고서 저는 그녀가 왕비임을 알 수 있었습니다. 가까이 다가가 그녀의 목걸이를 살펴보았는데 세상에 다시없는 진귀한 보물이었습니다.

저는 얼마 동안 이 방의 부와 화려함을 찬탄 어린 눈으로 구경했습니다. 특히 제 눈길은 양탄자와 쿠션, 좌단 등에 오래 머물렀습니다. 좌단을 덮고 있는 것은 금 바탕 위에 절묘한 솜씨로 사람과 동물의 형상들을 은색 실로 수놓은 인도산 천이었습니다…….

셰에라자드는 계속하고 싶었으나 밝아 온 아침 빛이 그녀의 이야기를 중단시켰다. 이 이야기에 깊이 매혹된 술탄은 자리에서 일어나며 말했다. 「이 석화된 사람들의 놀라운 이야기가 어떻게 끝나게 되는지 꼭 알아야겠군.」

예순네 번째 밤

조베이드 이야기의 시작 부분을 몹시 재미나게 들었던 디나르자드는 동이 트기 전에 왕비를 불렀다. 「언니! 만일 자고 있지 않으면 그 기이한 성에서 조베이드가 또 무엇을 보았는지 이야기해 주세요!」 「좋아!」 셰에라자드가 대답했다. 「이 아가씨는 칼리프에게 자신의 이야기를 계속 들려주었지.」

폐하! 저는 돌로 변한 왕비의 방에서 나와 화려하고도 청결한 궁실과 집무실을 여러 개 지나 어마어마하게 큰 방에 들어갔습니다. 거기에는 높이가 몇 계단 되며 큼직한 에메랄드들이 박혀 있는 거대한 황금 단이 있었고, 그 위에는 영롱한 진주가 수놓인 값비싼 천으로 덮어 놓은 침대가 있었습니다. 무엇보다 저를 놀라게 한 것은 이 침대 위에서 퍼져 나오는 눈부신 광채였습니다. 대체 무엇이 이리 빛을 내는 것인지 궁금하여 올라가 보니, 크기는 타조 알만 하고 흠 하나 없이 완벽한 다이아몬드가 작은 탁자 위에 놓여 있었습니다. 그것이 햇빛을 반사하여 발하는 너무도 찬란한 광채에 제대로 눈을 뜰 수 없을 정도였습니다.

침대 머리맡 좌우편에는 용도를 알 수 없는 횃불이 하나씩 밝혀져 있었습니다. 저는 이를 보고 이 궁전 안에 누군가 살아 있는 사람이 있을 것이라 짐작할 수 있었습니다. 이 횃불들이 저절로 켜졌을 리는 없었으니까요. 이것 외에도 방 안에는 진기한 것들이 수없이 많았지만 앞서 말씀드린 다이아몬드 하나만으로도 이 방의 가치는 헤아릴 수 없는 것이었습니다.

궁 안의 문들이 모두 열려 있어서 저는 이 방 저 방을 돌아다니며 아까 본 궁실들만큼이나 화려한 다른 궁실들을 구경할 수 있었습니다. 심지어 찬방(饌房)과 가구 보관실까지 들러 보았는데 어디가 되었든 무한한 부가 넘쳐 나지 않는 곳이 없었습니다. 저는 이 놀라운 것들을 구경하느라 넋이 빠져서 시간 가는 줄도 몰랐습니다. 배나 언니들에 대한 것은 까맣게 잊어버린 채 오로지 저의 호기심을 채우느라 정신이 없었습니다. 그러다 밤이 되었고 그제야 돌아가야겠다고 생각했습니다. 저는 들어온 길을 되돌아가 궁을 빠져나가려 했지만 그 길을 찾는 것은 결코 쉬운 일이 아니었습니다. 그렇게 미로와도 같은 궁실들을 헤매던 저는 황금 단과 침대와 커다란 다이아몬드가 있는 그 큰 방으로 돌아왔습니다. 저는 그냥 여기서 밤을 보내고 다음 날 아침 이른 시각에 배로 돌아가는 것이 좋겠다고 생각했습니다. 그래서 침대에 몸을 눕혔지만 이 인적 없는 장소에 저만 혼자 있다는 사실에 겁이 났습니다. 제대로 잠을 이룰 수 없었던 것도 아마 이 때문이었을 것입니다.

자정 무렵이었습니다. 어디선가 이상한 소리가 들려와 귀를 기울여 보니, 어떤 남자가 우리네 사원에서 독경하는 방식으로 쿠란을 읽고 있는 것 같았습니다. 이 익숙한 소리에 저는 몹시 기뻐하며 즉시 몸을 일으켰습니다. 그리고 길을 밝히기 위해 횃불을 하나 집어 들고 목소리가 들려오는 쪽을 찾아 이 방 저 방을 돌아다녔습니다. 그러고는 분명히 여기다 싶은 어떤

서재의 문 앞에서 걸음을 멈췄습니다. 횃불을 바닥에 내려놓은 다음 반쯤 열린 문틈을 통해 들여다보니 내부는 기도실인 것 같았습니다. 기도를 올리는 벽감(壁龕), 불이 밝혀져 있는 현등(懸燈) 몇 개, 그리고 역시 불이 켜져 있는 굵직한 양초가 꽂힌 촛대 두 개……. 우리네 사원에서 흔히 볼 수 있는 것들이었습니다.

바닥에 깔린 자그마한 양탄자도 눈에 들어왔는데, 우리 나라에서 신자들이 펼쳐 놓고 앉아 기도하는 것과 비슷한 종류였습니다. 이 양탄자 위에는 준수한 용모의 청년 하나가 앉아서 조그만 책상 위에 놓인 쿠란을 온 정신을 집중하여 낭독하고 있었습니다. 그 고결한 모습을 본 저는 감탄을 금할 수 없었습니다. 그리고 모든 사람이 돌로 변해 버린 이 도시 가운데 어떻게 저이 혼자만 살아남을 수 있었는지 몹시 궁금했고, 여기에는 필시 어떤 기이한 사연이 숨어 있으리라 확신했습니다.

저는 반쯤만 열려 있던 문을 완전히 열고 안으로 들어갔습니다. 그리고 벽감 앞에 서서 높은 소리로 기도를 드렸습니다. 「우리에게 순조로운 항해를 허락하신 하느님을 찬양합니다! 고국에 돌아갈 때에도 똑같이 우리를 보호해 주소서! 주여! 제 기도를 들으시고 저의 소원을 이루어 주소서!」

청년은 눈을 돌려 저를 보고는 말했습니다. 「아가씨! 당신은 누구시며, 무슨 일로 이 황폐한 도시에 오셨는지 말씀해 주시겠습니까? 그러면 나 역시 내가 누구이며 내게 어떤 일이 일어났는지, 어떤 사연으로 이 도시 주민들이 아가씨께서 보신 그런 꼴이 되었고 왜 나 혼자만 이 무서운 재앙 속에서 무사할 수 있었는지 모두 알려 드리겠습니다.」

저는 제가 떠나온 곳과 어떻게 이 여행을 시작하게 되었는지, 어떻게 스무 날의 항해 끝에 이 항구에 무사히 도착하게 되었는지 설명해 주었습니다. 이야기를 마친 다음에는 약속대로 그의 사연도 이야기해 달라고 부탁했습니다. 그리고 도처에서 끔찍한 참상을 목격하고 얼마나 놀랐는지 몰랐다고 덧붙였습니다.

「아가씨! 잠시만 기다려 주세요.」 이렇게 말한 후 청년은 쿠란을 덮어 최고급 케이스에 넣은 후 벽감 속에 넣어 두었습니다. 그동안 저는 청년을 자세히 살펴볼 수 있었습니다. 정말이지 너무도 기품 있고 잘생긴 남자여서 제 가슴속에는 지금껏 느껴 보지 못한 미묘한 감정이 일었습니다. 그는 저를 자기 곁에 앉게 했습니다. 그가 아직 입을 열기도 전에, 저는 그만 제 감정을 드러내면서 말하고 말았습니다. 「경애하는 선생님! 내 영혼의 소중한 분이시여! 이 도시에 첫발을 디딘 순간부터 계속 저를 놀라게 한 그 충격적인 광경들의 사연이 너무도 궁금합니다. 허니 어서 설명하여 제 궁금증을 풀어 주세요! 어서요! 이 많은 사람들이 듣도 보도 못한 방식으로 죽어 있는데, 그 어떤 놀라운 기적으로 당신 혼자만 살아 계신 건가요?」

셰에라자드는 이 대목에서 이야기를 중단하고 샤리아에게 말했다. 「폐하! 벌써 날이 밝았는데 폐하께서는 모르셨던 모양이군요? 만일 제가 이야기를 더 이어 간다면 그건 폐하의 너그러우심을 남용하는 것이겠지요.」 술탄은 이 기이한 이야기의 뒷부분을 다음 날 밤에 들으리라 마음먹으며 자리에서 일어났다.

예순다섯 번째 밤

「언니!」 이튿날 동이 트기 전에 디나르자드가 외쳤다. 「만일 자고 있지 않으면 조베이드의 이야기를 계속해 주세요! 또 언니가 너무도 멋지게 묘사한 그 궁전에서 그녀와 청년 사이에 어떤 일이 일어났는지 몹시 알고 싶어요.」「그래, 네 궁금증을 풀어 주마!」 왕비가 대답하고 조베이드의 이야기를 이어 갔다.

청년은 제게 말했습니다. 「아가씨! 아까 기도하는 모습을 보니 아가씨께서도 참된 하느님에 대해 잘 알고 계신 분이라는 걸 알겠습니다. 자, 제가 그분의 위대함과 능력이 어떠한 결과를 가져왔는지 얘기해 드릴 테니 한번 들어 보세요. 이 도시는 저의 부친인 왕께서 다스리시던 한 강력한 왕국의 수도였습니다. 그런데 이 군주와 모든 신하들, 그리고 도성의 주민들과 모든 백성들은 〈마구스〉,[15] 즉 하느님께 반란을 일으켰던 거인족의 왕 나르둔과 불을 숭배하는 자들이었습니다.

이렇게 저는 우상을 숭배하는 아버님과 어머님 사이에서 태어났지만, 다행히도 제 어린 시절의 가정 교사이셨던 부인께서는 선한 이슬람 신자로서, 쿠란 전체를 외우심은 물론 완벽하게 설명해 주실 수 있는 분이셨습니다. 그분은 제게 종종 말씀하셨습니다. 〈왕자님! 참된 하느님은 오직 한 분이십니다. 그러니 다른 신들을 인정하고 숭배하는 걸 삼가시길 바랍니다.〉 그분은 제게 아랍어로 읽는 법을 가르쳐 주셨는데, 그 연습 교재로 택한 것이 바로 쿠란이었습니다. 그리고 제가 제대로 사고할 수 있는 나이가 되자, 그분은 이 뛰어난 책의 요점을 상세하게 설명해 주셨습니다. 그렇게 부왕과 모든 사람들이 모르는 사이에 저의 정신은 그분의 가르침에 완

---

[15] 원래는 메디아의 자연 숭배적 종교의 사제 계급이나 조로아스터교의 사제 계급을 뜻하지만, 여기서는 그냥 〈불을 숭배하는 자〉를 의미한다.

전히 감화되었던 것입니다. 어느 날 그분은 돌아가셨습니다. 하지만 저는 이미 그분으로부터 이슬람교의 진리에 대한 전적인 믿음에 필요한 모든 교육을 받고 난 후였습니다. 그분이 돌아가신 후, 저는 그분을 통해 받은 신앙을 계속 지켜 나가고 거짓 신 나르둔과 불의 숭배를 혐오해 왔습니다.

그런데 삼 년 몇 개월 전, 갑자기 도시 전체에 큰 음성이 들려왔습니다. 너무도 또렷하여 주민 전체가 한마디도 빠짐없이 다 들을 수 있었습니다. 〈주민들이여! 나르둔과 불의 숭배를 버릴지어다! 긍휼의 유일한 하느님을 경배할지어다!〉

이 목소리는 그 후 세 해 동안 계속하여 들려왔습니다만, 아무도 회개하지 않았습니다. 결국 삼 년째 되던 해의 마지막 날, 새벽 서너 시경에 모든 주민들은 일시에 돌로 변해 버렸습니다. 그 순간 그들이 취하고 있던 자세나 상태를 그대로 유지한 채 말이죠. 저의 부친께서도 이 불행을 피하실 수 없었습니다. 이 궁의 한 장소에 가면 볼 수 있겠지만 검은 돌로 변하셨고, 어머니께서도 같은 운명이었습니다.

하느님께서 이 무서운 벌을 내리시지 않은 사람은 오직 저뿐입니다. 그 이후로 저는 더욱 열렬하게 그분을 섬겼습니다. 그리고 아름다운 아가씨! 저는 그분이 저를 위로하기 위해 당신을 보내 주셨다고 확신합니다. 그분께 무한한 감사를 드립니다. 솔직히 말해서 이렇게 혼자 있으니 너무 적적했거든요!」

이 모든 이야기, 특히 이 마지막 말은 저의 가슴을 불타게 했습니다. 제가 말했습니다. 「왕자님! 의심의 여지가 없어요! 왕자님으로 하여금 너무도 불길한 이 장소를 벗어나게 하려고 저를 이 항구까지 이끌어 온 것은 틀림없이 하느님의 섭리입니다. 저의 배에 와보시면 아실 거예요. 제가 그래도 바그다드에서는 그렇게 하찮은 사람은 아니라는 사실을요.

그리고 상당한 재산도 있답니다. 저와 함께 가세요! 신자들의 강력한 사령관이시며, 당신이 믿으시는 위대한 예언자의 대리인께서 왕자님께서 응당 누려야 할 모든 영예를 돌려주실 때까지 제가 거처를 마련해 드릴게요. 이 명성 높은 군주께서는 바그다드에 계신답니다. 왕자님이 자기 도성에 왔다는 소식을 듣는다면, 그분은 자신에게 도움을 청하는 것이 결코 헛된 일이 아니라는 사실을 즉시 알게 해주실 거예요. 더욱이 여기서는 주위에 보이는 모든 것들이 왕자님의 아픈 기억을 되살릴 텐데, 이런 곳에 더 이상 남아 있는 것은 말도 안 돼요. 저의 배는 왕자님께 봉사할 준비가 되어 있으니, 얼마든지 사용하세요!」 그는 이 제의를 받아들였고, 우리는 다음 날 승선할 것을 상의하느라 남은 밤을 꼬박 새웠습니다.

동이 트자마자 우리는 궁을 나와 항구로 갔습니다. 거기에는 언니들과 선장, 그리고 종들이 저 때문에 걱정을 많이 하고 있더군요. 저는 왕자님께 언니들을 소개해 주고, 언니들에게도 지난밤에 배로 돌아올 수 없었던 이유와 왕자님을 만나게 된 사연, 그에게 어떤 사연이 있으며 왜 이토록 아름다운 도시가 황폐해졌는지 모두 이야기해 주었습니다.

선원들은 여러 날에 걸쳐 제가 가져온 상품들을 배에서 내린 후, 대신 보석과 금과 은이 가득한 궁에서 가장 값비싼 보물을 골라 실었습니다. 가구들이며 무수한 금은 세공품 같은 것들은 다 실을 수 없었으므로 그냥 남겨 두었습니다. 거기에 있는 그 모든 부를 바그다드에 옮기기 위해서는 수십 척의 배가 필요했을 것입니다.

원하는 것을 모두 싣고 나서는 여행에 필요한 식량과 식수도 실었습니다. 사실 우리가 바그다드에서 가져온 것도 많이 남아 있긴 했지만요. 그러고 나서 마침내 원하는 바람이 불어 오자 우리는 돛을 펼쳤습니다……

이 말을 마친 셰에라자드는 날이 밝은 것을 보고 이야기를 중단했다. 술탄은 말없이 자리에서 일어났다. 하지만 속으로는 조베이드와 너무나도 기적적으로 생명을 보전할 수 있었던 이 젊은 왕자의 이야기를 끝까지 들으리라 마음먹고 있었다.

예순여섯 번째 밤

다음 날 밤이 끝나 갈 즈음, 디나르자드는 조베이드의 항해가 무사히 이루어졌는지 알고 싶어서 왕비를 불렀다. 「언니! 만일 자고 있지 않으면 어제 이야기를 계속 들려주세요! 젊은 왕자와 조베이드가 바그다드에 무사히 도착했는지 알고 싶어요.」 「곧 알게 해줄게!」 셰에라자드가 대답했다.

「폐하! 조베이드는 칼리프에게 자신의 이야기를 계속 들려주었습니다.」

왕자님과 저와 언니들은 매일 유쾌한 대화를 나눴습니다. 아아! 하지만 이처럼 화목한 상태는 그렇게 오래가지 못했습니다. 언니들은 저와 왕자님이 서로 마음이 맞는다는 사실을 눈치채고 시샘을 품더니, 어느 날 제게 바그다드에 도착하면 왕자님과 어떻게 할 것이냐고 물었습니다. 저는 언니들의 목적이 제 마음을 떠보기 위함임을 뻔히 알고 있었습니다. 그래서 어색한 질문을 농담으로 무마하기 위해 그분을 저의 배우자로 생각하고 있다고 대답한 후, 그에게 몸을 돌려 이렇게 덧붙였습니다. 「왕자님! 왕자님도 동의해 주세요! 제 계획이 무엇인지 아세요? 그건 바그다드에 도착하는 즉시 저 자신을 왕자님의 온순한 노예로 바치는 거랍니다! 왕자님을 제 모든 뜻을 주관하시는 절대적인 주인으로 모시고 모든 봉사를 해드리기 위해서죠.」

「아가씨!」 왕자님이 대답했습니다. 「지금 농담으로 그 말씀을 하신 것인지는 잘 모르겠습니다. 하지만 여기 언니분들도 있고 하니 아주 심각하게 선언하거니와, 저는 지금 당신이 하신 제안을 기쁘게 받아들이겠습니다. 그리고 저는 당신을 한갓 노예가 아닌, 제가 섬길 귀부인이자 여주인으로 대할 것입니다. 결코 당신의 행동을 지배하는 일은 없을 것입니다.」 이 말에 언니들의 낯빛은 순식간에 변했습니다. 그리고 이때부터 저에 대한 그녀들의 감정이 이전과 같지 않다는 걸 느낄 수 있었습니다.

배는 페르시아 만에 들어서서 발소라에 다가가고 있었습니다. 계속되는 순풍을 감안하면 내일이면 항구에 도착할 수 있겠지 싶었습니다. 그런데 그날 밤, 제가 깊이 잠들어 있을 때 언니들은 저를 바닷물에 던져 버렸습니다. 저와 똑같은 일을 당한 왕자님은 익사해 버리셨죠. 저는 얼마 동안 헤엄을 치면서 가라앉지 않으려고 버텼습니다. 그러다가 운 좋게도, 아니 어떤 기적에 의해 발이 땅에 닿은 저는 어둠 속에서 육지 같아 보이는 거무스름한 것을 발견하고 그쪽을 향해 나아갔습니다. 과연 제가 다다른 곳은 해변이었고, 곧 아침 해가 떠오른 덕에 여기가 발소라에서 오십 리쯤 떨어진 무인도라는 사실을 알 수 있었습니다. 저는 우선 젖은 옷을 햇볕에 말렸고, 섬 여기저기를 돌아다니면서 열매며 마실 물도 찾아냈습니다. 최소한 굶어 죽지는 않게 된 셈이었지요.

제가 그늘에서 쉬고 있을 때였습니다. 아주 굵고 긴 데다가 날개까지 돋은 뱀 한 마리가 저 있는 쪽으로 기어 왔습니다. 그런데 혀를 길게 빼고 몸뚱이를 좌우로 요동치고 있는 모습이 뭔가 나쁜 일을 당하고 있는 것 같더군요. 몸을 일으켜 살펴보니 뒤쪽에서 더 큰 뱀 한 마리가 놈을 삼키려고 꼬리를 꽉 물고 있었습니다. 측은한 마음이 든 저는 도망가는

대신 용기를 내어 곁에 굴러다니는 큼직한 돌덩이를 집어 들어 큰 뱀 쪽으로 있는 힘껏 던졌습니다. 돌덩이는 놈의 위에 떨어져 그대로 대가리를 박살 냈습니다. 풀려난 다른 놈은 즉시 날개를 펼치고 날아가 버렸습니다. 저는 하늘을 날아가는 뱀의 뒷모습을 경이로운 눈으로 오랫동안 바라보고 있었죠. 이윽고 더 이상 보이지 않게 되자 다른 곳에 있는 그늘을 찾아들어 다시 잠이 들었습니다.

그런데 잠에서 깨어난 저는 얼마나 놀랐는지 모릅니다. 생기발랄하고 호감이 가는 용모의 어떤 흑인 여자가 끈으로 묶은 검은 암캐 두 마리를 데리고 제 옆에 있는 것이었습니다. 저는 벌떡 일어나 앉아 그녀에게 누구냐고 물었습니다. 「저는 당신께서 조금 전에 저의 잔혹한 적으로부터 구해 주신 그 뱀입니다.」그녀가 대답했습니다. 「저는 어떻게 하면 당신의 은혜에 가장 잘 보답할 수 있을까 생각했습니다. 그런데 당신이 언니들에게 배신당했다는 사실을 알게 되어서, 대신 복수해 드리기로 마음먹었습니다. 그리하여 저는 제 친구 요정들을 불러 우선 당신의 배에 실린 모든 짐을 바그다드에 있는 당신의 창고에다 옮겨 놓은 후 배를 침몰시켰습니다. 이 두 마리 검은 암캐는 바로 당신의 두 언니입니다. 제가 이런 모습으로 만들어 놓았죠. 하지만 이 벌만으로는 충분치 않으니, 나중에 제가 알려 주는 방식으로 다루어 주세요.」

이 말을 마치고 요정은 한 팔로는 저를, 다른 팔로는 개들을 꽉 끌어안더니 하늘로 날아올라 바그다드에 있는 우리 집까지 옮겨다 주었습니다. 집의 창고에는 배에 실렸던 보물들이 다 옮겨져 있더군요. 요정은 떠나기 전에 개들을 제게 넘겨주며 말했습니다. 「매일 밤 이들에게 각각 채찍 백 대씩을 때리세요. 이는 당신을 해치고 젊은 왕자를 물에 빠뜨려 죽인 죄에 대한 벌입니다. 만일 어길 시에는 당신 역시 이들처럼 암캐로 변할 것이니 조심하세요. 이것은 바다를 다스리는 분의 명령이랍니다.」저로서는 그녀의 명령을 이행하겠다고 약속하는 수밖에 없었습니다.

이때부터 저는 밤마다 언니들을 폐하께서 친히 목격하신 것과 같은 방식으로 다룰 수밖에 없었습니다. 언니들도 제가 흘리는 눈물을 보고 이 잔인한 의무를 이행하는 것이 제게도 얼마나 가슴 아프고 끔찍한 일인지 잘 알고 있습니다. 아시겠죠? 저는 책망받기보다는 오히려 동정받아 마땅한 사람이랍니다. 또 폐하께서 저에 대해 더 알고 싶은 것이 있으시다면, 제 동생 아민느의 이야기가 다 밝혀 드릴 것입니다.

감탄을 거듭하며 조베이드의 이야기를 듣고 난 칼리프는,

이번에는 아미느에게 왜 그녀의 몸에 무수한 흉터 자국이 있는지 설명해 달라고 대재상을 통해 부탁했습니다.

「하지만 폐하!」 여기에서 셰에라자드가 말했다. 「날이 밝았기 때문에 더 이상 폐하를 붙잡아 둘 수 없사옵니다.」 샤리아는 이제 셰에라자드가 들려줄 이야기는 앞의 모든 이야기들의 대단원을 이루리라 확신하고는 이렇게 생각했다. 〈그래! 즐거움은 완전해야 하는 법, 끝까지 다 들어야겠다.〉 그는 이날도 왕비의 목숨을 살려 주리라 마음먹으며 자리에서 일어났다.

예순일곱 번째 밤

디나르자드는 어서 빨리 아미느의 이야기를 듣고 싶은 마음뿐이었다. 그래서 동트기 훨씬 전에 잠에서 깨어나 왕비에게 말했다. 「언니! 만일 자고 있지 않으면 귀여운 아미느의 젖가슴이 왜 온통 흉터로 덮이게 되었는지 알려 주세요.」 「그러마!」 셰에라자드가 대답했다. 「시간을 허비하지 않기 위해 곧장 본론으로 들어가도록 하마. 아미느는 칼리프를 향해 다음과 같이 자신의 이야기를 시작했단다.」

아민느의 이야기

신자들의 사령관이시여! 언니의 이야기로 폐하께서 이미 알게 되신 내용은 되풀이하지 않겠습니다. 과부가 되신 어머니는 따로 집을 얻어 저희 두 자매와 함께 살다가, 제 몫의 유산을 지참금으로 하여 저를 이 도시의 가장 부유한 상속인 중의 하나에게 시집보냈습니다.

결혼한 지 한 해가 지나기도 전에 저는 과부가 되었고, 구만 세켕에 달하는 남편의 유산을 소유하게 되었습니다. 그 돈에서 나오는 수입만으로도 남은 생을 넉넉하게 살기에 충분했습니다. 하지만 초상 기간의 첫 여섯 달이 지나자마자, 저는 한 벌에 천 세켕씩이나 되는 화려한 의상을 열 벌이나 사 놓은 다음에, 한 해가 지나고서는 입고 다니기 시작했습니다.

어느 날, 저 혼자 집에서 가사일을 하고 있는데 하인이 오더니 밖에 어떤 부인네가 와서 저를 보고 싶어 한다고 전했습니다. 저는 들여보내라고 명했습니다. 들어온 사람은 아주 나이가 많은 노파였습니다. 노파는 대뜸 바닥에다 입을 맞추더니 무릎을 꿇은 채 제게 말했습니다. 「착하신 우리 마님! 이렇게 불쑥 나타나 귀찮게 해드려 정말 죄송합니다. 마님의 자비로우심만 믿고 이렇게 염치 불고하고 찾아왔습니다. 훌륭하신 우리 마님! 제게는 애비 없는 딸년이 하나 있는데 오늘 결혼식을 올린답니다. 허나 그 애도 저도 이 도시가 타향인지라 아는 사람이 한 명도 없어 지금 어찌해야 할지 모르고 있습니다. 왜냐하면 오늘 사돈 될 집안에서 많은 분들이 오실 터인데, 저희가 이곳에서 완전히 외톨이는 아니며 그래도 누군가 연고가 있다는 것을 그들에게 보여 주고 싶기 때문입니다. 그래서 자비로우신 우리 마님께서 부디 이 결혼식에 왕림하여 자리를 빛내 주십사 부탁드리려 이렇게 찾아왔답니다. 만일 오신다면 저희에게 너무도 큰 은혜를 베풀어 주시는 겁니다. 마님처럼 지체 높은 분이 오신 것을 보면, 이 고장에 사는 하객들이 저희가 이 도시에서 그렇게 하잘것없는 존재들은 아니라고 생각할 테니까요. 하지만 부인께서 제 청을 물리치신다면…… 아아! 그러면 어떻게 해야 하나요? 누구에게 부탁드려야 할지 막막하기만 합니다.」

불쌍한 노파가 눈물 콧물 섞어 가며 하는 말에 저는 동정심이 일었습니다. 「할머니, 그렇게 울지 마세요! 부탁하신 것을 기쁘게 해드릴게요. 어디로 가야 하는지만 말씀해 주세요. 그리고 잠시만 기다리시면 금방 옷을 입고 나올게요.」 이 대답에 얼굴이 환해진 노파는 저의 만류에도 불구하고 제 발에 입을 맞추었습니다. 「자비로우신 우리 마님!」 그녀는 다시 몸을 일으키면서 말했습니다. 「하느님께서는 이렇게 미천한 우리들에게 자비를 베푸신 마님에게 복을 주실 겁니다. 그리고 마님이 우리 마음을 만족시켜 주셨듯이 마님의 마음 또한 가득 채워 주실 것입니다. 그런데 지금 당장 가실 필요는 없습니다. 이따가 저녁에 제가 모시러 올 때 같이 가시면 됩니다. 마님, 그럼 이따 다시 뵐 때까지 안녕히 계세요!」

그녀가 떠나자마자 저는 가장 마음에 드는 옷을 꺼내 입고 그 위에 굵직한 진주알들이 이어진 목걸이, 또 눈부신 다이아몬드들이 박힌 팔찌, 반지, 귀걸이 등으로 한껏 치장했습니다. 아마도 앞으로 일어나게 될 일을 예감했던 것일까요?

어둠이 내리기 시작하자 노파는 싱글벙글한 얼굴로 우리 집에 도착했습니다. 그녀는 저의 손에 입을 맞추고는 말했습니다. 「마님! 제 사위의 친척들인 이 도시의 상류층 부인들이 다 모여 있답니다. 이제 언제든지 오셔도 됩니다. 제가 길을 안내해 드릴 테니까요.」 우리는 즉시 출발했습니다. 그녀가 앞장섰고, 저는 단정한 옷차림을 한 수많은 여종들을 거느리고 그 뒤를 따랐습니다. 우리가 멈춰 선 곳은 깨끗이 쓸고 물을 뿌려 놓은 널찍한 거리에 위치한 대문 앞이었습니다. 커다란 현등 하나가 주위를 환하게 밝히고 있었는데, 대문 위에 황금으로 새겨진 다음과 같은 글이 눈에 들어왔습니다. 〈이곳은 즐거움과 기쁨의 영원한 거처라!〉 노파가 문을 두드리자 즉시 문이 열렸습니다.

내정 안쪽에 있는 커다란 홀에서는 비할 데 없이 아름다운 젊은 부인이 저를 맞아 주었습니다. 제 앞으로 다가온 그녀는 저를 안아 주고, 여러 개의 다이아몬드가 박힌 진귀한 나무로 만든 옥좌가 설치된 좌단 위, 자기 옆자리에 앉게 했습니다. 「부인!」 그녀가 말했습니다. 「부인께서는 여기 결혼식에 참석하러 오셨겠죠? 하지만 저는 오늘 밤 부인께서 알고 계신 결혼식이 아닌 다른 결혼식이 열리기를 바라고 있습니다. 제게는 남동생이 하나 있는데 참으로 잘생겼고 모든 것을 갖춘 사내랍니다. 그런데 얼마 전에 사람들이 부인의 아름다움을 묘사하는 소리를 듣더니만 부인께 홀딱 반해 버려서, 지금은 완전히 죽네 사네 하고 있답니다. 만일 부인께서 측은하게 여겨 주시지 않는다면 그 애는 너무도 상심할 것입니다. 그 애의 지위와 신분은 부인 못지않아서 부인의 짝이

되기에 전혀 부족함이 없습니다. 제 간청에 조금이라도 마음이 움직이셨나요? 그렇다면 그 애의 뜻을 직접 전해 드리죠. 그 애는 부인을 아내로 맞고 싶어 한답니다. 부인! 부디 그 애의 뜻을 받아들여 주세요!」

남편이 죽고 난 이후, 저는 아직 재가할 생각을 해보지 않았습니다. 하지만 그토록 괜찮은 사람이라니 거절할 마음은 들지 않았죠. 저는 그냥 얼굴만 빨갛게 붉힌 채 아무 말 않고 있었습니다. 이를 승낙의 뜻으로 받아들인 부인이 손뼉을 치니 서재의 문이 열리고 거기서 한 청년이 걸어 나왔습니다. 당당한 풍모에 매력이 넘치는 너무도 멋진 남자여서 저는 뜻밖의 행운을 잡은 기분이었지요. 그는 제 옆에 자리를 잡고 앉았고, 우리는 대화를 나누었습니다. 그 대화를 통하여 저는 그가 누이의 얘기보다도 훨씬 더 괜찮은 사람이라고 느꼈습니다.

우리가 서로를 마음에 들어하는 것을 본 누이가 다시 한 번 손뼉을 치자 카디[16] 한 명이 들어왔습니다. 그는 즉석에서 결혼 계약서를 작성하여 서명하였고, 그가 데려온 네 명의 증인에게도 서명하게 했습니다. 새 남편이 제게 요구한 것은 단 한 가지였는데 그 외에는 어떤 남자도 보지 않고, 그와 말하지도 않는다는 것이었습니다. 그는 이 조건만 지키면 저를 더 바랄 것 없을 정도로 행복하게 해주겠다고 약속했습니다. 이렇게 우리의 결혼 계약은 맺어졌습니다. 남의 결혼식에 참석하러 왔다가 저 자신이 결혼식의 주인공이 되었던 것입니다.

결혼한 지 한 달이 지났을 때, 저는 천이 필요하여 이를 구입하기 위해 외출해야겠으니 허락해 달라고 남편에게 부탁

---

[16] 이슬람의 재판관. 쿠란에 규정되어 있는 범죄를 비롯하여 기부 재산의 관리, 혼인, 상속 등 종교와 밀접한 관련이 있는 사안만을 다루었다.

했습니다. 남편은 허락했고, 저는 전에 저를 찾아왔으며 지금은 우리 집에서 일하고 있는 그 노파와 다른 두 여종을 거느리고 집을 나섰습니다. 상점들이 늘어선 거리에 들어서자 노파가 말했습니다. 「마님! 마님께서 비단을 찾으시니 제가 알고 있는 젊은 포목상에게 데려다 드리죠. 그에게는 없는 천이 없으니 쓸데없이 여기저기 돌아다닐 필요가 없어요. 다른 곳에서 볼 수 없는 것들도 그의 상점에는 잔뜩 있답니다.」 저는 그녀가 이끄는 대로 따라가, 잠시 후 어떤 잘생긴 젊은 포목상의 가게에 들어갔습니다. 자리에 앉은 저는 노파를 통해 이 상점에서 가장 좋은 비단들을 보여 달라고 말했습니다. 노파는 제가 직접 말하면 어떻겠느냐고 했지만, 저는 결혼 조건 중의 하나가 남편 이외의 그 어떤 남자에게도 말하지 않는 것이므로 이를 위반할 수 없노라고 대답했습니다.

포목상은 제게 여러 종류의 천을 보여 주었습니다. 그중에 몹시 제 마음에 드는 것이 있어 가격이 얼마냐고 노파를 시켜 묻게 했습니다. 그러자 그가 노파에게 대답했습니다. 「금과 은을 준다 해도 이건 팔지 않겠습니다. 하지만 만일 원하신다면 선물로 드리겠습니다. 단, 저분 볼에 입을 맞추는 것을 허락해 주신다면 말입니다.」 저는 감히 이런 제의를 하다니 무례하기 짝이 없다고 말하라고 노파에게 명했습니다. 하지만 그녀는 제 말대로 하지 않고, 오히려 포목상이 요구하는 것은 대수롭지 않은 일이라고 반박했습니다. 또 말하는 것도 아니고 단지 볼만 한 번 대주는 것인데, 그까짓 것 눈 딱 감고 잠시만 참으면 끝나는 일 아니냐고 저를 설득했습니다. 그 천이 너무도 탐이 났던 저는 결국 그녀의 충고를 따르고 말았습니다. 노파와 다른 여종들은 사람들이 못 보게끔 상점 입구를 막아섰고 저는 너울을 들어 올렸습니다. 그런데 이게 웬일입니까? 그 포목상 놈이 볼에 입을 맞추는 대신 피가 날 정도로 꽉 깨물어 버리는 게 아니겠습니까? 너무나 아프고 놀란 나머지 저는 그대로 기절해 버렸습니다. 저는 오랜 시간 그런 상태로 있었고, 그동안 놈은 가게 문을 닫고 도망가 버렸습니다. 얼마 후 정신을 차려 보니 제 볼은 온통 피투성이가 되어 있었지요. 노파와 여종들이 너울을 덮어 놓았던 덕에 달려온 사람들은 아무것도 발견하지 못했고, 단지 제가 현기증이 나서 쓰러진 것이라고만 생각했습니다…….

여기까지 이야기한 셰에라자드는 날이 밝은 것을 보고 입을 다물었다. 오늘 들은 이야기가 참으로 기이하다고 느낀 술탄은 자리에서 일어나면서도 어서 뒷부분을 듣고 싶은 마음뿐이었다.

예순여덟 번째 밤

다음 날 밤이 끝나 갈 즈음, 디나르자드가 잠에서 깨어나 왕비를 불렀다. 「언니! 만일 자고 있지 않으면 아민느의 이야기를 계속해 주세요!」 「자, 이 아가씨는 이야기를 이렇게 계속했단다.」

저와 동행했던 노파는 포목상에서 일어난 사건 때문에 몹시 풀이 죽어 돌아오면서도 저를 안심시키려 애썼습니다. 「마님! 죄송합니다! 제가 이 불행의 씨앗입니다. 그 포목상은 제 고향 사람이라 마님을 모시고 갔던 것인데, 그놈이 그런 못된 짓을 할 줄 누가 알았겠습니까? 자, 더 이상 여기서 꾸물대지 말고 집으로 돌아갑시다. 저에게 용한 약이 하나 있으니, 바르시면 사흘 후에는 감쪽같이 나아 아무 흔적도 남지 않을 겁니다.」 아까 기절한 후유증으로 몸에 힘이 없어 저는 제대로 걸을 수조차 없었습니다. 겨우겨우 집에 도착했지만, 방에 들어서는 순간 다시 실신해 버렸습니다. 노파는 약을 가져와 발라 주었고, 정신을 차린 저는 자리에 누웠습니다.

밤이 되자 남편이 들어왔습니다. 그는 제가 너울을 뒤집어쓰고 있는 것을 보고 무슨 일이냐고 물었습니다. 저는 그냥 두통이 있을 뿐이라고 대답했습니다. 그 정도로 남편이 넘어가 주기를 바랐죠. 하지만 웬걸, 그는 촛불을 가져오더니 볼에 상처가 있는 것을 보고 물었습니다. 「아니, 이게 웬 상처요?」 저는 원래 거짓말을 일삼는 성격은 아닙니다. 하지만 남편에게 솔직하게 고백할 용기가 나지 않았습니다. 점잖은 집안 부인으로서 남편에게 차마 그런 고백을 할 수는 없었던 것입니다. 그래서 남편의 허락에 따라 비단을 사러 가다가 골목길에서 머리에 땔감을 잔뜩 인 짐꾼을 마주쳐 그 막대기 하나에 얼굴을 긁힌 것이며, 대수롭지 않은 것이라고 둘러댔습니다.

이렇게 설명하자 남편은 머리끝까지 화가 치밀었습니다. 「내 이놈들을 가만히 놔두나 봐라! 내일 당장 포도대장을 시켜 이 깡패 같은 짐꾼 놈들을 모조리 잡아다가 교수형에 처해 버릴 거야!」 무고한 사람들을 죽이게 될까 봐 겁이 난 저는 이렇게 말했습니다. 「여보! 그런 엄청나게 부당한 일이 벌어지면 제 마음이 몹시 언짢을 거예요. 제발 그러지 말아 주세요! 저로 인해 그런 불행한 일이 일어나게 된다면 저는 용서받지 못할 년이 될 거예요.」 「그렇다면 솔직히 말하란 말이오!」 그가 다그쳤습니다. 「내가 납득할 수 있게끔 설명해 보시오!」

저는 다시 나귀를 탄 어떤 빗자루 장사치의 부주의한 실수로 상처가 생겼다고 둘러댔습니다. 제 뒤에 오고 있던 이 장사꾼이 잠시 딴 곳을 보고 있을 때 나귀가 저를 세차게 밀어 제가 땅에 넘어졌고, 그 통에 땅바닥에 굴러다니던 유리 조각에 볼이 찍힌 것이라고 말입니다. 그러자 남편이 말했습니다. 「그 말이 사실이라면, 내일 아침 해가 뜨자마자 대재상 자파르에게 달려가 이 무엄한 짓을 알려야겠소! 재상은 이 빗자루 장사꾼 놈들을 모조리 죽일 것이오!」 「오, 여보, 제발!」 제가 말을 끊고 애원했습니다. 「제발 그들을 용서해 주세요! 그들은 죄가 없답니다.」 「그렇다면 뭐요, 부인?」 그가 말했습니다. 「내가 대체 뭘 믿어야 하오? 말하시오! 나는 무슨 일이 있더라도 진실을 들어야겠소!」 「여보!」 제가 대답했습니다. 「갑자기 현기증이 일어 땅에 넘어진 것뿐이에요. 그게 다라니까요!」

이 마지막 말에 남편은 마침내 인내심을 잃고 소리쳤습니다. 「아! 이제 거짓말을 듣고 있는 것도 한계가 있어!」 그가 이렇게 말하며 손뼉을 치자 종 세 사람이 들어왔습니다. 「당장 이년을 침대에서 끌어내 방 한가운데 눕혀 놓아라!」 종들은 명령에 따랐습니다. 한 사람이 저의 머리를, 다른 한 사람이 다리를 붙잡고 있자, 남편은 세 번째 종에게 가서 칼을 가져오라고 말했습니다. 그가 칼을 가져오자 다시 그에게 명했습니다. 「이년의 몸을 베어 두 토막을 내어라! 그리고 티그리스 강에 물고기 밥으로 던져 주어라! 내 온 마음을 주었음에도 신의를 지키지 않은 사람에게 내리는 벌이야!」 칼을 든 종이 머뭇거리자 그는 다시 소리쳤습니다. 「어서 쳐! 왜 꾸물대고 있어? 뭘 기다리는 거지?」 「부인!」 종이 제게 말했습니다. 「부인의 생의 마지막 순간에 이르렀습니다. 죽기 전에 뭔가 원하시는 것이라도 있습니까?」

저는 한마디만 하게 해달라고 부탁했고, 그 청은 허락되었습니다. 저는 머리를 들어 올리고 애절한 눈으로 남편을 올려다보면서 말했습니다. 「아아! 제가 이게 무슨 꼴인가요? 진정 꽃다운 나이에 이렇게 죽어야 하나요?」 저는 계속하려 했지만 눈물과 한숨으로 말을 제대로 이을 수가 없었습니다. 하지만 남편은 꿈쩍도 않고 오히려 다시금 저를 질책하기 시작했습니다. 그에 대해 항변해 보았자 아무 소용없었을 것입니다. 저는 애원해 보았습니다. 하지만 그는 들은 척도 않고 종에게 그의 의무를 이행하라고 명령했습니다. 바로 이때, 과거 남편의 유모였던 노파가 뛰어 들어와 그의 발밑에 몸을 던지고 만류했습니다. 「우리 도련님! 도련님에게 젖을 먹이고 키워 준 이 늙은이의 얼굴을 봐서라도 저 애를 그만 용서해 주구려! 남을 죽인 자는 자신도 죽임을 당하게 된다는 것을 좀 생각하시우! 그리고 화가 난다고 해서 이렇게 피비린내 나는 일을 벌이면 남들이 뭐라고 말하겠소? 그건 스스로의 명성에 먹칠하고 사람들의 신망을 잃는 짓이 아니겠소!」 그녀가 눈물을 철철 흘리며 너무도 간곡하게 말했던지라 남편의 마음은 크게 움직였습니다. 「그럼 좋소!」 마침내 그는 유모에게 말했습니다. 「내 유모를 사랑하는 마음으로 이년의 목숨만은 살려 주겠소. 대신, 평생 자기 죄를 기억할 수 있게끔 흔적을 남겨 놓겠소.」

이에 종은 그의 명에 따라 저를 매질하기 시작했습니다. 그가 낭창낭창한 회초리를 있는 힘껏 휘두를 때마다 옆구리와 가슴에서 떨어져 나온 살점들이 사방에 튀었고, 결국 저는 의식을 잃고 말았습니다. 남편은 종들을 시켜 저를 어떤 집으로 옮기게 했고, 노파가 따라와 정성껏 간호해 주었습니다. 저는 그렇게 넉 달간 병상을 지켰습니다. 결국 회복하긴 했지만 어젯밤 제 불찰로 폐하께서도 보시게 된 그 흉터들은 영영 남게 되었습니다.

저는 걸을 수 있는 상태가 되자마자 첫 번째 남편에게서 물려받은 집으로 돌아갔습니다. 하지만 그 자리에는 아무것도 없더군요. 불같이 화가 치민 두 번째 남편이 제 집을 허물어 버린 것도 성이 안 차서 아예 주변의 거리 전체를 밀어 버린 것이었습니다. 이 짓을 해놓은 장본인은 몸을 숨겨 버려서 어디 있는지 알 수 없었습니다. 하지만 설사 제가 안다 한들 어쩌겠습니까? 그가 제게 한 짓은 어떤 절대적인 권력에서 나온 것이 아니겠습니까? 제가 어찌 그에 대해 감히 불평할 수 있었겠습니까?

이렇게 모든 것을 빼앗긴 저는, 방금 전에 폐하께 자신의 이야기를 들려드렸던 저의 언니 조베이드에게 찾아가 저의 서러운 사연을 이야기해 주었습니다. 언니는 평소와 다름없이 저를 따뜻하게 맞아 주며 이 불행을 참고 견뎌 내라고 격려해 주었습니다. 「자, 세상은 그런 거란다! 하루아침에 우리의 재산이나 친구나 연인을 빼앗기는 건 다반사야. 그리고 이 모든 것들을 한꺼번에 잃는 일도 종종 있지.」 언니는 두 언니들의 시샘으로 젊은 왕자를 잃게 된 자신의 이야기를 해 주었습니다. 또 어떻게 그녀들이 암캐로 변하게 되었는지도 설명해 주었습니다. 이렇게 동기간의 따뜻한 정으로 저를 다독여 준 언니는, 우리 어머니가 돌아가신 후에 언니 집에 와서 살고 있던 막내 사피와도 만나게 해주었습니다.

우리는 세 자매를 한데 모이게 해주신 하느님께 감사를 드리고, 다시는 떨어지지 말고 함께 살기로 결심했습니다. 이렇게 평온한 생활을 시작한 지도 벌써 오래되었습니다. 저는 집안 살림을 맡고 있어서, 가끔 필요한 식품을 구입할 일이 있으면 기분 전환도 할 겸 직접 장을 보곤 합니다. 어제도 장을 본 후 어떤 짐꾼을 시켜 물건들을 집으로 날라 오게 했습니다. 그런데 그 사람이 꽤나 재치가 있고 명랑해서 같이 즐기기 위해 집 안에 들였던 것입니다. 밤이 내릴 즈음에는 세 탁발승이 와서 오늘 아침까지만 있게 해달라고 간청하기에 우리는 조건을 하나 내걸고 받아들여 주었습니다. 우리가 그들을 식탁에 끼워 주자, 그네는 나름의 방식으로 음악을 합주하여 모인 이들을 즐겁게 해주었습니다. 그러고 있는데 또 누가 문을 두드려 나가 보니 아주 풍채가 좋으신 모술의 상인 세 분께서 탁발승들과 똑같은 부탁을 하는 것이었습니다. 이번에도 저희는 같은 조건을 내걸고 받아들여 주었습니다만, 탁발승들도 상인들도 이를 지키지 않았습니다. 사실 우리는 몹시 화가 치밀었고, 그들을 벌줄 만한 명분도 충분했습니다. 하지만 우리는 그들에게 그들의 이야기를 들려줄 것만 요구하고는 집에서 쫓아내어, 그들이 부탁한 피신처를 빼앗는 것만으로 복수를 대신했던 것입니다.

칼리프 하룬알라시드는 궁금했던 것을 알게 되어 몹시 만족했습니다. 그리고 그가 들은 모든 이야기들이 너무도 기막히다고 모든 사람들 앞에서 고백했습니다……

「하지만, 폐하!」 여기에서 셰에라자드가 말했다. 「날이 밝아 오고 있어서, 두 검둥개의 마법을 풀기 위해 칼리프가 어떤 일을 했는지 폐하께 들려드릴 수 없게 되었사옵니다.」 샤리아는 다음 날 밤에 셰에라자드가 다섯 여인과 세 탁발승의 이야기를 끝맺으리라 생각하면서 몸을 일으켰고, 이날도 왕비의 목숨을 다음 날까지 살려 주었다.

알려 드리는 말[17]

독자 여러분께서는 각 밤의 모두(冒頭)에 사용되었던 〈언니! 만일 자고 있지 않으면……〉 등의 표현을 더 이상 보시지 않게 될 것입니다. 제 주위의 여러 명석한 분들께서 이처럼 똑같은 표현이 반복되는 것이 몹시 거슬린다고 지적해 주셨으므로, 그분들의 섬세한 취향에 맞추기 위해서라도 이를 삭제하기로 한 것입니다. 학자분들께서도 원본에 대한 충실성에 어긋나는 이 같은 결정을 용서해 주시리라, 이 역자는 믿고 있습니다. 왜냐하면 역자로서는 학자분들의 서재를 채우기에 조금도 부족함이 없게끔, 우리 고유의 종교적인 관점을 잃지 않으면서도 아랍 이야기들의 본질과 성격을 충분히 보존해 냈다고 자부하기 때문입니다. 사실은 역자 또한 이러한 반복이 프랑스 독자의 취향에 거슬리리라는 점을 미리부터 예감했었습니다. 하지만 거의 알려져 있지 않은 책을 번역하는 작가에게는 매우 드문 모종의 소심함으로 인하여 감히 원전을 벗어날 수 없었던 것입니다. 아무튼 이미 출간된 두 권이 거둔 성공은, 이 두 권 못지않게 신기하고도 유쾌한 이야기들로 가득한 후속 권들의 성공을 보장해 주리라 믿습니다.

예순 아홉 번째 밤

「언니!」 동이 트기 전에 디나르자드가 외쳤다. 「만일 자고 있지 않으면 두 암캐가 어떻게 원래 모습을 되찾았으며, 또 세 탁발승은 어떻게 되었는지 이야기해 주세요.」 「너의 궁금증을 풀어 주마.」 셰에라자드가 대답했다. 그리고 샤리아를 향하여 다음과 같이 이야기를 계속했다.

---

17 이 〈알려 드리는 말〉은 앙투안 갈랑이 옮긴 『천일야화』 초판본 제3권의 첫머리에 위치해 있다.

폐하! 호기심이 충족된 칼리프는 세 탁발승에게는 자신의 위대하고도 너그러운 성총(聖寵)을, 세 여인에게는 자신의 선한 성은(聖恩)을 느끼게 해주고 싶었습니다. 그리하여 이번에는 대재상의 입을 빌리지 않고 직접 조베이드에게 말했습니다. 「부인! 처음에는 뱀의 모습으로 나타났다가, 너무나도 가혹한 형벌을 부과한 그 요정이 자신의 거처가 어디인지 말해 주지는 않았소? 아니 언젠가 부인을 다시 만나 두 암캐를 원래 상태로 되돌려 놓겠다고 약속한 일은 없었소?」

「신자들의 사령관이시여!」 조베이드가 대답했습니다. 「과연 폐하께 한 가지 말씀드리지 않은 게 있사옵니다. 그 요정은 제 손에 머리카락 한 꾸러미를 건네주면서, 언제든지 자기를 보고 싶으면 이 머리카락 중 두 가닥을 뽑아 불에 태우라고 했습니다. 그러면 캅카스 산맥 저편에 있을지라도 그 순간 제 앞에 나타날 것이라고요.」 「부인!」 칼리프가 물었습니다. 「그 머리 뭉치가 어디 있소?」 조베이드는 항상 자신의 몸에 지니고 다닌다고 대답했습니다. 그녀는 꾸러미를 꺼내 그녀의 몸을 가리고 있는 칸막이 커튼을 약간 열고서 칼리프에게 보여 주었습니다. 「좋소!」 칼리프가 대답했습니다. 「그렇다면 요정을 여기 오게 합시다. 더욱이 지금만큼 그녀를 부르기 좋은 때도 없을 것이오. 나 칼리프가 원하고 있으니 말이오.」

조베이드가 동의하자 불이 대령되었고, 그녀는 그 위에 머리 꾸러미 전체를 올려놓았습니다.

그러자 즉시 궁전이 뒤흔들리더니, 요정이 지극히 화려한 옷차림을 한 귀부인의 모습으로 칼리프 앞에 나타나 말했습니다. 「신자들의 사령관이시여! 이 몸 폐하의 명에 따를 준비가 되어 있나이다! 폐하의 분부로 저를 여기 부른 부인은 제게 큰 은혜를 베풀어 주었습니다. 그 고마움을 표하기 위해 저는 못

된 두 언니를 암캐로 만들어 대신 복수를 해주었습니다. 하지만 폐하께서 원하신다면 그들의 원래의 모습으로 되돌려 놓겠습니다.」

「아름다운 요정이여!」 칼리프가 대답했습니다. 「그렇게 해준다면야 더 이상 고마울 수 없겠소. 그들에게 은혜를 베풀어 주시오. 나는 이처럼 힘든 벌을 받은 그녀를 위로할 방법을 찾아보도록 하겠소. 하지만 그 전에 그대에게 또 한 가지 부탁하고 싶은 게 있소. 다름이 아니라 정체 모를 남편에게서 심한 취급을 당한 어떤 부인과 관련한 일이오. 이 세상 무수한 일들을 알고 있는 당신으로서는 이 여인 또한 모르지 않을 것이오. 하여 부탁이오니 내게 좀 알려 주시오. 이 여인에게 그토록 가혹한 짓을 하고도 모자라서 그녀의 재산을 몽땅 빼앗아 버린, 너무도 부당한 짓을 한 자가 누구인지 말이오. 그토록 부당하고도 비인간적인 행위가, 나의 권위를 침해하는 그런 행위가 아직 내 귀에 들리지 않았다는 사실이 놀라울 따름이오.」

요정이 대답했습니다. 「그럼 폐하의 선하신 뜻대로, 두 암캐를 원래 상태로 되돌려 놓겠습니다. 또 그 부인의 흉터를 치료하여 한 번도 맞은 적이 없는 것처럼 해놓겠습니다. 그러고 나서 이렇게 폭행을 가한 자의 이름도 알려 드리겠습니다.」

칼리프는 조베이드의 집에 사람을 보내 두 암캐를 데려오게 했습니다. 개들이 도착하자 요정은 잔에 물을 가득 담아 가져다달라고 했습니다. 잔을 받은 요정은 그 위에 대고 아무도 알아들을 수 없는 말을 중얼중얼하더니 아민느와 두 암캐 위에 물을 뿌렸습니다. 그러자 개들은 뛰어난 미모의 두 여인으로 변했고, 아민느의 흉터도 말끔히 사라졌습니다. 그러고 나서 요정은 칼리프에게 말했습니다. 「신자들의 사령관이시여! 이제 폐하께서 찾고 계시는 그 미지의 남편이 누구인지 말씀드리겠습니다. 그는 폐하와 아주 가까운 사람입니다. 다름 아닌 마문 왕자의 형이며, 폐하의 장남이신 아민 왕자님이시니까요. 이 부인의 아름다움에 대한 이야기를 듣고 열정적인 사랑에 빠지신 왕자님은 구실을 하나 꾸미고 부인을 자기 집으로 데려오게 하여 결혼하셨던 것입니다. 그런데 이분이 이처럼 매질한 것은 어찌 생각하면 용서받을 수도 있는 행동입니다. 그의 아내였던 이 부인께서 좀 가볍게 처신한 점도 없지 않았으니까요. 또한 그녀가 남편에게 늘어놓은 변명들은 그녀가 실제보다 더 심한 일을 했으리라는 오해를 일으킬 만했으니까요. 자, 이상이 폐하의 궁금증을 풀어 드리기 위해 제가 알려 드릴 수 있는 전부입니다.」 말을 마친 요정은 칼리프에게 인사를 하고는 사라져 버렸습니다.

자신을 통해 이루어진 이 모든 변화에 놀라움과 만족을 느낀 이 군주는 이제 영원히 그의 이름을 떨치게 할 일들을 했습니다. 우선 자신의 아들 아민 왕자를 불러 그의 비밀 결혼을 잘 알고 있다고 말하고, 아민느의 뺨에 났던 상처의 원인에 대해서도 설명해 주었습니다. 모든 것을 이해한 왕자는 부왕의 분부가 떨어지기도 전에 당장 그녀를 다시 아내로 받아들였습니다.

또 칼리프는 조베이드를 황후로 삼을 것이라고 선언하고 나머지 세 자매를 왕자들인 세 탁발승에게 아내로 추천했습니다. 그들은 모두 감사하는 마음으로 받아들였죠. 이에 칼리프는 그들에게 바그다드 도성 안에 있는 훌륭한 궁전을 하나씩 하사하고 제국을 다스리는 중요한 직책을 맡겨, 어전 회의에 참석하는 중신으로 삼았습니다. 곧이어 증인들과 함께 불려 온 바그다드의 최고 카디가 각 쌍의 결혼 계약서를 작성했습니다. 믿기지 않는 불행을 겪은 수많은 사람들에게 행복을 가져다준, 이 명성 높은 칼리프 하룬알라시드에게 만인의 칭송과 축복이 쏟아진 것은 두말할 나위가 없습니다.

 지금까지 수없이 중단되었다가 다시 이어지기를 반복해 온 이 이야기는 이렇게 끝이 났다. 하지만 동이 트려면 아직 시간이 남아 있었다. 그리하여 셰에라자드는 또 다른 이야기를 시작했다. 그녀는 다시금 술탄을 향하여 말했다.

〈제2권에 계속〉

열린책들 세계문학 136 천일야화 1

옮긴이 임호경 서울대학교 불어교육과를 졸업했다. 파리 제8대학에서 문학 박사 학위를 취득했으며, 현재 전문 번역가로 활동하고 있다. 옮긴 책으로는 요나스 요나손의 『킬러 안데르스와 그의 친구 둘』, 『셈을 할 줄 아는 까막눈이 여자』, 『창문 넘어 도망친 100세 노인』, 피에르 르메트르의 『오르부아르』, 스티그 라르손의 〈밀레니엄 시리즈〉, 베르나르 베르베르의 『신』(공역), 『카산드라의 거울』, 아니 에르노의 『남자의 자리』, 조르주 심농의 『갈레 씨, 홀로 죽다』, 『누런 개』, 『센 강의 춤집에서』, 『리버티 바』, 로렝스 베누티의 『번역의 윤리』, 다니엘 살바토레 시페르의 『움베르토 에코 평전』, 파울로 코엘료의 『승자는 혼자다』, 기욤 뮈소의 『7년 후』 등이 있다.

엮은이 앙투안 갈랑 **옮긴이** 임호경 **발행인** 홍예빈 · 홍유진
발행처 주식회사 열린책들 **주소** 경기도 파주시 문발로 253 파주출판도시
전화 031-955-4000 **팩스** 031-955-4004 **홈페이지** www.openbooks.co.kr
Copyright (C) 주식회사 열린책들, 2010, *Printed in Korea.*
ISBN 978-89-329-1009-3 04860 **ISBN** 978-89-329-1499-2 (세트)
발행일 2010년 1월 25일 초판 1쇄 2010년 3월 30일 초판 2쇄 2010년 7월 25일 세계문학판 1쇄 2022년 12월 10일 세계문학판 16쇄

이 도서의 국립중앙도서관 출판예정도서목록(CIP)은 서지정보유통지원시스템 홈페이지(http://seoji.nl.go.kr)와 국가자료공동목록시스템(http://www.nl.go.kr/kolisnet)에서 이용하실 수 있습니다.(CIP제어번호 : CIP2009003642)